TRUENO
DEL CIELO

TRUENO
DEL CIELO

TED DEKkER

GRUPO NELSON
Una división de Thomas Nelson Publishers
Desde 1798

NASHVILLE   DALLAS   MÉXICO DF.   RÍO DE JANEIRO

Traducción: *Ricardo y Mirtha Acosta*
Adaptación del diseño al español: *Grupo Nivel Uno, Inc.*
ISBN: 978-1-60255-151-0

Impreso en Estados Unidos de América

10 11 12 13 14 HCI 9 8 7 6 5 4 3 2 1

NOTA DEL EDITOR

La historia que está a punto de leer es parte de la serie La Canción del Mártir porque los acontecimientos relacionados directamente con Tanya no habrían sido posibles de no haber ocurrido de antemano los hechos registrados en *The Martyr's Song*.

No hay secuencia establecida en las novelas de *La Canción del Mártir,* y se pueden leer en cualquier orden. Cada historia es completa y no depende de las demás.

Para LeeAnn, mi esposa,
sin cuyo amor yo solamente
sería una sombra de mí mismo.
Nunca olvidaré el día en que viste el cielo.

PRÓLOGO

Ocho años antes

—*Está empezando otra vez, Bill.*

—*¿Otra vez? Estas cosas empiezan cada vez que nos damos la vuelta.*

—*Tuve otra visión —expresó Helen, haciendo caso omiso al pastor.*

La línea se quedó en silencio por un momento.

—*¿Estás caminando otra vez?*

—*No. Pero estoy orando. Quiero que me acompañes.*

—*¿Cuál fue la visión?*

—*No estoy segura —contestó ella después de una pausa.*

—*¿Tuviste una visión pero no estás segura de qué fue?*

—*Algo terrible está sucediendo, y de algún modo el desenlace está en mis manos. En nuestras manos.*

—*¿En nuestras manos? ¿No puede Dios tratar por sí mismo con esto?*

—*No te hagas el listo, por favor. Soy demasiado vieja para jueguitos.*

—*Perdóname —respondió él exhalando una larga respiración—. No estoy seguro de hallarme listo para otra ronda, Helen.*

—*No creo que esta vez alguien esté listo —declaró ella con un temblor en la voz—. Al que es fiel en lo poco se le dará mucho. Así se siente esto. Y francamente, estoy un poco asustada.*

Se hizo silencio en la línea.

—*¿De quién se trata ahora? —preguntó finalmente Bill.*

—*De Tanya —contestó Helen.*

CAPÍTULO UNO

LOS ENTENDIDOS llaman a esa parte de la selva, y con sobrada razón, el lugar horrible de la creación. Y con más sobrada razón, hasta a los indios que habitan allí los denominan los seres humanos más feroces de la tierra. Por eso nadie quiere *ir* allá. Por eso nadie *va* allá. Por eso quienes lo hacen casi nunca salen vivos.

Es también por eso que no había ninguna razón verdadera para que allí estuviera la solitaria muchacha estadounidense que corría a través de la selva. Al menos según los entendidos.

Tanya Vandervan corrió hasta detenerse en la despejada cima de una colina, e intentó calmar la jadeante respiración. Había corrido casi todo el trayecto desde la estación misionera de sus padres, oculta tras los árboles una milla detrás, y una carrera de una milla en este calor que casi hacía estallar los pulmones.

Permaneció allí quieta, con el pecho ensanchándose y encogiéndose, las manos en las caderas, los ojos intensamente azules centelleándole como zafiros a través del largo cabello rubio. Las resistentes botas para largas caminatas que usaba le cubrían las pantorrillas claramente definidas. Hoy se había puesto pantalones cortos de mezclilla y camiseta roja sin mangas que le hacía brillar la bronceada piel.

Jadeando aún, pero ahora por la nariz, levantó la mirada hacia los chillidos de las guacamayas rojas y azules que batían las alas en los árboles a la izquierda. Largos troncos se elevaban desde el suelo del bosque hacia las altas ramas, como oscuras columnas griegas que apoyaban fajos enredados de follaje. De la espesura salían lianas, la versión selvática de espuma en aerosol. Tanya observó un mono aullador colgado de un solo brazo, y ella no supo si el animal provocaba la repentina salida de las loras o protestaba por eso. Sonrió mientras el mamífero café estiraba un debilucho brazo y arrancaba una granadilla color violeta de una enredadera, antes de volver a arquearse hacia las ramas superiores.

De pronto un disparo resonó en el valle, y Tanya volteó a mirar hacia la plantación. ¡Shannon!

Una imagen de él inundó la mente de Tanya, quien bajó corriendo la colina, mientras el corazón le volvía a palpitar con fuerza.

A la derecha el espacio abierto colindaba con laderas que subían hacia un risco negro que surgía a una milla al norte de la plantación. La enorme casa blanca de dos pisos de los Richterson se erguía tranquilamente en el aire del mediodía, blanca como un malvavisco sobre una extensión verde.

A la izquierda de Tanya crecían veinte hectáreas de los exóticos cultivos de la plantación: granos de café del tipo *cavash*, comúnmente apreciado entre expertos como el café más fino del mundo. Tal vez Shannon estaba allí trabajando en el campo, pero ella lo dudó… a él nunca le habían interesado mucho los cultivos de su padre.

El padre de Shannon, Jergen, había salido de Dinamarca y se había labrado esta existencia debido a su odio hacia Occidente. *Occidente está pisoteando el alma de la tierra*, solía decir con voz atronadora. *Y Washington está a la cabeza de los acusados. Uno de estos días Estados Unidos despertará y todo su mundo será diferente. Alguien les enseñará una lección y tal vez la escucharán.* Solo eran palabras, nada más. Jergen era cafetero, no revolucionario.

Shannon cuestionó en cierta ocasión la retórica de su padre, pero en realidad era amor, no odio, lo que impulsaba el mundo del joven. Amor por la selva.

Y amor por Tanya.

Volvió a retumbar el estruendo de una detonación. Tanya sonrió y dobló hacia la izquierda, corriendo por los labrantíos hacia el campo de tiro.

Entonces Tanya los vio al franquear el último arbusto de café: tres rubias cabelleras escandinavas inclinadas sobre un rifle y de espaldas a ella. El padre de Shannon, Jergen, de pie a la izquierda, vestido de color verde caqui. El tío visitante, Christian, se hallaba a la derecha, como un hermano gemelo.

El joven con el pecho desnudo entre ellos era Shannon.

El corazón de Tanya se sobresaltó ante la escena y aminoró la marcha, caminando lentamente.

Shannon medía más de un metro ochenta y estaba lleno de músculos que parecían desarrollarse más cada día. Innumerables horas al sol le habían oscurecido la piel y aclarado el cabello rubio. A menudo Tanya se burlaba de él sugiriéndole que se pasara un peine por ese cabello, pero en realidad a ella más bien le gustaba el modo en que esos mechones caían por el cuello y por sobre esos vivarachos ojos color esmeralda. Esto le servía a ella de excusa para apartarle el cabello con los dedos, y de este modo tocarle la cara. Los músculos pectorales brillaban desde un estómago tenso y llegaban hasta amplios hombros. Hoy él solo usaba negros y holgados pantalones cortos… sin zapatos.

Tanya sonrió ante la idea de ser cargada en esos hombros, montaña abajo, mientras Shannon insistía en que ella era tan liviana como una pluma.

La despreocupada voz de él llegó hasta la muchacha.

—Sí, el Kaláshnikov es bueno hasta unos cuantos centenares de metros. Pero no es adecuado para largo alcance. Me gusta el Browning Eclipse —expresó él, señalando otro rifle sobre el suelo—. Es apropiado hasta mil.

—¿Mil? —inquirió su tío—. ¿Puedes darle a un blanco a esa distancia?

—Él puede darle a una moneda de veinticinco centavos a ochocientos metros. Es material de campeonato, te lo estoy diciendo. En los Estados Unidos ha ganado todo en su categoría —refirió tranquilamente el padre de Shannon.

Tanya se detuvo a veinte pasos detrás de los tres hombres y cruzó los brazos. Con todas las proezas masculinas de ellos, no habían notado que ella los observaba desde la maleza. La joven había visto cuánto tiempo podía una mujer estar detrás de ellos sin que la notaran. De diez veces, una en que no la notaran sería obra de Shannon. Pero el viento la golpeaba en el rostro… él no la olfatearía tan fácilmente hoy. La muchacha sonrió y contuvo el aliento.

—Muéstrale, Shannon —expresó el padre, pasándole el rifle.

—¿Mostrarle? ¿Dónde? —preguntó Shannon agarrando el arma—. Los blancos están a solo doscientos metros de distancia.

—Sí, pero el cobertizo está a una buena distancia —contestó Jergen mirando por sobre el hombro de su hermano hasta el extremo lejano de la plantación—. ¿Cuán lejos dirías que está, Christian?

Los tres miraron la distante estructura, asentada contra el alto bosque.

—Debe estar como a mil metros. Quizás más.

—Mil doscientos —informó Jergen, mirando aún el pequeño granero—. ¿Y ven esa veleta apoyada en lo alto?

—¿Ese gallo? —inquirió Christian después de levantar los prismáticos del pecho y escudriñar el norte—. No puedes esperar que Shannon le dé a eso desde esta distancia.

—No, no solo al gallo, Christian. A la cabeza del gallo.

—Imposible —manifestó, y bajó los binoculares—. De ninguna manera. El mejor tirador del mundo tendría dificultad en poner allí una bala.

—¿Una bala? ¿Quién dijo algo acerca de *una* bala? Ese gallo ha estado oxidado allí durante años. Apostaré a que el muchacho le pone *tres* balas en la cabeza desde esta distancia.

Shannon miró sin inmutarse el lejano blanco. Tanya sabía que él podría disparar, por supuesto. Él hacía bien cualquier cosa que tuviera que ver con la cacería y el deporte. Pero hasta para ver la cabeza del gallo ella debía usar la imaginación. No había manera de que a este lado de Júpiter un tirador profesional, mucho menos Shannon, pudiera darle a un blanco tan lejano.

Los tres hombres miraban lejos de Tanya, aún inconscientes de que ella observaba.

De pronto Shannon inclinó la cabeza sobre el hombro, sonrió y le guiñó un ojo a ella.

La joven sonrió y le devolvió el guiño. Por un momento sostuvieron la mirada, y luego Shannon volvió a enfocarse en el gallo. Tanya se acercó un paso más, tragando saliva.

—Muéstrale, Shannon —pidió Jergen, aún con los binoculares en los ojos.

Shannon volteó el rifle en las manos, agarró el cerrojo de seguridad, y en un suave movimiento situó una bala en la cámara. *¡Cachink!*

Se sostuvo en una rodilla y se llevó el arma al hombro, ajustando el ojo a la mira. La bronceada mejilla se le infló en la culata de madera. Tanya contuvo la respiración, previendo la primera detonación.

Shannon reguló una vez el dominio sobre el rifle y lentamente se puso en cuclillas. No sucedió nada durante varios prolongados segundos. Padre y tío miraban al frente, cada uno a través de sus propios binoculares. Tanya respiraba, pero escasamente. El ambiente quedó mortalmente quieto.

De repente llegó el primer disparo, ¡crac!, y Tanya se sobresaltó.

Shannon se estremeció con el culatazo, puso otra bala en la cámara, ¡cachink!, se afirmó brevemente, e hizo otro disparo. Luego un tercero, tan cerca del segundo que ambos se persiguieron hacia el blanco. Ecos resonaron a través del valle; padre y tío se quedaron helados, binoculares pegados a los ojos como generales en el campo de batalla.

Sin bajar el rifle, Shannon giró la cabeza y taladró a Tanya con su brillante mirada verde, mientras una amplia sonrisa se le formaba en los labios; volvió a hacer un guiño y se puso de pie.

—¡Dios mío! ¡Lo logró! —exclamó el tío—. ¡Vaya que lo logró!

Tanya se dirigió hacia adelante y puso una mano en el hombro de Shannon, a quien la brisa le levantaba el cabello que le llegaba hasta los hombros. La chica observó el pequeño brillo de sudor que cubrían el cuello y el pecho masculinos. Él se inclinó y la besó delicadamente en la frente.

La joven le agarró la mano y lo haló mientras el padre y el tío miraban a través de los binoculares.

—Vamos a nadar —susurró ella.

Él apoyó el rifle en una paca y se fue tras ella.

La alcanzó a los diez pasos y se internaron rápidamente entre los árboles, riendo. Los chillidos de monos aulladores resonaban en medio de la espesura como lamentos de clarinetes.

—¿Sabes qué dicen los nativos? —preguntó Shannon, disminuyendo la marcha hasta caminar.

—¿Qué dicen? —quiso saber ella, jadeando.

—Que si te mueves en la selva, ellos te verán. A menos que estén a favor del viento, en cuyo caso de todos modos te ven, con las narices. Como te vi moviéndote subrepticiamente allá detrás de nosotros.

—¡No lo hiciste!

Tanya dio media vuelta en el sendero y lo miró. Él levantó la mirada, fingiendo examinar las ramas. Pero ella le vio el brillo en esos ojos color esmeralda.

El corazón de la chica se distendió por él, le agarró la cabeza y la jaló hacia la boca, besándolo profundamente. El calor del pecho masculino desnudo le subió a ella hasta el cuello. Lo soltó y miró burlonamente.

—¡El viento me daba de lleno en el rostro! No hay manera de que me hubieras olfateado. Admítelo, ¡la primera vez que supiste que yo estaba detrás de ti fue cuando diste la vuelta!

—Si insistes —reconoció él encogiendo los hombros y guiñando un ojo.

Ella lo sujetó, queriendo besarlo otra vez, pero resistiéndose por el momento.

—Bueno, eso es lo más probable —enunció Tanya sonriendo, y los dos siguieron caminando.

—El Kaláshnikov —dijo Shannon.

—¿Qué?

—El Kaláshnikov —repitió él, sonriendo tímidamente—. Es de lo que yo hablaba cuando llegaste detrás de nosotros.

Tanya se detuvo en el sendero, rememorando la discusión.

—Vamos, zoquete —exclamó, riendo con picardía—. El que llegue primero a la laguna.

Ella salió corriendo, moviéndose rápidamente por el camino delante de él, poniendo en cada zancada la mayor distancia posible como él le había enseñado. Shannon la pudo haber pasado fácilmente; tal vez pudo haber tomado hacia los árboles y aún así llegar a la laguna antes que ella. Pero permaneció detrás, respirándole en el cuello, llevándola silenciosamente hasta el límite. Rápidamente el sendero entró en espesa y oscurecida maleza, con perpetua humedad debajo del follaje, obligándola a saltar sobre los ocasionales y persistentes charcos. Gruesas raíces penetraban la lodosa senda.

Tanya viró por un sendero más angosto, apenas una marca en medio de los arbustos. El sonido de caída de agua se le hizo más fuerte en los oídos, y una obsesionante imagen le resplandeció en la mente: Shannon parado al lado de las cascadas en los negros riscos, hace más de un año. Tenía los brazos extendidos y los ojos cerrados, y escuchaba al hechicero hablando entre dientes antes de la muerte del viejo vampiro llamado *Sula*.

—¡Shannon! —había gritado ella.

Los ojos de ellos se abrieron como uno: los verdes centelleantes de Shannon, y los negros penetrantes de Sula. Shannon sonrió. Sula echaba chispas por los ojos.

—¿Qué están haciendo? —había preguntado ella.

Al principio ninguno de los dos respondió.

—Estamos hablando con los espíritus, mi flor del bosque —contestó entonces la vieja sabandija frunciendo los labios en una risa burlona.

—Espíritus —manifestó ella lanzándole a Shannon una iracunda mirada—. ¿Y de qué espíritus están hablando?

—¿Cuál es mi nombre? —preguntó el hechicero.

—Sula.

—¿Y de dónde viene mi nombre?

—No estoy segura de que eso me importe —contestó ella después de titubear.

—Sula es el nombre del dios de la muerte —explicó el anciano a través de la retorcida sonrisa; hizo una pausa, como si eso debiera horrorizar a la chica—. Sula es el espíritu más poderoso de la tierra; todos los brujos antes de mí tomaron su poder y su nombre. Y yo también lo he hecho. Por eso me llamo Sula.

Shannon se había hecho a un lado y observaba al hombre con algo que fluctuaba entre intriga y humor. Miró a Tanya e hizo un guiño.

—Podrás creer que eso es cómico —le había expresado bruscamente ella a Shannon—. ¡Pero yo no!

Entonces la muchacha enfrentó al hechicero, conteniendo una urgencia de levantar una piedra y lanzársela.

Los ojos de Sula se habían entrecerrado, y él simplemente se había internado en el bosque.

Tanya nunca había hablado con su padre respecto de este episodio, algo bueno porque él pudo haberse enojado. La tribu *yanomami* era conocida como «los feroces» por una buena razón: quizás eran los individuos más violentos de la tierra. Y el origen de la obsesión que tenían con la muerte era claramente espiritual. Así le había insistido su padre, y ella le creyó.

Un mes después del incidente Sula había muerto, y con él la curiosidad de Shannon por el poder del hechicero. La tribu lo había enterrado en la cueva prohibida a tres días de lamentos. Nadie en la tribu se había armado de valor para convertirse en Sula. Para tomar el espíritu de la muerte. Para tomar al mismo Satanás como lo expresara el papá de Tanya. La tribu había estado sin hechicero durante un año ya, y en lo que respectaba a Tanya y sus padres, eso era bueno.

Ella se sacudió el recuerdo. Se acabó. Shannon había vuelto a ser el mismo. Con él aún persiguiéndola, Tanya arrancó por la selva y se detuvo en seco al borde del risco, mirando desde lo alto una cascada que se zambullía siete metros dentro de una profunda laguna. La laguna de ellos.

Ella se dio vuelta, jadeando. El cuerpo de Shannon la pasó de prisa, se extendió paralelamente, y se remontó sobre el risco. Ella contuvo la respiración y lo observó caer en un salto de ángel antes de que él pudiera incluso ver el agua. De haber calculado mal se hubiera roto todos los huesos del cuerpo abajo en las rocas. El corazón de ella se le subió a la garganta.

Pero él no calculó mal; el cuerpo desgarró silenciosamente la superficie y desapareció. No volvió a emerger por un momento, y luego resurgió del agua y con una ligera sacudida en el cuello echó hacia atrás los largos mechones.

Sin decir nada, Tanya extendió los brazos y cayó hacia él. Rompió la superficie y sintió el bienvenido frío del agua de montaña limpiándole las piernas.

En ese instante, cayendo libremente en la profundidad de la laguna, ella pensó que había venido de veras al paraíso. Su Dios la había tomado, arrancándola a la fuerza a corta edad de los suburbios de Detroit, y depositándola en un refugio en la selva donde todos sus sueños se volverían realidad.

Salió a la superficie al lado de Shannon. Él la besó mientras ella aún contenía el aliento y luego se dirigieron a una roca soleada en el extremo opuesto. Tanya lo observó saliendo sin esfuerzo alguno del agua y sentándose frente a ella, con los pies colgándole dentro de la laguna.

—¿Son todos los chicos de la plantación tan engreídos como tú? —preguntó Tanya acercándose y poniéndosele entre las rodillas.

De pronto él se volvió a zambullir y la levantó del agua.

Tanya rió y cayó hacia adelante, golpeándolo en la espalda. Él levantó los brazos sobre la cabeza y los dejó caer sobre la cálida roca. El sol hacía que diminutas gotas de agua le brillaran en el pecho. Ella se impulsó al lado de él y siguió el rastro de las gotitas con el dedo.

La joven no podía imaginar nada tan adorable como Shannon, este asombroso espécimen de ser humano del que se había enamorado perdidamente. Para esto la había traído Dios a esta selva siete años atrás, pensó. Para encontrar al hombre a quien amaría toda la vida. Con quien un día se iba a casar y a quien le daría hijos. Él tragó saliva y ella observó que la manzana de Adán en el cuello subía y bajaba.

—Te amo, Tanya —expresó Shannon.

Ella le besó la mejilla. Él la haló hacia abajo y la besó en los labios.

—Creo…

La volvió a besar.

—Realmente creo que estoy locamente enamorado de ti —aseguró él.

—¿Para siempre?

—Para siempre.

—¿Hasta que la muerte nos separe?

—Hasta que la muerte nos separe —enunció él.

—Júralo.

—Lo juro.

Tanya le besó ligeramente la nariz.

—Y yo te amo, Shannon —correspondió ella.

Y así era. Con toda célula viva ella amaba a este chico. A este hombre. De verdad, pensó ella. Este era el paraíso.

Ese era el último día en que ella pensaría así.

CAPÍTULO DOS

TANYA DEJÓ a Shannon cerca de la laguna, exactamente después del apogeo del calor. Trotó la mayor parte de la milla hacia la casa, dominada por tal regocijo que se preguntó si el calor que sentía venía de los cielos venezolanos o de su propio corazón.

Corrió hacia la pequeña estación misionera de sus padres, y el pensamiento de un frío vaso lleno de limonada helada le inundó la mente. El calor la había deshidratado. Adelante, el descendente sol hacía resplandecer la casa con techo de lata que su padre construyera siete años atrás. Tanya le había ayudado a pintar de verde la dura madera lateral. Para matizar, había dicho él.

Sus padres, Jonathan y Heidi Vandervan, habían respondido siete años atrás al llamado de Dios, cuando Tanya tenía diez. Ella aún recordaba a su padre sentado a la mesa del comedor anunciando la decisión de llevarlas a la selva.

La familia de su padre vivía en Alemania, y su madre en realidad no tenía una familia de la cual hablar. Un hermano llamado Kent Anthony vivía en Denver, pero no se habían hablado en más de quince años. Lo último que supieron era que Kent estaba en la cárcel.

De cualquier modo, salir de Estados Unidos no representó gran pérdida para ninguno de sus padres. Un año después habían aterrizado aquí, en el corazón de Venezuela, entre los yanomami.

Tanya pasó varias edificaciones a la izquierda: la casa de la radio, una escuelita, un cobertizo generador, una casucha de suministros, y corrió hacia el porche.

Entonces llegó hasta ella el sonido lejano, exactamente al pasar por la puerta frontal, el zumbido de un débil golpeteo. La joven miró hacia el cielo para ver de qué se trataba, pero lo único que pudo observar fue el brillante cielo azul y una manada de aves volando desde un árbol cercano. Cerró la puerta.

Su padre estaba inclinado sobre una radio que había desarmado en la mesa de la cocina; su madre rompía huevos dentro de un tazón sobre el mesón. Tanya corrió directo hacia la refrigeradora. El latente hedor a queroseno flotaba suavemente en la cocina, pero ella se había acostumbrado al olor después de tantos años. Era el aroma del hogar, la fragancia de la tecnología en una estufa en la selva.

—Hola, cariño. ¿Me quieres ayudar a volver a armar este aparato? —saludó el padre observando una bobina que tenía en la mano derecha.

—Lo siento, en mi currículo no ofrecen electrónica. Qué desorden. Creí que habías construido el cuarto de herramientas para esta clase de cosas —dijo Tanya, y abrió la refrigeradora.

—Exactamente —intervino la madre de Tanya—. ¿Oíste eso, Jonathan? La mesa de la cocina no es lugar para hacer mecánica.

—Así es, bueno, esto aquí no es una segadora de césped o un generador. Es una radio, y estos aparatos tienen centenares de partes muy pequeñas y sensibles, la mitad de las cuales ahora mismo parece que no encuentro.

Tanya rió entre dientes y extrajo la jarra de limonada.

—Pero *están* aquí —continuó él—. En alguna parte en este montón. Si hubiera desparramado todo esto en ese cuarto no me podría dar cuenta a dónde fueron a parar. Tendrás tu mesa antes de la cena, lo prometo.

—Seguro que la tendré —advirtió la madre guiñando un ojo a Tanya y fingiendo estar enojada.

Un golpeteo ahogado fluctuó en el fondo de la mente de Tanya, ese mismo zumbido que había oído exactamente antes de entrar. Como una mariposa nocturna atrapada en la ventana. Vertió la amarillenta bebida en el vaso. Una brisa levantó la cortina en la ventana de la cocina, cargando con ella ese sonido de mariposa nocturna.

Pero no se trataba de una de estas mariposas, ¿verdad? Para nada, y esa realidad se le ocurrió a Tanya mientras el vaso le tocaba los labios, antes de poder beber algo de la limonada. El sínodo venía de enormes aspas girando en el aire. Se quedó quieta, con el brazo alzado. Jonathan levantó la cabeza de las piezas de la radio.

—¿Qué es eso? —preguntó Tanya.

—Un helicóptero —respondió el padre, y luego se volvió hacia su esposa—. ¿Esperábamos un helicóptero esta tarde?

Tanya sorbió del líquido, sintiendo el helado jugo bajándole por la garganta.

—No que yo estuviera enterada —contestó Heidi inclinándose hacia la ventana y haciendo a un lado la cortina.

Tanya pensó que de algún modo el helicóptero sonaba diferente, un tono más alto que los Hughes a los que estaba acostumbrada. Un uniforme *chas, chas, chas.* Quizás dos helicópteros. O más.

Bajó el vaso hasta la cintura, imaginando cinco o seis de esos aparatos revoloteando hasta aterrizar sobre el césped trasero. Ahora eso sería algo diferente.

El vaso que tenía en la mano se rompió súbitamente en mil pedazos y ella se sobresaltó. Bajó la mirada y vio que se acababa de desmoronar como un pedazo de hielo seco. Vidrio salpicó el piso de madera y Tanya pensó que debía barrer antes de que alguien pisara allí.

Entonces todo movimiento cayó en una lentitud surrealista, desenvolviéndose como fragmentos de un sueño. La cocina tembló, rodeando a Tanya con un rápido y repetitivo sonido, como si un gigante hubiera confundido la casa con una batería y decidiera ejecutar una larga tonada.

Ra-ta-ta-pum, ra-ta-ta-pum.

El mesón se astilló en el codo de Tanya y su padre saltó de la silla. El corazón de ella le palpitó ruidosamente en el pecho.

La joven levantó la cabeza y vio series de agujeros blancos perforados por el techo en largas e irregulares líneas. Oyó el rugido de maquinaria chirriando en lo alto, y entonces se dio cuenta de que estos hoyos en el techo eran de balas. Que eran balas las que se habían estrellado contra el mesón, destrozándolo. Que una bala le había desmoronado el vaso.

El entendimiento le entró a la mente como un yunque lanzado desde gran altura y chocando contra concreto. Se volvió hacia la ventana, anonadada. Un brazo la agarró por la sección media, lanzándola al piso de madera. La voz de su padre gritaba por sobre el bullicio, pero ella no lograba discernirle las palabras. Su madre estaba gritando.

Tanya succionó en el aire y descubrió de repente obstinados los pulmones. Se preguntó si le habían dado. Era como si pudiera ver todo desde la perspectiva de una persona ajena, y la escena le pareció absurda. Bajó la mirada hacia el estómago, sintiéndolo agujereado. La mano de su padre estaba allí.

«¡Rápido!» —estaba gritando él.

Él tiró fuertemente del brazo de Tanya, mientras le manaba sangre del hombro. ¡Lo habían herido!

«¡Entra a la bodega! ¡Entra a la bodega!» —gritaba él con el rostro contraído como patas de cuervo alrededor de ojos llorosos.

Lo hirieron, pensó ella mientras su padre la empujaba hacia el pasillo. El clóset del pasillo tenía una portezuela construida en el suelo. Él le estaba gesticulando que bajara por la portezuela y se metiera a la bodega, como solía llamarla. Entonces los músculos de Tanya se llenaron de adrenalina, y se puso en movimiento.

Abrió la portezuela y apartó una docena de zapatos tirados en el piso. Usando el dedo índice buscó frenéticamente a tientas la argolla que su padre había pegado al borde, la enganchó con el dedo y la jaló. La portezuela se levantó.

Lágrimas surcaban el rostro de su padre, pasándole por labios separados. Los motores del helicóptero se habían retirado por un momento pero ahora se acercaban una vez más. Estaban regresando.

Detrás de Jonathan, la madre de Tanya salió corriendo a lo largo del piso hacia ellos, el rostro pálido y surcado de humedad. Sangre le caía al suelo desde un gran agujero en el brazo derecho.

Tanya volvió a girar hacia la portezuela y la empujó hacia un costado. Un pensamiento le recorrió alocadamente el cerebro, indicándole que se había roto la uña al jalar con brusquedad la portezuela. Quizás se la había arrancado. Le dolía mucho. Hizo oscilar las piernas dentro del hueco y se lanzó a la oscuridad.

La bodega era diminuta, en realidad una caja... un compartimiento de embalaje suficientemente grande para ocultar unos cuantos pollos por unas horas. Tanya se apretujó a un costado, dejando espacio para que su padre o su madre cayeran a su lado. Las armas volvían a desgarrar en el techo, como una sierra de cadena accionada por gas.

«¡Padre, apúrate!» —gritó Tanya, con el pánico filtrándosele por la garganta.

Pero el padre no se apuró. Él hizo caer la tapa otra vez sobre el compartimiento, *tas*, y oscuridad total acuchilló los exageradamente abiertos ojos de Tanya.

Arriba las balas cortaban la casa como leña. La joven inhaló el oscuro aire y estiró los brazos para orientarse, repentinamente aterrada de haber bajado sola aquí. Arriba oía gritar a su madre, y Tanya lloriqueó bajo el clamor.

«¿Madre?»

La enmudecida voz de su padre le llegó con urgencia, insistiendo en algo, pero ella solo pudo descifrar su nombre.

—¡Tanya! Ta ¡uf!

Un débil ruido sordo llegó al compartimiento.

—¡Padre! —gritó Tanya.

La madre también se había callado. Un escalofrío entumecedor desgarró la columna de Tanya, como si la atacara una de esas ametralladoras, solo que a lo largo de las vértebras de la joven.

Entonces el martilleo se detuvo. Ecos resonaron en los oídos de Tanya. Ecos de estruendosas balas. Sobre ella solo silencio. El ataque había sido desde el aire… no había soldados en tierra. Todavía.

«¡Padreeeee!» —gritó Tanya; fue un crudo alarido a pleno pulmón que le rebotó en el rostro y la volvió a dejar en silencio.

Jadeó y oyó solamente esos ecos. Sintió como si se le rompiera el pecho, como un casco de submarino cayendo a la profundidad.

Tanya se dio cuenta de repente que debía salir de esta caja. Se irguió de su posición agachada y la espalda chocó con madera. Alargó los brazos por encima de la cabeza y empujó hacia arriba. La portezuela no quiso moverse. ¡Se había trabado de alguna manera!

Ella cayó hacia atrás, respirando con dificultad, entrecerrando los ojos en la oscuridad. Pero solo veía tinieblas, como si fuera brea espesa en vez del vacío que la rodeaba. El codo derecho se le presionó contra una tablilla, el hombro izquierdo chocó contra una pared, y comenzó a temblar en el rincón como una rata atrapada. Olor a tierra húmeda le impregnó las fosas nasales.

Tanya se descontroló entonces, como si un animal se hubiera erguido dentro de ella… la bestia del pánico. Rezongó y se lanzó con los codos hacia el espacio por el que había descendido. Los brazos chocaron abruptamente contra madera rígida y ella cayó de rodillas, sintiendo apenas el corte profundo en el punto medio entre la muñeca y el codo.

Temblando bamboleó los puños contra la madera, torpemente consciente de cuán poco daño hacían sus nudillos a la dura superficie. De manera impulsiva, solo como un acto reflejo, estiró todo músculo que le respondió y se levantó, deseando romper la tumba con la cabeza.

Pero su padre había construido el compartimiento de madera dura, y Tanya muy bien pudo haberse golpeado la cabeza contra una pared de cemento. Estrellas le cegaron la noche y cayó al suelo, muerta para el mundo.

CAPÍTULO TRES

SHANNON RICHTERSON había observado a Tanya bajar el sendero, luchando con la urgencia de correr tras ella e insistirle en que se quedara. Ella había regresado a ver dos veces con esos brillantes ojos azules, casi destrozándolo con cada mirada, para luego desaparecer de la vista.

Hacía una hora que ella se había ido cuando el lejano revoloteo llegó a los oídos de él. Bajó el cuchillo con el que había estado cortando trozos de madera sin propósito alguno y volvió primero un oído y luego el otro hacia el sur, examinando el sonido que llegaba entre mil ruidos de la selva. Pero así era; este golpeteo no venía de la selva. Era propulsado por un motor. Un helicóptero.

Shannon se irguió sobre los pies, deslizó el cuchillo en la funda en su cintura, y bajó corriendo por el sendero hacia la plantación, a un kilómetro al sur. No sabía que hubiera un helicóptero en la programación de hoy, pero eso no significaba nada. Era probable que su padre hubiera conseguido algo especial para el tío Christian.

El joven cubrió la primera media milla a toda velocidad, sacando tiempo para revisar dónde pisaba en cada larga zancada. Otro sonido más discordante se unió al del golpe de aspas, y Shannon se detuvo en seco, con un temblor helándole la columna vertebral. El sonido regresó: un gañido resaltado con cien detonaciones. ¡Disparos de ametralladora!

Surgió un escalofrío que le bajó por la espina dorsal como un viento ártico. El corazón se le paralizó y luego empezó a palpitarle con fuerza excesiva. Las piernas pasaron de estar inmóviles a correr de manera ciega en el espacio de tres zancadas. Se movió a gran velocidad sobre el sendero y cubrió el último cuarto de milla en mucho menos de un minuto.

Shannon salió de la selva a cincuenta metros de la casa victoriana que su padre construyera quince años antes cuando salieran por primera vez de Dinamarca hacia este valle remoto. Dos imágenes le ardieron en la mente como marcas al rojo vivo posándose en un cuero.

La primera fue de los dos adultos parados en el césped frontal con las manos levantadas hacia las nubes: su padre y su tío Christian. La imagen le lanzó detalles abstractos a su paso. Su padre usaba pantalones color caqui, como siempre, pero tenía la camisa desabotonada. Y no usaba zapatos, lo cual también era poco común. Padre y tío estaban allí como dos niños atrapados jugando, mirando hacia el occidente, con ojos muy abiertos.

La segunda imagen se hallaba en el cielo a la derecha. Un helicóptero atacando y revoloteando en el aire a quince metros del suelo a tiro de piedra delante de su padre, inmóvil excepto por el borroso batir de alas en la parte superior. Un cañón redondo sobresalía de la nariz, en silencio por el momento. El aparato se sostenía indeciso, quizás buscando en el terreno un sitio para aterrizar, pensó Shannon, y de inmediato rechazó la idea. Todo el césped abajo era una plataforma de aterrizaje.

Sirenas de alarma resonaron en el cerebro de Shannon, de las que detonan un instante antes del impacto, de las que por lo general paralizan los músculos. En el caso de Shannon los tendones lo hicieron ponerse en cuclillas. Se quedó al borde de la selva con los brazos extendidos en las caderas.

Y entonces el helicóptero disparó.

La primera ráfaga lanzó al aparato uno o dos metros hacia atrás. La andanada de balas dio contra el abdomen del padre de Shannon, aserrándolo en dos con esa primera descarga. El joven vio la parte superior de su padre doblarse en la cintura antes de que las piernas se doblaran debajo de él.

Un grito agudo hendió el aire, y Shannon se dio cuenta de que era un grito de mujer, su madre gritaba desde la casa, pero luego resonó todo alrededor de él. El motor suspendido en el cielo, aullando; esa ametralladora ensamblada en la nariz, rugiendo; la selva a la espalda, chillando; y por sobre todo, su propia mente, lanzando alaridos.

Su tío dio media vuelta y corrió hacia la casa.

El helicóptero giró en su eje y lanzó una segunda ráfaga. Las balas dieron en la espalda del tío Christian y lo lanzaron por el aire, obligándolo a extender los brazos como un hombre dispuesto para la cruz. Voló por el aire, impulsado por un chorro de plomo, al menos siete metros, y aterrizó hecho un ovillo, destrozado.

Toda la escena se desarrolló en unos pocos momentos increíbles, como robados de una lejana pesadilla y reproducidos aquí, delante de Shannon en el patio de su propia casa. Ahora le funcionaba solo una pequeña parte aterrada de la mente, y estaba teniendo dificultad para mantener palpitando el corazón, peor aún para procesar adecuadamente pensamientos coherentes.

Shannon permaneció pegado a la tierra, los tendones aún paralizados en cuchillas. La respiración se le había detenido en algún momento, quizás cuando su padre se había doblado. El corazón le palpitaba desenfrenadamente y a raudales le entraba sudor a los desorbitados ojos.

Algunos pensamientos le pasaron de forma confusa por la mente. *¿Mamá? ¿Dónde estás? Papá, ¿va a ayudar a mamá?*

No, papá está herido.

Y entonces cien voces comenzaron a gritarle, instándole a moverse. De pronto el helicóptero tocó tierra y Shannon vio a cuatro hombres rodando por tierra y luego poniéndose de pie, con rifles en las manos. Uno de ellos era moreno, logró ver eso. Quizás hispano. El otro era… blanco.

El último lo vio y gritó: «El muchacho…»

Eso fue todo lo que Shannon oyó. *El muchacho.* En un acento estadounidense.

Entonces algo chasqueó en el cerebro del chico, exactamente cuando el estadounidense vestido con ropa color caqui levantaba el rifle. Miró al interior de los ojos del hombre y dos instintos simultáneos le inundaron la mente. El primero fue correr hacia la bala que ese AK-47 lanzaría a su camino… acelerar la colisión con los dientes frontales. Ahora no tenía sentido vivir.

Shannon parpadeó.

El segundo instinto le retumbó por la columna en chorros de fuego derretido, pidiendo a gritos la muerte de este tipo antes que la suya propia. Los músculos de Shannon reaccionaron en el mismo instante que parpadeó.

Saltó a la izquierda, sacando del cinturón el cuchillo mientras se movía. Se abalanzó hacia adelante agazapado, gruñendo, musitando sonidos guturales apenas audibles.

Shannon se hizo a un lado a media zancada y sintió el roce de balas pasándole rápidamente por el oído derecho.

El soldado se acomodó en una rodilla y cambió el enfoque de la mira. Shannon se lanzó a la izquierda y decidió allí, en medio del aire y paralelo a la tierra, con balas golpeando el aire a la derecha, que debería hacerlo ahora.

En el último instante plegó el hombro hacia abajo, dio dos volteretas en tierra, y se enderezó sobre los pies con el cuchillo ya preparado. Arrojó la hoja con efecto de brazo, reforzando el lanzamiento del arma con el impulso que llevaba.

Todo se puso entonces en cámara lenta. El rifle del hombre aún disparaba, después de las volteretas de Shannon, levantando polvo por detrás y por debajo, sobrepasando el movimiento que el joven había hecho hacia delante y quedándose corto ante el movimiento lateral del chico. El cuchillo giró, la empuñadura sobre la hoja, cruzando la senda de balas, relumbrando una vez en el sol de la tarde, a medio camino hacia el sujeto.

Entonces la hoja se clavó en el pecho del soldado, quien retrocedió tambaleándose y golpeó la puerta abierta del helicóptero. El arma se le cayó de las manos, y Shannon volvió a rodar.

Un segundo soldado levantó el arma, y Shannon echó a correr hacia la esquina de la casa; instintos de supervivencia le gritaban por sobre las demás voces. Se lanzó a toda velocidad, moviendo rítmicamente pies y manos. Balas rasgaron el costado un instante después de que él ingresara en la sombra de la casa. Sin hacer ninguna pausa, viró a la izquierda y corrió hacia la selva, manteniendo la casa entre él y el helicóptero.

Detrás de Shannon un segundo helicóptero en vuelo comenzó a disparar, destrozando con las balas el follaje delante de Shannon. Él cambió de curso una vez, luego dos, sabiendo que en cualquier segundo uno de esos proyectiles le chasquearía en la espalda… de ese modo: ¡chas!, y que le llenaría la columna con acero ardiente.

Un árbol exactamente adelante y a la izquierda tembló y se partió bajo una ráfaga de plomo. Shannon se lanzó a la derecha y rodó dentro del bosque antes de que el soldado corrigiera la puntería. Entonces el chico quedó bajo el denso ramaje de la selva, con el corazón saltándole en el pecho, y sudor corriéndole por el rostro, pero fuera del alcance de ellos.

Mamá está en la casa.

Volvió a girar hacia la colonial detrás de los árboles. De pronto una figura en el interior pasó corriendo por una de las ventanas traseras, se fue por un instante, y luego reapareció. Era la madre de Shannon, y tenía puesto su vestido favorito, aquel con margaritas amarillas. Otro detalle sombrío.

El rostro de la madre estaba fruncido por el pánico, los labios caídos, y los ojos apretados. Trataba a tientas de encontrar el pasador de la ventana.

El joven dio cuatro pasos hacia el borde del bosque y se detuvo.

«¡Mamá!» —gritó.

La voz se perdió en medio del chirrido del helicóptero en lo alto.

Shannon salió disparado hacia la casa.

CAPÍTULO CUATRO

TANYA SE bamboleó en el rincón del compartimiento, la mente poco a poco arrastrándosele desde un siniestro sueño acerca de sierras mecánicas cortando una cama rodeada por todos sus animales de peluche, esparciendo blancas fibras de algodón mientras serruchaban. Pero luego los padres de ella estaban entre los animales, goteando algo rojo.

Le costaba trabajo saber si tenía cerrados o abiertos los ojos, pues de todos modos solo veía oscuridad. Los recuerdos le entraron a la mente, como fotos instantáneas suspendidas por cuerdas. El vaso de limonada destrozándosele en la mano; hoyos reventando en el techo; su padre agazapado en el pasillo; su madre arrastrándose detrás sobre el vientre; la portezuela descendiendo en lo alto.

Luego oscuridad.

Ella estaba aquí, en el compartimiento de embalaje adonde su padre la había guiado. Él y mamá estaban…

Tanya se levantó bruscamente y al instante se arrepintió. Sintió un dolor punzante en la coronilla. No le hizo caso por un momento y alargó la mano hacia el techo. Sintió la portezuela y la empujó, pero esta no quiso moverse. Estaba atrancada, o tenía encima algo muy pesado.

«¿Papá?» —exclamó, pero el compartimiento pareció tragarse el sonido.

Intentó de nuevo, gritando esta vez.

«¡Papá!»

Una respiración.

«¡Mamá!»

Nada. Entonces recordó los sonidos allá afuera, antes de que se hubiera dado contra el techo. Golpe de balas, el grito de su madre, el gemido de su padre.

Tanya cayó hacia atrás, aspirando el aire enrarecido.

«Oh, Dios —gimió—. Por favor, Dios, por favor».

Empezó a respirar con dificultad, inhalando y exhalando apresuradamente como un acordeón enloquecido. Apretó los ojos aún más contra los pensamientos. Le salió moco de las fosas nasales… pudo sentir el rastro. Lágrimas se le entremezclaron y le cayeron en los antebrazos cruzados. Algo más también húmedo había allí, en el brazo derecho.

Comenzó a susurrar, repitiendo palabras que parecían calmarle el pánico.

«Contrólate, Tanya. Contrólate, contrólate».

De pronto tiritó, desde la cabeza y a través de la columna. Entonces una vez más fue demasiado y comenzó a gritar. Arqueó el cuello y expulsó el aire de los pulmones, que pasó por las tensas cuerdas vocales.

«¡Auxilio! ¡Auxilio!»

Pero nadie escuchaba allá arriba porque allá arriba todos estaban muertos. Ella lo sabía. Clamó en voz alta, solo que pareció más un resoplido. Gateó de rodillas, hizo acopio de todas las fuerzas que le quedaban, y se volvió a lanzar hacia la portezuela en lo alto.

Ya se le estaban engrosando los músculos, y se estrelló contra la dura madera como un saco de rocas. Tanya cayó boca abajo.

Todo volvió a oscurecerse.

SHANNON FRANQUEÓ la línea de árboles, se dirigió desordenadamente hacia su madre que acababa de golpear el vidrio con el codo en un frenético intento por escapar de la casa. Estaba ensangrentada.

La vista de Shannon se hizo borrosa y gimió de pánico. El pie tropezó con algo, una piedra, y cayó de bruces en el borde del césped.

El árbol en el borde del bosque exactamente detrás de él se astilló con una ráfaga de balas. Pero no importaba… ahora estaba caído y lo podían matar fácilmente con un solo tiro.

Logró ponerse de rodillas y miró hacia el cielo. El cañón del helicóptero le apuntaba, listo para disparar.

Pero no disparó. Quedó suspendido allí frente a él.

El chico se puso lentamente de pie, bamboleándose. A cincuenta metros a la derecha su madre tenía una pierna fuera de la ventana, pero se había parado en seco y lo miraba.

—¡Shannon!

La voz pareció inhumana: medio gruñido, medio lloriqueo, y el sonido le hizo bajar un escalofrío por la espalda.

—¡Corre, Shannon! ¡Corre!

—¿Mamá?

El helicóptero giró lentamente en el aire, como una araña en una cuerda. Fuego ardió en la garganta de Shannon. Había visto al aparato hacer este truco con su padre y su tío. Los pies no se le movieron.

Tenía que salvar a su madre... sacarla de esa ventana, pero los pies no se movían.

De repente salió un rayo del helicóptero. En una décima de segundo la pared se desplomó hacia el interior sobre la cabeza de la mamá del muchacho. Y entonces el cuarto detrás de ella estalló en una atronadora bola de fuego.

Una ola del calor provocada por la detonación golpeó el costado de Shannon, y este miró de frente la explosión, incrédulo. La ventana en la que estuviera su madre había desaparecido. Ya no estaba la mitad de la casa; el resto se hallaba en llamas.

El joven dio la vuelta y corrió hacia la selva, apenas consciente de su propio movimiento. Tropezó contra un árbol y el mundo le dio vueltas en ambiguos círculos, pero se las arregló para volver a levantarse y seguir corriendo. Esta vez lo logró sin un solo disparo. Pero esta vez no le importó.

SHANNON CORRIÓ bajo la espesura, con la mente entorpecida, ahora todos los sentidos completamente volcados hacia los instintos. Saltó sobre troncos caídos, evadiendo enredaderas cubiertas de espinas, plantando cada pie en la superficie más segura posible a pesar del ritmo que llevaba. Cien metros más adelante cortó bruscamente hacia la derecha. En los ojos de su mente Tanya lo llamaba desde la misión gritando con los labios, angustiada y pálida.

Detrás de él resonaron gritos entre los árboles. De repente un árbol tierno se partió en dos, y Shannon giró a la izquierda, agachándose rápidamente. Las detonaciones entrecortadas de armas semiautomáticas resonaron en la selva y el muchacho siguió corriendo, hacia el sur... hacia Tanya.

¿Y si también hubieran atacado la misión? ¿Cómo podían estadounidenses hacer eso? CIA, DEA. Las palabras de su padre acerca de los perversos estadounidenses le resonaron en la mente. Pero papá estaba muerto.

A la derecha, más allá del borde de la selva, le llegaron voces, y Shannon entendió que sus perseguidores corrían a lo largo de la orilla del bosque, siguiéndolo incluso por tierra. Gritaban en español.

Fueran quienes fueran, estaban bien organizados. Militares o paramilitares. Posiblemente guerrilleros. Habían venido con la determinación de acabar con todos en la plantación. Y ahora él había escapado. Debería internarse en la selva y correr hacia los riscos negros. Desde allí podría llegar al río Orinoco, el cual serpenteaba hacia el Atlántico. Pero no podía abandonar a Tanya.

Entonces lo volvió a sacudir la realidad de la situación: ¡su padre y su madre estaban muertos!

Lágrimas se le filtraron por los ojos. La visión se le anegó, y mientras corría se pasó una mano por las húmedas mejillas, logrando apenas eludir un tronco que sobresalía del suelo boscoso. Meneó la cabeza y se armó de valor secándose las lágrimas.

A la derecha las voces se apagaban y surgían de nuevo. Un disparo resonó en la espesura, y Shannon se dio cuenta de que era una ridiculez correr paralelamente a ellos. Viró a la derecha, saltó sobre un enorme tronco, se lanzó a tierra, y se tendió a lo largo del tronco hasta enterrar el rostro en madera podrida y tierra.

Diez segundos después ellos pasaron corriendo y respirando con dificultad. Se trataba de soldados entrenados en la selva, pensó Shannon, tragando grueso. Se puso de pie y cortó directo hacia el claro de la misión. Corrió hacia el borde de la selva, se arrodilló junto a una gigantesca palma, y se volvió a secar los ojos.

La casa de la misión estaba a cien metros directamente al frente. Soldados pasaban alrededor del perímetro a lo lejos a la izquierda de Shannon, gritando de acá para allá a los otros que entraban a través de la maleza. Se irguió, decidido a atravesar corriendo el campo abierto hacia la casa cuando los vio: soldados arrastrando varios cuerpos por la puerta.

Shannon se quedó paralizado. No lograba ver los rostros de las víctimas arrastradas hacia el porche, pero ya conocía sus identidades.

Avanzó lentamente, consciente de un zumbido entre los oídos. La visión se le hizo borrosa y dio otro paso.

El árbol a su lado chasqueó y el joven giró bruscamente la cabeza a la izquierda. Una bala había perforado la corteza. El ambiente se llenó de gritos y Shannon se dio vuelta para ver a soldados a lo largo del perímetro corriendo hacia él. Uno se había apoyado en la rodilla y estaba disparando.

Volvió a meterse entre los árboles, regresó a ver una vez más hacia la casa, e hizo rechinar los dientes. Un nudo le llenó la garganta y por otro breve instante pensó que podría ser mejor dejar que lo mataran.

CAPÍTULO CINCO

ABDULLAH AMIR se hallaba en lo que quedara de la casa de la plantación de los Richterson y miró el ardiente agujero donde minutos antes estuvieran las habitaciones. Del extremo de una mesa levantó una campana azul y blanca de porcelana y la sacudió con delicadeza; esta repicó sobre las chispeantes llamas: *tilín, tilín, tilín.* Tan hermosa y sin embargo tan delicada.

El tipo lanzó la campanita contra la pared, destrozándola.

—Los estadounidenses son sinvergüenzas.

—Estos no eran estadounidenses. Eran daneses.

Se volvió para ver a su hermano, Mudah, que atravesaba la puerta principal. Su hermano había viajado desde Irán para esta ocasión. Tenía sentido, el futuro de la Hermandad reposaba en este plan exclusivo que ellos tramaran. Lo habían denominado «El trueno de Dios». Y era por supuesto un plan que valía miles de esos viajes.

—Ellos podrían decir lo mismo de ti. Sin motivo alguno les acabas de destruir una de sus baratijas —opinó Mudah.

—Y tú *los* acabas de matar —objetó Abdullah.

—Sí, pero por un *buen* motivo. Por Alá.

Los labios de Abdullah se levantaron en una leve sonrisa. De muchas maneras ellos eran distintos, él y su hermano. Mudah estaba felizmente casado, con cinco hijos, la menor una niña de dos años y el mayor un chico de dieciocho. Abdullah nunca se había casado, la cual era una de las razones de que lo eligieran para encabezar esta misión en Suramérica. No era tan devoto como su hermano. Mudah vivía para Alá, mientras Abdullah vivía por razones políticas. De cualquier modo, ellos tenían su enemigo común. Un enemigo que para destruirlo ambos darían sus vidas. Materialismo. Imperialismo. Cristianismo. Estados Unidos.

—Sí, por supuesto. Por Alá —concordó él, y miró por la ventana—. Así que ahora esta selva será mi hogar.

—Por algún tiempo, sí.

—Algún tiempo. ¿Y cuánto es algún tiempo?

—El tiempo que se necesite. Cinco años. No más de diez. Vale la pena cada día.

—Si primero no me mata. Créeme, esta selva puede enloquecer a un hombre.

—Te creo —avino Mudah sonriendo—. Lo que más me cuesta creer es que la CIA cooperara de veras con nosotros.

—No conoces el tráfico de drogas. Les he entregado suficiente información para acusar a dos carteles de drogas en Colombia a cambio de esta pequeña plantación. No es tan difícil de creer.

Mudah se quedó en silencio por un momento.

—Un día *ellos* lo encontrarán difícil de creer.

Abdullah hizo caso omiso del comentario. Es un hecho que lo encontrarán difícil de creer.

—¿Localizaron al otro? —averiguó Mudah.

La pregunta trajo de vuelta a Abdullah a la inmediata preocupación que tenían.

—Si no lo han hecho, lo harán. Mató a un hombre. Y si ellos no lo encuentran, yo lo haré. No podemos arriesgarnos a dejar sobrevivientes. Eso no nos serviría a ninguno de nosotros.

Mudah hizo una pausa y miró a Abdullah.

—Haces sentir orgulloso a nuestro padre, hermano. Harás sentir orgulloso a todo el islam.

CUANDO TANYA recuperó otra vez la conciencia se debió al *sonido de un golpe metálico* sobre ella. Se sentó aturdida, pensando que con la mañana había terminado la noche… que la pesadilla había pasado. Pero cuando abrió los ojos persistía la oscuridad, y se dio cuenta con horrible espanto que no había soñado nada.

Sin embargo, el sonido metálico era nuevo. Abrió la boca para gritar cuando voces apagadas ingresaron al compartimiento. Voces extrañas musitando palabras extranjeras. El corazón se le paralizó y la chica cerró la boca.

El cuerpo de Tanya comenzó a temblar otra vez; se agarró las rodillas con la intención de frenar el temblor. Las botas se detuvieron muy cerca, quizás en el pasillo, y entonces arrastraron algo al interior de la sala. Se estremeció ante las imágenes que evocaron el sonido, y comenzó a sollozar en voz baja.

Se quedó en cuclillas por interminables minutos, inmóvil, abatida entre pensamientos abstractos. En cierto momento el dolor en la cabeza le aumentó como una gigantesca roca en la mente, y entonces se metió los dedos en una profunda cortada a lo largo de la coronilla. Una pegajosa humedad que supuso que debía ser sangre le empapaba el cabello. Se preguntó qué pasaría si una araña pusiera huevos en esa cortada.

«Los huevos de un insecto pueden ser mucho más peligrosos que su picadura, Tanya —le había advertido mil veces su madre—. Ten cuidado en esos ríos, ¿oyes?»

Sí, mamá, oigo. Pero ahora no oigo. No oigo nada porque estás muerta, ¿no es así, mamá? Te mataron, ¿verdad? Lloró tras el pensamiento.

La mente se le aclaró poco a poco. Un dolor le atormentaba en el brazo, y se pasó las yemas de los dedos hasta otra profunda cortada debajo del codo. Ahora las arañas tendrían dos lugares dónde plantar huevos. Tanya aspiró hondo, de repente consciente de que el aire en ese hoyo estaba viciado, tal vez ya reciclado. Ella podría sofocarse… ahogarse en su propio dióxido de carbono.

Volvió a estirar la mano hacia el techo y empujó. Muy bien pudo haber sido un muro de ladrillo.

La cabeza se le hinchó de dolor. Si tenía que morir, lo mejor era una muerte rápida. Pero no estaba lista para morir, y el pensamiento de morir lentamente en este compartimiento oscuro la hizo llorar otra vez.

Una voz le vino desde la memoria… su padre, en la manera profunda y confiada que solía tener.

«¡Tanya! Tanya, ¿dónde estás, cariño? Ven al pasillo; quiero mostrarte algo».

Era en su primera semana en la selva. Entonces ella tenía diez años. El padre había venido antes que Tanya y su madre para construir la casa. Ahora, después de tres meses ellas se le habían unido. Tres meses de esperar y de explicar a sus amistades estadounidenses que sí, que los estaba dejando por mucho tiempo, pero que no se preocuparan, ella escribiría. Había escrito tres veces.

—Ven aquí, cariño.

Había encontrado a su padre mirando dentro del clóset del pasillo y sonriendo orgullosamente.

—¿Qué es, papá?

Él la había llevado al lugar y se había agachado al lado de ella.

—Es un sitio secreto de almacenaje —le había dicho él, radiante—. Creo que es un lugar en que podemos esconder cosas.

Ella había mirado dentro del oscuro cuadrado y se había estremecido.

—Está muy oscuro. ¿Por qué quieres esconder cosas?

Su madre había intervenido entonces.

—Ah, no le debes prestar atención a tu padre, Tanya. Solo está sacando a relucir sus fantasías de la infancia. Tú no vas a entrar allí. No es un lugar seguro. ¿Comprendes? Nunca.

Jonathan había reído entre dientes y Tanya se había alejado, sonriendo. Había muchas cosas más interesantes en los nuevos alrededores de la niña que una caja enterrada. Es más, en realidad su padre nunca había utilizado el lugar oculto, al menos que ella supiera.

Menos ahora. Ahora él había dirigido a su hija allí dentro y la había dejado para que muriera. El pensamiento la ofendió, y Tanya abrió bien los ojos a pesar de que no se veía nada. Correcto, debía tener este pensamiento o simplemente podría hacer eso. Podría morir.

Para empezar, Tanya debía encontrar una manera de moverse dentro de este diminuto espacio. Si no estiraba las articulaciones, estas se atrofiarían. Las rodillas ya se le estaban acalambrando. Inhaló ante la humedad que le cubría el labio superior y se pasó la mano por debajo de la nariz. Las paredes a cada lado estaban solo como a quince centímetros de cada hombro, y había establecido que la proximidad del techo tal vez no llegaba a cincuenta centímetros por sobre la cabeza. Estiró las piernas; estas no hallaron pared, y tuvo su primera sensación de alivio. Estaba sentada en *L* con la espalda contra un extremo.

Tanya estiró más los pies, pero estos chocaron con el extremo opuesto del compartimiento. Maldijo en voz alta. No era posible acostarse derecha. Piensa correctamente. *¡Piensa!*

Dios mío, escúchame. Estoy atascada en esta caja y estoy maldiciendo. No suelo maldecir. Especialmente cuando la única persona que tal vez me pueda sacar de esto eres tú. Ayúdame, querido Padre. ¡Ayúdame!

Bueno, está bien. ¿Qué debo hacer? Tanya se tranquilizó y obligó a la mente a funcionar con lógica, un paso a la vez.

Padre, si me permites vivir, te juro...

¿Qué le vas a jurar a Dios? Como si eso cambiara algo.

Solo déjame vivir y haré cualquier cosa. Cualquier cosa. Lo juro...

Las paredes de los lados estaban asentadas en pared o concreto... no sabía en qué, pero de cualquier modo no iban a ninguna parte. Las paredes de los extremos eran iguales a las de los costados. El piso debajo de ella llevaba a más tierra.

Esta era una tumba.

El techo ya había demostrado ser inflexible, aunque solo había intentado la fuerza. Tal vez con astucia resultaría mejor. Sí, astucia.

Tanya se sentó y pestañeó en la profunda oscuridad. Debía explorar todo el compartimiento con los dedos, especialmente el techo... tal vez halle una cerradura, una hendija o alguna manera sencilla de salir de esta caja.

Una pizca de esperanza le produjo un poco de luz en la mente. Lo que necesitaba era luz en los ojos, pero esto era un inicio, pensó, y con urgencia necesitaba un inicio. Levantó los brazos por encima de la cabeza y con las yemas de los dedos se dedicó a palpar cuidadosamente la áspera madera como si estuviera leyendo Braille.

«Dios, ayúdame —expresó—. Haré cualquier cosa si me ayudas. Lo que sea».

EL TRUENO de una tremenda tormenta chasqueó mientras Shannon corría como alma que lleva el diablo. La voz retumbante del cielo ahogó los gritos de hombres a menos de cien metros detrás de él.

La lluvia llegó rápidamente, a torrentes, a medida que él se acercaba a la empinada pendiente que ascendía hacia los riscos. Pensó que ahora era un buen momento de regresar a casa. Mamá había dicho que para la cena tendría sopa de verduras, y a él le encantaba la sopa de verduras.

El pensamiento le llegó como una puñalada en la frente y dio inicio a una serie de imágenes. El corazón le saltó a la garganta y Shannon sollozó, pero rápidamente se le cortó la respiración. Ahora no. Ahora no.

Había corrido muchas veces bajo estos árboles, a menudo sin tomar en cuenta el sendero y avanzando con dificultad por la selva, riendo con indios yanomamis pisándole los talones. Por supuesto, esos eran momentos de juego. Entonces el sol había estado brillando, el suelo era visible, y el follaje estaba seco. Ahora la lluvia hacía bajar arroyos de lodo por esas empinadas laderas.

Miró abajo la montaña y vio figuras borrosas a no más de setenta metros atrás. Se salió del sendero y se abalanzó por la pronunciada inclinación a la izquierda. A través del constante aguacero oyó gritos ahogados seguidos por un ¡tas! El fuego de las armas llegó entonces en cercana sucesión, rasgando el aire como una serie de petardos.

El pie de Shannon se enterró en el suave lodo y halló una raíz. Con el verdor a su alrededor crujiendo ante del sonido de silbantes balas se internó en la selva y a zarpazos empezó a trepar la cuesta. Llegó a la cima de la ladera y se lanzó hacia adelante, jadeando con fuerza y temblando a causa del esfuerzo. Los negros riscos se levantaban por sobre la espesura.

Un fuerte golpeteo surgió entre las hojas detrás de él... el sonido de helicópteros. ¡Así que se habían unido en la persecución! Interceptarían los riscos.

Shannon se detuvo en seco en un claro en la base de los riscos. El sombrío contraste entre la espesa selva verde y la escarpada pizarra negra que se elevaba por encima centelleó la imagen de una tumba levantándose del césped de un cementerio. No se podían trepar los riscos, a no ser por dos pasajes bien demarcados.

El chico reposó las manos en las rodillas y jadeó en el escaso aire de la montaña, agradecido de que en ese momento hubiera cesado la lluvia. El golpeteo de aspas advertía la inclemente persecución.

Shannon volvió el manchado rostro hacia la selva abajo. Por el momento los había dejado, pero lo hallarían rápidamente. Tenía que pensar. El corazón le palpitaba en el pecho como un cilindro esforzándose por bombear a través de sellos reventados.

¡La laguna! No había estado en el hueco del agua en un año, pero quizás se podría ocultar allí.

Agarró un puñado de pasto y rápidamente se quitó el lodo de las suelas. Con la mirada fija en los árboles corrió paralelo al bosque, saltando de roca en roca.

Había recorrido doscientos metros antes de que el sonido de rotores de helicóptero lo hiciera meterse de nuevo a la selva. Corrió entre los árboles a lo largo de los negros riscos sin disminuir el paso, logrando ver de vez en cuando los helicópteros descargando hombres en lo alto de esos riscos.

Llegó a una pequeña laguna lodosa, se dejó caer boca abajo, viró hasta mirar el cielo, y luego salió a hurtadillas de la selva. En medio de la laguna flotaba maleza, maleza consistente en carrizos retorcidos y rotos. Shannon se deslizó entre el agua estancada, sumergiéndose y nadando entre los carrizos. Salió a la superficie en una pequeña caverna formada por la maleza y agarró una raíz.

Delgados rayos de luz se filtraban por sobre la masa de carrizos rotos más arriba. Shannon escupió hacia una gigante lagartija nocturna *durukuli*, cerró los ojos, y sacudió la cabeza ante la oleada de lágrimas en los ojos.

Se oyeron voces alrededor del perímetro del agua. Shannon contuvo la respiración y obligó a los músculos a relajarse. Las pisadas pasaron suavemente y se internaron en los matorrales. Por el momento estaba a salvo.

Tragó grueso y se quedó mirando a la inmóvil lagartija que hacía chasquear la lengua. El sonido de sudor cayendo al agua desde la barbilla le resonó en los oídos, como el paso de segundos que llevaban a ninguna parte. *Tas, tas, tas.*

Entonces imágenes del ataque volvieron a enrollársele en la mente. Ahora solo quería ir a casa. Ya había terminado, ¿verdad? Todo había acabado. Debía ir a casa antes de que la oscuridad hiciera salir a las serpientes.

Pero no se pudo mover. Dejó que más lágrimas, chorros de ellas, le corrieran por el rostro, y halló un poco de consuelo en esas lágrimas. Nadie podía verlo. Sin embargo, pensó que pronto tendría que hacer algo.

Pronto.

TANYA SE desplomó sobre el trasero, totalmente aterrada. Había pasado bastante tiempo recorriendo el compartimiento con las yemas de los dedos. Los minutos se consumieron en horas, pero en realidad pudieron haber sido solo segundos. Era esa clase de impresión: una extraña confusión con la despiadada mirada enfocada hacia la medianoche, pero sabiendo que la mañana debería llegar. E irse.

Ella no encontraba salida.

Además de la pequeña rajadura alrededor de la portezuela, los dedos de la joven solo sentían líneas paralelas que separaban exactamente ocho tablas alineadas en todos los cuatro costados de este cajón de embalaje. Tanya había calculado que cada tabla tenía veinte centímetros de alto. Eso haría a la caja de más de metro y medio de profundidad y más o menos lo mismo de largo. Metro y medio por metro y medio, por un metro, pensó ella. Un buen tamaño para una tumba. Grande, en realidad. Bueno, las tumbas egipcias… había algunas tumbas importantes.

Pero esta no podía ser la tumba de Tanya. De veras que no. ¡Ella solo tenía diecisiete años! Y se suponía que su padre había intentado *salvarla*, ¡no enterrarla viva! Empezó a llorar en rachas continuas. La emoción de llorar le hacía estremecer los hombros.

Oh, Dios. ¿Por qué? ¿Qué hemos hecho mi padre, mi madre o yo para merecer esto? ¿Por qué permitirías que ellos murieran? Contéstame solo eso, si eres tan bondadoso y amable.

Se llevó una mugrienta uña a los labios y la mordió. Mugre se le molió entre los dientes incisivos, como diminutos pedazos de vidrio que le enviaron escalofríos por la espalda. Sus padres eran muy inocentes; muy amorosos y pacientes. Daban sus vidas por otros. Por ella.

Por favor, Dios, sálvame. Haré cualquier cosa.

La mente de Tanya empezó a hacerse trizas anímicamente. Había llegado al final de los sentidos. Ya no había más tareas importantes en qué ocupar los dedos. Las fosas nasales estaban atestadas con el olor a putrefacción; las orejas solo oían débiles sollozos; lo único que lograba saborear era el propio moco que le salía.

Mil pinchazos de luz le centelleaban en la mente, como estrellas estallando el cuatro de julio, y Tanya pensó que se podría deber a que el cerebro se le estaba desequilibrando. Las manos le temblaban como las de alguien muy viejo en oración desesperada, y los ojos le empezaron a doler. Le dolían porque se le habían enrollado hacia el interior del cráneo, desde donde tenían una mejor posición para los fuegos pirotécnicos. La boca le bostezó, exhalando aire viciado.

Entonces oyó el grito.

Empezó débil y lejano como un tren acercándose y haciendo sonar el silbato, pero rápidamente se convirtió en un fuerte chillido, como si el tren hubiera aplicado los frenos y se deslizara de manera incontrolable hacia el frente.

Tanya pensó que el sonido le estaba lastimando la garganta, y se dio cuenta de que el grito salía de ella.

Estaba gritando. No se trataba para nada de un bostezo... *era* un grito. En algún momento durante ese grito se quedó dormida. O muerta. Daba lo mismo en la caja aquí abajo.

Fue entonces, mientras yacía muerta para el mundo, que vino la primera visión, como un rayo del cielo. En un sencillo resplandor de blanco, el cielo brillante floreció encima de ella. La oscuridad desapareció. Y allí, acurrucada en el compartimiento, Tanya quedó boquiabierta.

La chica era como un ave en lo alto del cielo, dando vueltas a un claro en la selva allá muy abajo. La cubría tal alivio y tal satisfacción que se estremeció de placer.

Pasó una ráfaga de viento silencioso; cielo brillante le hizo entrecerrar los ojos; el aroma de la selva surgió húmedo y agradable. Ella sonrió y giró la cabeza.

Esto es real, pensó. *Me he convertido en un ave o un ángel volando sobre los árboles.*

Un buldózer amarillo lanzaba ruidosamente humo gris mientras recortaba un camino a través de árboles que llevaban a un enorme campo cuadrado hacia el norte. La plantación. La plantación de Shannon. Y directamente abajo, la misión.

Tanya bajó las alas para mirar más de cerca. Estaban construyendo una casa de madera en el centro del claro. El individuo alto de cabello rubio que trabajaba allí se inclinaba con diligencia sobre una mesa de aserrar, y ella reconoció de inmediato a su padre. Los centelleantes ojos azules de él miraron al cielo, sonriendo; levantó una mano, como si quisiera que ella llegara hasta él, y entonces se volvió a inclinar sobre el aserradero.

Pero todo esto era muy extraño. Ella nunca había visto la misión o la casa antes de su culminación. Y ahora veía cada detalle a través de los ojos de un ave. Vio cómo papá había colocado cuidadosamente las vigas del techo con centros de cuarenta y cinco centímetros para agregar fortaleza; vio que una de las ventanas estaba rota en el suelo, esperando ser reemplazada. Vio que su padre había dejado varias vigas grandes inclinadas contra la esquina y que ahora una de esas vigas se deslizaba hacia él.

Tanya comprendió súbitamente sobresaltada que la viga se estrellaría contra su padre, y le lanzó un chillido de advertencia. Jonathan volteó a mirar hacia el cielo, vio la viga que se le venía encima y se hizo a un lado salvándose por solo unos tres centímetros. Con los ojos bien abiertos se balanceó sobre los pies. Por un momento miró la viga con incredulidad, obviamente afectado en mala forma. Levantó la mirada hacia el ave que volaba en lo alto, hacia Tanya, y sonrió.

«Gracias, Padre —susurró Jonathan; y luego, como si le hablara directamente a ella, comentó—: Recuerda mirar siempre más allá de tus propios ojos».

De pronto el cielo se ennegreció, como si alguien hubiera apagado un interruptor.

Solo que nadie había apagado las luces. Ella acababa de abrir los ojos. Y en la caja no había luz.

Tanya respiró de manera confusa y se acurrucó, deseando con desesperación poder volver a remontarse en el brillante cielo donde podía mirar más allá de sus propios ojos.

CAPÍTULO SEIS

LA PEQUEÑA cavidad bajo los árboles se oscurecía más a medida que el crepúsculo se asentaba sobre la montaña en la selva. Incesantes aspas de helicóptero pasaban de aquí para allá, sobre los árboles. Dos veces Shannon oyó hombres discutiendo sobre cómo proceder. Dos veces habían evadido la laguna, maldiciendo.

El aire se había quedado en silencio en los últimos veinte minutos. Shannon había decidido que debía atravesar el risco hacia el río, y sabía dónde podía treparlo junto a una estrecha hendidura. Pero otra imagen se le había albergado en la mente: el viejo chamán, con ojos negros y penetrantes, con una piel negra de jaguar sobre la cabeza, golpeando ligeramente con un báculo torcido. Mascullaba con sonidos guturales... recitando la antigua leyenda acerca de cómo el hombre se había formado de la sangre de un espíritu herido mientras este volaba hacia el cielo, mortalmente herido.

«De sangre a sangre —graznó la voz del anciano—. El hombre nació para matar. Por eso el espíritu de la muerte es el más poderoso. Sula».

Un escalofrío recorrió la columna de Shannon. *Tenías razón, Sula*, susurró.

Entonces ve.

Shannon parpadeó en medio de la oscuridad. *¿Ir?*

A la tumba.

Los dedos le temblaron y no estaba seguro si el temblor venía del frío o de este pensamiento que le susurraba en la mente. La tumba era un lugar estrictamente prohibido. Podría significar la muerte. O podría significar poder, para el próximo hechicero. Ninguno de sus amigos se había atrevido alguna vez a adentrarse a mil metros de la cueva donde la tribu había enterrado no solo a Sula sino a toda la línea de hechiceros antes de este.

Shannon tragó grueso. Sin embargo, ¿y si él pudiera adquirir ese poder y vengar la muerte de sus padres? Otra voz le susurró en la mente. La de Tanya. Y le estaba diciendo que no fuera tonto.

Pero Tanya estaba muerta, ¿verdad? Todos estaban muertos. El chico empezó a llorar otra vez, desesperado y temblando en el agua helada.

Tomó la decisión por impulso, tanto por miedo y miseria como por cualquier otra cosa. Iría a la cueva.

Shannon aspiró una bocanada de aire, se sumergió en el agua fría, y nadó hacia la orilla. El perímetro estaba despejado cuando salió a la superficie y se paró sobre el pasto. Corrió hacia los negros riscos, fustigado ahora por una adormecedora determinación; un deseo singular de zambullirse en el poder de Sula. No estaba seguro si lo hacía por comodidad, por venganza o solo por su propia sensatez, pero corrió más rápido al acercarse a la antigua cueva.

Grandes murciélagos frugívoros batían sus enormes alas casi en silencio sobre la cabeza. Insectos chillaban. La roca a la que se avecinaba irradiaba una sombra de mal augurio, incluso en la oscuridad, ocultando la luna.

Shannon salió al claro, treinta metros antes de la cueva, y se detuvo. Una calavera humana colgaba en la entrada… la primera víctima de Sula. En el entierro del hechicero habían vuelto a contar la historia en medio de gritos que gemían por la selva como desesperadas trompetas. El cráneo pertenecía a una mujer que se había alejado demasiado de su propia tribu. Sula contó que la mujer había llegado para lanzar un conjuro sobre la aldea y que él la había golpeado con una roca en la parte trasera de la cabeza. Él tenía catorce años entonces.

Shannon miró dentro de la cueva y rechazó un pánico repentino que se le estrelló en los oídos. Retrocedió involuntariamente un paso, tragando grueso.

«Sula —murmuró—. Sula».

Una brisa helada hizo que las hojas le susurraran sobre la cabeza, enviándole un escalofrío a lo profundo de los huesos. La cueva parecía una garganta oscura. Como si el risco fuera realmente un rostro, como si la calavera que colgaba en la entrada fuera su único ojo, y como si la cueva fuera la boca bostezando. Los nativos decían que la cueva llevaba a un abismo interminable de espacio negro donde los espíritus habían vivido primero. El infierno mismo.

Una imagen resplandeció en la mente de Shannon, y él parpadeó. Era mamá, gritando al otro lado de la ventana de la casa. Rogándole que huyera para ponerse a salvo.

Shannon tragó saliva y se dirigió a la cueva. Lágrimas le llenaron la visión mientras caminaba. Se sintió transitando sobre un precipicio.

«Mátame» —exclamó, haciendo que las palabras pasaran a través de apretados dientes.

Entonces se halló avanzando a tropezones, con sangre golpeándole la cabeza.

«¡Mátame!» —gritó, y corrió hacia el hueco, atrapado en un maniático frenesí; agarró un puñado de piedras y las arrojó al interior de la cueva.

«¡Mátame! ¡Mátame!»

Shannon se detuvo con las piernas separadas. Se hallaba frente a la cueva, a metro y medio del montículo de tierra que cubría a Sula. El báculo torcido estaba en la cabecera de la tumba, como una daga. El blanco cráneo de un jaguar colgaba del báculo, colmillos blancos, y negros los huecos de los ojos.

Los músculos de Shannon comenzaron a contraerse de pavor; este horror era de los que empiezan profundamente en la médula, se extienden por los huesos y queman la carne desde el interior. Supo entonces que había cometido una equivocación al venir aquí. Iba a morir.

Viento frío le soplaba en el rostro, levantándole el largo cabello. Un suave gemido lo empujaba a través de la abertura, hacia el interior de la profunda selva. Las piernas le temblaban y él cayó de rodillas, respirando ahora con dificultad.

«Sula…»

Toca la tumba.

Empezó a sollozar.

Toca el báculo.

Shannon extendió los brazos a los lados y levantó el rostro hacia el techo de roca de la caverna. El cuerpo se le convulsionó con dolorosos sollozos que resonaban en la cámara.

El báculo, ¡gusano despersonalizado! ¡Toca el báculo!

Con un grito final que pareció más un prolongado gemido, Shannon se lanzó hacia la tumba. Gateó por encima y se arrojó hacia el báculo. Las manos agarraron la torcida vara y él cayó de bruces, bocabajo, con el torso saltándole en suaves sollozos.

El poder llegó como una corriente eléctrica, silencioso pero inmisericorde.

Una oleada de atroz energía le bajó por la espina dorsal, contrayéndola con rápidos movimientos que le agarraron los pulmones e hicieron que la columna se le inclinara hacia atrás como en una reverencia. La cabeza y los pies saltaron a treinta centímetros del suelo, tensándolo hasta estirarse hacia atrás y completar un arco increíble. Durante cinco minutos completos se le convulsionó el cuerpo, amenazándolo con partirle la espalda en dos. No podía respirar; no lograba pronunciar un solo sonido; solo pudo sumergirse en el poder que lo tragaba.

Y por un instante tuvo la seguridad que se estaba ahogando de veras.

El poder lo soltó con un suave sonido explosivo, y la cabeza le dio de lleno contra el suelo. Tenía la boca abierta, y pudo saborear la tierra, pero hasta donde le constaba, él estaba muerto.

TANYA SE consumía en el rincón, despejándose. Ahora ya dos veces se le habían prendido las luces en la mente, cada vez revelando el mismo cielo azul y el mismo claro abajo. Las imágenes llegaban de repente, como el resplandor de un foco suspendido zumbándole en el cerebro por un minuto o dos y luego desapareciendo. Imaginó un monje en la celda de un monasterio jalando un enorme interruptor como en una película de Frankenstein que había visto una vez en casa de Shannon. Quizás esa era ella, la Señora Frankenstein, solo que cuando jalaban el interruptor el cuerpo de ella no se levantaba de la mesa. En vez de eso veía visiones.

Ahora volvían.

Su padre estaba otra vez abajo, trabajando de manera diligente, esta vez asentando esas vigas que casi le caen encima. De no ser por eso, la escena parecía igual a los dos episodios anteriores. Un buldózer resoplaba en surrealista silencio, su padre hacía oscilar el martillo, una sierra giraba… nada de eso con sonido. Y siempre cielos azules brillantes y vívida selva verde. Bandadas de loros volaban por sobre los árboles.

«Recuerda, mira siempre más allá de tus ojos» —le decía una voz.

Tanya miró hacia abajo y vio que su padre había levantado la barbilla hacia ella. *Bueno, ¿qué significa eso, padre?* Pero no podía preguntar, porque en realidad no estaba allí con él. Ella era un ave o algo, volando alrededor.

Pero la escena traía consigo una sensación de verdad, como si Tanya estuviera mirando a su padre, meses antes de que ella viniera a Venezuela. Como si lo que ahora veía en la casa enmarcada fuera realmente cómo la construyera él.

Ahora un recuerdo se unió a los pensamientos. Tanya estaba sentada a la mesa de su recién construida casa y papá les estaba hablando acerca de cómo Dios lo había protegido en esos tres meses. Y más específicamente, les estaba contando una historia de cómo casi lo aplasta una viga. Pero una paloma del cielo había chillado y él había mirado hacia arriba justo a tiempo para ver la viga.

Era la voz de Dios, había dicho él.

Tanya pestañeó en el rincón de la caja y acercó las rodillas. *¡Cielos! Eso había sucedido de veras*, pensó. *No fue parte de mi sueño papá nos contó esa historia. Y ahora estoy alucinando que fui yo en la forma de algún pájaro, quizás una paloma, quien le advirtió.*

Tal vez la mente jugaba esa clase de trucos exactamente antes de morir. O era posible que ella estuviera allí de verdad, observando.

De cualquier modo, papá le estaba diciendo que *mirara más allá de sus propios ojos.*

CAPÍTULO SIETE

SHANNON VOLVIÓ en sus cabales diez minutos después. Pero en realidad no eran sus cabales, ¿de acuerdo? Bueno, sí, lo eran, pero sus cabales habían cambiado, ¿verdad?

Se elevó sobre las rodillas, y luego sobre los pies. El sabor a cobre le llenó la boca… sangre de la caída. Tragó y se estremeció con una pasión repentina. Al principio no supo qué había cambiado, tan solo sabía que ya no podía quedarse esperando. Tenía que salir de esta caverna y subir los riscos.

El báculo aún asomaba de la tumba, como un enorme mondadientes. El viento aún le daba en las mejillas y la respiración aún le resonaba en la oscura cámara. Pero de alguna manera todo le parecía un poco simple. Se dio vuelta y enfrentó la selva.

«Sula» —susurró.

Era hora de salir. Shannon apretó los dientes, escupió sangre a un costado, y se internó corriendo en medio de la noche, sin poder contener la furia ardiente que le hervía en las venas.

Eso era: la tristeza había dado cabida a furia violenta. Esa era la diferencia en él. Se detuvo y miró la oscura selva alrededor. Una imagen del viejo hechicero, sonriendo con labios retorcidos, le resplandeció en la mente. Era cierto, entonces. Sula vivía.

Shannon sintió un poco de temor subiéndole por la espalda.

Una repentina niebla negra le saturó la mente, y parpadeó en medio de la noche, desorientado. ¿Adónde estaba yendo?

Ah, sí. Estaba yendo a los riscos. Estaba huyendo. Pero eso casi no tenía sentido. ¡Debía volver a la plantación y hacer algo!

No, debía escapar. Entonces haría algo. Qué, no tenía idea. Solo contaba con dieciocho años. Un simple chico. Un muchacho con Sula.

Shannon llegó al negro risco, escupió en las manos, y empezó a trepar. El peñasco subía doscientos metros hacia el oscuro cielo, iluminado ocasionalmente por la luna, la cual miraba a través de nubes pasajeras. Millones de criaturas nocturnas chillaban en coro desarticulado, sobrepuesto y muy intenso.

A pesar del aire frío de la noche, la trepada provocó rápidamente torrentes de sudor en los poros del joven. La delgada grieta que a menudo había analizado como un posible sendero de ascenso surgía a la tenue luz como una negra cicatriz. Usando las manos como cuña en la delgada rajadura, avanzó con sumo cuidado hacia arriba en la rocosa superficie. Con adecuado calzado de trepador la tarea habría sido difícil. Se las arregló ahora solo porque los desnudos pies tenían callos.

«Sulaaaa…»

Había trepado cien metros sin mayores problemas cuando la abertura empezó a hacerse más delgada. Shannon hizo una pausa, se quitó pestañeando el sudor de los ojos, y siguió adelante.

Diez metros más arriba la brecha se cerró convirtiéndose en una costura tan estrecha como un papel, y que terminaba en una saliente que sobresalía por sobre la llana superficie. Otros cien metros surgían amenazadoramente por sobre él. Ahora no podía regresar, no sin una cuerda. Un escalofrío le bajó por la columna, y respiró profundo para calmar los nervios.

Tanteó con los dedos la superficie del risco.

Nada.

Shannon volvió a mirar el saliente en lo alto, con el corazón ahora palpitándole como el pistón de un motor. Ese saliente estaba a treinta centímetros, quizás cuarenta y cinco, del próximo asidero de la mano. Alcanzarlo requeriría soltarse del apoyo que lo aseguraba a la superficie. Fallar en el intento sería caer en picada hacia la muerte.

Una imagen le paralizó la respiración: un hombre en caída libre con piernas y brazos extendidos hacia el cielo, gritando. Luego un escalofriante *tas*… una enorme roca en la base rompiendo la caída como un puño en la espalda.

La imagen le produjo una contracción en el labio. Sonrió suavemente.

«Sulaaaaa…»

Eres un psicópata sádico, Shannon. Psicópata sádico.

Miró el saliente en lo alto. Se impulsó hacia arriba con todos los músculos tensos y los dedos de los pies clavados a la roca. Asentó la mano derecha contra la superficie del risco por encima de él.

Nada.

Solo sintió piedra lisa. Ninguna saliente.

El cuerpo se le deslizó hacia abajo por la alisada superficie del abismo, los dedos buscaron desesperadamente un asidero. Las yemas de los dedos perdieron por completo el contacto con la roca. Estaba a punto de empezar una caída libre y el corazón se le amontonó en el paladar.

Entonces el saliente le llenó la mano y Shannon le trabó allí, sacudiéndose con violencia. Vibrando en tan mala forma que se dio cuenta de que el temblor lo haría soltarse a menos que hallara un mejor asidero. Pendiendo de tres dedos, hizo oscilar la mano izquierda hacia tan arriba como pudo y logró agarrar el saliente mismo.

Colgó por algunos momentos y luego se alzó poco a poco en el saliente enclavado en la roca. Tenía que haber una manera de subir en alguna parte.

Avanzó un poco más. Otra vez nada. El saliente se estrechó. Las yemas de los dedos llenaron la superficie del risco. Si el saliente se acababa… bueno, si se acababa él moriría, ¿verdad? Destrozado totalmente por los gallinazos allá abajo en las rocas. Pánico le aguijoneó el cuello, amenazando con explotarle en el cráneo. Shannon guindaba totalmente indefenso. No podía regresar; no podía descender; no podía trepar. La vida le pendía de este saliente, y comprenderlo esta vez hizo que los huesos empezaran a estremecérsele.

Estiró el brazo derecho todo lo que pudo, los dedos atravesaron una fisura, y se quedó helado. ¿La grieta? Hizo avanzar lentamente los dedos un poco más y la hendidura se profundizó… lo suficiente para lograr meter la mano.

Shannon tomó una vacilante y profunda respiración, empujó la mano dentro de la rendija, apretó con fuerza los nudillos hasta acuñarlos, y se columpió en el tenebroso abismo ante él, quedando colgado de la mano derecha empuñada. La mano se agarró con firmeza.

Miró hacia abajo el precipicio sin fondo a sus pies y metió la mano izquierda en la abertura a la derecha hasta crear otra cuña. Colgó de ese modo por un minuto completo, respirando entrecortadamente el aire nocturno. Los nudillos le ardían y los pulmones se negaron a llenarse por lo estirado que él estaba. Comenzó a alzarse a sí mismo, mano sobre mano.

Tenía los nudillos pelados y las manos resbalosas con sangre cuando logró deslizar- se sobre la cima. Conteniendo la respiración, rodó de espaldas detrás de un grupo de rocas. Le subía un dolor por los brazos. Se quedó quieto, entumido y confundido.

De repente oyó voces ahogadas transportadas por el viento. Se irguió de golpe y contuvo la respiración.

Otra vez, un hombre llamando y luego riendo.

Shannon avanzó lentamente hasta las rocas y asomó la cabeza sobre el borde en busca de una posición ventajosa. La mente captó el escenario nocturno en una larga serie de imágenes. Una hoguera titilando en la brisa a cien metros al frente, hacia el occidente. Dos docenas de rostros brillando en esa luz. Detrás de ellos un helicópte- ro… no, dos helicópteros, como búfalos alimentándose sobre la roca. Esparcidos por el campamento había paquetes de provisiones, con armas en lo alto. Un solo hombre hacía guardia, con las manos en las caderas, a veinte metros de distancia.

Shannon respiró hondo, sabiendo al instante lo que haría como si toda la vida en la selva lo hubiera preparado para este momento único.

Sintió una extraña atracción; un deseo, susurrándole en la noche, instándole a seguir adelante. Tragó saliva, examinando aún la escena delante de él, la sangre hirviéndole ahora en las venas. No tanto debido a la ira, observó con sorpresa. Un deseo vehemente.

Una nueva imagen le rodó ahora en el cerebro, en cámara lenta. Una escena de él volando paralelo a la tierra, arrojando el cuchillo con efecto de brazo.

El acero resplandeció en el aire mientras él aún se hallaba en vuelo.

Apuesto que te sorprendiste, ¿eh, muchacho? Y creíste aquí que me ibas a enchufar una o dos balas. Una sonrisa apenas perceptible se formó en los labios de Shannon.

Sula…

Entonces desapareció la imagen, dejándole solamente cielo negro en los ojos. Echó hacia atrás la cabeza y parpadeó. Gateó a través del pequeño claro y sigilo- samente saltó sobre el borde. Corrió por las rocas, y se quedó pegado al suelo. El guardia se hallaba de espaldas, inclinado sobre manos ahuecadas, un rifle le colgaba del hombro derecho. La silueta de un cuchillo le colgaba suelta de la cintura.

El hombre giró la espalda al viento, quedando frente al joven, con la cabeza aún inclinada hacia las manos. Shannon contuvo el aliento. Una llama centelleó una vez sin éxito, iluminando los morenos labios del guardia, fruncidos alrededor de un cigarrillo recién puesto en ellos. Más tarde Shannon se preguntaría qué lo pudo haber poseído para instarlo a ir, así tan de repente, con solo pensarlo. Pero entonces fue, exactamente antes de que otra llama iluminara el rostro del soldado.

Corrió a toda prisa en las puntas de los pies, directo hacia el iluminado rostro, sabiendo que la luz cegaría momentáneamente al hombre, sabiendo que el viento se llevaría el poco sonido que el sujeto hiciera. Cubrió los veinticinco metros en el tiempo que el guardia tardó en prender el cigarrillo y aspirar profundamente una vez, con la cabeza inclinada hacia atrás.

Llevando todo el impulso contra el hombre, Shannon le golpeó con la palma izquierda la barbilla levantada y en un brusco movimiento le arrancó de la funda el cuchillo. Se abalanzó tras el guardia que retrocedía tambaleándose, agarrando el vacilante cuerpo, hizo girar el cuchillo en la mano y lo atravesó por el expuesto cuello antes de que el hombre tuviera conciencia para gritar.

Shannon no había planeado los pasos para el ataque, simplemente había visto la oportunidad y actuó. Sangre brotó de la yugular del guardia, derramándose hacia la piedra. El colgante cigarrillo iluminó por un instante los ojos sobresaltados del tipo y luego cayó de los labios. El hombre se encogió amontonadamente y luego se tambaleó de espaldas, las botas sacudiéndose bruscamente entre las piernas extendidas de Shannon.

¿Qué te ha sucedido, amigo? Eres un psicópata sádico.

Sí un sádico.

Shannon alargó la mano hacia el rifle del hombre, liberó el arma jalándola con fuerza, agarró un cargador extra del cinturón, y corrió hacia una enorme roca a diez metros a la derecha. Se deslizó hasta quedar arrodillado, jadeando.

La noche no transportó ningún sonido de persecución. Rápidamente revisó el arma en la mano, encontró una bala en la recámara, e hizo chasquear la selección de disparos a uno solo. El rifle era un AK-47; él había disparado mil balas con uno de estos en el campo de tiro. Desde largas distancias el arma solo lanzaba fuego desperdigado, pero en un perímetro de doscientos metros, Shannon podría poner una bala donde quisiera.

Se deslizó sobre la roca y analizó el campamento, a no más de setenta metros de distancia. Los hombres aún hablaban alrededor de la hoguera. Los helicópteros eran antiguas máquinas Bell, idénticas al que Steve Smith usaba para trasladar provisiones a la plantación.

Una chispa se encendió en la mente de Shannon.

«¿Sabes por qué nunca se utilizó el Bell en guerras? —le llegó la voz de Steve—. Debido al tanque de combustible».

Luego había señalado la unidad suspendida del fuselaje secundario, exactamente debajo del motor principal.

«Ese tanque allí está hecho de acero —había dicho entonces Steve con una sonrisa en los labios—. ¿Sabes por qué no es bueno el acero?»

Shannon había negado con la cabeza.

«Porque el acero despide chispas. Mejor sería detener una bala, porque si esta atraviesa, caramba, vas a tener una explosión. ¡Bum!»

Steve había soltado la carcajada.

Shannon inspiró profundamente y alineó la mira con el expuesto tanque de combustible debajo del fuselaje secundario del antiguo Bell. Fácilmente podría meter una bala en ese cascarón. ¡Bum! ¿Y si no explotaba? Le caerían encima como un enjambre de abejas.

Acabas de matar a un hombre allá atrás, ¿no es así? Sí, y aún tienes en los dedos la sangre del tipo. Definitivamente eres un psicópata asesino.

Shannon batalló con una repentina urgencia de vomitar. Cerró los ojos e intentó controlarse. La negra niebla le inundó la mente. Por un momento se sintió desorientado, y luego estuvo bien. Miró alrededor en medio de la noche. Sí, estaba bien.

Ajustó el dedo en el gatillo, pero le tembló de mala manera y tomó otra profunda respiración. Aplicó un poco de presión al gatillo.

El Kaláshnikov le brincó de pronto en los brazos, chasqueando en el tranquilo aire nocturno.

Una atronadora detonación iluminó el oscuro cielo, esparciendo fuego por todas partes. La sección trasera del helicóptero se levantó tres metros en el aire, dando una voltereta mientras subía, alcanzó su máxima altura, y luego cayó lentamente. Shannon se quitó de la mejilla la culata del rifle y miró sorprendido la escena. Entonces los llameantes despojos cayeron a tierra, y el caos estalló en el campamento.

El joven volvió a presionar rápidamente el ojo a la mira e hizo oscilar el arma a la izquierda. Negras siluetas brincaban por todas partes, peleándose por los rifles. Shannon exhaló, alineó la mira con una figura, y jaló el gatillo.

El rifle le brincó en el hombro. El soldado cayó de rodillas y se llevó los brazos al rostro, gritando.

Entonces Shannon comenzó a disparar contando: uno, dos, tres, cuatro, jalando cada vez el gatillo, como si las danzantes siluetas fueran pichones de barro y él estuviera en una competencia cara a cara con su padre. Cinco, seis, siete, ocho… dando en el blanco en todos los disparos menos en uno, el sexto, pensó él, un hombre se tambaleaba.

Cuando llegó a la cuenta de doce el percusor chasqueó en una recámara vacía. Los guerrilleros huían ahora hacia la selva. Shannon extrajo el cargador vacío, empotró otro en el arma de fuego, metió la primera bala en la recámara e hizo girar el rifle en dirección a los hombres en fuga. Disparó en sucesión, moviendo apenas el rifle para enfocar un nuevo blanco. Todos se tambalearon menos uno, el número diecisiete. Dos, contando el número seis.

El corazón de Shannon le palpitaba con fuerza en el pecho. Adrenalina le azotaba los músculos y se puso de pie tambaleándose, los ojos bien abiertos en medio de la noche y temblándole los dedos.

Parpadeó. ¿En dónde se hallaba? Por un horrible momento no lo supo. Estaba en la cima.

Una voz gemía cerca de los ardientes y retorcidos despojos que habían sido un helicóptero, y todo volvió a la vida como una inundación. Los había matado, ¿no era así? *Psicópata asesino Sula.*

Arrojó el rifle y se dirigió a los árboles. Se iría ahora, pensó. Hacia el río. Y luego no sabía hacia dónde.

POR CUARTA vez habían tirado del interruptor de las extrañas visiones, y Tanya se hallaba flotando sobre su propia casa. Cada vez su padre había trabajado solo allá abajo. Cada vez la voz de él era el único sonido que ella oía. Cada vez había dicho: «*Mira más allá de tus propios ojos*», como si esta fuera información que ella necesitara.

Pues bien, ¿qué exactamente podría significar eso? Para empezar, ella no podía *mirar* hacia ninguna parte… se hallaba atrapada en su tétrico cajón, muriéndose. Lo menos que podía hacer era mirar *más allá*, porque no podía sobrepasar la caja. Ese era todo el problema. Papá estaba diciendo que mirara más allá, pero había cerrado el compartimiento. Y en cuanto a los *propios ojos*, bueno, a ella no le quedaba ninguna duda de que ya no tenía ojos.

Por tanto el sueño era una tontería. A menos que no fuera un sueño. ¿Y si ella estuviera viendo de veras a su padre allá abajo y él le estuviera diciendo que mirara? ¡Imagínese eso! Bueno, ¿de qué podría tratarse? ¿Quizás una visión?

Tanya oyó un golpe debajo de ella, debajo en la tierra cerca de la casa. Entonces se dio cuenta de que el sonido venía de su propio pecho, no del sueño o la visión. La respiración se le dificultó y ella pudo haber cambiado de posición pero había perdido el contacto con la mayor parte de su cuerpo, de tal modo que no podía estar segura. Las partes que podía sentir gemían en protesta. Le dolía el brazo, le dolía la cabeza, tenía la columna doblada.

Si esta fuera una visión o algún episodio de la realidad, entonces debería seguir las sugerencias de su padre, ¿verdad que sí? Debería mirar más allá de sus propios ojos. Tal vez mirar a través de los ojos de la paloma, si fuera en realidad una paloma a través de la que ella veía. ¿Y qué podría ver? El claro, su padre, la casa con toda su estructura.

Mira *más allá*.

Un pensamiento la impactó y se estiró hacia la casa. El corazón le llenaba ahora los oídos. ¿Por qué no había pensado antes en esto? Si esto fuera real, entonces podría ver el clóset que papá había construido. Y el cajón debajo. El cajón de ella. ¡Quizás ella ya estuvo en la caja!

Se precipitó hacia abajo y voló entre las vigas, a través de la sala hacia el pasillo enmarcado. El clóset adherido parecía diminuto y sin revestimientos exteriores. La caja se hallaba en el suelo, sin la portezuela. No cabía ninguna duda. Allí estaba. La caja de ella. O una imagen del cajón en que ahora se hallaba. De cualquier manera no importaba… no podía ver nada nuevo aquí. Solo una caja que debieron rotular: *Cajón en que encerraré a mi única hija hasta que muera.*

La joven flotó por un momento y luego revoloteó dentro del clóset… dentro de la caja. Pudo ver muy bien iluminado el objeto ese. Saber qué clase de caja le sellaba el destino podría ser una suculenta golosina, un bienvenido bocado en sus últimos momentos.

El compartimiento se parecía mucho a aquella en que los dedos le habían ayudado a imaginar. Excepto por un pequeño detalle. Había un hueco en un extremo. *Papá no había cubierto aún este extremo*, pensó ella. *Mejor que lo hubiera cubierto. No hacerlo haría que serpientes se arrastraran por ese túnel, porque algún día voy a estar en esta caja.*

Túnel.

Al instante Tanya despertó, los ojos bien abiertos, jadeando de manera irregular. Miró en la oscuridad por breves instantes, tratando de recordar qué la había despertado. Entonces se irguió y giró hacia la pared detrás de ella. El episodio había revelado esta pared como una puerta que llevaba a un túnel... ahora ella sabía eso. Era la clase de puerta que se ajustaba en su lugar. Tendría que jalarla, lo único que no había intentado en sus desesperadas horas.

Tanya lloriqueó y arañó la pertinaz pared. ¿Y si todo el sueño solo hubiera sido eso? Alucinaciones hiladas por una mente desalentada. Estudió a fondo la madera, deseando que sus uñas hallaran algo. Una astilla larga le recorrió debajo del dedo índice, y ella jadeó. Furiosa de repente se volvió otra vez y golpeó el talón derecho contra la base de la pared.

La pared se hundió.

Aire caliente y viciado le inundó las fosas nasales. ¡*Era* un túnel!

Temblando con antelación, Tanya rechazó el pensamiento de que en el pasaje pudieran haberse alojado algunas criaturas. Jaló bruscamente la arqueada pared, la colocó detrás de ella y se arrastró dentro de la cavidad en la tierra.

Como un perro herido se alejó a gatas del compartimiento. Lejos de ese cajón de muerte. Ella no tenía las fuerzas para imaginar adónde llevaba el pasaje, pero su padre lo había situado antes de terminar la casa. No lo concluiría en un foso de serpientes.

Por bastante tiempo Tanya avanzó con dificultad por el enlodado túnel. Un tiempo muy largo, le pareció. Tres veces se topó con cosas peludas que se fugaban corriendo. Muchas veces oyó patas diminutas huyendo antes de que ella llegara. Pero la chica estaba muy lejos de preocuparse por detalles menores. Vida esperaba al final de este túnel, y ella lo alcanzaría o moriría en el intento.

Entonces lo alcanzó, tan repentinamente que pensó que alguien había vuelto a accionar ese interruptor en el sótano de Frankenstein, y que así había iniciado otro episodio. Pero el aire fresco que le golpeó el rostro sugería que no se trataba de una visión. Había caído la noche, grillos cantaban, monos chillaban, un jaguar rugió... ¡ella había llegado al exterior!

Tanya salió del túnel, pasó maleza espesa, a diez pasos de un río. El *Caura*, pensó. Un pequeño muelle se lo confirmó. El túnel había salido a la superficie al sur de la misión, cerca del embarcadero. Tanya se levantó lentamente, obligando a sus tensionados músculos a estirarse más allá de sus recién memorizados límites. Luego avanzó torpemente al frente, hacia el muelle, hacia una canoa que se bamboleaba en el agua. El río Caura desembocaba dieciséis kilómetros más adelante en el Orinoco, el cual avanzaba hacia el océano. Hacia las personas.

Entró rodando a la canoa de madera, casi volteando toda la obra artesanal, y soltó las amarras. El río la metió lentamente a la corriente, y la muchacha se tendió panza abajo.

Entonces se entregó a la oscuridad que le chapoteaba en la mente.

SHANNON CORRIÓ toda la noche. Subió los riscos hasta la cima de la montaña, y luego bajó hacia el río que lo llevaría al mar y a la seguridad. El Orinoco, a dieciséis kilómetros río abajo, sobre la montaña de la plantación.

La selva era espesa y la noche oscura, lo que hacía lento el avance. Pero entonces también haría lenta cualquier persecución. Él corría en silencio, perdido en la confusión del día anterior. Los huesos le dolían y los músculos se le hacían trizas por los kilómetros de terreno inexplorado. La indómita tierra le había magullado los ya encallecidos pies. Pero un pensamiento lo impulsaba hacia adelante: que un día volvería y los mataría a todos. Hasta al último de ellos y a cualquier alma viva que incluso tuviera remotamente algo que ver con ellos. Quizás les embutiría una bomba por las gargantas.

El sol ya se había levantado en el cielo oriental cuando Shannon finalmente irrumpió en el claro que bordeaba el cañón. El sonido de agua estruendosa le explotó en los oídos. Se acercó al profundo valle y miró abajo el torrencial río mientras ponía una mano en la cuerda del puente para afirmarse.

El río Orinoco había recortado una franja de setenta metros en el suelo del valle. Un antiguo sendero en el costado opuesto iba de una parte a otra hacia el río allá abajo.

Miró las tablas atadas juntas sobre el puente. La madera parecía podrida… la cuerda de cáñamo deshilachada. Todo el armazón parecía como si en cualquier momento pudiera caer al agua.

Es más, incluso miró mientras un pedazo de madera se partía, cayendo lentamente al río un pequeño fragmento.

Shannon lo vio caer. Tendría que observar dónde pisaba mientras cruzaba. Entonces se movió otra tabla, partiéndose en el centro, como si una invisible hacha hubiera atacado la madera.

Un escalofrío le hormigueó hacia arriba por la columna. En un breve instante todo le brotó a la mente: el hecho de que la madera no se estaba desmoronando sino que la estaban golpeando. ¡Con balas!

El muchacho dio la vuelta.

El helicóptero disparaba desde una larga distancia, demasiada para tener precisión, pero se acercaba rápidamente. Los rápidos absorbían el sonido de sus aspas giratorias, pero Shannon no podía confundir los resplandores que brotaban de la nariz.

Por un instante se quedó impactado con incredulidad, sin poder moverse. En ese momento otra tabla cayó despedazada, a dos metros de sus pies plantados. Dos opciones le fluyeron a la mente: Se podía retirar al bosque o podía seguir corriendo hacia adelante, a lo largo del puente.

Con un súbito rugido de ametralladora girando en lo alto, el helicóptero trepó abruptamente, y giró la cola alrededor. Se alineaba para una segunda pasada.

Shannon saltó por el puente. Agarró la cuerda y bajó la flexionada extensión, pero el repentino movimiento hizo que la pasarela se sacudiera alocadamente bajo los pies. En un momento de pánico se soltó por completo de la cuerda pero al instante la volvió a agarrar. A la derecha el aparato de asalto se alineaba con el puente para volver a atacar.

Atravesar el puente había sido la decisión equivocada… lo supo entonces cuando las primeras balas hicieron saltar trozos de la tabla a sus pies. Debía volver corriendo al bosque. Ahora se hallaba al descubierto, indefenso, mientras un cañón jugueteaba con las tablas como invisibles dedos sobre un teclado.

¡Iba a morir!

El pensamiento lo paralizó.

EL PILOTO observó las tablas desintegrándose ante el muchacho y aflojó el chorro de plomo a la derecha, sabiendo ahora que difícilmente podía fallar.

«¡Acábalo!» —gritó Abdullah a su lado.

El piloto volvió rápidamente a enfocar los disparos. De pronto el joven saltó con fuerza hacia atrás como si una enorme mano le hubiera dado un golpe en el pecho. Un chorro de sangre brilló en la luz del sol. ¡Le habían dado!

Shannon cayó de espaldas sobre la cuerda que apoyaba el puente y se desplomó lentamente por el aire con las manos flojas como las de una marioneta. La sola caída habría bastado para matar a un hombre, pero ninguno de ellos pudo dejar de ver la abierta y sangrante perforación en el costado del muchacho.

Abdullah refunfuñó y el piloto parpadeó ante el sonido.

Entonces, muy abajo, el cuerpo hizo salpicar la corriente y desapareció.

«Gira —ordenó Abdullah mientras por el rostro le corría sudor; tenía el cabello negro con su peculiar borde blanco totalmente pegado al cráneo—. Gira. Tenemos que estar seguros».

El piloto hizo girar el helicóptero para buscar al muchacho. Pero sabía que estaba perdiendo el tiempo.

El muchacho estaba muerto.

CAPÍTULO OCHO

Ocho años después

Lunes

—BUENOS DÍAS, *BILL*.

—*Buenos días, Helen. Pareces estar bien.*

—*Tengo noticias.*

—*¿Qué clase de noticias?* —preguntó el pastor después de hacer una pausa.

—*Está empezando* —contestó Helen, e hizo una pausa—. *La maldad se ha espesado en el aire y está a punto de tomar por asalto a esta nación.*

—*Estoy muy seguro que esas fueron exactamente tus palabras hace ocho años.*

—*Te lo dije entonces y te lo he venido diciendo un centenar de veces que la muerte de los padres de Tanya solo fue el comienzo.*

—*Sí, Helen, me lo dijiste. Y he orado contigo. Durante ocho años. Eso es mucho tiempo.*

—*Ocho años no es nada. Dios está moviendo sus piezas en este juego de ajedrez, y en realidad creo que la partida empezó hace cincuenta años. Ellos han estado moviéndose y desplazándose por décadas allá arriba con relación a esto.*

—*¿Una partida de ajedrez? Me cuesta creer que seamos peones en algún juego.*

—*No es un juego, Bill. Una confrontación. La misma contienda lanzada sobre cada uno de nuestros corazones. Y tienes razón no somos simples peones. Tenemos mente propia, pero eso no significa que Dios no nos esté diciendo que nos movamos dos espacios a la derecha o un espacio adelante. En realidad es más como un susurro en nuestros corazones, pero es el estruendo del cielo. De nosotros depende que escuchemos ese estruendo, pero con toda seguridad él dirige la contienda. En este caso, la confrontación empezó mucho antes. Y uno de los movimientos fue que los padres de Tanya fueran como misioneros a*

Venezuela. Llevar la verdad a los indios, sí, pero quizás aun más, llevar allá a Tanya, para que ella pudiera convertirse en quién es.

—¿*Crees sinceramente que los padres de Tanya fueron llamados a la selva, que dejaron su iglesia con grandes esperanzas y oraciones, que fueron enviados a Venezuela, que vivieron entre los indios durante diez años, y que luego fueron asesinados por el efecto que eso tendría en su hija, quien dicho sea de paso, en estos días no parece una gran profetisa o algo por el estilo?*

—*Así es, Bill. Creo que ese fue uno de los propósitos principales en todo esto. Sí, así es como Dios obra. Un misionero es llamado a Indonesia quizás tanto para hablar con un joven en el aeropuerto en Nueva York al salir del país, como por todas las personas a quienes predicará en los próximos veinte años en la tierra extranjera. Tal vez ese muchacho es un Billy Graham o un Bill Bright. El Señor es demasiado brillante, ¿no crees?*

El pastor se quedó callado en el teléfono.

—*Pero el tiempo de Tanya se está acercando, Bill. Lo verás. Se acerca pronto.*

TANYA VANDERVAN estaba descansando plácidamente en la silla de madera, consciente de que las palmas le sudaban a pesar del aire helado que se filtraba por los conductos de ventilación montados en lo alto. Volteó a mirar hacia la única ventana del salón que dominaba el horizonte de Denver desde el décimo piso, pensando que aun aquí, dentro de las blanqueadas paredes del Denver Memorial, no había logrado escapar de la selva. Ocho años atrás la joven había huido de una espesa confusión verde, solo para ser inducida a una enmarañada telaraña de caos en su propia mente. Y ahora había encontrado otra selva: estas estructuras de concreto por fuera de su ventana, construidas alrededor de ella como una prisión.

Gracias a Dios por Helen.

Dirigió la mirada hacia los hombres mayores sentados como un panel de jueces detrás de una mesa larga. La junta de revisión del hospital Denver Memorial constaba de estos tres individuos vestidos en batas blancas. Ellos la conocían como Sherry. Sherry Blake. La Dra. Sherry Blake, un total de seis meses en el programa de internos del hospital.

Y por los ceños fruncidos, seis meses muy largos, y con un conteo mucho más lento. La mayoría en la profesión médica había surgido de la rigidez que caracterizara a los hospitales en la década de los setenta: de alguna forma estos hombres habían errado el blanco.

Sherry cruzó las piernas y se pasó nerviosamente una mano por la nuca. El cabello le caía ahora en suaves rizos hasta los hombros… ya no rubio sino castaño, y le atravesaba la frente por sobre los ojos ya no azules sino de un color avellana oscurecido. La idea se le había ocurrido a ella cinco o seis años antes, basándose en que si cambiaba de nombre y de apariencia, quizás entonces, con una nueva identidad, podría escapar de su caos mental. Tal vez entonces escaparía de los obsesionantes recuerdos de Shannon. Los médicos charlatanes con su jerga psicológica habían intentado desanimarla, pero mucho tiempo atrás la joven había perdido la confianza en ellos.

La idea de cambiar de identidad había nacido en ella, hasta que se volvió obsesiva. Cambió legalmente el nombre, se tiñó el cabello, y usó lentes de contacto color avellana. El cambio fue tan dramático que incluso Helen casi no la reconoce. Comparando la foto de la graduación de bachillerato con la nueva imagen en el espejo, aun Tanya (Sherry) apenas veía el parecido.

—Lo que creo que el Dr. Park está sugiriendo, Srta. Blake, es que hay cierta conducta adecuada para médicos y otra que no calza muy bien en la imagen —opinó Ottis Piper, quitando entonces la mirada de ella y examinando el papel delante de él a través de los anteojos—. Al menos en la imagen que Denver Memorial considera aceptable. Botas y camisetas no forman parte de esa imagen.

Sherry arqueó una ceja, titubeando precariamente neutral entre la sumisión total a estos individuos en batas blancas y el franco enfrentamiento con la estupidez.

Ella sabía que la sumisión le haría bien a su carrera. *Muéstrate lambona. Trágate toda la majadería de ellos con garganta de plomo. Diles lo que quieren oír y sigue adelante con tu vida.*

Lo que quedaba de esta vida.

Por otra parte, enfrentar francamente la estupidez podría brindarle satisfacción momentánea, pero lo más probable es que le dejaría deseando que después de todo lo mejor hubiera sido tragárseles las tonterías. Para su desdicha, el escalofrío que ahora le anegaba la cabeza parecía haberle paralizado la boca, y sin importar lo desesperadamente que parte de ella quería disculparse, no pudo hacerlo.

—¿Ah? ¿Está usted insatisfecho con mi trabajo, Dr. Piper? ¿O es solo este asunto de la imagen lo que le preocupa?

Ese marcado cabello canoso británico importado retrocedió unos centímetros. Los ojos se le dilataron al hombre.

—No estoy seguro de que usted entienda la naturaleza de esta situación, Srta. Blake. Estamos aquí para discutir la conducta *suya*, no la nuestra.

El acento del sujeto saboreaba atinadamente cada palabra, y Sherry se halló deseando embutirle algo en esa boca. Una media, por ejemplo.

La mente de ella le estaba sugiriendo con urgencia que se retractara de este insensato trato. Después de todo, los internos adulaban. Esta era una técnica aprendida en la facultad de medicina. Adulación 101.

—Le pido perdón, Sr. Piper. Hablé demasiado pronto —se disculpó ella intentando una sonrisa cortés, preguntándose si pareció más un gruñido—. Pondré más atención a la manera en que visto, aunque en mi defensa, he usado botas y camiseta solo una vez, la semana pasada, en mi día libre. Vine a visitar a un paciente que necesitaba que le diera una mano.

El director Moreland miraba como un águila desde su percha, no necesariamente poco amistoso, pero tampoco amigable.

—Solo cuide su apariencia, Srta. Blake —expuso Park, el último del trío—. Aquí manejamos una institución profesional, no un parque recreativo.

—¿Profesional? ¿O guerrillera? La vestimenta ya no es un problema en la mayoría de hospitales. Tal vez ustedes deberían salir un poco más.

—Parece que tenemos un asunto de importancia ligeramente mayor que discutir —expuso Piper mirando sobre los bifocales que se había puesto en la nariz y carraspeando—. En las últimas dos semanas usted se ha quedado dormida tres veces estando de turno. En una de esas ocasiones desatendió la llamada de un paciente.

El galeno hizo una pausa.

—Sí —contestó Sherry—. Lo siento con relación a eso.

—Ah, no creo que sea tan sencillo como dormirse, Srta. Blake. Creo que tiene más que ver con *falta* de sueño.

Sherry sintió los dedos súbitamente helados, vaciados de sangre. ¿Adónde se estaba dirigiendo el británico con esto?

—Vea usted, la falta de sueño es un problema con nuestra profesión. Médicos cansados cometen equivocaciones. A veces gigantescas... de la clase de equivocaciones que matan personas. Y no queremos matar personas, ¿no es así?

—Lo que me sucede fuera de este lugar no es de su incumbencia —protestó ella.

—¿Ah? ¿Está negando, Srta. Blake, que tiene un problema? —interrogó Piper con aire de suficiencia.

—Todos hemos tenido algunas veces problemas con el sueño —respondió ella después de tragar saliva.

—No estoy hablando de algunas veces, sino de todas las noches, señora mía.

—No soy *señora suya*, Piper. ¿Dónde oyó al respecto?

—Solo conteste la pregunta.

—No creo que sea asunto suyo si tengo o no problemas con el sueño. Lo que hago en mi casa es asunto mío, no suyo.

—¿Ah? Ya veo. Así que si usted viene borracha a trabajar simplemente debemos también mirar hacia otro lado.

—No estoy viniendo borracha a trabajar, ¿o sí? Me propongo concluir mi internado con muchos honores. Algún día personas como usted tendrán que dar cuentas a personas como yo.

—¡Usted está fuera de lugar! —susurró ásperamente Piper—. ¡Responda mis preguntas! ¿No es verdad, Srta. Blake, que usted depende de medicamentos para mantenerse despierta en el trabajo? ¡Prácticamente usted es drogadicta!

Sherry permaneció sentada en silencio, temblando detrás de su fachada tranquila.

—¿Es verdad esto, Sherry? —inquirió el director a la izquierda de ella.

La joven miró más allá de él, por la ventana. Una bocina sonó en el estacionamiento… algún paciente con los nervios alterados.

—No soy drogadicta. Y me resiente la sugerencia. He tenido mis problemas con el insomnio —contestó, volviendo a tragar saliva.

Por un instante creyó que los ojos se le podrían humedecer. Eso sería un desastre.

—Pero no me ha hecho llegar tan lejos —añadió equitativamente.

—¿Cuánto tiempo ha tenido esta condición?

—Algún tiempo. Unos años. Aproximadamente ocho, supongo.

—¿Ocho años? —volvió a terciar Park.

—¿Qué tan malos son los episodios? —interrogó Moreland.

—¿Por qué estándares?

—Por cualquier estándar. ¿Cuánto tiempo durmió anoche?

Sherry pestañeó, volviendo a pensar en la intranquila noche. Una noche apacible, considerándolo bien. Pero ellos no pensarían así.

—Dos horas.

—¿Y anteanoche?

—Tal vez dos.

—¿Y es normal eso? —volvió a preguntar el médico después de una pausa.

—Sí, creo que es bastante normal —respondió ella, mirándolo ahora a los ojos.

—¿Ha dormido en promedio dos horas diarias durante siete años en la facultad de medicina?

—Algo así —declaró ella asintiendo.

—¿Cómo lo ha hecho?

—Mucho café… Y medicamentos cuando se vuelve insoportable.

—¿Cómo fue que empezó todo esto? —preguntó Moreland.

La compasión del hombre sería ahora la única esperanza que le quedaba, pensó Sherry. Pero ella nunca se había desenvuelto bien con la compasión. Darse cuenta de que estaba cayendo dentro de esas aguas con estos tiburones la hicieron tragar grueso.

Por otra parte, su barco de todas formas estaba a punto de zozobrar.

—Cuando yo tenía diecisiete años mataron a mis padres —explicó ella, volviendo a mirar por la ventana—. Eran misioneros en Venezuela, entre los yanomami. Guerrilleros arrasaron la misión y una plantación cercana. Yo fui la única sobreviviente. Mataron a mi madre, mi padre, un buen amigo y sus padres.

Sherry se aclaró la garganta.

—Pasé unos cuantos días encerrada en un compartimiento bajo tierra sin darme cuenta de que este se abría hacia un túnel por el que logré escapar. Creo que desde entonces habré dormido dos o tres noches completas —continuó ella, encogió los hombros, y miró a Moreland—. Los recuerdos me mantienen despierta. Trastorno de estrés postraumático.

—Lo siento mucho —manifestó Moreland—. ¿Ha tenido usted algún progreso?

—Por cortos períodos, sí. Pero no sin recaídas.

Recuerdos de terapia le inundaron la mente… centenares de horas del personal. Cada hora pasada cuidadosamente reviviendo el pasado, buscando ese interruptor que esperaba que apagara todo esto. Se las habían arreglado para accionar las sombras una o dos veces, pero nunca encontraron un interruptor.

Sherry miró a Piper y vio que ya no tenía contraídos los labios. Se le habían suavizado los ojos. Quizás estaba brotando a la superficie el ser humano en él. Ella apartó la mirada, no deseando ver lástima en el médico.

—¿Vivió con familia después de eso? —preguntó Moreland.

—Viví con mi abuela adoptiva, Helen Jovic, hasta que fui a la facultad de medicina. La suegra de mi tío, si eso tiene algún sentido. Ella fue de mucha utilidad a pesar de sus payasadas. De más utilidad desde entonces que los médicos charlatanes.

—¿Pero no ha ayudado nada de esto? —presionó Moreland.

—No —respondió Sherry.

De repente ella se preguntó si se estaría arruinando al contarles. Todo el hospital estaría murmurando acerca de la interna que despertaba gritando todas las noches porque sus padres fueron asesinados cuando era niña. Pobre muchacha. Pobre, pobrecita Sherry.

—Y si a ustedes no les importa, agradecería de verdad que mantuvieran todo esto en privado —pidió la joven acomodándose en la silla—. Estoy segura que lo entienden.

—Temo que no sea así de sencillo —objetó Piper, el británico—. Temo que usted tenga más que asustarse de usted misma que de los demás.

Ella lo miró y le vio serenidad en los ojos. Se le encendió un calor en la espalda.

—¿Qué trata de decir? —inquirió la joven.

—Trato de decir que, independientemente de lo que otros piensen o le digan, Srta. Blake, permanece la realidad de que usted es un peligro para su propia carrera. Y para otros. Una condición tan grave como la suya que depende de una dosis regular de *anfetaminas* matará un día a un paciente, y sencillamente no podemos permitir eso en el Denver Memorial.

—He dado mi vida por convertirme en médico. Usted no está sugiriendo de veras...

—Estoy sugiriendo que usted necesita un descanso, Sherry. Al menos tres meses. Aquí estamos hablando de vidas de pacientes, no del precioso y pequeño yo interior de usted. Usted desatendió una llamada la semana pasada, ¡por amor de Dios!

Sherry sintió que un escalofrío le bañaba la piel. ¿Tres meses para qué? ¿Para ver a otro médico charlatán? Miró al hombre por diez segundos completos, pensando que ella estaba perdiendo la razón. Cuando habló le temblaba la voz.

—¿Tiene usted alguna idea de cuántas horas de estudio se necesitan para terminar en primer lugar en la clase, Sr. Piper? No, supongo que no lo sabe porque usted terminó casi entre los últimos, ¿no es cierto?

Una contracción nerviosa en la ceja derecha del británico indicó que Sherry había tocado una fibra sensible allí. Pero eso no importaba ahora. Ella había ido demasiado lejos, así que se puso de pie y se volvió hacia Moreland. Cada hueso en su cuerpo deseaba gritar: «¡Renuncio!»

Pero no podía, no después de siete años en los libros.

Lo taladró con ojos fulgurantes, dio media vuelta, y salió del salón a grandes zancadas, dejando perplejos a los tres médicos.

CAPÍTULO NUEVE

SOLO HABÍA un alma viva que conocía el verdadero destino de Shannon Richterson. Solo un hombre que sabía cómo el joven había muerto ocho años atrás. Lo sabía porque él también había venido de Venezuela, más allá en el mismo río en que Shannon cayera después de que le dispararan. Lo que él sabía acerca de los asesinos que atacaron la selva ese fatídico día podría haber hecho maravillas para Sherry Blake.

Solo había un problema. Aunque hubiera sabido acerca de Sherry, él no era exactamente la clase sensible de hombre que fuera compasivo. Es más, él mismo era un asesino.

Se llamaba Casius, y mientras Sherry salía pisando fuerte del Denver Memorial, él se hallaba en el extremo de la mesa de conferencias de la CIA en Langley, Virginia, mirando a los tres hombres sentados, ocultando una súbita urgencia de cortarles la garganta.

Por un breve momento, Casius vio que una conocida niebla negra le cubría la visión, pero parpadeó y esta desapareció. Si ellos lo notaron, no lo demostraron.

Ellos merecían morir, y un día *morirían*, y tal vez, solo si tal vez las cosas salían a su manera, él los ejecutaría. Pero no hoy. Hoy aún estaba representando su juego.

Eso iba a cambiar totalmente pronto.

Se apartó de ellos.

—Permítanme contarles una historia —comunicó, yendo hacia la ventana.

El flacuchento, Friberg, era el director de la CIA. Tenía labios gruesos debajo de una cabeza calva, y los ojos eran oscuros.

—¿Les importa si cuento una historia? —preguntó Casius mirando al grupo.

—Adelante —contestó Mark Ingersol.

Ingersol, director de operaciones especiales, era un tipo corpulento con cabello oscuro y acicalado. David Lunow, quien adiestrara a Casius, simplemente lo miró con un divertido destello en el ojo.

—La semana pasada ustedes me enviaron a matar a un hombre en Irán —empezó Casius enfocando la mirada en Ingersol—. Mudah Amir. Él vivía en una casa rural y pasaba la mayor parte de su tiempo con su esposa y sus hijos, lo cual convertía la misión en un desafío, pero…

—Él era un monstruo —interrumpió Ingersol—. Por eso te enviamos.

Una sensación de calor le subió a Casius por la columna. Ingersol tenía razón, por supuesto, pero no tenía derecho de tener razón. El mismo Ingersol era un monstruo. Ellos eran la peor calaña de monstruos, de los que mataban sin ensangrentarse las manos.

—Perdone la observación, pero no creo que usted sepa qué es un monstruo.

—Cualquiera que hace estallar una de nuestras embajadas es un monstruo, a mi modo de ver. Sigamos con el asunto.

—Ustedes me enviaron a matar. ¿No los convierte eso en monstruos?

—No te enviamos a matar inocentes…

—Los inocentes siempre mueren. Esa es la naturaleza del mal. Pero no se necesita que un hombre esté echando espuma por la boca para hacer estrellar un avión contra un edificio. Se necesita un tipo entregado a su propia guerra. Un sujeto perverso, quizás, o un individuo piadoso. Pero la maldad no es exclusiva del Oriente Medio. Los monstruos están en todas partes. Tal vez en este salón.

—¿Y *soy* un monstruo? —inquirió Ingersol.

Casius no lo tomó en cuenta. Se volvió de ellos y cerró los ojos.

—Debí esperar dos días para que la esposa y los hijos se fueran antes de matar a Mudah Amir, pero eso no fue lo importante.

Volvió a respirar hondo, calmándose. Era cierto que si Mudah era un monstruo, entonces él también lo era. Sí, un monstruo.

—Mudah no murió rápidamente —anunció, se volvió, los miró por unos segundos, y preguntó—. ¿Saben cuán fácilmente se puede hacer hablar a un hombre si se le quitan uno o dos dedos? Mudah me habló de un hombre. Un tal Abdullah Amir… su hermano, en realidad. Me escupió al rostro y me contó que su hermano Abdullah lanzaría un fuerte golpe contra Estados Unidos. Y que lo haría más pronto de lo que cualquiera podría sospechar. No una amenaza extraordinaria de un hombre a punto de morir. Pero lo que me dijo a continuación captó mi atención. Mudah insistió en que su hermano golpeará suelo estadounidense desde el sur. Desde Venezuela.

Los ojos del director Friberg parpadearon, pero guardó silencio.

Casius regresó a la mesa y reposó una mano en el espaldar de la silla.

—No los molestaría con la sola confesión de un hombre a punto de morir. Pero tengo más —continuó, e inhaló para calmarse—. Estoy seguro que ustedes conocen a un sujeto llamado Jamal Abin.

El nombre pareció silenciar el salón. Por un momento ellos respondieron solo con la respiración.

—Es asunto nuestro conocer acerca de hombres como Jamal —dijo finalmente Ingersol—. No hay mucho que saber respecto de él. Es un financiador del terrorismo. ¿Qué tiene que ver él con esto?

David habló por primera vez.

—Creo que Casius se refiere a los informes que circularon de que Jamal estaba detrás del asesinato del padre de Casius en Caracas.

—¿Mataron a tu padre en Venezuela? —interrogó Ingersol.

Difícilmente sorprendió a Casius que el hombre no lo supiera. Solo David, quien lo había reclutado, conocía la historia.

—Mi padre era un mercenario empleado en la guerra de drogas en Suramérica. Le tajaron la garganta en un club nocturno en Caracas, y sí, creo que Jamal fue a fin de cuentas responsable de su muerte. No personalmente, desde luego. Jamal no es alguien que muestre el rostro, mucho menos que mate a alguien en persona. Pero ahora ha dejado un rastro.

Ellos permanecieron allí sin comprender.

—Después de matar a Mudah revisé su apartamento. Encontré una caja de seguridad debajo de la cama en su habitación con evidencia que lo vincula tanto a él como a su hermano, Abdullah —informó Casius, y entonces sacó del bolsillo una hoja doblada, la desdobló con cuidado, y la tendió en la mesa.

—¿Qué es esto? —preguntó Ingersol.

—Un recibo por un millón de dólares entregado a Mudah, destinados hacia Venezuela.

Ellos pasaron la hoja arrugada alrededor y la estudiaron.

—Y según tú esta *J* es la firma de Jamal.

—Sí. Relaciona a Jamal, el «financiador del terrorismo», como ustedes lo llaman, con el hermano de Mudah, Abdullah. Yo diría que esto le da alguna credibilidad a la confesión de nuestro moribundo hombre, ¿no les parece?

Ninguno respondió.

—No es en realidad tan complicado —siguió Casius—. Jamal es un conocido terrorista. Estoy reuniendo evidencia que vincula a Jamal con Abdullah, quien obviamente tiene una base en Venezuela. Afirmo que ese es un caso muy fuerte.

—Razonable —opinó Ingersol frunciendo el ceño y asintiendo.

—Hay más. La caja fuerte también contenía un documento que detallaba la ubicación de la base de Abdullah. Muy interesante de por sí. Pero el lugar en sí, una plantación, fue invadido por una fuerza no identificada hace casi ocho años. Un sembrador de café, Jergen Richterson, y su familia fueron asesinados con algunos vecinos misioneros.

Casius les proveyó los detalles clasificados y vio que los ojos de Friberg se estrechaban un poco.

—Según los registros de ustedes, no hubo investigación formal del ataque. Tampoco hay por supuesto sobrevivientes que presionen el asunto. Extraño, ¿no les parece? Creo que la información que tengo conduce a Abdullah Amir, y creo que este me llevará a Jamal.

Casius hizo una pausa.

—Quiero a Jamal —concluyó.

—¿Fisgoneas regularmente nuestros archivos? —preguntó Friberg con toda calma—. ¿Dónde está este documento que supuestamente muestra la base de Abdullah?

—Yo lo tengo.

—Entrégalo.

—¿Ah, sí? Quiero la misión.

—Temo que eso es impensable —expresó Friberg—. El hecho de que Jamal podría haber estado involucrado en la muerte de tu padre crea una relación personal que impide tu participación.

—Sí, esa es la política de ustedes. Sin embargo, es lo que estoy exigiendo. O me asignan a una misión de reconocimiento en la región, o la hago por mi cuenta.

—No haces nada por ti mismo, muchacho —advirtió Friberg con el cuello rojo por la ira—. Haces lo que te decimos o no haces nada. ¿Está claro?

—Como el cristal. Por desdicha, eso también es impensable.

Casius enfrentó a Friberg. Había creído que el asunto podría llegar a esto y una parte de él lo acogió bien. Había esperado que ellos lo dejaran ir… Jamal era una amenaza preeminente. Pero si se negaban, él iría de todos modos. Ese era el plan. Ese había sido siempre el plan.

—¿Tienes contigo la ubicación? —indagó Friberg.

Casius sonrió, pero no declaró nada.

—Entonces tienes veinticuatro horas para entregarla. Y no nos presiones.

—¿Es eso una amenaza?

—Es una orden.

Hasta ahora lo había hecho bien, jugando con las reglas de ellos. Pero de repente se le subió rápidamente el calor a la cabeza y la oscura niebla se expandió. Casius sintió que un leve temblor le recorría los huesos.

—Bien. Entonces yo tampoco los amenazaré —indicó; tenía la voz temblorosa y el rostro se le había enrojecido, pudo sentirlo—. Solamente una palabra de advertencia. No me presione, director. No me desenvuelvo bien cuando me presionan.

Los envolvió el silencio como vapor caliente. David miró nerviosamente a Ingersol y a Friberg. Ingersol parecía anonadado. Friberg echaba chispas por los ojos.

Casius se volvió y se dirigió a la puerta.

—Veinticuatro horas —recordó Friberg.

Casius salió sin responder.

El asunto había comenzado. Sí definitivamente había empezado.

CAPÍTULO DIEZ

Martes

SHERRY LEÍA casi todas las noches hasta la una o dos de la mañana, dependiendo del libro y del estado de ánimo de ella. Luego mordisqueaba algo en la cocina y se metía a la cama, preparada para soportar la última hora despierta antes de que el sueño le mostrara la obsesionante pesadilla de la noche, la misma que se había presentado cada noche durante los últimos ocho meses. La de la playa.

Pero no esta noche.

La compañera de cuarto de Sherry, Marisa, había llegado a casa a las ocho y oído un montón acerca de la reunión de Sherry con la junta. Después de salir furiosa del hospital, Sherry había deambulado por el parque, tratando de hallarle sentido a este último jalón lanzado a su diente de engranaje. Casi llama a su abuela adoptiva, Helen, pero luego descartó la idea. No había alma viviente más sabia que Helen, pero Sherry no estaba segura de estar preparada para una dosis de sabiduría.

En general, el día había sido un desastre, pero así eran casi todos sus días.

Marisa se había acostado a las diez y exactamente antes Sherry se había acurrucado con una novela. Pero ahí fue donde terminó lo conocido y la situación empezó a ponerse patas arriba.

La habitación yacía tranquila debajo de ella. Eso fue lo primero que se puso patas arriba. No que yaciera tranquila, sino que yaciera *debajo* de ella. Lo segundo patas arriba fue la figura descansando plácidamente sobre el sillón, con brazos y piernas oscilando sobre los costados como alguien mirando televisión que se hubiera desmayado tras beber muchas cervezas. Pero la figura no era alguien que mira televisión. Era ella. Ella estaba durmiendo en el sillón, el pecho le subía y le bajaba en largas succiones, con la mente perdida para el mundo. Una manta azul le atravesaba la cintura. Sherry no recordaba nada respecto de tener una manta azul.

Lo tercero patas arriba era el reloj. Porque señalaba las once en punto y esa figura allí sobre el sofá, Sherry, en realidad dormía. A las once en punto. Lo cual era imposible.

Entonces otra delicadeza sobresaltó a Sherry: se hallaba flotando por encima de todo, como un ángel a la deriva mirando sobre sí misma, como un ave planeando en lo alto. Como una paloma.

¡Como ocho años atrás en el cajón!

Un cálido resplandor le surgió por el estómago ante el pensamiento. Si estaba realmente dormida, y no muerta de un ataque cardíaco, entonces este episodio debía ser alguna clase de sueño vívido. Definitivamente no era una pesadilla, lo cual era otra cosa patas arriba, porque ella no sabía cómo soñar sin tener una pesadilla.

Y sin embargo aquí estaba ella, ¡flotando como una paloma sobre su adormecido cuerpo a las once de la noche!

Patas arriba.

Entonces de repente no se hallaba flotando como una paloma sobre su adormecido cuerpo. Estaba planeando a través de un brillante cielo azul por encima de un interminable bosque como alma que lleva el diablo. No, como un ángel del cielo. Definitivamente más como un ángel.

Viento le corría por los ojos. Ella no oía nada, ni su propia respiración, ni el viento. Entonces se vio por sobre un paraíso selvático. Manadas de loros aleteaban silenciosamente, varios metros abajo.

Guacamayas. Selva. Entonces Sherry supo que se hallaba otra vez en Venezuela, volando sobre la selva tropical. El corazón le palpitó con fuerza y se acercó a los árboles. Recuerdos le fulguraron en la mente. Imágenes en que corría por este bosque, en que nadaba en los ríos y caminaba de la mano de Shannon por la plantación. Una cálida satisfacción le recorrió las venas y sonrió.

Por debajo de Sherry la selva se sometía ante sembradíos y ella se paró en seco. ¡*Era* la plantación! Reconoció las filas de plantas de café como si aún estuvieran allí, una semana antes de la cosecha, salpicadas de rojo debajo del sol. A la derecha surgía sobre los sembradíos la antigua mansión blanca; mientras ella bajaba en picada hacia la izquierda pudo ver la estación de la misión reposando en el sol de la tarde, tranquila. Ningún espacio mostraba señales de vida.

La escena la hizo temblar, sosteniéndose en el aire como una paloma sobre una cuerda. ¿Qué era esto? ¿El inicio de una pesadilla después de todo? Pero hasta sus pesadillas nunca se habían representado de manera tan vívida.

Entonces una señal de vida titiló en el rincón de su visión y ella giró hacia el cobertizo coronado con el gallo al que Shannon le había disparado. La veleta aún adornaba el edificio metálico, con la cabeza perforada y todo. Pero no era el gallo lo que se había movido sino la puerta que ahora se abría, empujada por un joven que salió un momento al sol.

Sherry se volvió hacia él y de inmediato dio un paso atrás, asombrada. ¡Era Shannon! Un adolescente con cabello rubio largo, una reencarnación del muchacho que ella había perdido en la selva ocho años atrás. El corazón le latió en el pecho y respiró superficialmente, temerosa de molestar la escena abajo. Temiendo que él pudiera verla y girara esos ojos verdes hacia el cielo. Ella no sabía si podía controlar eso sin quebrantarse.

Y entonces de pronto Shannon sí volvió esos ojos verdes hacia el cielo. ¡Le sonrió!

El corazón de ella se detuvo; dejó de respirar. Cualquier cuerpo que tuviera se estremeció en el cielo. Mil voces le chocaron en la mente. Las terminales nerviosas en los dedos de las manos y los pies se le sacudieron alocadamente.

Entonces el bosque se enrolló debajo de ella, como un lienzo preparado para ser metido en el tubo.

Sherry se irguió de golpe en el sillón, con los ojos bien abiertos, la respiración ahora le llegaba en cortos jadeos. Movió súbitamente la cabeza por el cuarto.

La mente le comenzó a conectar puntos dentro de una imagen. Se hallaba otra vez en su apartamento; le chorreaba baba por el borde de la mejilla; Marisa estaba en la cocina; luz del día entraba a chorros por las ventanas; el reloj en la pared mostraba ahora las siete en punto. Esos eran los puntos, ¡y juntos señalaban que acababa de dormir toda la noche!

Y había tenido otra visión. Como aquella que tuviera en el compartimiento ocho años atrás.

Sherry se puso de pie, aún temblando. La cobija azul cayó al suelo. ¿Qué podría significar de todos modos tal visión?

—¿Marisa?

—Buenos días —contestó cortésmente su compañera de habitación desde la cocina.

Sherry entró tambaleándose a la cocina, pasándose la mano por la cabeza como si eso pudiera aclararle los pensamientos.

Marisa se volvió y la analizó con una ceja arqueada.

—¿Estás bien?

Sherry miró por toda la cocina, aún serenándose.

—Dormí toda la noche —declaró tanto para sí misma como para su compañera de cuarto—. Sin ninguna pesadilla.

Marisa tenía las manos metidas en el fregadero.

—Y tuve una visión, creo —continuó Sherry, como si estuviera aún en el sueño.

Ahora Marisa se volvió hacia ella, secándose rápidamente las manos en una toalla.

—¿Una visión? Quieres decir que soñaste algo.

—Quizás, pero era diferente de aquellas en la playa. Fue como el sueño que tuve en el cajón cuando asesinaron a mis padres. Me hallé flotando por sobre todo esto, y viendo cosas que eran reales, en tiempo real. Como el reloj, mostraba las once, y yo estaba durmiendo sobre la silla. ¿Me cubriste con una manta?

—Salí por algo de beber como a las once y te vi dormida. No quise despertarte, así que solo te la puse encima.

—Sí, vi la manta sobre mí.

Ahora el sueño regresó a Sherry a todo color. Recordó al muchacho y sintió que el corazón se le animaba. ¡Shannon! Solo que no pudo haber sido tiempo real, porque él no parecía haber cambiado desde el último día que lo viera.

—Vi a Shannon —expresó, y la voz le tembló levemente.

—Siempre ves a Shannon —comentó su compañera de habitación.

—No. He *pensado* mucho en él, pero esta es la primera vez que lo veo —aclaró Sherry y se sentó en un banco, la mente le zumbaba—. Y dormí toda la noche… sin ninguna pesadilla. Eso dice algo.

—Bueno, no puedo discutir con eso. Quizás después de todo te hizo bien mantenerte firme ayer delante de Piper.

—No es eso. Aunque creo que simplemente podría concordar con su licencia médica de tres meses… de algún modo no me veo trabajando ahora con ellos.

—Así que insistes en que esta fue una verdadera visión —expuso Marisa volviendo a meter las manos en el lavaplatos—. Como las que se supone que tiene tu abuela.

—No sé. Pero esto no fue solo un sueño.

—Esta vez viste realmente a Shannon —manifestó su compañera arqueando una ceja y secando un plato verde—. Lo viste de veras, ¿eh?

—Él era más joven de lo que sería ahora. Pero lo sentí muy real.

—Nunca viste su cuerpo…

—Eso es lo que estoy diciendo. Lo vi de veras…

—No, quiero decir después de que lo mataran. Nunca viste físicamente muerto a Shannon.

—Por favor, ya hemos discutido esto una docena de veces. Él está muerto. Punto. No voy a abrir heridas antiguas.

Ella había dicho lo mismo muchas veces, pero el argumento no se sintió tan fuerte a la luz de su sueño. Él había estado vivo allí, ¿verdad?

—Tú dices eso, pero yo te estoy diciendo que no las has cerrado. ¿Cómo sabes que lo mataron de veras allí, si ni siquiera viste su cuerpo?

—No seas tonta.

Sherry se volvió hacia la ventana, recordando. Fue algún hombre del gobierno quien le informara que la plantación fue asolada, y que mataron a los Richterson. Lucha interna por drogas.

—Todo el mundo sabe que lo asesinaron —concluyó.

—Entonces verifícalo otra vez. Sigue la pista. La noción oficial de la muerte de él. Por años las personas han estado atormentadas por dudas persistentes, y por lo que puedo ver, tú caes en ese grupo. Sigues teniendo sueños acerca de él, ¡por amor de Dios!

—*Sí* tengo el reconocimiento oficial —objetó Sherry.

Ella entrecerró los ojos y trató de pensar de modo razonable. La mismísima idea de que Shannon aún pudiera estar vivo la cortaba como con un cuchillo. Mil horas de terapia lo habían puesto en un rinconcito de la mente de ella… siempre allí, siempre vívido, pero pequeño. Ahora él volvía de pronto a salir a la superficie, y Sherry no podía permitir que una muerte pasada volviera a tomarle la mente. Sería peor que las pesadillas.

Un nudo del tamaño de una roca le presionaba dolorosamente la garganta, y la joven carraspeó.

—No deseo volver allá otra vez.

Pero de repente supo que tendría que volver allá otra vez. Aunque solo por haber vuelto a tener este insensato sueño. Al menos debía verificar de nuevo la muerte de él. Ahora que el asunto se había levantado de la tumba ella tendría que vivir con la obsesión o enterrarla otra vez. Comprenderlo le hizo retumbar como una bocina.

Sherry tragó grueso y se fortaleció contra más sentimentalismos. Dios sabía que ella había pasado cosas peores que esta. Bastante peores.

—¿Cómo puedo verificarlo?

—Llama al gobierno. Parientes vivos.

—La mayor parte de su familia vino de Dinamarca.

—Entonces con parientes vivos en Dinamarca. Su madre era estadounidense, ¿verdad? Podemos hallar una agencia que rastree muertes extranjeras. No puede hacer daño.

Sherry asintió. Ellos simplemente confirmarían la muerte de él.

CAPÍTULO ONCE

LAS VEINTICUATRO horas que el director Friberg le había dado a Casius para entregar sus hallazgos fueron y vinieron. Casius solo se fue. Ese era el problema. Pero entonces en realidad no un problema tan extraordinario... no con Casius.

David Lunow se hallaba frente a Mark Ingersol, mirando por la ventana ahumada al complejo de la CIA, súbitamente deseando haber traído el auto en vez de venir en bicicleta. Un amenazador y oscuro cielo presagiaba lluvia sobre las colinas de Virginia, ocultando el horizonte. Ingersol estaba imperturbable con el cabello abrillantado y el ceño fruncido. De pronto se abrió la puerta y entró Friberg. No se molestó en disculparse por hacerlos esperar. Se dirigió con toda calma a la cabecera de la mesa, se sentó cautelosamente, y se bajó las mangas, una a la vez.

—Así que tenemos un problema, por lo que veo —manifestó y luego levantó la mirada hacia David.

—Así parece.

Friberg miró la carpeta del asesino que se hallaba frente a Ingersol.

—¿Sugerencias?

—Tal vez él sobrepasó la utilidad que tenía —contestó Ingersol.

—Señor, si puedo manifestar —terció David—, Casius es el empleado más activo que tenemos.

—*Activo* no es sinónimo de *útil*, David. Un empleado solo es útil si puede seguir instrucciones sencillas. Parece que tu hombre tiene problemas con eso. Está fuera de control. Tal vez sea hora de descartarlo.

Un escalofrío se le clavó a David en la base de la cabeza. *¿Descartarlo?* Todos ellos sabían que a los asesinos no se les «descarta» simplemente. No se les da dinero así no más para el almuerzo y se les deja en la siguiente parada de autobuses. A los asesinos se les mata. De otro modo ellos muy bien podrían terminar en tu propio patio, matando a alguien que no querías muerto.

—Él está nervioso, pero yo no lo caracterizaría como fuera de control —opinó David aclarando la garganta.

Tanto Ingersol como Friberg lo miraron sin contestar.

—En realidad no veo motivos para eliminarlo.

—Creo que el hombre se ha sobrepasado a la invitación de la agencia —opinó Friberg.

—Si me perdonas, señor, no lo veo de ese modo —objetó David parpadeando—. Un hombre que hace lo que Casius hace *necesita* una clase de confianza temeraria. Hemos vivido con eso durante siete años.

Ingersol lanzó una mirada inquisitiva a Friberg, y David pensó que lo más probable era que ninguno de estos hombres conocía los hechos acerca de Casius. Alargó la mano hacia la carpeta roja y la abrió.

—Sabemos con quién estamos tratando —comentó Friberg.

—Y yo lo conozco mejor —continuó David antes de que se lo pudieran impedir—. Supe del padre de Casius... se le conocía con el nombre de Micha. Un francotirador de alquiler conocido mejor por matar de un solo tiro a media docena de jefes de carteles. Cuando asesinaron a su padre en ese club nocturno, Casius tenía dieciocho años. El muchacho heredó la habilidad de su padre, por decir lo menos. Acudió a nosotros un año más tarde. No tenía parientes vivos, ni propiedades... nada. Quería un empleo. Lo pusimos en nuestro régimen de entrenamiento, pero créanme, Casius no necesitaba nuestro entrenamiento. Podríamos haberle enseñado uno o dos trucos, pero él nació para matar.

—El tipo es inestable —cuestionó Friberg, y se sintió más como una orden; como decir: *La basura está llena*, cuando en realidad se quiere decir: *Saca la basura*.

—En realidad él tiene mucho dominio de sus decisiones.

—El hombre ni siquiera distingue entre nosotros y la gentuza a la que mata por nuestra paga. Ustedes lo oyeron. En su opinión todos somos monstruos.

—Él es un asesino. Si acusas a otro asesino de ser un monstruo, estás acusando a Casius de ser un monstruo. Eso es comprensible —expresó David, e hizo una pausa—. Mira, pocos agentes tienen la habilidad de operar en el nivel de él. Y con eso vienen unas cuantas consecuencias inevitables. Podrían pasar diez años sin que encontremos alguien igual.

—No me importa que se necesiten veinte años para encontrar alguien igual… no podemos permitir a un agente rufián escarbando donde no debe hacerlo —declaró Friberg mirándolo—. Si Casius se convierte en un lastre no tenemos más alternativa que desconectarlo. Me sorprende que eso te preocupe.

—Si el hombre se convierte en un lastre, quizás. Pero no creo que hayamos llegado a ese punto. ¿Qué pasaría si él eliminara a Jamal? ¿Tendríamos problema con eso?

—Ese no es el punto. La motivación que Casius tiene es personal y está fuera de control.

—No estoy de acuerdo —recalcó David.

El director se volvió hacia Ingersol. Como jefe de operaciones especiales la decisión sería finalmente de Ingersol.

—¿Y tú? —preguntó Friberg.

Ingersol haló hacia sí la carpeta roja. Una foto de Casius de veinte centímetros por veinticinco, con corto cabello oscuro y brillantes ojos azules, estaba adherida con un sujetapapeles a la portada izquierda. Ingersol analizó la foto.

—¿Crees poderlo atraer? —preguntó a David.

—Siempre puedo atraerlo. Soy el instructor del hombre.

—Entonces tráelo de vuelta.

—¿Y si no viene? —inquirió Friberg.

Ninguno contestó.

Friberg se puso de pie.

—Tienes otras veinticuatro horas —decretó y salió del salón.

EL SITIO estaba debajo de la tierra, cubierto de oscuridad. Solo un hombre conocía la ubicación y en realidad nadie conocía a ese individuo. Se llamaba Jamal. Lo odiaban o lo amaban, pero no lo conocían.

Bueno, sí, había quienes le conocían el rostro, la voz y *el* dinero. Pero no lo conocían *a él*. No le conocían los amores, los deseos y todos los motivos de por qué hacía lo que hacía. Si le conocían alguna pasión, solo era la pasión por eliminar. Para exigir venganza.

Pero es que Jamal no podía imaginar de otro modo la vida.

Un pequeño sonido de tictac resonaba suavemente en medio de la oscuridad. Jamal había excavado en la tierra la estancia de tres metros por siete, y a veces el agua se las arreglaba para filtrarse entre las rocas. En cierto modo el sonido era reconfortante. Una clase de delicado recordatorio de que el reloj estaba agotando la cuerda. El momento estaba ahora muy cerca. Muy, pero muy, cerca.

El olor a tierra húmeda le inundaba las fosas nasales. Una bombilla de veinte vatios brillaba bajo una pantalla cobriza sobre el escritorio, irradiando una luz aherrumbrada sobre la vieja madera. A la derecha una enorme cucaracha se movía rápidamente a lo largo de la pared y luego se detuvo. Jamal la miró por diez segundos completos, pensando que una cucaracha tenía la mejor de todas las vidas al vivir en su propia oscuridad sin pensar en nada más.

Se dirigió a la pared, agarró velozmente el insecto antes de que pudiera moverse, y a toda prisa le arrancó la cabeza. Jamal volvió al escritorio y puso la cucaracha en lo alto de la pantalla cobriza. El cuerpo sin cabeza se retorció una vez y luego se quedó quieto.

Jamal se puso el audífono y pulsó un número en la almohadilla electrónica que tenía delante. La electrónica a lo largo de la pared a la derecha era quizás de la que se esperaría hallar en un submarino, no aquí en esta mazmorra. Pero había más de una forma de mantenerse oculto del mundo, y Jamal no tenía ningún deseo de sumergirse en las aguas cada vez que quería hacer uso de su influencia. Por supuesto, traer la electrónica aquí, entre todos los lugares, no había sido fácil. Había tardado todo un año traerla sin levantar sospechas.

La señal de protección tomó treinta segundos en localizar su marca. La voz que le habló dentro del audífono sonaba como si viniera del fondo de un pozo.

—¿Aló?

—Hola, mi amigo.

La respiración del hombre en la línea se calmó. La voz de Jamal tenía ese extraño efecto en la gente.

Un estremecimiento recorrió los huesos de Jamal.

—¿Está listo?

—Sí —contestó el hombre después de una pausa de cinco segundos.

—Bien. Porque ha llegado la hora. Comenzarás de inmediato. ¿Podrás hacer esto?

—Sí.

—Escucha con mucho cuidado, amigo mío. Ya no podemos dar marcha atrás. Pase lo que pase, no podemos retroceder. Si algo ocurre que pudiera amenazar nuestros planes, los acelerarás, ¿entendido?

—Sí.

Jamal tuvo al hombre en silencio por un momento. Levantó la cucaracha de la pantalla y le arrancó las alas. El cuerpo se había horneado un poco y un olor parecido a cabello quemado le subió a Jamal hasta las fosas nasales. De un mordisco partió el tórax en dos e hizo rodar una mitad en la boca, salivándola. Regresó la otra mitad a la pantalla caliente. Lo único que sonaba en el audífono era respiración.

—Quizás hayas olvidado con quién estás hablando, Abdullah —manifestó Jamal, y luego escupió el insecto—. Si dejas de complacerme te desharé tan fácilmente como te hice.

—Usted no me hizo. Yo no necesitaba su interferencia. Pude haber hecho esto sin usted.

Una oleada de ira ciega pasó por Jamal. Parpadeó. Más respiración en el audífono.

—Morirás por eso, mi amigo.

—Perdóneme… Estoy ansioso.

Abdullah había dicho finalmente lo que siempre había sentido, desde el primer día Jamal se había acercado a la Hermandad para entregarle el control logístico sobre los planes que tenían en Venezuela. El tipo no provenía de los círculos de ellos, y no solo habían cuestionado la lealtad sino la utilidad del hombre. Le había tomado tres meses ganarles la confianza y persuadirlos de que esta participación era crítica para el éxito del plan. *No era* crítica, desde luego; Abdullah lo habría llevado a cabo sin él. Pero ellos sabían tan bien como él que Jamal sabía mucho y que era demasiado poderoso para hacerle caso omiso. Y desde todo punto de vista, Jamal había alterado el plan de modo que se ajustara a sus propios objetivos. Así resultó un mejor plan. Uno muchísimo mejor.

—Por favor, perdóneme —contestó la carrasposa voz de Abdullah en la línea.

Jamal cortó bruscamente la conexión.

Se quedó sentado allí por algunos segundos, en silencio bajo la trascendencia de lo que habían logrado. Una ola de calor le recorrió el pecho. Se quitó el audífono y colocó la cara entre las manos.

Una mezcla de alivio y odio le inundó la mente. Pero realmente era más como tristeza, ¿verdad? Tristeza profunda y amarga. Las emociones lo sorprendieron, y se les unió otra: miedo.

Miedo por permitir tal emoción. Comenzó a temblar.

Jamal bajó la cabeza y de repente se puso a sollozar. Se hallaba solo en esta mazmorra, estremeciéndose como una hoja y llorando como un bebé.

CAPÍTULO DOCE

Miércoles

LOS OJOS de Sherry se abrieron de sopetón, y se sobresaltó, el corazón le palpitaba fuertemente en la tranquila mañana. Las sábanas sobre ella estaban empapadas de sudor.

Por unos interminables segundos el mundo pareció haberse congelado, y ella no estaba segura cómo hacer que las cosas volvieran a moverse. La mitad de su mente aún estaba allá atrás, en la selva, donde acababa de morir.

«¡Marisa!»

Sherry se quitó las cobijas encima de las piernas y las hizo caer al suelo.

«¡Marisa!»

El apartamento resonó vacío. Marisa ya se había ido a la universidad. El reloj analógico junto a la cama mostraba las 8:15, pero se sentía como medianoche, y con toda sinceridad Sherry no estaba segura de haber despertado aún.

Pánico se le apiñó alrededor de la mente. Se había enfrentado con… ¿qué? ¿Qué acababa de ver?

«Amado Dios…»

La oración sonó como un gemido. Sherry salió corriendo hacia la cocina y se lanzó agua en el rostro.

«Oh, Dios…»

Había estado otra vez en la caja. La verdad es que había vuelto allá después de ocho años de pesadillas. Y los dedos le temblaban con la asombrosa realidad de ello.

Helen.

Sherry se estremeció y contuvo el aliento. Sí, ¡desde luego! ¡Debía hablar con Helen!

Caminó por la cocina.

«Está bien… Está bien, tranquila».

Empuñó los temblorosos dedos y respiró de manera deliberada.

«Estás despierta. Este no es un sueño. Es de mañana».

No, este no era un sueño, pero tampoco lo era lo que acababa de ver. No fue un sueño. No estaba segura de qué fue, pero fue real. Tan real como nada que hubiera experimentado alguna vez. Tan real como el cajón.

Sherry corrió hacia la habitación y se puso un par de jeans. Helen sabría, ¿verdad que sí? Ella había tenido visiones. *Querido Dios, ¿qué me estás haciendo?*

Solo cuando estacionó el Mustang en esa conocida entrada antigua frente a la casa de dos pisos de Helen pensó en llamar primero.

Fue hasta la puerta principal y tocó el timbre.

Nadie contestó. Volvió a tocar. Sherry estaba a punto de golpear la puerta cuando esta se abrió. Helen estaba de pie apoyada en un bastón, con el vestido amarillo bamboleándosele en las rodillas.

—Vaya, vaya, hablando del rey de Roma —comentó Helen.

—Hola, abuela.

—Finalmente decidiste venir.

—Lo siento. Sé que ha pasado un buen tiempo. Pero...

—Tonterías. Siempre es el momento.

—Tengo que hablar contigo —comunicó Sherry pestañeando.

—Por supuesto que sí. Ven, ven.

Helen retrocedió arrastrando los pies y Sherry entró. La casa olía a gardenias y a las rosas blancas que según la abuela vinieron de Bosnia.

La muchacha siguió a la anciana hacia la sala. Helen la había acogido y amado como a una hija. Pero al principio ella no había estado lista para el amor.

—¿Té?

—No, gracias.

—¿Sabes por qué a veces te amedrento, Tanya?

—¿Amedrentarme? No me amedrentas —objetó Sherry, sentándose y observando a Helen reacomodarse en su mecedora exageradamente rellena—. Y es Sherry, ¿recuerdas? Fue bastante difícil cambiarme una vez de nombre; no tengo intención de volver a hacerlo.

—Sí, Sherry. Perdóname.

Helen levantó su propio vaso de té helado y sorbió. Lo bajó y miró a Sherry a los ojos. Lentamente se le hizo un nudo en la garganta. Así sucedía con Helen. Ni siquiera le había dicho lo que le había venido a decir, y Sherry ya estaba sintiendo la importancia de su presencia.

—No nos engañemos. Sí te atemorizo a veces. Pero si yo estuviera en tu lugar también podría amedrentarme.

—¿Qué lugar es ese?

—Estás huyendo. Huí una vez, ¿sabes? Cuando tenía más o menos tu edad. Fue una experiencia aterradora.

—No creo que yo esté huyendo. Quizás no sea tan espiritual como tú, abuela, pero amo a Dios y entiendo que él tiene sus caminos.

—No, estás huyendo —objetó Helen—. Has estado huyendo desde que tu padre y tu madre murieron. Pero ahora ha sucedido algo y estás pensado el doble acerca de salir corriendo.

Sherry la miró. Era como hablarle a un espejo… no había manera de engañar a la mujer. Sonrió de repente sin saber qué decir.

—Te he estado esperando —informó Helen—. No es frecuente que Dios nos dé visiones, y cuando lo hace significan algo.

—¿Sabes de mi sueño? —preguntó Sherry sorprendida.

—Así que *has* tenido una visión.

—Siempre sueño —expresó Sherry inclinándose hacia adelante, emocionada ahora—. Imagino que las llamarías pesadillas. Pero ahora en las dos últimas noches…

—Cuéntame tu visión —pidió Helen.

—¿Decirte lo que vi? —inquirió Sherry pestañeando.

—Sí, cariño. Cuéntame. He estado esperando este momento por mucho tiempo, y en realidad ya no quiero esperar más. Has sido escogida para esto y yo he sido escogida para oírlo. Así que por favor, cuéntame.

¿Que ha esperado este momento por mucho tiempo? Sherry apartó la mirada y se acomodó en la silla, viendo en el ojo de la mente la visión como si acabara de ocurrir. Un temblor se le apoderó de los huesos, y cerró los ojos.

—Me quedé dormida, pero luego estaba bien despierta, en otro mundo tan radiante como el día. Exactamente como sucedió en el compartimiento. La primera visión que tuve fue hace dos noches. Vi a Shannon…

—Así que él está vivo.

—No. No lo creo. No vine por eso, sino por la segunda visión. La de anoche.

La joven pensó muy brevemente en la búsqueda de Shannon que ella y Marisa habían efectuado ayer. Marisa había identificado a Enlace Internacional para Personas Perdidas como punto de inicio a fin de hallar registros sobre las muertes de los Richterson. La agencia las había enviado a una búsqueda sin sentido que terminó tres horas después, en el teléfono con una funcionaria de relaciones públicas llamada Sally Blitchner. Sherry supo por primera vez que sí había un archivo de los Richterson en Venezuela. Entonces le dieron un número de un individuo en Dinamarca.

El hombre tenía un fuerte acento. Sí, desde luego que conoció a los Richterson, había anunciado en la línea. Después de todo, él *era* un Richterson. El anciano de ochenta años afirmó que su sobrino se había ido a los Estados Unidos veinte años atrás con su esposa y su hijo, Shannon. Luego el sobrino había decidido que Estados Unidos ya no era un país libre y se había internado en las selvas de Venezuela, para cultivar café. Sí, eso había sido trágico, ¿verdad? En primer lugar ellos no debieron haberse ido, opinó el hombre. Y no, él no había oído de ningún pariente vivo. Todos habían muerto. No hubo sobrevivientes.

La mente de la joven acogió las palabras con carácter definitivo. *No hubo sobrevivientes*. Por tanto, Shannon no había sobrevivido. Ella había sabido eso todo el tiempo y sin embargo la burbuja de esperanza le había estallado y el corazón se le había ido al estómago.

—Sherry…

La chica abrió los ojos y vio a Helen descansando, la cabeza inclinada hacia atrás, los ojos mirando al techo. Sherry respiró hondo y dejó que la visión le inundara la mente.

—Fue lo que sucedió anoche lo que… me asustó. No es como el verdadero sueño, aunque estoy dormida. Estoy en una larga playa blanca entre los elevados árboles y las aguas azules del océano —explicó ella, sintiendo que la presión del pánico le subía por la garganta ante la vívida imagen, entonces cerró los ojos—. Sencillamente soy yo, de pie en esta larga y amplia playa blanca.

Dejó de hablar.

—Continúa, por favor —la animó Helen.

78

—Puedo sentir realmente la arena con las manos —siguió Sherry, levantando la mano derecha y friccionándose los dedos—. Podría jurar que me hallaba realmente allí, oliendo la brisa salobre, oyendo chillidos de gaviotas en lo alto y olas salpicando cada pocos segundos. Fue increíble. Entonces vi a este hombre caminando hacia mí, sobre el agua. *Sobre* el agua, como si fuera Jesús en esa historia única. Solo que sé que él no es Jesús porque está vestido de negro, con cabello negro azabache hasta los hombros. Y los ojos centelleándole de rojo.

Sherry respiraba ahora a plena conciencia, sintiendo que se le aceleraba el pulso.

«Corro detrás de una palmera de hojas extendidas, temblando. Sé que tiemblo porque al agarrar la palma se mueven las hojas, y tengo miedo que el hombre logre ver el cocotero moviéndose en la playa. Desde luego, eso es ridículo porque todos los árboles están bamboleándose en la brisa».

Helen permaneció en silencio y Sherry continuó.

«Así que veo al hombre caminar hacia la playa, aproximadamente a cincuenta metros de mi árbol, y empieza a cavar con las manos un hoyo en la arena, como un perro enterrando un hueso. Lo observo lanzando esa arena entre las piernas, preguntándome por qué cavaría de ese modo un hombre que puede caminar sobre agua. Entonces oigo niños riendo, y pienso: *Sí, así es como niños cavarían un hoyo*. Pero tan pronto como lo pienso, niños reales, no solo sus risas, corren por la playa. Ni siquiera puedo decirte de dónde salen, sino que de pronto están en todas partes... y luego adultos también, miles de ellos abarrotando esa arena blanca, lanzando pelotas, hablando, riendo.

»Pero el hombre aún está allí, en medio de todas estas personas, cavando ese hoyo. Ellos no lo ven. Y si él los ve, no muestra ninguna señal de eso. Entonces el individuo deja caer un objeto, como un coco, dentro del hoyo; lo cubre con arena y se marcha inesperadamente de la playa, sobre el agua, y por sobre el horizonte».

La joven continuó rápidamente, consciente de que ahora el corazón le resonaba con fuerza en los oídos.

«Al principio no pasa nada más. Las personas allí corren por la arena, exactamente sobre ese lugar. Pero entonces de pronto una planta brota con fuerza de la arena. En realidad logro verla crecer. Simplemente crece y las personas siguen caminando por allí como si esto sucediera todos los días. Caminan alrededor, y por eso sé que deben ver la planta, o de lo contrario la pisarían, ¿correcto?»

Sherry hizo una pausa, sin esperar realmente que Helen contestara.

Sintió que tenía retorcidos los labios, y pensó que ahora mismo la mayoría de personas en la posición de Helen limitaría el diagnóstico a esquizofrenia.

Los dedos le estaban temblando, y los empuñó.

«Crece como un champiñón. Un hongo gigantesco que sigue creciendo. Y mientras lo hace, yo caigo de rodillas. Recuerdo eso porque una afilada concha de molusco se me clava en la rodilla derecha. El hongo se eleva sobre toda la playa, como una sombrilla gigante que bloquea el sol».

La muchacha tragó grueso.

«Luego llueve. Grandes gotas de llameante líquido, como un ácido que se esparce allí donde cae, lloviendo en torrentes desde el hongo encima de nosotros...»

La voz de la joven titubeó un poco. Cruzó las manos y se esforzó por parecer mentalmente sana.

«Las gotas... derriten... derriten todo lo que tocan. Las personas aterradas intentan salir de la playa, pero no pueden. Solo... solo corren en círculos siendo atacadas por estas grandes gotas... gotas de ácido que les derriten la carne. Es la más horrible de las escenas. ¿Sabes? Les grito a las personas que salgan de la playa, pero no creo que me puedan oír. Solo corren en medio de la lluvia y luego caen en un montón de huesos».

Sherry cerró los ojos.

«Entonces veo que el ácido está sobre mi piel...»

La garganta se le agarrotó por unos cuantos segundos.

—Empiezo a gritar...

—¿Y es ese el fin? —preguntó Helen.

—Entonces oigo una voz alrededor de mí. *Encuéntralo* —continuó Sherry carraspeando debido al nudo en la garganta—. Eso es lo que creo que oí. *Encuéntralo*.

Se quedaron en silencio por unos segundos, cuando Sherry oyó un chirrido. Abrió los ojos para ver a Helen poniéndose de pie lentamente e ir con dificultad hacia la ventana.

La anciana miró hacia afuera por algún tiempo. Cuando finalmente habló, lo hizo sin volverse.

—¿Sabes, Sherry? A menudo miro por esta ventana y veo un mundo común y corriente —declaró, y la chica le siguió la mirada—. Árboles comunes, césped ordinario, cielo azul común y corriente, a veces nieve, que viene y se va, que apenas cambia de año en año. Y sin embargo, aunque la mayoría no la ven, quienes tenemos un poco de percepción sabemos que una fuerza extraordinaria empezó todo esto. Sabemos que incluso ahora esa misma fuerza llena el espacio que no podemos ver. Pero en ocasiones, de vez en cuando, se le permite a una persona común y corriente ver esa fuerza extraordinaria.

Helen se volvió ahora hacia la muchacha, sonriendo.

—Yo soy una de esas personas, Sherry. He visto más allá. Y ahora sé que tú también lo has hecho.

—No soy profetisa —objetó Sherry levantándose.

—Asombroso, ¿no es verdad? Tampoco lo fue Rajab, en el Antiguo Testamento. Es más, ella era prostituta... escogida por Dios para salvar a los espías israelitas. ¿O qué de la burra que le habló a Balán? No siempre podemos comprender por qué Dios escoge las vasijas que escoge. Él sabe que eso no tiene sentido para mí. Pero cuando escoge una vasija, más nos vale que escuchemos el mensaje. Él quiere que regreses, querida.

—¿Regresar? —objetó Sherry meneando la cabeza—. ¿A Venezuela?

Helen asintió.

—¡No puedo volver! —exclamó Sherry—. No quiero ser vasija. No deseo tener estas visiones o lo que sean. ¡Ni siquiera estoy segura de *creer* en visiones!

Helen volvió a su silla y se sentó sin responder.

—¿Qué te hace pensar aun que es eso de lo que se trata? —inquirió Sherry.

—Tengo esta intuición a la que he aprendido a no hacerle caso omiso.

—Finalmente, en lo que recuerdo, logro dormir por primera vez —explicó Sherry—. Mi único deseo es que las cosas sean normales.

—Pero estás huyendo. Tienes que ir.

—¡No estoy huyendo! ¡Eso es ridículo! ¡Quiero *dormir*, no huir!

—Entonces duerme, Tanya —desafió Helen con una leve sonrisa—. Duerme y ve qué pasa. Pero yo también he visto algunas cosas, y no me importa decirte que esto está mucho más allá de ti o de mí, querida. Comenzó mucho antes de que quedaras atrapada en una caja. Fuiste elegida antes de que tus padres fueran allá.

—¡No estoy *interesada* en ser elegida!

—Tampoco Jonás lo estaba. Pero en cierto instante deberás concordar con esto, Tanya.

Sherry tragó saliva. De repente le saltaron a la mente las palabras que había pronunciado en el cajón ocho años atrás: *Haré cualquier cosa.*

—Soy Sherry, no Tanya —expresó—. ¡Y lo que estás diciendo es insensato! ¡No puedo volver a la selva!

Venir aquí había sido una equivocación. La joven quiso salir entonces. Huir.

—Este asunto te ha estado consumiendo. Dormir no te tranquilizará el estómago. La bilis no le sienta bien a la condición humana. De todos modos, si puedes soportarlo, duerme para siempre. Pero si fuera yo, iría.

CAPÍTULO TRECE

Jueves

CASIUS SE hallaba en la cabina telefónica y hacía traquetear el cuello con indiferencia.

—Comprendo que creas que mi salida fue una equivocación. ¿Es esa una amenaza?

Por supuesto que lo era, y Casius lo sabía. Pero el altercado verbal parecía llevar su propio peso en este mundo de ellos. Se pasó la mano por los apiñados músculos de la mandíbula y miró la atestada calle afuera.

—Tu negativa a venir es obviamente un problema para ellos —expuso la voz de David en el teléfono.

—¿De veras?

—Desde luego. No puedes escupirles la cara y esperar que te puedas ir así no más.

—¿Y por qué están tan ansiosos de que yo vuelva? ¿Te has preguntado eso?

El agente titubeó.

—Tienes información ajena obtenida en una misión clasificada. Estás amenazando con ir tras Jamal por cuenta propia, usando esa información. Yo veo el punto de ellos.

—Eso es correcto. Jamal. El hombre que mató a mi padre en un club nocturno. El hombre que según se dice ha sido una fuente de financiación para algunos de los ataques terroristas más agresivos de esta década. Quien tiene un precio de $250.000 por su cabeza. Jamal. Ahora descubro que el tipo está vinculado con una operación en Venezuela, ¿y esperas que yo haga caso omiso a eso? Voy a encontrar al sujeto y luego voy a matarlo. A menos que Friberg *sea* Jamal, no estoy seguro de ver su problema.

83

—Ni siquiera sabes si Jamal está allá. Lo único que sabes es que allá hay un tipo llamado Abdullah que podría estar, o no estar, vinculado con Jamal. De todos modos, es el principio detrás del asunto —objetó David—. Comprendo por qué querrías ir tras Jamal, pero la agencia te ha pedido que cooperes. Estás rompiendo las filas.

—Abre los ojos, David. Te diré esto porque siempre te has comportado bien conmigo. Las cosas no siempre son como parecen. Podrían perseguirte de mala manera en las próximas semanas.

—¿Qué exactamente significa eso?

—Significa que quizás esta vez tus superiores no tengan en mente tus mejores intereses. Significa que tal vez deberías pensar en largarte por unas cuantas semanas. Lejos —opinó Casius y dejó que la afirmación se asentara.

—¿Qué estás insinuando?

—Lo que he dicho —declaró el asesino relajándose en el teléfono—. Llámalo una corazonada. De cualquier manera, no intentes defenderme. Debo irme ahora.

—¿Significa esto que te estás negando a venir?

—Adiós, David.

LA CASA suburbana había sido construida en los cincuenta, una mansión de campo de dos pisos atestada por una ciudad en expansión. Casius la había comprado cinco años atrás, y la vivienda había funcionado tan bien como él había esperado.

Repasó rápidamente el inventario. Calculó el valor del solo contenido en más de medio millón de dólares. Dejaría la mayor parte para los lobos. Solo podía darse el lujo de llevar lo que cupiera en una mochila deportiva grande. Tendría que dejar el resto y arriesgarse a perderlo en los allanamientos que hicieran. No importaba. Tenía millones guardados en bancos en todo el mundo, la mayor parte tomados de uno de sus primeros golpes: un activista obscenamente rico.

Casius se ató fuertemente a la cintura cada una de las tres bolsas de lona repletas de dinero en efectivo. Los setecientos mil dólares serían ahora su única arma. Se puso por sobre la cabeza una camisa negra suelta y se miró en un espejo de cuerpo entero, contento con su nueva apariencia. El cabello muy corto se le pegaba a la cabeza con matices rojizos y castaños, muy diferente de los rizos negros que había lucido solo diez horas antes. Los ojos miraban con un amedrentador café en vez

del azul. Esto no bastaría para quitarse de encima a un profesional, pero el individuo común y corriente tendría dificultades para identificarlo como el hombre en la
reseña biográfica de la CIA. Los cinturones de dinero le sobresalían un poco en la
cintura. Tendría que usar gabardina.

Casius miró alrededor de la casa por última vez y levantó la mochila. Dejar tanto
le produjo, en cierta manera irónica, una calidez en el estómago. Todo había venido
de ellos, y ahora estaba devolviéndoselos. Como tirar de la bomba del inodoro. El
sistema que había engendrado hombres como Friberg no era mejor que el mismo
Friberg. No estaba seguro a cuál odiaba más, a Friberg o a la alcantarilla de la que
este se había arrastrado.

Pero todo eso iba a cambiar, ¿correcto?

Casius salió de la casa, lanzó la mochila en la parte trasera de su Volvo negro, y se
deslizó detrás del volante. El reloj del tablero mostraba las seis de la tarde… habían
pasado casi doce horas desde su conversación con David. Ellos vendrían pronto.
Una vez que la CIA descubriera su ausencia lo seguirían con sumo cuidado, sabiendo muy bien que él mataría a todo el que se le interpusiera en el camino.

Y mataría. En un instante. Miró por el espejo retrovisor e hizo girar la llave de
contacto. El auto cobró vida. Matar a Davis Lunow podría ser un problema… en
realidad había llegado a apreciar al hombre. Si había alguien en el planeta a quien
pudiera llamar amigo, sería él. Pero ellos no enviarían a David. Habían pasado cinco
años desde que el hombre viera el propósito destructivo de un arma. No, contrata-
rían asesinos. Al abandonarlos, él prácticamente pedía a gritos una bala en la cabeza.
Un escalofrío le subió por la espina dorsal y sonrió suavemente.

Casius empujó la palanca hacia adelante y con destreza sacó el auto de la larga
entrada, revisando si había vigilancia mientras dejaba atrás el lote de poco más de
una hectárea. Por supuesto que ellos sabían adónde se dirigía… pero no conocerían
la ruta escogida.

Veinte minutos después llegó al lago. Un desierto muelle se adentraba en el
agua como un desvencijado xilófono. La luna iluminaba un viso multicolor de
aceite que reposaba en la superficie. Casius sacó rápidamente una cizalla de la
cajuela, cortó la cadena que mantenía unidas las puertas, y condujo sobre el muelle al negro vehículo. Extrajo la negra mochila deportiva y echó a andar el auto
hacia las contaminadas aguas.

Tres minutos después de la zambullida del automóvil reventaron en la superficie las últimas burbujas. Solamente un amplio hoyo en la película aceitosa del agua mostraba el paso del vehículo. Satisfecho, Casius se lanzó la mochila al hombro y trotó hacia la ciudad… hacia las abarrotadas calles.

A la media hora hacía señas a un taxi.

—Al aeropuerto —pidió, subiendo detrás de un chofer asiático.

—¿Qué línea aérea? —preguntó el taxista mientras ingresaba a la calle.

—Déjeme en la terminal principal —contestó Casius.

Casius reposó la mochila en las piernas y miró por la ventanilla. Había cubierto las bases. Ahora no podrían rastrearlo. Buscarían por todas partes en su casa desde luego, pero no hallarían nada.

Iba a meterse en la selva y a matar a Jamal de una u otra manera.

CAPÍTULO CATORCE

Viernes

LA BUENA noticia era que esa noche Sherry durmió profundamente y por bastante tiempo.

La mala noticia era que su sueño fue inundado con un grito vacío que solo pudo haberse formado en el mismísimo infierno.

Se doblaba sobre la arenosa playa, la garganta en carne viva y gimiendo.

¡Oh, Dios! ¡Oh, Dios, sálvame! ¡Oh!

Se estaba quedando sin aliento, llena de pánico, y sin poder dejar de gritar. Agonizaba… una muerte lenta causada por el ácido que le chisporroteaba en la piel. El dolor le ardía furiosamente por los huesos, como si estos se acabaran de abrir y dentro de ellos hubieran vertido plomo derretido. Por todos lados alrededor de ella las personas gritaban y caían sobre la arena, en osamentas.

Sherry se irguió en la cama, todavía gritando; su voz resonó en la habitación, y se puso una mano sobre la boca. Respiraba con dificultad a través de las fosas nasales, los ojos desorbitados en la cama empapada.

No estaba muerta.

La visión había vuelto. Más fuerte esta vez. Mucho más fuerte.

«Oh, Dios —susurró—. Oh, Dios, esto es peor que el cajón… Por favor…»

¡Helen!

Sherry no se molestó en cepillarse los dientes ni en vestirse. Se puso la bata de baño y corrió hacia el auto.

Helen contestó al segundo toque, como si hubiera estado esperando.

—Hola, Tanya.

Sherry entró, aún temblando.

—Te ves un poco desaliñada, cariño —comentó Helen; miró por sobre la joven y luego entró a la sala—. Pasa, entonces. Cuéntame otra vez.

Ella entró y se sentó.

—No te gustó la bilis, por lo que veo —bromeó Helen.

¿La bilis?

Helen debió haberle visto la expresión.

—El estómago del gran pez. Jonás. El ácido.

—La bilis —manifestó Sherry, inclinando la cabeza y empezando a llorar.

—Lo siento, cariño mío —expresó Helen tiernamente—. De veras, lo siento. Debe ser muy doloroso. Pero te puedo asegurar que no terminará. No hasta que vayas.

—¡No *quiero* esto! —exclamó Sherry.

—No. Pero todavía no estás sudando sangre, por tanto supongo que estás muy bien.

La muchacha la miró a través de la borrosa visión, sin tener idea de lo que la mujer quería decir.

—No puedo pasar otra noche como esa, abuela. Es decir… en verdad no creo que pueda. Desde el punto de vista físico.

—Precisamente.

—¡Esto es *demencial*!

—Así es.

Sherry volvió a inclinar la cabeza y a sacudirla. Helen comenzó a susurrar un antiguo himno y después de un rato este había surtido efecto en la joven.

Secándose los ojos, levantó la cabeza y analizó a la anciana.

—Está bien. Así que según tú, Dios me ha elegido para algún… algún designio. Tengo que volver a la selva. Y si no lo hago, él me atormentará con estos… estos…

—Más o menos, sí. Dudo que sea él quien te esté atormentando, pero no lo está impidiendo. Parece que lo has necesitado.

—¿Tienes alguna idea de lo absolutamente ridículo que parece todo esto?

—En realidad no, para nada —contestó Helen después de mirarla por algunos segundos—. Pero he pasado mi parte.

—Sí —respondió Sherry mientras la mente le flotaba ante la idea de volver a su pasado—. Y no veo cómo eso podría ser posible.

—¿Por qué no?

—Para empezar, ¡el lugar estaba plagado de soldados! Quién sabe qué haya allá ahora.

—El padre Petrus Teuwen está allá. Petrus —expuso Helen asintiendo—. No donde estaban tus padres, pero está en Venezuela, en una base misionera más al sur, creo. Mi esposo lo conoció bien cuando era niño. Ayer hablé con él. Es un hombre excepcional, Tanya. Y te recibirá muy bien.

—¿Hablaste con él? —preguntó Sherry mientras un zumbidito le estallaba entre los oídos—. ¿Sabe él acerca de esto?

—Sabe algunas cosas. Y conoció a tus padres.

—¿Así que estás sugiriendo de veras que recoja algunas cosas y vaya allá? —inquirió la joven con incredulidad.

—Creí haber dicho eso ayer. ¿No estabas escuchando?

—¿Por cuánto tiempo?

—Hasta que hayas tenido suficiente. Una semana, un día, un mes —enumeró Helen.

—¿Agarrar sencillamente y volar hacia el sur por un día? Solo para llegar allá se necesita todo un día.

¿Hablaba la mujer en serio? ¡Por supuesto que sí! Tal vez Dios la estaba llamando como llamara a sus padres casi veinte años atrás.

Pero la ironía del pensamiento. Helen tenía razón. Sherry *había* pasado ocho años huyendo del pasado, y ahora la abuela le estaba sugiriendo simplemente que diera un paso atrás. Como si fuera alguna clase de caseta en una feria a la que pudiera entrar y salir a voluntad. Pero no se trataba de ninguna caseta... era la casa de los horrores, y la tapa estuvo cerrada la última vez que ella estuviera allí.

Pero entonces eso le ocurrió a Tanya Vandervan. Ella era Sherry Blake. De pronto le pareció absurdo el cambio de identidad. Santo cielo, su mente no lograba ver cómo le lucían el cabello o los ojos. La mente estaba en el lado equivocado de la cabeza, donde las visiones y pesadillas deambulaban en la noche.

El silencio se estaba prolongando demasiado.

—Estás libre para ir ahora que saliste del hospital —comentó Helen—. ¿Crees que esto sea por casualidad? Piensa en eso, Sherry.

Ella lo hizo. Pensó al respecto, y sintió extrañamente cálido el pensamiento de que regresar podría darle justificación para la licencia autorizada del hospital.

—¿Así que sencillamente compro un boleto y me le aparezco a la puerta al padre Teuwen?

—En realidad, deberé tener noticias de él, pero básicamente, sí.

Sherry se sentó por un largo período e intentó pensar en este llamado de Dios. Pero mientras más pensaba al respecto, más demente le parecía la situación.

Pasó casi todo el día con Helen, quien se dedicó a hacer algunas llamadas telefónicas. En general Sherry permaneció en el sofá grande, llorando, haciendo preguntas y acogiendo lenta, pero muy lentamente, la idea de que estaba ocurriendo algo muy, pero muy, extraño. Dios tenía sus propósitos, y de alguna manera a ella la habían empujado en medio de todos ellos.

DAVID LUNOW estaba en la oficina del director con las piernas cruzadas y las palmas húmedas. Lo habían traído para discutir el asunto de Casius, de eso estaba seguro. El enorme escritorio en que se hallaba Friberg estaba hecho de una madera que le recordaba el roble. Por supuesto, no podía ser de roble... el roble era demasiado barato. Tal vez alguna madera importada de uno de los países árabes. Frente al escritorio había dos sillas con espaldar largo. Mark Ingersol ocupaba una, David la otra. No podía recordar haber pasado tanto tiempo con el jefe máximo.

Friberg dejó el teléfono en la base y los miró sin expresión. Se paró y fue hasta la elevada ventana detrás del escritorio.

—¿Ningún mensaje? —preguntó.

—No —contestó Ingersol.

—Entonces nos movemos. Rápido —ordenó Friberg, mirándolos; los músculos de la mandíbula se le relajaron—. Bajo ninguna circunstancia podemos permitir que este hombre viva.

David parpadeó.

—Señor, no estoy seguro de entender por qué él representa tal amenaza. Se fue por cuenta propia, y comprendo tu frustración con la porfiada actitud de él, pero...

—Cállate, Lunow —advirtió Friberg quedamente—. La única razón de que estés sentado donde estás ahora es porque conoces al hombre mejor que nadie más. Jugaste un papel importante en su salida y ahora jugarás un papel importante en su eliminación. No estás aquí para expresar tus reservas.

El cuello de David se acaloró. La advertencia que Casius le manifestara por teléfono le resonó en la mente.

—Desde luego, señor. Pero sin saber más, no estoy seguro de poder ser eficaz. Parece que él sabe más que yo con relación a lo que está pasando.

—Él está tras Jamal —informó Friberg—. Y llegará a Jamal a través de Abdullah Amir. Eso es todo lo que él sabe y es todo lo que necesitas saber.

—No estoy seguro de que eso sea todo lo que él sepa. Al menos sospecha más.

—Entonces tenemos aun más motivos para eliminarlo.

David se quedó ahora en silencio. Se había metido en dificultades, eso ahora estaba mucho más claro.

—Tal vez ayudaría si supiéramos lo que te preocupa —opinó Ingersol—. Al igual que David, me encuentro aquí en la oscuridad. Casius se ha convertido en un problema, pero estoy seguro de que ninguno de nosotros comprende hasta qué grado.

Friberg volvió a mirar hacia la ventana y se inclinó sobre la cornisa. Habló hacia el césped.

—No tengo que decirles que esto es algo que solo «amerite saberse». Y en cuanto a mí, ustedes son los únicos dos que necesitan saber.

El director se pasó la mano por la cabeza calva.

—Sin querer, Casius se ha topado por casualidad con una operación en la que estuvimos involucrados hace ocho años —notificó, y se volvió hacia ellos—. Sabemos acerca de Abdullah Amir. Sabemos respecto del reducto del hombre, y lo suficiente para decir que no podemos permitir que Casius comprometa nuestra posición en Venezuela porque tiene la atolondrada idea de que Jamal está implicado.

—¿Tenemos una operación en que participa Abdullah Amir? —preguntó Ingersol cambiando de posición en la silla.

—Fue antes de tu tiempo, pero sí. Dejémoslo así. No podemos permitir bajo ninguna circunstancia que Casius llegue a ese reducto. ¿Estoy siendo claro? Iremos tras él cueste lo que cueste.

David se quedó anonadado en el asiento. No estaba seguro de que ellos supieran qué era meterse con Casius. Él nunca había conocido a un hombre más peligroso. Este había nacido para matar.

—No estoy seguro de que ir tras él sea la mejor opción, señor.

—¿Debido a qué?

—Él podría hacer más daño defensivamente de lo que haría de otro modo.

—Es un riesgo que todos debemos tomar. Este hombre tuyo podrá ser bueno, pero no es Dios. Y ahora que sacas a relucir nuestras posibilidades de tratar con él limpiamente necesito tus recomendaciones para traerlo.

David hizo caso omiso del comentario y consideró la petición.

—No estoy seguro de que lo puedas traer, señor. Al menos no vivo —expresó, y levantó la mirada hacia Ingersol—. Y sin duda no hay ningún operativo que yo conozca que pudiera matar fácilmente al hombre.

—Eso es ridículo —opinó Ingersol—. Ningún hombre es así de bueno.

—Puedes tratar —continuó David—. Pero mejor llevas contigo la caballería, porque no hay manera de que un solo hombre tenga alguna posibilidad contra Casius en el propio terreno de este.

Ingersol se volvió hacia Friberg.

—Ya he alertado a todos nuestros agentes al sur de la frontera. Tenemos ojos en toda ciudad importante en la región. ¿No podríamos insertar dos o tres equipos de francotiradores?

—Podrías, pero dudo de que él alguna vez los dejaría intentar —contestó David—. Tienes que recordar que el tipo se crió en la región. Conoce la selva allá. Su padre fue adiestrador en terreno selvático, él mismo era francotirador. Créeme, Casius sería muchísimo mejor que su padre.

David movió la cabeza de un lado al otro.

—Sigo pensando que ir tras él sería una equivocación —continuó—. Ustedes tendrían una mejor oportunidad agarrándolo una vez que vuelva a emerger.

—No. Ya esperamos una vez; ¡no volveremos a hacerlo! —exclamó Friberg con el rostro rojo—. ¡Quiero muerto a Casius! No me importa qué tengamos que enviar tras él; lo enviaremos todo. Quiero algunas opciones estratégicas para traerlo aquí, no estas tonterías acerca de francotiradores. Simplemente díganme cómo podemos capturar a este tipo y déjenme que yo me preocupe de la ejecución.

—¿Qué tal enviar tropas, David? —preguntó Ingersol en tono bajo—. Si no crees que francotiradores lo puedan alcanzar… ¿qué acerca de aislarlo por completo?

—¿Tropas? ¿Desde cuándo la CIA manda tropas? —cuestionó David, y al instante se arrepintió de haberlo hecho.

El ojo izquierdo de Ingersol se le contrajo por debajo del nacimiento del cabello peinado hacia atrás, como si dijera: *Basta ya, David. Simplemente contesta la pregunta.*

—Sí, suponiendo que pudieras conseguir tropas, tendrían que ser fuerzas especiales. Entrenadas en selva y con experiencia en combate. Las insertas en un perímetro alrededor de esta plantación a la que supuestamente Casius se dirige y tal vez tengas suerte con él.

—Podemos hacer eso —estableció categóricamente Friberg—. ¿Cuántos crees que se necesitarán?

—Quizás tres equipos —contestó él con nerviosismo—. Siempre y cuando estén entrenados en selva. Creo que él tendría dificultades para sortear a tres equipos de soldados de comando. Pero no será fácil.

Una nueva luz de esperanza pareció haberse encendido detrás de los ojos de Friberg.

—Bien. Quiero sobre mi escritorio detalles específicos en tres horas. Eso es todo.

Ingersol y David tardaron un momento en comprender que se les había dicho que salieran. David se quedó con palabras zumbándole en la cabeza. No eran palabras de Friberg; eran las palabras expresadas por Casius un día antes y le estaban sugiriendo que se fuera por un tiempo.

Lejos.

CAPÍTULO QUINCE

—HOLA, MARISA. Siento despertarte. Te extrañé anoche y desperté temprano.

—No te preocupes. Me acabo de levantar. ¿Dónde estás?

Sherry vaciló y se pasó el auricular al otro oído.

—Anoche volví a tener la… visión —titubeó con voz entrecortada, y carraspeó.

El teléfono se le silenció en el oído.

—Estoy saliendo por unos pocos días. Quizás una semana. Tal vez más, no lo sé.

—¿*Saliendo?* ¿Dónde estás ahora?

—Bueno, simplemente es así. Me encuentro en el aeropuerto. Me voy a Venezuela, Marisa.

—¿Que estás haciendo *qué*?

—Lo sé. Parece una locura. Como volver a meterse al foso de serpientes. Pero tuve esta conversación con Helen, y… bueno, hay un vuelo que sale a las ocho. Debo abordarlo.

—¿Y el pasaporte y la visa? No puedes saltar así no más a un avión y levantar vuelo, ¿no es así? ¿Con quién te vas a quedar?

—Mis padres me consiguieron ciudadanía doble, por tanto realmente sí… puedo saltar así no más a un avión. Estaré allá en veinticuatro horas. Solo es un viaje, Marisa. Volveré.

El teléfono se volvió a silenciar.

—¿Marisa?

—¡No puedo creer que estés haciendo esto de veras! Es muy repentino.

—Lo sé. Pero me estoy yendo. Algo está… pasando, ¿sabes? Quiero decir, no sé qué, pero tengo que ir. Por mi propia cordura, aunque sea por eso. De todos modos, quería que lo supieras. Así que no te preocupes.

—¿Que no me preocupe? Claro, está bien. Vas a regresar a la selva a buscar a un novio que ha estado muerto durante diez años, pero oye…

—No se trata de Shannon. Sé que está muerto. Esto es distinto. De todas maneras. Tengo que llegar a la puerta de salida.

—Cuídate entonces, ¿de acuerdo? —expresó Marisa, suspirando—. De veras.

—Lo haré —contestó Sherry sonriendo—. Oye, regresaré antes de lo que te imaginas. No es gran cosa.

—Claro que volverás.

CAPÍTULO DIECISÉIS

Domingo

—NO SÉ, *pero no creo que se trate del muchacho* —*manifestó Helen.*

—*Nunca se trató del muchacho* —*replicó Bill*—. *Además, yo creía que él estaba muerto.*

—*Sí. Eso dicen. Pero tampoco se trata de Tanya. En realidad no.*

—*Así lo has dicho. Tanya es un Jonás, y realmente se trata de Nínive.*

—*Lo sé, pero tampoco estoy segura de que se siga tratando de Nínive.*

—*¿Así que ahora ni siquiera sabemos quiénes son los jugadores en este juego tuyo de ajedrez?*

—*Sabemos quiénes son los jugadores. Son Dios y las fuerzas de las tinieblas. El lado blanco y el lado negro. Lo que no sabemos es qué jugadores están aguijoneando y si harán verdaderos movimientos. Pero tengo esta sensación, Bill. El lado negro no tiene idea de qué está sucediendo de veras. Esta es una carrera final.*

—*Mientras los jugadores cooperen.*

Helen se quedó en silencio por un momento.

—*¿Te has preguntado alguna vez qué clase de individuo acoge la maldad, Bill?*

—*¿Qué clase de individuo? Todos. ¿Qué quieres decir?*

—*Quiero decir: ¿qué clase de hombre mataría a otros?*

—*Muchos hombres han matado a otros. No estoy seguro de entender.*

—*Es simplemente algo que me ha estado atormentando. De una u otra forma Tanya está regresando para confrontar la misma maldad que mató a sus padres. Solo que me estaba preguntando qué clase de maldad es esa. Qué motivó a esos hombres. Y pienso que tienes razón creo que es la misma clase de maldad que está en todo hombre. Pero no todo hombre la acoge.*

Y la muerte de Cristo la destruye.

Sí. La muerte de Cristo. El amor.

EL VALLE habría parecido cualquier otro valle de las montañas en la Guyana de Venezuela, excepto por los negros riscos que sobresalían hacia el cielo. Por así decirlo, el sombrío contraste entre la selva verde y las escarpadas rocas servían como un recordatorio a los indios de que quienes ocupaban el valle eran hombres con almas negras. El Valle de la Muerte, así es como ahora llamaban a la región que solo ocho años atrás había estado ocupada por mensajeros de Dios.

En un fortificado reducto dentro de las montañas al extremo norte de la plantación, Abdullah Amir se hallaba con los brazos cruzados, como un ave centinela supervisando su camada. Un mechón blanco le dividía el cabello negro en la parte superior de la cabeza, acentuando la nariz que le sobresalía del rostro naturalmente oscuro. Los ojos le brillaban con un negro intenso, dando la ilusión de que allí no se había formado iris, sino solo pupila. La mejilla derecha estaba ampollada con una larga cicatriz que se le levantaba desde la comisura de la boca.

El salón que el hombre ocupaba era casi oscuro, simple, con muros de concreto, manchados. Pero por sobre todo el sitio era húmedo y pestilente. El hedor venía de los enormes insectos negros en el salón. Tiempo atrás él había abandonado la lucha con los insectos, y ahora centenares de ellos ocupaban los cuatro rincones, trepándose unos en otros hasta formar montoncitos, como nidos colgantes de avispas. No es que a él le importaran. Es más, se habían convertido en compañía para el hombre. No, en realidad no le molestaban en absoluto.

Lo que tenía en mente era Jamal. O más exactamente, las órdenes de Jamal. Realmente nunca había conocido al hombre. En lo que a Abdullah concernía, Jamal le había secuestrado el plan y se estaba llevando la gloria. Sí, Jamal había hecho mejoras, pero estas no eran importantes. Casi ni importaba que él hubiera sido un combatiente muy respetado en el Oriente Medio. El tipo no estaba aquí en la selva donde se estaba incubando el plan y no tenía por qué controlar nada.

Abdullah estaba sentado en una silla metálica plegable y miraba por un ventanal las resplandecientes luces que iluminaban la planta de procesamiento un piso más abajo. Tres grandes estanques usados para refinar cocaína se alzaban como piscinas contra un telón de fondo de cinco tanques químicos instalados a lo largo de la lejana pared. Más allá del muro de concreto, dos helicópteros estaban inactivos en el hangar. La operación funcionaba ahora como una máquina bien aceitada, pensó. Aquí en la selva los días se marcaban solo por medio de cigarras que mantenían el ritmo.

Sudor le bajaba por la sien, y Abdullah lo dejó caer. Para él, la vida había sido un infierno vivo aquí en la selva, pero por el tono de Jamal, eso cambiaría pronto.

Una mosca se le arrastró letárgicamente por el antebrazo. Él no le hizo caso y dejó que la mente le volviera a la primera vez que Jamal se había contactado.

Abdullah había venido a esta plantación cafetera como parte de un plan bien concebido que la Hermandad había tramado años antes de la llegada de él... un plan que con el tiempo cambiaría la historia, estaban seguros de eso. Era brillante tanto por la sencillez como por la extravagancia. Desarrollarían vínculos dentro del comercio de drogas al sur de los Estados Unidos y explotarían las rutas de tráfico para el terrorismo. América del Sur estaba obviamente muchísimo más cerca de los Estados Unidos que Irán. Y para la clase de acciones que tenían en mente, la cercanía era importantísima. De todos modos, el mundo tenía su enfoque en África del Norte y en el Oriente Medio después del comportamiento violento de Osama bin Laden. América del Sur era ahora un hogar más seguro para un plan tan extraordinario.

Después de pasar dos años en Cali, Colombia, Abdullah había hecho su trato con la CIA para ocupar este valle.

Y tres años después de eso, en su mundo se le había entremetido Jamal, para entonces un nombre desconocido, que de alguna manera había convencido a la Hermandad que lo dejara tomar el control del plan. Tenía el dinero; tenía los contactos; tenía un plan mejor.

Fue entonces que Abdullah comenzó la construcción del fortín subterráneo, a insistencia de Jamal, por supuesto. Abdullah ya había construido un edificio perfectamente suficiente, pero se había visto obligado a desecharlo a favor del plan de Jamal.

Abrir hoyos en las cavernas de la montaña cerca de la plantación había sido una espantosa experiencia en el calor y la humedad tan terribles. Y mantener encubierta la operación significaba que debían deshacerse de la roca sin alertar al aire o la vigilancia satelital. La CIA había acordado permitirles una modesta operación de drogas... no una que necesitara el ahuecamiento de una montaña. La CIA no tenía idea de lo que ellos en realidad estaban tramando.

Habían movido doscientas mil toneladas de roca. Lo habían hecho taladrando por la montaña un túnel de un metro de ancho y depositando la tierra en el río Orinoco muy por debajo en el valle adyacente.

Usar los mismos túneles para llevar los troncos al río también había sido idea de Jamal. Todo siempre de Jamal. No había sido el plan en sí lo que fastidiaba el cerebro de Abdullah, sino la manera en que Jamal lo tenía agarrado por el cuello; la manera en que jugaba con él, exigiéndole esto y cuestionándole aquello. Un día Abdullah tendría que matar al cerdo. Desde luego, primero tendría que localizarlo, y esto podría ser más difícil que matarlo.

Se oyó un toque en la puerta.

—Adelante —expresó Abdullah sin moverse.

—Discúlpeme, señor —contestó un hombre hispano con un ojo parchado, cerrando la puerta.

—¿Sí?

—El embarque está en camino con éxito. Tres troncos con destino a Miami.

Abdullah volvió lentamente la cabeza y miró al hombre, a quien él le había sacado el ojo por insubordinación… al cuestionarle las órdenes acerca de cuánto tiempo deberían los hombres trabajar en los cultivos del campo. Jamal había llamado antes esa mañana… ese había sido un mal día.

Abdullah se volvió otra vez hacia la ventana sin responder.

—Volveremos a embarcar en dos días —anunció Ramón.

—Mantente alerta, Ramón —advirtió Abdullah.

—¿Señor? —inquirió titubeando el hispano.

—Dije que te mantuvieras alerta, Ramón —respondió Abdullah enfrentándolo rápidamente—. Las arañas podrían tratar de comernos pronto.

Abdullah vio por el rabillo del ojo que Ramón recorría el muro con la mirada.

—¿Hizo contacto Jamal? —inquirió el tuerto después de un corto silencio.

¿Era esto tan evidente?

—Los enviaremos pronto. Muchas personas morirán. Recemos porque Jamal esté entre ellas.

—Sí, señor.

Abdullah reanudó la vigilancia por fuera de la ventana. Permanecieron en silencio durante varios y prolongados minutos, mirando abajo la inactiva planta de cocaína. Así era afuera en esta maldita selva, pensó Abdullah. El mundo era un lugar vacío. Húmedo, sofocante y repleto de arañas, pero tan vacío como un hoyo profundo. Como esta prisión en la que se hallaba.

A veces hasta se olvidaba de los juguetitos de Yuri muy por debajo de los pies de ellos.

—Te puedes ir, Ramón.

—Sí, señor.

El hombre salió, y Abdullah se sentó en silencio.

CINCO HORAS después y ciento sesenta kilómetros al oriente un viento frío azotaba la proa de un buque de siete mil toneladas, transportador de madera, que se abría paso entre agitadas aguas con poderosos motores diesel gemelos Doxford. Hasta donde llegaba la vista, olas con crestas blancas cubrían el mar.

Moses Catura, capitán del *Madera del Señor*, esforzaba la vista a través de los cristales llenos de neblina que rodeaban la cabina del piloto. Los leños deberían haber estado ahora a la vista. Las recogidas nocturnas siempre eran las peores; y casi imposibles en aguas turbulentas.

—Andrew. ¿Dónde diablos están los hijos de perra? —gritó Moses a través de un antiguo intercomunicador en la pared a su lado.

Durante tres años habían guiado al enorme transportador Highland Lumber a través del mar Caribe hacia los puertos sureños de Estados Unidos… más de cien viajes en total. Andrew se abrió paso por la puerta de la cabina del piloto.

—Una milla a babor, señor. Va a ser difícil. El viento es cada vez más veloz y la resaca los devuelve hacia el interior. Yo diría que si no los agarramos en media hora, serán jalados hacia atrás.

—Correcto. Veinte grados a babor —dio Moses la orden al oído del piloto a su lado, luego se volvió y gritó por el conducto—. Adelante a todo vapor.

Se volvió hacia Andrew.

—Ten lista la grúa. ¿Cuántos hay?

—Tres, agrupados de tal modo que parecen un solo punto en el receptor —contestó Andrew, y entonces sonrió—. Nada como una pequeña madera en el costado, ¿eh, señor?

—Ponte en marcha, Andrew, o no verás ni un centavo.

Andrew cerró la puerta y se lanzó hacia la cubierta abajo.

El capitán encendió las luces de niebla y contempló al frente mientras el enorme buque giraba lentamente. Las frecuencias de los transmisores en cada tronco las recibieron ocho horas antes y las programaron en la pantalla exploradora que Andrew mantenía en su cabina. Solo él y Andrew sabían que los errabundos troncos contenían cargamentos de cocaína. Para los demás, los troncos solo eran madera valiosa por la cual les pagaban hermosamente para que mantuvieran cerradas las bocas. La mayor parte de la tripulación constaba de veteranos que creían que el capitán merecía unos cuantos dólares extra de la madera pasada de contrabando. Por supuesto que a ellos tampoco les importaba agarrar la parte que les correspondía.

—¿Cuán cerca? —preguntó Moses por el intercomunicador.

—Doscientos metros, señor. Cinco grados deberían bastar.

—Cinco grados a babor —gritó Moses dentro del conducto.

—Setenta metros. Tan solo un pelo a estribor —gritó Andrew.

—Parada completa. Dos grados a estribor.

El enorme buque de carga se estremeció mientras sus enormes hélices gemelas se agitaban en reversa. Andrew agarró cada tronco del océano con la colosal grúa y los llevó con mucho cuidado hacia la popa donde se transportaban los maderos completos, sin ser cortados.

Catorce minutos después el *Madera del Señor* iba a todo vapor hacia el norte, dejando en su estela el gris litoral de Suramérica. Moses sonrió y se volvió hacia la comodidad de su cabina. Tan solo unos cuantos viajes más y se jubilaría.

CAPÍTULO DIECISIETE

CASIUS HABÍA salido de Nueva York bajo el nombre falso de Jason Mckormic y había llegado veintinueve horas más tarde a Georgetown, Guyana.

A no ser por una sencilla mochila negra, no cargaba nada. Había depositado cuatrocientos mil dólares en una caja de seguridad en Mail Boxes Etc. en la esquina de Washington y Elwood, a cinco kilómetros del aeropuerto en Nueva York. Otros trescientos mil dólares reposaban en los herméticos cinturones que le colgaban de la cintura y bajo un sofocante abrigo. Treinta y siete horas habían transcurrido desde que abandonara su auto en el lago, la mayor parte de ellas apretujado dentro de asientos junto a ventanillas a bordo de cuatro diferentes aviones de pasajeros.

El taxi amarillo que llamara en el aeropuerto se había detenido en la carretera de gravilla hacia el muelle. La mente le zumbaba como si permaneciera a treinta mil pies de altura.

Casius lanzó doscientos pesos sobre el asiento y se apeó. Dos barcos de carga estaban pegados al muelle a cien metros de distancia, cada uno cargado para salir hacia el puerto norteño de Tobago. Desde allí los cargamentos de frutas se venderían en una semana a lo largo de las Antillas Menores. El trayecto se haría en cualquiera de los dos barcos a tres kilómetros de la línea costera de Venezuela exactamente al norte de Guyana… en la frontera de Venezuela.

Un anciano con dientes negros torcidos lo miró perezosamente y de reojo. Casius asintió con la cabeza y sonrió con gentileza.

—Señor.

El hombre refunfuñó y se quedó mirándolo. La piel profundamente bronceada de Casius le favorecía en este ambiente, igual que sus pantalones color caqui. Pero la gente que atendía estos botes era descortés. Casius pasó una hora deambulando por el muelle, mezclándose y pasando por los barcos como si perteneciera al lugar.

Abordó el más grande de los barcos de carga en su tercera pasada, durante una discusión especialmente bulliciosa acerca de una carga desparramada de bananos, encontró una cabina desierta bajo cubierta que debido al desorden parecía haber sido usada para la desintoxicación de frecuentes borrachos, cerró la puerta, y se acostó debajo de la litera.

A media tarde el barco salió del puerto a toda máquina. Dos veces en la noche hombres intentaron abrir la puerta de la cabina. Dos veces se retiraron barboteando airadamente. Para la medianoche el barco pasaba por la frontera de Venezuela.

Casius miró por la ventanilla una lluvia sombría y torrencial. Enfocó la mirada a través del aguacero pero no logró ver el litoral. El pensamiento de nadar en medio de la oscuridad hizo que el estómago se le revolviera.

Quitó el pasador que aseguraba la ventanilla lateral y la empujó hacia fuera. Capas de barniz endurecido cedieron con un chasquido. La ventanilla osciló hacia el mar, haciendo entrar al instante ráfagas de húmedo aire marino por la abertura. Revisó una vez más el equipo que se había atado al desnudo cuerpo: los cinturones de dinero estaban fajados alrededor de la cintura y una muda de ropa estaba sellada en la bolsa negra. El abrigo, los pantalones color caqui, la camisa, y los zapatos que había usado en el vuelo saldrían por la ventanilla antes que él. No los necesitaba.

El hombre se paró sobre una silla, arrojó al viento el atado de ropas, y aligeró el cuerpo a través de la abertura, de cabeza, mirando las estrellas. Se empujó hacia fuera hasta quedar colgado solo de las pantorrillas. Dando una última mirada al mar, liberó de la ventanilla las piernas y se lanzó hacia atrás dentro de las heladas y oscuras aguas.

El agua le hizo ruido en los oídos y después solo oyó las agitadas hélices del barco. Oscuridad se cernió en el fondo debajo de él como espacio profundo, y visiones de tiburones le azotaron la mente. Dio zarpazos hacia la superficie y se sacudió la cabeza contra un repentino pánico. El barco se adentraba en medio de la noche, dejándolo a Casius en la espuma blanca de la estela de la nave. Él se dirigió hacia el occidente.

Nadó por dos horas. Tres veces distintas, cuando la lluvia amainó, se encontró nadando paralelo a la distante orilla y no hacia ella. Las olas eran altas, y molestosa la lluvia, pero la tierra se acercaba a paso firme y Casius nadó sin parar hacia ella. Cuando finalmente llegó a la playa sintió un bienvenido alivio.

Salió con dificultad del agua y se hundió en la arena a veinte metros del muro de selva. Árboles con largas lianas se elevaban a lo largo del perímetro, con sus amenazadoras ramas estirándose en la luz antes del amanecer. Se puso de pie, se ajustó los mojados cinturones de dinero, y se dirigió hacia el borde del sombrío bosque. Respiró hondo por las fosas nasales, escupió a la derecha, y se internó una vez más en la selva.

Si tenía razón, la CIA ya estaría esperándolo.

SHERRY BLAKE observó al helicóptero girar hacia el cielo, lanzando ráfagas de viento en amplios círculos polvorientos. El cabello la azotó en el rostro, y la muchacha bajó la cabeza hasta que el aire se calmó. A la izquierda una pista de aterrizaje en la selva corría a lo largo del yermo suelo del valle, esculpida por una atípica naturaleza, no por manos humanas. El lugar era una elección natural para la base de la misión. De no haber sido por la plantación de los Richterson a treinta kilómetros al norte, el padre de Sherry habría escogido este lugar quince años atrás.

Cuando la joven levantó la mirada, el padre Petrus Teuwen sonreía de oreja a oreja y la miraba con cejas arqueadas. Al instante le cayó bien el hombre. Brillantes y blancos dientes le llenaban la boca como teclas de piano. El cabello negro le llegaba hasta el cuello clerical. Sherry dudó que el sacerdote hubiera visitado a un barbero en cuatro meses.

—Bienvenida otra vez a la selva —saludó él—. Con seguridad debes estar cansada.

Sherry dejó vagar la mirada por la línea de la selva a cien metros a lo lejos.

—Sí —contestó de manera distraída.

Los árboles se elevaban con lianas cubiertas de musgo ensartadas debajo del follaje. Verdes. Verde muy oscuro e intenso. Cuando amainó el ruido de las aspas del helicóptero, le llegaron los sonidos de la selva. Un entorno de chillidos interminables de cigarras y de loros frente a los cantos de más de una docena de bulliciosos ruidos. Las ramas de un imponente árbol se sacudieron. Sherry vio que un peludo mono aullador café asomaba la cabeza e investigaba la misión.

La escena le fluyó por la mente, haciéndole saltar el corazón a la garganta, y por un breve instante se preguntó si se encontraba en una de sus pesadillas, solo que en tres dimensiones.

—Vaya, esto hace revivir recuerdos —expresó Sherry, inclinándose para agarrar la maleta.

—Seguro que sí. Deja, permite que me encargue de eso.

Sherry lo siguió hacia una larga estructura que supuso era la casa de la misión, aunque le recordó más a un dormitorio. Un sencillo techo de lata cubría el edificio oscurecido con creosota.

—No voy muy hacia el norte, en realidad —explicó el sacerdote volviéndose hacia ella—. La mayor parte de mi trabajo está con los indios del sur. Tus padres trabajaban entre los yanomami al norte, me contó Helen. Oí lo que ocurrió. Lo siento mucho.

Sherry lo miró y vio que el hombre estaba apenado de veras. La joven sonrió. Los ruidos alrededor de ella aún le golpeaban los recuerdos, y por centésima vez desde que saliera del aeropuerto de Denver se preguntó si toda esta idea había sido mal guiada. ¿Qué podría hacer ella posiblemente en la selva? Ah, sí, la visión. Había venido a causa de la visión.

Pero la visión parecía a mil kilómetros de distancia; esto la impactó como un susurro absurdo apenas recordado. Mientras volaba sobre el interminable bosque en el helicóptero había decidido que saldría cuando el aparato regresara a la estación dentro de tres días. Le daría a este asunto del sueño un máximo de tres días. Y solo porque no le quedaba alternativa. Ella no podía salir muy bien de la cabina de mando, echar una mirada por la misión, y volverse a trepar, ¿verdad que no? Eso parecería ridículo. No, tendría que esperar hasta el próximo viaje.

—¿Y qué oyó, padre? —preguntó la recién llegada, tragando saliva y deseando que el corazón se le bajara de la garganta.

—Oí que criminales en drogas atacaron tu misión. Y si lo que los indios dicen es correcto, el valle aún está ocupado.

—¿Todavía? —cuestionó ella, sorprendida—. ¿Quiere usted decir que estas personas nunca fueron llevadas ante la justicia? ¡Me dijeron que sí lo habían hecho!

—El sitio no está necesariamente ocupado por la misma gente que destruyó el reducto de la misión, sino que mercaderes de drogas trabajan en la región. La ley no es precisamente rápida en la selva. Tampoco lo es el gobierno. La mitad de ellos están asociados con los señores de las drogas. Es una parte considerable de la economía. Imagino que la iglesia levantó algunas quejas al principio, pero los recuerdos pasan rápidamente. Algunas batallas son difícilmente dignas de combatirse.

Llegaron a la casa, y el padre giró hacia la puerta en el extremo derecho.

—Llegamos —dijo él entrando por delante de ella y dejando el equipaje en el cuarto—. Aquí es donde te quedarás. No es mucho, pero es lo único que tenemos, temo.

Sherry miró a través de la puerta y vio que el dormitorio contenía un catre sencillo y un baño.

—Está bien. Tal vez usted tenga algo de beber. Yo había olvidado lo caliente que es este lugar —opinó ella abanicándose la garganta con las manos.

—Desde luego. Sígueme.

Él la llevó a la puerta del medio, la cual se abría a una sala considerable y a una cocina más allá. El olor a queroseno le inundó las fosas nasales a Sherry. Igual que su casa ocho años atrás. *Dios, ¿qué me estás haciendo?* Se dejó caer en una silla y esperó a que el padre le llevara un vaso de limonada. Igual al vaso que se le había roto en la mano ocho años antes. *Querido Dios.*

Afuera chillaban cigarras de la tarde; sonaba como una misa de muertos. La muchacha le sonrió al sacerdote y dejó que el líquido helado le pasara a través de los labios.

—Gracias.

—De nada —contestó él sentándose frente a ella.

—Entonces, ¿quién le habló del ataque a nuestra misión? —preguntó ella cruzando las piernas.

Él se encogió de hombros.

—La junta misionera, creo... hace cinco años cuando vine por primera vez.

—¿Le mencionaron la plantación al lado de la misión?

Él asintió con la cabeza, suavizando ahora la sonrisa de tal modo que ella apenas le veía los dientes blancos.

—Dijeron que lo más probable es que los bandidos estuvieron tras los campos allí. Según entiendo, la misión simplemente se encontraba en el camino —explicó él y echó un vistazo por la ventana con una mirada distante—. Por lo que han dicho los indios, creo que eso debe ser así. Esa gente quería la plantación para sus drogas, y con esta se apoderaron de la misión. Sea como sea, eso es lo que ocurrió desde la perspectiva humana. Es difícil saber lo que Dios tenía en mente.

—¿Y qué ha oído decir de los dueños de la plantación? —inquirió la muchacha, sintiendo el sudor que le bajaba por la blusa—. Los Richterson.

—Los asesinaron —informó él, y la miró—. Hasta donde me contaron, ninguno sobrevivió. Es más, solo supe por Helen de tu supervivencia, hace varios años. Conocí al esposo de Helen. Él estuvo con algunos soldados que vinieron a nuestra aldea en la Segunda Guerra Mundial. El caudillo del hombre mató a una niña que yo conocía muy bien. Nadia. Tal vez Helen te haya hablado de Nadia.

—Sí, me ha contado la historia.

—Yo estaba allí —dijo el padre—. Nadia era mi amiga.

—Lo siento.

Helen le había pedido a la joven que leyera el libro que su esposo escribiera acerca del episodio, pero nunca lo había hecho.

—¿Así que los indios le dijeron que Shannon resultó muerto? —indagó ella—. ¿Vieron el cadáver?

—La mayor parte de lo que he oído son rumores. Sin embargo, hasta donde sé, sí —dedujo el sacerdote sonriendo con gesto de disculpa—. Pero estoy seguro que no debo decirte eso. De nuevo te expreso que estoy terriblemente apenado.

—Está bien, padre. He aceptado la muerte de mis padres.

—Entonces si no te importa que pregunte, Sherry —expresó el padre Teuwen mirándola detenidamente—. ¿Por qué *has* venido a la selva después de estos años?

Sherry bajó la mirada al suelo. El sonido de un perro ladrando se filtró por las delgadas paredes. Entonces el animal lanzó ladridos agudos como si le hubieran arrojado una piedra o tal vez lo amenazaran con la mano.

—Podría parecer extraño, pero en realidad Helen me convenció de que debía venir; ya que Dios me llamó —asintió ella, pensando al respecto—. Sí, porque Dios me llamó.

Sherry levantó la mirada hacia el hombre y vio que este había arqueado las cejas… no podía afirmar si por ansiedad o por duda.

—¿Cree usted que Dios habla, padre?

—Por supuesto que Dios habla —respondió él levantando un dedo e irguiendo el oído—. ¿Oyes eso? Ese es Dios hablando ahora.

—¿Pero cree que él habla específicamente a personas hoy día? —preguntó ella sonriendo y asintiendo.

—Sí. Lo creo. He visto demasiado de lo sobrenatural aquí —declaró, e hizo una seña hacia fuera—, para dudar que él nos revolotea todos los días. Estoy seguro que Dios habla de vez en cuando al oído dispuesto.

Ella asintió con aprobación. Él era un hombre sabio, concluyó.

—Bueno, me parece muy extraño, le puedo asegurar. No solo que me están acribillando recuerdos que francamente me aterran por completo, sino que se supone que debo encontrar respuestas en medio de todos esos recuerdos —reconoció la visitante y meneó la cabeza—. No me siento muy espiritual, padre.

—Y si te sintieras muy espiritual, querida mía, podría preocuparme por ti. No es tu deber sentirte predispuesta a algún mensaje claro. Piensa en ti como una vasija. Una taza. No trates de imaginar lo que el Maestro verterá en ti antes de que lo haga. Solo ora porque sea el Maestro quien vierta. Luego ten la disposición de aceptar cualquier mensaje con que él desee llenarte. El oficio de él es llenarte. Tú simplemente recibes.

Las palabras le llegaron como miel y ella se encontró deseando más. Descruzó las piernas y cambió de posición en la silla.

—Usted tiene razón —expresó Sherry, y alejó la mirada—. Eso tiene mucho sentido. Dios sabe que ahora necesito que las cosas tengan sentido.

—Sí. Bueno, eso es tanto bueno como malo. Si tu vida tiene demasiado sentido para ti te podrías olvidar totalmente de Dios. Este es el pecado más prolífico del ser humano: estar lleno de sí mismo. Pero el tormento que has recibido te ha suavizado, como una esponja para las palabras de Dios. Esa es tu más grande bendición.

—¿Es una bendición sufrir? He sufrido muchísimo.

—Sí, puedo ver eso. A Cristo le preguntaron una vez por qué un hombre ciego había nacido ciego. ¿Sabes cómo respondió? Dijo que el hombre había nacido ciego para que un día Dios se glorificara por medio de eso. Nosotros solo vemos la terrible tragedia; él ve más. Él ve la gloria final —formuló el sacerdote y dejó que la idea se asentara un poco, pero ella no estaba segura cómo se podría asentar—. Cuando hayas concluido, Sherry, verás que muchos fueron afectados para bien a causa de tu sufrimiento. Y debido a la muerte de tus padres. Estoy seguro de eso.

Ahora las palabras le bañaban el pecho con calidez y la joven sintió que el corazón se le avivaba. De alguna manera supo que una cantidad de verdad acababa de entrarle a la mente.

Bajó la mirada, esperando que él no hubiera visto la humedad en los ojos.

—Sherry —continuó él—. Sherry Blake. Yo creía que tu apellido era Vandervan.

—Así era.

—¿Y lo cambiaste?

Ella asintió con la cabeza.

Él esperó un momento, observándola con esos ojos afables.

—Creo que cuando esto haya acabado, Sherry, habrás aceptado tu pasado. Cada parte de este. Has hecho lo correcto al venir aquí. Una parte de la historia reposa sobre tus hombros.

Ninguno de los dos habló por algunos prolongados minutos. Parecía absurdo. ¿Qué podría este rincón perdido de la selva tener que ver con la historia? Sherry sorbió su limonada sin mirar directamente al sacerdote, y él la analizó. Luego el hombre sonrió y palmoteó, haciéndola sobresaltar.

—Bueno jovencita, se está haciendo tarde y estoy seguro que tienes mucho en qué pensar. Debo preparar algo de cenar. Siéntete libre para descansar o andar por la estación… cualquier cosa que se te antoje. Cenaremos en una hora.

El clérigo se volvió hacia la cocina y se arremangó las mangas.

Sí, a ella le gustaba mucho el padre, pensó.

CAPÍTULO DIECIOCHO

Lunes

LA SELVA volvió a Casius como miel espesa: suave al principio pero luego con volumen repentino.

Las raíces hacían que los pies se le cansaran hasta que encontró el ritmo, corriendo con una seguridad que le permitía colocar los pies donde quería. Enredaderas le golpeaban el rostro hasta que los ojos se le acostumbraron a las sombras de la noche. Criaturas chillaban alrededor de él, aguijoneándole los nervios hasta que se las arregló para empujarlas al fondo de la mente. Cuando la luz del día fluyó a través del follaje, el hombre mejoró considerablemente la marcha y los pensamientos se le perdieron en recuerdos del pasado.

Había llevado una vida en los años desde que saliera de esta tierra, y en realidad aún estaba atrapado en ella. Había vivido para este día. Cien misiones habían llevado a esta. Viviría o moriría, pero al final los responsables de la muerte de su padre morirían con él.

Los pensamientos le machacaban la mente con el ritmo de las pisadas. Él sabía más que cualquiera en la CIA, incluyendo lo que Friberg pudiera posiblemente sospechar. Es más, sabía más de lo que el mismo Friberg sospechaba. Y sabiendo lo que sabía no le sorprendería que trataran de cazarlo con fuerzas especiales. Los peligros eran demasiados para confiar en agentes. Ellos no se tomarían ningún riesgo, y David les diría que eso significaba enviar fuerzas entrenadas en selva.

Era media mañana antes de que Casius emergiera de la selva sobre una elevación que caía lentamente hacia el delta del Orinoco. Una aldea abajo acogía una pequeña población de pescadores que por ingresos extra también llevaban botes de carga y pasajeros río arriba y abajo. Casius se limpió con cuidado el barro de las piernas con hojas húmedas y desabrochó la mochila que aún tenía atada a la espalda. Se puso un par de shorts y pantalones sobre ellos. Luego se deslizó un par de mocasines de color café claro, se puso una holgada camisa inarrugable, y se cubrió la cabeza con una gorra de béisbol. Metió un par de lentes de sol en el bolsillo de la camisa, enterró la bolsa plástica que había mantenido seca la ropa, y se dirigió hacia la pequeña aldea en la distancia.

Casius se acercó a un pontón flotante atendido por un pescador que se hallaba restregando el casco.

—Discúlpeme. ¿Me puede decir cuánto me podría costar un viaje a Soledad? —preguntó.

El hombre se levantó del bote y lo miró con atención.

—Usted es turista, ¿no? ¿Le gusta la pesca? Yo agarro un pez enorme para usted.

—Pescado no, amigo. Necesito una carrera río arriba.

—Sí, señor. Doscientos dólares. Lo atenderé bien.

—Acaba de hacer un trato —asintió Casius.

El pescador dio órdenes rápidamente a dos hijos que aparecieron como si acabara de ser designado el general de un ejército, y alistó el bote en cinco minutos. Diez minutos más tarde piloteaba río arriba el llamativo Evinrude de cuarenta caballos hacia la pequeña pero relativamente moderna población de Soledad. Casius se sentó cerca de la parte trasera, analizando la selva que pasaban, con los brazos cruzados, la mirada fija, y mil pensamientos girándole en la mente.

ABDULLAH ENTRÓ al salón de embarque hecho de concreto y vio a Ramón inclinado sobre uno de los troncos preparados para la entrega de la noche. El hispano lo vio y asintió con la cabeza, hablándole aún al trabajador que rellenaba el tronco hueco con bolsas de cocaína. Al otro lado del espacio, cadenas sin fin daban contra la montaña hacia el enorme tubo que lanzaría el tronco al río allá abajo. Abdullah caminó hasta los dos hombres y los observó trabajar.

El método de embarque había sido idea de Jamal, y hasta ahora habían perdido menos de diez troncos en corrientes desviadas. La logística era sencilla: Llenar los troncos flotantes de *yevaro* con cocaína sellada, lanzar el madero por un tubo de un metro de ancho que atravesaba la montaña hacia el río Orinoco, y recoger los troncos cuando fueran vomitados al océano, más de trescientos kilómetros al oriente. El río efectuaba la entrega con inquebrantable constancia, vomitando incesantemente al océano sus aguas con basura. Radiofaros direccionales adheridos a cada tronco ayudaban la recogida. Los troncos habían ingresado a depósitos estadounidenses de madera, sin incidentes durante cinco años hasta ahora. La gruesa corteza ocultaba bastante bien el panel de cortes, haciendo prácticamente imposible la detección.

—¿Cuántos esta noche? —preguntó Abdullah, y el trabajador se asustó ante el sonido de la voz.

—Tres, señor.

Abdullah asintió en aprobación.

—Sígueme, Ramón.

El árabe fue hasta el ascensor, insertó una llave hacia el piso más abajo, y retrocedió. El carro empezó a bajar hacia el restringido sótano.

—¿Sabes que nuestro mundo cambiará ahora?

—Sí.

—¿Y estás preparado para cualquier cambio que esto pudiera traer?

—¿Qué cambios anticipa usted? —preguntó con mucho tacto el latino.

—Bueno, en primer lugar sospecho que este lugar cesará pronto de existir. No podemos esperarlos sentados sin hacer nada. El mundo se derrumbará, creo.

Ramón asintió con la cabeza. Parpadeó con el ojo bueno.

—Sí, creo que usted tiene razón.

La campanilla sonó y Abdullah salió del ascensor. La puerta del laboratorio se encontraba cerrada al final del pasillo. La miró sin acercarse.

—Debemos limpiar la selva circundante de toda amenaza posible —manifestó de manera distraída—. Solo hay una base en un radio de ciento cincuenta kilómetros de la plantación. Y la quiero ocupada inmediatamente.

—La misión católica.

—Sí. La quiero bajo nuestro control. Envía un equipo a neutralizar el reducto. Y quiero que se haga limpiamente. Atacarás la estación mañana por la noche.

—Sí, señor.

—Déjame solo.

Ramón volvió a entrar al ascensor y la puerta se cerró.

APARTE DE Ramón y Abdullah, solo Yuri Harsanyi sabía de la existencia del piso inferior. Y Yuri lo conocía íntimamente, como un ratón conocería su agujero en el muro.

Usaba una bata blanca de laboratorio, contrastando rigurosamente con su cabello negro azabache que le caía desarreglado sobre el de otro modo regordete y pálido rostro. «Robusta» era la palabra que él había decidido que le describía de modo apropiado la constitución. Robusta y fornida. Un metro ochenta y nueve, para ser exactos. Por eso tendía a agacharse sobre las mesas, y ahora el cuerpo parecía haberse amoldado a la postura.

La naturaleza de la misión exigía que el hombre permaneciera oculto en el sótano todo el tiempo, deambulando encorvado entre el blanco laboratorio y su lugar adjunto de residencia. El piso tenía otros cuartos más, pero Yuri había salido solo dos veces a las habitaciones del perímetro. Su propia vivienda proveía toda la comodidad que podía esperar aquí. Además, en lo que a él concernía, mientras más tiempo pasara en el laboratorio más pronto terminaría su tarea. Y mientras más pronto terminara su tarea, más pronto estaría libre para comenzar su nueva vida, acaudalado esta vez.

Las paredes alrededor de él eran blancas. Cuatro bancos de trabajo sostenían dos tornos y dos aparatos moldeadores alineados a las paredes. A la derecha de Yuri una puerta llevaba a sus aposentos, y al lado de la puerta se hallaba un cuarto de tres por tres sellado con Plexiglás. Una caja fuerte sencilla y cromada del tamaño de una refrigeradora había en el centro del salón, frente a una mesa simple cargada con computadoras.

Pero el enfoque de Yuri estaba en una de las dos mesas de acero en el centro exacto del piso de concreto del laboratorio. Soportes en cada mesa agarraban objetos oblongos… uno del tamaño de un balón de fútbol americano, el otro del doble de tamaño. Ambos tenían paneles abiertos que miraban silenciosamente hacia el techo. Bombas.

Bombas nucleares.

Yuri tenía los brazos cruzados mientras observaba los brillantes objetos de acero. Sentía un zumbido de complacencia que le resonaba en el pecho. Funcionarían. Sabía sin duda alguna que las bombas funcionarían. Una simple colección de extraños materiales amoldados en armonía perfecta. Él los había transformado en una de las fuerzas más poderosas del planeta. No sería muy difícil hallar una facción que pagara cien millones por el aparato más pequeño. Yuri no había pensado en nada más durante los últimos seis meses, y con la culminación del proyecto a la mano parecía insoportable la presión que sentía para tomar una decisión.

El mezquino salario que Rusia le había enviado por tantos años sería dinero de propinas. El socialismo tenía su precio, había decidido él. Ni siquiera el Buró Político debía esperar que proliferaran los científicos nucleares más brillantes sin recompensarlos de modo adecuado. Y ahora era hora de pagar por completo. Sonrió ante el pensamiento.

Una mosca voló desde la luz en el techo y pasó zumbando por el oído de Yuri antes de decidirse por la esfera más grande.

Para Yuri la llamada telefónica de siete años atrás había sido la voz de un ángel. No se había molestado en preguntar por qué la mafia rusa lo había escogido. Lo único que sabía era que le ofrecieron cien mil dólares por adelantado, en efectivo, además de diez mil cada mes, con un bono de un millón de dólares a la culminación del proyecto. Eso, y los pequeños detalles de que el proyecto era para la Hermandad, un grupo beligerante islámico. Otros habían hablado de conseguir trabajo en el mundo libre, pero ningún otro científico nuclear podía esperar sacar ni siquiera la centésima parte de la oferta. Él había aceptado sin reserva.

Asegurar los elementos básicos había tomado tres años, tiempo durante el cual con toda sinceridad Yuri se había sentido más cautivo que científico. Pero llenar su lista de compras, como la llamaba él, tomaba tiempo en el nuevo mundo.

Sin embargo, el tiempo de ellos era correcto; si la Hermandad hubiera esperado hasta después de que Bush hubiera ido tras Al qaeda y ejerciera fuerte autoridad en la proliferación como había hecho en la administración de él, la tarea habría sido mucho más difícil. La administración Clinton hubiera sido el tiempo correcto.

La lista era bastante simple: conectores de descarga Krytron, detonadores de alta calidad, explosivos de alto rendimiento, uranio, plutonio, berilio y polonio. Junto con veintenas de artículos de ferretería, por supuesto.

Administración Clinton o no, no era posible entrar a una ferretería y comprar iniciadores llenos con berilio y polonio. El descubrimiento que los inspectores de armamento hicieran del enorme programa nuclear de Irak había dado lugar a que se hicieran más estrictos los reportes requeridos por el Tratado de No Proliferación Nuclear. Y no solamente eran el plutonio y el uranio los que se guardaban con extremo cuidado sino cualquier componente requerido para un artefacto nuclear.

Caso concreto, una detonación nuclear requiere un cronometraje absolutamente perfecto entre las cargas conformadas alrededor del plutonio. Cuarenta explosiones perfectamente sincronizadas, para ser exactos. Incluso si una sola de las cuarenta no armonizara en la fracción más pequeña de segundo, la bomba fracasaría. Solo un aparato de detonación muy raro puede brindar tal precisión: un conector Krytron. Y solo dos compañías en el mundo fabricaban conectores de descarga Krytron. Yuri necesitaba ocho. Por desgracia cada uno era reportado a una asamblea legislativa y era cuidadosamente rastreado.

El científico pudo haber intentado un nuevo mecanismo de descarga, pero las posibilidades de fracasar habrían aumentado en gran manera. No, necesitaba los conectores Krytron, y solo estos tardaron dos años en obtenerse, y únicamente entonces en el mercado negro de la antigua Unión Soviética, lo cual tuvo su parte de malhumorados funcionarios dispuestos a hacerse los de la vista gorda por cien mil dólares. Los abastecimientos mundiales de berilio y polonio estaban estrictamente custodiados. El enfoque estuvo siempre en los elementos radiactivos, como plutonio, pero en realidad el plutonio había sido el más fácil. Había mucho plutonio por ahí, y con los contactos que Yuri tenía en la mafia rusa lo había conseguido en menos de seis meses.

En resumidas cuentas, todos los elementos necesarios se podían obtener siempre y cuando el dinero no fuera problema. Yuri no estaba seguro de dónde conseguían dinero estos sujetos: tráfico de drogas, petróleo, etc., pero era obvio que tenían el necesario. Todos los artículos que había solicitado entraron finalmente a la selva.

Y ahora era hora de sacarlos de la selva.

Desde luego, estaba el pequeño asunto de Abdullah, y el árabe no era alguien con quién jugar; el corazón del tipo era del color de sus ojos, pensó Yuri. Negro.

El científico fue hasta la más grande de las dos armas, un aparato de fisión de más o menos tres veces el resultado del mecanismo de Nagasaki. Para las normas modernas el diseño en sí era básico y muy parecido al de la primera bomba. Pero no había nada sencillo respecto de la explosión de sesenta kilotones que este crearía.

Una esfera negra de treinta y cinco centímetros de diámetro reposaba en el panel abierto. Estaba punteada exactamente con cuarenta circuitos rojos espaciados con un cable que sobresalía de cada circuito, dándole la apariencia de un fruto peludo. Al frente de la esfera se hallaba un emisor blanco y un pequeño receptor. La coraza exterior brillaba de plateado (aluminio pulido), nada más que una costosa caja para la bomba negra en el interior. La mosca se arrastró sobre esa superficie brillante y Yuri estiró una mano para ahuyentarla.

Cuatro años e incalculables millones, y ahora el premio: dos esferas brillantes con suficiente poder para demoler una ciudad muy grande. Yuri fue hasta el gabinete de suministros y entró allí. Una amplia gama de herramientas pequeñas se alineaban en tres de las paredes. Se arrodilló, sacó un estuche café de madera y abrió la tapa. Adentro estaba su boleto hacia los cien millones de dólares: dos objetos esféricos negros, idénticos en apariencia a aquellos en los aparatos nucleares. Si él procedía ahora, su destino estaría sellado. Se convertiría en un hombre muy acaudalado o en un tipo muy muerto.

Yuri tragó saliva y deseó calmar el palpitante corazón. Una de esas malditas moscas se le asentó en la cabeza y él impulsivamente le dio una palmada, golpeándose en mala manera el oído. Se secó las sudorosas palmas en las caderas, bajó temblando las manos hacia la caja y sacó la esfera más pequeña.

«Por favor, Dios —susurró débilmente—. Permite que esto último juegue a mi favor».

Por supuesto que eso era ridículo, porque él ya no creía más en Dios de lo que creía que pudiera vivir si Abdullah lo descubría.

Yuri se paró, cerró la puerta de un empujón con el pie, y con mucho cuidado llevó la bola negra hacia la mesa metálica donde reposaba el artefacto más pequeño. Con una última mirada a la entrada, comenzó el trueque.

La idea en realidad era sencilla. Sacaría los explosivos nucleares de sus envolturas y los reemplazaría con explosivos que se veían idénticos pero que solo contenían aire. Cuando Abdullah pasara por un lado para explotar sus juguetitos, estos ni siquiera echarían chispas. El explosivo nuclear estaría seguro con Yuri. Esta era creación suya… él debería cosechar los premios. Dejaría que el hombre desplegara sus bombas de imitación. Para cuando Abdullah descubriera el funcionamiento defectuoso, Yuri estaría a mitad de camino alrededor del mundo con dos artefactos valiosísimos para la venta.

Completó el canje en menos de cinco minutos. Sosteniendo la esfera nuclear del tamaño de una pelota de voleibol con dedos empapados de sudor, regresó al clóset y la metió en la caja café de madera. Luego repitió todo el procedimiento con la segunda esfera. Selló la tapa y se puso de pie mientras un temblor le serpenteaba columna arriba. Hasta ahora todo iba bien.

Agarró un trapeador y lo colocó sobre la tapa, pensando que así la caja de embalaje no llamaría tanto la atención. Por otra parte, normalmente el trapeador reposaría en el piso como cualquier trapeador. Verlo apuntalado en lo alto en realidad podría llamar la atención de Abdullah. Yuri devolvió el trapeador al piso y se regañó por ser tan extremadamente cauteloso. Secándose el sudor de la frente, cerró la puerta del clóset y volvió a entrar al laboratorio. Transferiría las esferas a su maleta más tarde esa noche y las llevaría a Caracas al salir en la mañana.

Yuri permaneció con las manos colgándole sueltas a los costados, respirando profundamente, calmándose, y mirando las mesas delante de él. Los dos estuches de aluminio parecían tan armas nucleares como habían parecido quince minutos antes. Solamente un ojo adiestrado notaría las pequeñas variaciones. Así estaban las cosas. Él se había comprometido.

De pronto el estante a la izquierda de Yuri chirrió a lo largo del suelo, y él se asustó. ¿Abdullah? Saltó hacia las mesas y rápidamente examinó si había algún tornillo olvidado, un cerrojo suelto… cualquier cosa que pudiera alertar al árabe. Se pasó la manga por el rostro, y recogió un medidor de voltaje sin uso.

Abdullah entró frunciendo el ceño al laboratorio, la prominente mandíbula debajo de ojos negros refulgentes. El ceño fruncido que mostraba parecía decir: «¿Qué has estado haciendo, amigo mío?» Un escalofrío recorrió la cabeza de Yuri.

—¿Están concluidas? —preguntó Abdullah.

—Sí, señor —respondió Yuri, y luego carraspeó.

El árabe lo miró sin cambiar la expresión por algunos prolongados segundos y Yuri sintió que le sudaban las palmas. Abdullah dio un paso adelante.

—Muéstrame otra vez el procedimiento de detonación remota —ordenó, se dirigió a la mesa y miró por sobre el hombro del ruso—. Muéstrame todo de nuevo.

—Sí —contestó Yuri, confiando en que el hombre no le lograra sentir el leve temblor en los huesos—. Por supuesto, señor.

CAPÍTULO DIECINUEVE

BOMBILLOS ESPARCIDOS por todos lados iluminaban la oscurecida costa cuando finalmente el piloto desaceleró el fuera de borda hasta dejarlo en un ronroneo y conducir el pequeño bote hasta un arruinado muelle adyacente a la ciudad costera de Soledad. Casius pagó al hombre la tarifa de doscientos dólares e ingresó al pueblo hacia el Hotel Meliá Caribe. Por una docena de viajes río abajo con su padre, sabía que este era uno de los tres hoteles en que se podía esperar ver turistas arriesgándose a entrar en lo profundo de esta tierra.

El momento en que Casius ingresó al vestíbulo fijó la vista en un hombre pálido y larguirucho que leía un periódico en el rincón. La mirada del tipo se levantó y se topó con la de Casius. Sostuvieron la mirada por unos instantes y luego el individuo volvió al periódico. Casius miró alrededor del salón y rápidamente determinó que había grandes posibilidades de que el tipo fuera un agente de la CIA. Volvió a mirarlo, deseando que este levantara la mirada otra vez. Si el hombre era un observador, delatar a Casius ahora con cabello castaño corto y ojos oscuros podría demostrar que era un desafío. Pero cualquier hombre con su perfil sería reportado, y Casius quería que Friberg supiera que él también los había detectado. Los ojos del hombre se habían quedado quietos; ya no leían.

El individuo volvió a levantar la mirada hasta encontrar la de Casius, quien asintió y guiñó un ojo. Reconocimiento pasó entre ellos. Con la mandíbula firme, Casius se volvió y se dirigió a la recepción, manteniendo al hombre en su visión periférica. Así que Friberg había reaccionado rápidamente como se esperaba. Cuarenta y ocho horas y ya tenía apostados a sus hombres.

Tomó un cuarto en el segundo piso. Desarregló la cama, sacó algunos cajones, examinó la ducha, dejó corrida la cortina, y mojó una toalla. Satisfecho de que el cuarto se viera usado, se deslizó hacia el pasillo. Las escaleras posteriores conducían abajo al vestíbulo, pero una antigua escalera de incendios fabricada de madera llevaba a un callejón detrás del hotel. Casius se trepó a la escalera de incendios, se metió al callejón, y se abrió paso por el oscuro pasaje. No había señales del agente.

Recorrió callejones hasta un pequeño almacén en el lado sur de la ciudad. Los grises bloques de barro quemado salpicados con pintura blanca sucia parecían no haber cambiado desde su última visita a este callejón. Casius subió por la entrada trasera de la tienda, la encontró sin pasador, y entró al almacén de armas de Samuel Bonilla.

Hizo una pausa en la puerta para que la vista se le acostumbrara a la débil luz.

—¿María? —llamó una voz ronca.

Casius entró al iluminado almacén y miró a Samuel sin amilanarse. El hombre parpadeó y le devolvió la mirada.

—¿Qué está haciendo usted? —exigió saber Samuel—. Tenemos una puerta por el frente para clientes. Además ya cerramos.

—¿Es usted Samuel Bonilla? —preguntó Casius, conociendo la respuesta.

El hombre titubeó.

—No le voy a hacer daño —le aseguró Casius.

—Sí, ese es mi nombre. ¿Y quién es usted?

—Usted conoció a mi padre, Sr. Bonilla. Un extranjero que sabía cómo disparar. Tal vez lo recuerde.

—Un extranjero que…

Samuel se interrumpió de repente y miró a Casius, escudriñándolo.

—¿Es usted…?

—Sí.

El tendero parpadeó y dio un paso al frente.

—Pero no logro ver el parecido. Usted ha cambiado. No se parece al muchacho que recuerdo.

—El tiempo cambia a algunas personas. Necesito que mantenga en secreto mi venida aquí, Sr. Bonilla. Y necesito comprar algunos cuchillos.

—Sí, por supuesto —expresó el hombre y miró la puerta—. Usted tiene toda mi confianza.

El sujeto sonrió, complacido de repente.

—¿Y necesitará también una pistola? Tengo algunas muy buenas importadas.

—Estoy seguro que así es. Pero no esta vez. Necesito dos cuchillos.

—Sí, sí —contestó él, dando otra prolongada mirada a Casius y luego moviéndose hacia una caja detrás de él.

Casius salió del almacén cinco minutos después con Samuel hablando entre dientes detrás de él. Diez minutos después se registró en un tugurio infestado de cucarachas al que tenían el descaro de llamar hotel, y alquiló un cuarto en el tercer piso. Se quitó los cinturones con el dinero, extrajo cinco mil dólares y escondió el resto en el techo encima del espejo del baño. Habían pasado más de veinticuatro horas desde la última vez que durmió. Exhausto, cayó sobre la cama y se quedó dormido.

Despertó seis horas después ante el sonido de insectos chillando en el bosque cercano mientras la ciudad dormía en silencio. Sin prender las luces del cuarto, Casius se lanzó agua al rostro y se despojó de los pantalones cortos negros. El tatuaje de jaguar que le ennegrecía el muslo lo delataría en la selva, así que lo cubrió con una banda ancha de esparadrapo. Sacó de la bolsa un tubo de pintura de camuflaje y se aplicó el aceite verde al rostro en generosos manotazos. Este era un hábito de cautela que le ocultaba con éxito el rostro ante cualquier posible reconocimiento.

Se metió en la parte trasera de la pretina el cuchillo de monte que comprara en el almacén de armas y con una correa se ató el puñal de cacería en la cintura. Tiró debajo de la cama la mochila y el resto de las ropas.

El amanecer cayó sobre el hombro de Casius al salir a pie de la ciudad y entrar a la elevada selva. La plantación se hallaba a cincuenta kilómetros al oeste. Le tomaría día y medio circunvalar el valle y aproximarse por el sur. La ruta agregaría otros cincuenta kilómetros al viaje, pero él había decidido que la ventaja estratégica del curso más largo compensaba con creces el inconveniente. Para empezar, la CIA esperaría que tomara la ruta más rápida ahora que lo habían localizado. Pero más importante aún, los riscos serían relativamente fáciles de vigilar. Por otra parte, una llegada por el sur constaba de cuarenta mil hectáreas de selva espesa habitada principalmente por indios. Sería más difícil de proteger.

Guacamayas y garzas levantaban el vuelo cuando Casius pasaba sus nidos… graznando ante la intrusión del hombre al mundo de ellas. Dos veces se detuvo en su camino cuando miles de loros intensamente coloridos se desbandaban por el cielo, oscureciendo por un momento el sol naciente. Monos araña miraban hacia abajo, chillándole. El aire se sentía limpio; la vegetación resplandecía con rocío. Todo aquí estaba inexplorado por manos humanas. Los desnudos pies se le cubrieron rápidamente con cortadas superficiales pero su paso se mantuvo firme. Durante las próximas treinta y seis horas dormiría solo una vez, pero por poco tiempo. Por lo demás pararía para comer, principalmente frutas y nueces. Quizás un poco de carne cruda.

Mientras corría lanzaba gruñidos y hacía crujir el cuello. Se sentía bien estar en la selva.

CAPÍTULO VEINTE

Martes

SHERRY BLAKE despertó sobresaltada de su primera noche en la selva. Había tenido otra vez la visión. En aterradores colores y gritos.

Tardó algunos segundos en entender que se hallaba en la casa de la misión, sana y salva, no en una playa tratando de cavar un hoyo en la arena para escapar del ácido. Se quitó de las piernas la húmeda sábana y llegó a la puerta antes de darse cuenta de que solo usaba una camiseta suelta de talla muy grande. No estaba en su apartamento con Marisa, por Dios, sino en la selva con el sacerdote. Regresó por unos pantalones cortos y zapatos.

Afuera se oían los sonidos propios en la selva saludando un día más, pero el ruido en la mente de Sherry llegaba principalmente de las personas en la playa, mientras el ácido llovía del hongo, como trozos cafés de melaza ardiente. Ella sacudió la cabeza y se calzó las botas.

Cuando Sherry entró a la sala común adyacente a su cuarto, el padre Teuwen ya había colado café y había frito huevos para el desayuno.

—Buenos días —saludó él, con una radiante sonrisa—. Pensé que podrías disfrutar...

Se interrumpió al mirarle el rostro.

—¿Estás bien?

—Sí —contestó ella, levantando una mano hasta el cabello, preguntándose qué había visto él—. Creo que sí. ¿Por qué?

—Parece como si hubieras visto un fantasma. ¿Dormiste bien?

—Como un bebé. Al menos mi cuerpo durmió como un bebé. Mi mente decidió revivir esta demencial visión que he estado teniendo —explicó la muchacha, dejándose caer en el sofá y suspirando.

El sacerdote le llevó una humeante taza y ella le agradeció.

—Sí, Helen la mencionó —expresó él.

—Creo que preferiría una ballena a esto —asintió la joven después de sorber el café caliente.

—Hasta Jonás concluyó finalmente que declarar la verdad era mejor que la ballena —replicó el padre Teuwen sonriendo y sentándose frente a ella en el apoyabrazos de una silla.

—¿Y si yo *supiera* ese mensaje estaría fanfarroneando? Estamos hablando aquí de mensajes de Dios y sin embargo no tengo un mensaje, ¿verdad? Ni algo parecido. Lo único que tengo es una espantosa visión que me mortifica todas las noches. Como un audaz espectáculo en los cielos, desafiando la imaginación para descifrar alguna absurda adivinanza.

—Paciencia, estimada amiga —aconsejó el sacerdote con voz tranquilizadora y comprensiva—. Al final, verás. Tu senda te llevará al entendimiento.

—Y tal vez yo no *quiera* recorrer esta senda —objetó ella reclinándose y mirándolo—. Dios es amor… ¿dónde por consiguiente está el amor?

—El sendero entre lo natural y lo sobrenatural, entre lo malo y lo bueno, no es fácil, Sherry —contestó él con premeditación cruzando las piernas—. Por lo general está acompañado de cosas tales como la muerte. Con tormentos. ¿Por qué supones que el cristianismo ondea una cruz en su bandera? ¿Sabes cuán cruel fue la cruz? Creerías que habría un medio más sencillo y más humano para que Dios provocara la muerte de su Hijo. Pero para que pueda haber fruto debe morir una semilla. Antes de que nazca un niño debe gemir una madre. No veo cómo unas cuantas noches sin dormir sean un precio inaguantable.

Esta última frase la expresó sonriendo.

Sherry bajó la taza, derramándose un poco de café en el pulgar.

—¿Unas cuantas noches sin dormir? No, no creo que sea así, padre. ¡No llamaría unas pocas noches sin dormir a ser encerrada en un cajón mientras mis padres eran masacrados encima de mí, para después vivir ocho años de pesadillas!

—Permíteme contarte una historia, Sherry —replicó el sacerdote sin acobardarse ante las palabras de ella—. Creo que esto podría ponerte en perspectiva. Un día hace muchos años, casi al final de la Segunda Guerra Mundial, un hombre común y corriente, un médico, fue detenido y llevado a un campo de detención con su esposa; su hijo de doce años estaba al cuidado de la abuela del muchacho, o así lo creía el médico. En realidad su captor, un tipo obsesionado llamado Karadzic, también había localizado al chico. Decididos a quebrantar el espíritu del médico, lo pusieron en una celda al lado de otras dos celdas… en una estaba su esposa y en la otra su hijo. Por supuesto que él no sabía que su hijo estaba cautivo… aún creía que se hallaba seguro con la abuela.

»Les amordazaron la boca a la esposa y al hijo, y cada día los torturaban brutalmente a cada uno de ellos. Al médico le dijeron que los gritos de la celda a la izquierda eran de su esposa, y que aquellos a la derecha eran los gritos de un niño vagabundo recogido en las calles. Le dijeron que si ordenaba la muerte del niño, le perdonarían la vida tanto a él como a su esposa, y que si se negaba, ambos morirían la víspera del séptimo día.

»El médico lloraba continuamente, agonizando por los gemidos de dolor desde la celda de su esposa. Sabía que podía salvarle la vida con la muerte de un niño callejero. Karadzic pretendía llevar a rastras al médico el cadáver del hijo una vez que el médico hubiera ordenado su ejecución, con la esperanza de destrozarle la mente. Pero el galeno no pudo ordenar la muerte del niño. El séptimo día tanto él como su esposa recibieron una bala en la cabeza, y el muchacho fue liberado».

El sacerdote hizo una pausa y tragó saliva.

—Así que el médico ofreció su vida y la de su esposa por otro, sin siquiera saber que se trataba de su propio hijo. ¿Te parece justo, Sherry?

La cabeza de la joven le daba vueltas en medio del horror de la historia. Otra emoción le enturbió las aguas de la mente: confusión. No respondió.

—No siempre entendemos por qué Dios permite que alguien muera por la vida de otro. No fácilmente logramos sondear la muerte del Hijo de Dios. Pero al final…

El sacerdote hizo otra pausa y volvió a tragar saliva.

—Al final Sherry, comprenderemos lo que Cristo quiso decir cuando manifestó que para salvar tu vida debes perderla.

Petrus apartó la mirada y encogió los hombros.

—¿Quién sabe? Quizás la muerte de mi padre me salvó para este día… para que te pudiera expresar estas palabras.

Sherry dejó caer la mandíbula. ¿Era el padre Petrus el muchacho?

—¿Era usted…?

El sacerdote la volvió a mirar y asintió, sonriendo otra vez.

—Yo era el muchacho —confirmó él con lágrimas humedeciéndole las mejillas.

Entonces el mundo de Sherry dio vueltas. Tenía los ojos borrosos.

—Un día me uniré a mis padres —continuó el sacerdote—. Pronto, espero. Tan pronto como haya representado mi papel en esta partida de ajedrez.

—Ellos dos murieron por usted.

Él apartó la mirada y tragó grueso.

Sherry sintió que el pecho le podría explotar por este hombre. Por ella. Ella había vivido lo mismo, ¿verdad? Su padre había muerto por ella encima de esa caja.

El padre había hallado amor. Amor por Cristo. En algunas maneras, ella también.

—¿Qué pasa con la muerte? ¿Por qué el mundo está tan lleno de violencia? Hay sangre dondequiera que miramos.

—Al vivir *todos* finalmente morimos. Al morir vivimos —afirmó él mirándola otra vez—. Él nos pidió que muriéramos. *Toma tu cruz y sígueme.* No necesariamente una muerte física, pero para ser sincero del todo, en Occidente estamos demasiado enamorados de nuestra propia carne. Cristo no murió para salvarnos de una muerte física.

—Eso no quita el horror de la muerte.

—No. Pero nuestra obsesión con la vida es así de maligna. ¿Quién es el monstruo más grande, el que mata o el que está obsesionado con su propia vida? Una buena estrategia junto al lado oscuro, ¿no crees? ¿Cómo puede una persona aterrada por la muerte trepar voluntariamente a la cruz?

La declaración parecía absurda y Sherry no supo cómo reaccionar.

—En la gran confrontación por el alma de los hombres lo que importa no es quién vive o muere —declaró Petrus—. Lo que importa es quién gana la confrontación. Quién ama a Dios. Cada uno de nosotros tiene su parte en el juego. ¿Sabes cuál es la moraleja de la historia de mis padres?

Ella lo miró.

—La moraleja de la historia es que el amor verdadero y desinteresado prevalecerá. Nadie tiene amor más grande que el dar la vida por un amigo. O un hijo. O un extraño en una celda a tu lado.

—Tus padres *murieron* —objetó ella tuteándolo.

—*Todos* morimos. Mis padres derrotaron a Karadzic. El amor de ellos me liberó para hacer lo que debo hacer.

—¿Crees por consiguiente que he sido traída a esta selva a morir? —inquirió ella.

—¿Estás *lista* para morir, Sherry? —cuestionó él inclinando ligeramente la cabeza.

Una ráfaga de calor le surgió en la cabeza a la joven y le bajó por la columna. Se debió a la forma en que él planteó la pregunta.

¿Estás lista para morir, Sherry?

No.

Todo inundó la mente de ella: la muerte de sus padres, la historia del padre, sus propias pesadillas, todo ello se arremolinó hasta formar este nudo que se le hinchaba en la garganta.

La muchacha se paró y entró a la cocina.

—¿Qué hay para comer?

DAVID LUNOW agarró con mucho cuidado el vaso de papel. Alguien le había dicho que el café se hacía ácido una vez que su temperatura caía por debajo de setenta y cinco centígrados. Supuso que verdaderos conocedores podían apreciar esto con solo remojar la lengua. Lo único que David alguna vez logró conseguir fue una ampolla y una maldición. De cualquier modo, en su opinión, el buen café siempre era bastante caliente.

Mark Ingersol se hallaba a su lado sobre el puente en arco del parque y miraba el agua turbia abajo.

—Sé que tienes algunas reservas respecto de ir tras Casius, y francamente, las comparto. Pero eso no significa que no sigamos nuestras órdenes. Tampoco significa que haraganeemos. Si el director quiere que eliminemos a Casius, entonces lo eliminamos. Punto.

—En mi opinión, estás implorando problemas —declaró David—. Esta es la clase de asunto que te explota en la cara.

Sintió la mirada de Ingersol, pero siguió hablando sin mirarlo.

—Hemos estado en esto dos días y Casius ha entrado y salido de nuestras garras, deteniéndose el tiempo suficiente para hacernos saber que está totalmente consciente de nuestra cacería. Estamos con suerte que no atrajera a nuestro hombre a algún callejón y lo matara.

—Tal vez, pero eso no cambia nuestro objetivo aquí. Y ese objetivo es matar a Casius —objetó Ingersol recogiendo una piedrecita asentada en la baranda y arrojándola al agua; esta cayó con un *tas* y desapareció—. Bueno, lo descubriremos muy pronto. Las tropas de asalto serán introducidas antes del anochecer.

—Si ellas fallan, supongo que siempre podrías bombardear la selva. Podrías tener suerte —enunció David apoyándose en la baranda; si Ingersol vio algún humor en la aseveración, no mostró ninguna reacción—. En realidad, si los equipos fallan, tú esperas que Casius salga y confías en atraparlo de rebote. Como inicialmente sugerí.

—¿Cuáles son las posibilidades de las tropas de asalto? —preguntó Ingersol.

—¿Quieres decir posibilidades de salir con vida de esa selva o de matar a Casius? —contraatacó David volviéndose hacia Ingersol, quien levantó la mirada inexpresiva hacia él—. De una u otra manera, algunas personas van a morir. La única pregunta es cuántas, y quién termina pagando los platos rotos.

EL CAPITÁN Rick Parlier parpadeó ante el sudor que le serpenteaba en los ojos. La mandíbula cuadrada mostraba tres días de incipiente barba, eficientemente cubierta por una generosa capa de pintura verde de camuflaje, que le acentuaba el blanco de los ojos. La mano derecha agarraba un M-16 totalmente cargado; la izquierda vibraba relajadamente hacia el motor Pratt & Whitney encima de ellos. El último cigarrillo le sobresalía de los retorcidos labios. Iba a ir en la parte de atrás, y no estaba seguro de cómo se sentía al respecto.

Parlier miró a los otros sentados allí inexpresivos en medio de la escasa luz y volvió la cabeza hacia los árboles que se divisaban abajo. Las paletas del transporte de tropas de la DEA golpeaban persistentemente encima de él mientras el helicóptero se adentraba más y más en la inexplorada selva. Rick había entrado tres veces antes con equipos de tropas de asalto, cada una logrando con éxito el objetivo situado ante él. Por eso lo habían seleccionado, sabía. Eran muy pocos los hombres con experiencia en combate activo en selva; se podían contar con los dedos de las manos. Pero en el desierto era diferente… todo el grupo de ellos había probado la batalla en el desierto. No que en realidad hubieran peleado mucho, sino que al menos allí había habido balas de verdad volando alrededor. Ninguno de los ambientes era lo que casi todos llamarían un vacilón. No obstante, excepto en términos literales, la guerra nunca lo era. De todos modos, él prefería la selva. Más cubierta.

Él había pensado al principio que era un poco acelerado usar tres equipos para eliminar a un hombre. Pero mientras más leía acerca de Casius, más agradecía por los dos helicópteros batiendo el cielo más y más detrás de ellos.

Tres equipos: alfa, beta y gama, él los había apodado. Dieciocho de los mejores combatientes de selva en el arsenal de las tropas de asalto. El plan era muy sencillo. Los dejarían caer en la cima de una montaña desde donde se dominaba el valle por el que se suponía que iba Casius. Los equipos instalarían puestos de observación y enviarían exploradores al valle. Una vez que se hubiera hecho una identificación positiva acabarían con el objetivo en la primera oportunidad posible. Hasta entonces, sería un juego de espera.

Solo una restricción les entorpecía el movimiento. Bajo ninguna circunstancia debían pasar los riscos. ¿Por qué? ¿Por qué los burócratas les ponían absurdos impedimentos?

El capitán miró por encima de sus hombres, quienes estaban inmóviles. Detrás de esos párpados cerrados se vivían vidas, se tenían recuerdos, se ensayaban procedimientos. Su primer teniente, Tim Graham, levantó la mirada.

«Pan comido, capitán».

Parlier asintió una vez. Graham era el encargado de las comunicaciones. Dele un diodo y unos pocos condensadores, y Tim podría encontrar la manera de hablar con la luna. También podía esgrimir un puñal como ningún hombre que Parlier hubiera visto alguna vez, la cual era tal vez la más sencilla de las razones de que el ejército se las hubiera arreglado para robarle el muchacho a las ansiosas empresas electrónicas.

El resto del equipo constaba de su experto en demolición, Dave Hoffman; su francotirador, Ben Giblet; y otros dos combatientes como él mismo: Phil Crossley y Mark Nelson. El equipo se había entrenado y peleado junto por dos años. Difícilmente podía estar más compacto.

La mente de Rick deambuló hacia la carpeta del objetivo. Casius era un asesino con «numerosas» muertes confirmadas, decía el informe. No diez o dieciséis, sino «numerosas», como si fuera un número secreto. Un tirador de primera que prefería un cuchillo, lo cual significaba que tenía los nervios de un rinoceronte. Cualquiera con la habilidad para eliminar un objetivo a mil metros pero que aún así prefiriera acercarse, cara a cara, tenía unos cuantos tornillos flojos en esa cara. Lo peor era la aparente adaptabilidad del hombre al terreno. Evidentemente se había criado en esta selva.

—¿Qué posibilidades crees que tenga este tipo de llegar al final del día? —indagó Graham.

—Hasta donde sabemos el individuo está de vuelta en Caracas fumándose un cigarrillo de marihuana y burlándose de las tropas de asalto moviéndose a gran velocidad para hacer explotar a un hombre blanco en un país de sanguijuelas.

Alguien rió. Hoffman miró a Phil.

—Ellos no enviarían tres equipos a un punto de descenso a menos que tuvieran muy buena información de que el tipo va a aparecer.

—No consigues buena información en esta profundidad, amigo.

—Listos para el punto de descenso —gritó Parlier mientras el helicóptero hacía rotar las aspas cerca de la cima de la zona de descenso.

El transporte de tropa se sostuvo sobre un claro en el follaje. Hoffman lanzó por la borda la cuerda de setenta metros. Parlier asintió y cayó en los árboles, desapareciendo debajo de la frondosidad. Uno por uno los soldados de asalto bajaron dentro de los árboles.

MUY PROFUNDO en la montaña, Yuri Harsanyi se hallaba temblando de emoción. En menos de una hora un helicóptero lo llevaría a la seguridad. Y con él, la grande y negra maleta que contenía su futuro: dos armas termonucleares.

Había almacenado con mucho cuidado los artefactos en su caja la noche anterior, y luego había asegurado fuertemente las correas alrededor de la mochila de cuero. Las bombas de reemplazo se encontraban impotentes en las cajas de Abdullah. Cuando este intentara detonar sus bombas no conseguiría más que silencio. Para entonces Yuri estaría lejos, llevando una nueva vida, derrochando su recién adquirida riqueza. Solo en los tres últimos días había ensayado el plan mil veces.

Yuri vio que la correa izquierda se había aflojado un poco en el húmedo calor. La apretó y alzó la maleta del suelo. Si decidían inspeccionarlo ahora, tendría un problema, por supuesto. Pero nunca antes le habían revisado el equipaje. Miró alrededor del salón en que había vivido por tanto tiempo y salió de allí por última vez.

Una hora después, exactamente a la hora fijada, el helicóptero aceleraba el motor y despegaba con Yuri sudando en el asiento trasero.

CAPÍTULO VEINTIUNO

CASIUS DESCENDIÓ rápidamente por la densa espesura, sudando y con el pecho desnudo, con barro pegado a las piernas y surcándole el pecho, los negros pantalones cortos pegándosele por el sudor al muslo derecho. Había cubierto más de sesenta kilómetros en las veinticuatro horas desde que entrara a la selva, guiándose por el sol durante el día y por las estrellas en la noche. Había dormido una vez, ocho horas antes. Su padre estaría orgulloso de él.

Pero su padre estaba muerto.

Casius se detuvo al borde de una franja de siete metros cortada en el suelo del bosque, sorprendido de ver la amplia marca tan profunda en la selva. El follaje en lo alto había sobrevivido y ahora se juntaba, creando la apariencia de un largo túnel a través de la maleza.

Sacó un arrugado mapa topográfico. El reducto se hallaba a quince kilómetros al oriente, en la dirección de este gigantesco sendero. Casius se adentró en la selva y reanudó la carrera.

Desde la salida de la ciudad había comido solamente papaya y tajos de palma mientras corría, pero las punzadas del hambre le hacían disminuir ahora el avance. Sin arco y flechas sería difícil matar un mono, pero necesitaba la proteína.

Diez minutos después divisó la raíz que le proporcionaría carne roja. Casius sacó el cuchillo del cinturón, cortó una rama torcida de *mamucori*, y dejó que la savia venenosa corriera por la hoja. Bajo condiciones normales los indios disolvían el veneno en agua hirviendo, lo cual evaporaría cualquier superficie bañada, dejando solamente el mortal residuo. Pero él no tenía ni el tiempo ni el fuego necesarios para hacer eso.

Hallar al mono aullador era como toparse con un semáforo en la ciudad. Acercarse sin ser detectado no era tan sencillo. Los animalitos tenían un extraño sentido del peligro. Casius se deslizó detrás de un árbol y miró un grupo de cinco o seis monos aulladores agitando ramas a cincuenta metros de distancia, en lo alto de un árbol. Se deslizó hacia el descubierto y se arrastró hacia ellos. La aproximación fue minuciosamente lenta, y avanzó con gran lentitud durante quince minutos, hasta quedar detrás de una enorme palma. Cuatro monos se hallaban ahora parloteando confiados al final de una rama que colgaba baja, a no más de veinte metros de Casius. Este se deslizó por detrás del árbol y lanzó el cuchillo hacia el grupo.

Los animales se esparcieron aterrados mientras la hoja viajaba hacia ellos. La hoja resonó en los árboles, rozando a uno de los monos. No fue sino hasta dos minutos después que el veneno llegó al sistema nervioso del animal mandándolo en picada desde la elevada posición privilegiada en el árbol, inconsciente. Casius lo levantó, le retorció el cuello con un veloz giro y reanudó su carrera hacia el sur. El veneno no le haría ningún daño, y la carne le repondría la agotada energía. Siempre había preferido la carne cocinada pero había aprendido a comerla como viniera. Hoy día una hoguera era totalmente imposible, así que la carne se mantendría cruda.

El sol ya se había ocultado detrás del horizonte para cuando Casius llegó a la formación rocosa desde donde se divisaba la estación de la misión católica, a treinta kilómetros al sur de su destino según el mapa. Algunas edificaciones diseminadas se levantaban del suelo del valle… habitado ahora. Una vez el valle estuvo des-ocupado. Ahora, incluso desde esta distancia, casi dos kilómetros más allá, Casius pudo ver una cruz en la base de una pista de aterrizaje en la que ondeaba una débil manga de viento.

Un lento río pasaba por el final de la pista y luego atravesaba perezosamente el valle plano hacia el sur. Si había algo que Casius necesitaba ahora era información, y la misión podría proporcionarle al menos eso.

Se bajó de la formación rocosa y comenzó el descenso. No había visto a nadie en la estación. Extraño. ¿Dónde estaban los indios? Él había creído que estarían holgazaneando por todo el lugar esperando alguna cosa que los misioneros pudieran darles a cambio de sus almas.

Media hora después el hombre salía de la selva bajo un cielo oscuro y corría hacia la alargada casa iluminada desde el interior con lámparas de presión. La noche can-taba con interminables coros de insectos, y el recuerdo de ello produjo un escalofrío en la columna de Casius.

Llegó agazapado a la casa y se pegó al lado de una ventana. Miró por ella y vio a dos personas sentadas a una mesa de madera, metiendo cucharas en sus cenas.

Un sacerdote y una mujer. El sacerdote no usaba el cuello clerical, pero no se podía confundir su atavío blanco y negro. La mujer usaba camiseta blanca con mangas arremangadas una o dos veces sobre las partes superiores de los brazos. El cabello oscuro le llegaba hasta los hombros, y por un momento el hombre pensó que ella le recordaba a una cantante cuya música había comprado una vez. Shania Twain. Él había puesto en el equipo de sonido solo dos veces el disco compacto, pero la imagen de la artista lo había conmovido. ¿O se trataba de esa actriz... Demi Moore? De cualquier modo la joven le trajo a la mente imágenes de una delicada estadounidense. Perdida de alguna forma en esta selva.

Los observó comer y por todo un minuto escuchó el indistinguible murmullo de ellos antes de asegurarse que se hallaban solos. Se deslizó alrededor de la casa.

SHERRY SE sobresaltó al oír un toque en la puerta. *Tas-tas-tas.*

La noche había sido tranquila. Se oían los reconfortantes sonidos normales de la vida en la selva: los susurros del bosque, un monótono silbido de la presión de la lámpara, el choque de cubiertos. Después de la confesión del sacerdote con relación al sacrificio de sus padres, el día había flotado como un sueño. Tal vez el día más pacífico que Sherry había experimentado en ocho años. Hablaron de lo que significaba perder la vida y de lo que significaba ganarla. Hablaron del verdadero amor, la clase de amor que entregaba todo, incluyendo la vida. Como el padre de ella la había dado, y según el padre Teuwen, la clase de amor que se esperaba que todos dieran. La joven se dejó llevar con él, recordando las apasionadas palabras de su propio padre... reviviendo lo mejor de su propio viaje espiritual, antes del cajón.

Esto le produjo paz.

Durante los últimos veinte minutos la mente de Sherry había dado un círculo completo, hacia la caja, hacia el sufrimiento. Había llorado, pero no era un llanto de remordimiento, sino el llanto de un profundo significado. Le iba a dar gripe, pensó ella. A menos que solo fuera el llanto del día que le había atiborrado las fosas nasales.

Y de repente este *tas-tas-tas* en la puerta.

Miró al padre Teuwen y se dio la vuelta en la silla para ver abrirse la puerta. Un extraño de buena musculatura estaba en el marco de la entrada, los brazos le colgaban sueltos a los costados, tenía separadas ligeramente las piernas y los hombros cuadrados. Pero este simple entendimiento cedió velozmente ante la realidad de que lo único que el hombre usaba eran pantalones cortos. Además rotos.

Sherry sintió que la mandíbula se le separaba poco a poco. El rostro del tipo estaba pintado con líneas verdes y negras que le salían desde la nariz, dándole la extraña ilusión de que la cabeza le pertenecía a una pantalla de cine, no a una estación misionera aquí. Ojos castaños miraban a través de la pintura. Un brillo de humedad resplandecía en el sucio pecho del intruso, como si hubiera sudado en gran manera y luego se hubiera revolcado en el polvo. Húmedo cabello corto y oscuro le cubría la cabeza. Si ella no supiera mejor, habría jurado que este hombre acababa de salir de la selva. Pero ella sí sabía mejor. Se trataba de un hombre blanco. Y los hombres blancos no salían de la selva durante la noche. Esto era demasiado peligroso.

El extraño entró a la sala y cerró la puerta detrás de él. Ahora otros detalles llenaron la mente de Sherry. Los bordes agudos de la apretada mandíbula, los músculos endurecidos, las piernas embarradas, la amplia banda de cinta oscurecida alrededor del muslo, los pies descalzos.

El tipo estaba goteando en el piso de la casa.

—Buenas noches —saludó, hablando apaciblemente como si ellos debieran haber esperado esta visita.

—Dios mío, amigo —contestó el sacerdote detrás de Sherry—. ¿Se encuentra usted bien?

—Estoy bien, padre —expresó el hombre pasando la mirada de Sherry al sacerdote—. Espero no entremeterme, pero vi las luces y pensé que podía hacerles unas preguntas.

Sherry se puso de pie. La voz del hombre le resonó en el cráneo como el aullido del viento. Vio que el padre Teuwen ya se había parado y que agarraba la silla con una mano.

—¿Hacer unas pocas preguntas? Santo cielo, usted da la impresión de ser de la patrulla de la selva o algo así, apareciéndose de pronto para hacer unas cuantas preguntas. ¿De dónde viene?

El sujeto volteó la mirada hacia Sherry por un momento, y luego otra vez al sacerdote. Parecía de repente perdido, pensó la muchacha. Como si hubiera atravesado otra dimensión y equivocadamente hubiera abierto la puerta de la casa. La joven observó que se le aceleraba el pulso y se tranquilizó diciéndose que el hombre no tenía intención de hacerles daño.

—Lo siento, tal vez me debería ir —comentó el individuo.

—No. ¡Usted no se puede ir, amigo! —objetó rápidamente el sacerdote—. ¡Allá afuera es de noche! Un tanto peligroso, ¿no cree?

El extraño hizo una pausa, controlándose.

—Pero supongo que usted ya sabe eso —continuó Teuwen—. Usted luce como si acabara de pasar el día en la selva.

Por un momento el hombre no respondió, y Sherry pensó que el intruso había cometido de veras una equivocación, y que ahora buscaba una salida digna. Un cazador quizás. Sin embargo, ¿qué estaría haciendo un cazador corriendo por ahí descalzo en la noche? Toda la situación era absurda.

—Tal vez me equivoqué al venir aquí —contestó el hombre—. Debería irme.

El padre se colocó ahora al lado de Sherry.

—Esta es una misión católica —expuso con calma el cura—. Estoy seguro de que usted sabe eso. Soy el sacerdote aquí… creo que tengo derecho de conocer la identidad de un hombre que toca a mi puerta en medio de la noche, ¿no es verdad?

Los brazos del extraño aún colgaban sueltos a los costados, y Sherry notó que el sujeto tenía los nudillos rojos de sangre. Quizás el tipo era un contrabandista de drogas, o un mercenario. El pulso de ella se aceleró.

—Lo siento. Debo irme —repitió el hombre apoyándose en el otro pie.

—¿Y por qué insiste en retener su identidad, señor? —preguntó el padre Teuwen—. Tendré que reportar esto, desde luego.

Eso detuvo al intruso, que miró al sacerdote por largo rato y con severidad.

—Y si le digo quién soy, ¿no me reportará usted?

¡Así que el hombre estaba huyendo! Un fugitivo. El pulso de Sherry se aceleró otra vez. Miró al padre Teuwen y vio que este sonreía de manera deliberada.

—Eso dependería de lo que usted me diga, joven. Pero ahora mismo le puedo decir que me estoy imaginando lo peor. Y si no me dice nada reportaré lo que imagino.

El extraño sonrió lentamente.

EL MOMENTO en que el sacerdote se puso de pie, Casius supo que venir aquí había sido un error y se maldijo.

Quiso salir entonces, antes de que el cura hiciera más preguntas. Tal vez un misionero aguantaría la curiosidad. Pero el sacerdote había demostrado otra cosa. Y ahora no le quedaba más alternativa que matarlos o participarles alguna clase de confianza. Y matarlos tampoco era una verdadera opción, ¿verdad? Ellos no habían hecho nada; eran inocentes.

Los ojos de la mujer estaban enrojecidos, como si hubiera llorado hace poco. El tipo le sonrió al sacerdote.

—Usted es un hombre persistente. No me da mucha alternativa. Pero créame, usted podría desear haberme dejado ir.

—¿Es esa una amenaza? Supongo que eso también va para la hermana.

Él notó la rápida mirada de la mujer al sacerdote. Así que ella era entonces una monja. O al menos el padre la estaba proyectando como monja.

—¿Le amenacé la vida, padre?

—Usted no tiene nada que temer de parte de nosotros —expuso el padre mirando a la monja.

Casius decidió darles una pista falsa, la suficiente para sonsacarles el conocimiento que tuvieran de la región. Tarde o temprano llamarían por la radio, desde luego. Pero para entonces ya no importaría.

—Trabajo para la DEA. ¿Conoce la agencia?

—Por supuesto. La agencia antidrogas.

—Sospechamos de una importante operación al sur de aquí. Estoy en una misión de reconocimiento. Me insertaron a dos kilómetros de aquí, en la cima de la montaña al occidente.

El sacerdote asintió.

Casius hizo una pausa, escudriñándoles los ojos.

—Estoy planeando tomar el río Caura al sur esta noche —confesó; en realidad él se dirigía al norte, desde luego—. Y por mi vestimenta, comprendo que no todos los días ven a un occidental vagando casi desnudo en medio de la maleza. Pero soy brasilero, de Caracas.

—Usted no parece muy brasilero —objetó el padre.

Casius soltó una larga frase de portugués fluido en que le decía que se equivocaba, antes de volver a hablar en español.

—Asistí a la universidad en los Estados Unidos. Ahora, si no le importa, tengo algunas preguntas por mi cuenta.

—¿Y cuál es su nombre? —inquirió el padre.

—Me puede llamar Casius. ¿Algo más, padre? ¿Mi puntaje académico tal vez? ¿Mis ancestros?

La mujer rió entre dientes y luego tosió. Casius le sonrió.

—Usted es muy valiente, hermana. No muchas mujeres escogerían de buena gana la selva como lugar dónde vivir.

Ella asintió lentamente y habló por primera vez.

—Bueno, supongo entonces que no soy como la mayoría de mujeres. Y no muchos hombres, brasileros o no, correrían por la selva medio desnudos y descalzos.

Por el tono enronquecido ella parecía estar resfriada. Él hizo caso omiso del comentario.

—¿Ha oído rumores de drogas al sur? —indagó el sujeto, volviéndose hacia el padre.

—¿Hacia el sur? En realidad no. Lo cual es sorprendente porque la mayoría de indios a los que atendemos viene del sur. ¿Cuán lejos dijo usted?

—Cincuenta kilómetros, a lo largo del río Caura.

—No que yo esté consciente —contestó el padre meneando la cabeza—. Deben estar muy bien encubiertos.

—Posiblemente. Pero supongo que es por eso que me pagan. Para encontrar a los difíciles —declaró Casius.

—¿Qué tal hacia el norte? —preguntó la monja.

—¿El norte? —cuestionó él, parpadeando— ¿Caracas?

—No la ciudad. La selva hacia el norte.

Casius miró al padre. Así que ellos tenían sus sospechas del norte.

—De vez en cuando oímos rumores de tráfico de drogas más hacia el norte. Creo que la hermana se refiere a esos rumores —comentó el sacerdote.

Casius sintió que el pulso se le aceleraba.

—¿Cuánto tiempo hace que oyó estos rumores? —preguntó, tratando de parecer casual.

—¿Cuánto tiempo? Vienen esporádicamente —contestó el padre, y se volvió hacia la mujer—. ¿No lo diría usted, hermana? Cada varios meses más o menos.

Ella asintió, con ojos un poco desorbitados, pensó Casius.

—Interesante. Más hacia el norte, ¿eh? ¿Cuánto más hacia el norte?

—Treinta kilómetros aproximadamente. ¿No diría eso, padre Teuwen? —declaró la mujer.

—Sí.

—Bien, definitivamente lo reportaré —manifestó Casius mirando del uno a la otra—. ¿Algún detalle exclusivo?

Ambos menearon la cabeza.

—Lo siento, pero ¿cuáles son sus nombres?

—Perdóneme. Petrus Teuwen. Y esta es Sherry Blake. La hermana Sherry Blake.

Casius asintió con la cabeza.

—Es un placer conocerlos —dijo.

Se volvió y se dirigió hacia la puerta.

SHERRY CREYÓ que el hombre que se hacía llamar Casius sabía más de lo que admitía y pensó en preguntarle respecto del asalto en la misión. Pero el incidente en la plantación ocurrió ocho años atrás, y a juzgar por la edad del sujeto, tendría que haber sido muy joven para estar involucrado con alguna agencia en esa época.

Mientras más lo miraba, más pensaba ella que él se asemejaba a un extravagante personaje de combate de drogas. O a uno de esos combatientes de lucha libre, resoplando ante las cámaras de televisión y flexionando los músculos para los muchachos. De cualquier modo ella había visto antes esta clase de sujetos, y siempre la hacían encogerse de miedo.

Sherry le vio el puñal en la espalda cuando él se dio vuelta. Un enorme cuchillo de monte metido en la cinturilla. Casius podía hacer más que observar, determinó ella. La imagen de él no pudo haber estado en mayor contraste al día de conversación con el padre Teuwen. Un pequeño nudo de disgusto se le revolvió en el estómago.

De pronto el hombre se volvió.

«Estoy seguro de que pueden entender mi necesidad de silencio por parte de ustedes —dijo tranquilamente—. Al menos durante uno o dos días. Los mercaderes de drogas no son tipos corteses. No dudarían en cortarles la garganta».

Lo dijo de manera tan casual, tan calmada, que Sherry se volvió a preguntar si este tipo sería traficante de drogas, mintiendo para ganarse la confianza de ellos mientras planeaba regresar más tarde para hacer precisamente eso. Cortarles la garganta. Pero eso no tenía sentido. Pudo haberlo hecho ya.

Casius se volvió de ellos, atravesó la puerta, y salió en medio de la noche. La joven respiró aliviada.

—¿Le crees? —preguntó el padre a la derecha de Sherry.

—No sé. Para mí el tipo huele a muerte —contestó ella, mirando aún la puerta cerrada.

Agua enlodada manchaba el piso donde el hombre había estado.

—Sí, el hombre huele a muerte —asintió en calma el padre Teuwen—. De veras que sí.

CAPÍTULO VEINTIDÓS

CASIUS SALIÓ de la casa de la misión sintiendo que una sed de sangre le jalaba el pulso. Cortó hacia el nororiente a través de la selva, pensando de pronto en la mujer. Posiblemente una monja, pero más probable es que fuera una visitante por los ojos bien abiertos, fingiéndose monja para protegerse. De ser así, habría sido obra del cura. Un hombre enérgico, el sacerdote, digno de su cargo. Casius supuso que la adversidad había visitado con frecuencia al clérigo. La mujer tal vez no tuviera el alma estoica del padre, pero tampoco era tan delicada como Casius creyó inicialmente. Extraño para una mujer que parecía tan femenina. Apartó el pensamiento de la mente y se apresuró.

Un débil sonido se le registró de pronto en la mente: una contradicción lejana y abstracta en la selva. Se contuvo a mitad de zancada y calmó la respiración. ¿Un carraspeo, tal vez? No se repitió, pero ahora un rítmico golpeteo flotaba suavemente por los árboles, en dirección a la misión.

¡Botas! ¡Corriendo hacia el reducto!

Casius maldijo entre dientes. Era raro oír el pesado golpeteo de botas en lo profundo de esta selva. Definitivamente militares. Se quedó quieto y revisó sus opciones. Estaba demasiado cerca de su objetivo para hacer caso omiso a un ataque.

Volvió a maldecir y regresó por la selva hacia la base de la misión. El padre y la monja tenían que vivir y defender sus propias vidas… ellos no eran preocupación de él. Pero esas botas venían de hombres que no tenían nada que hacer en esta parte de la selva… eso hacía que el sacerdote y la monja sí fueran preocupación de él.

Casius saltó sobre un tronco y recorrió a toda prisa el sendero de selva, sacando el cuchillo de monte mientras corría. El claro de la misión apareció abruptamente, y él se ocultó detrás de un grueso árbol en el borde del complejo.

El pulso se le calmó rápidamente, y se deslizó alrededor del árbol, sabiendo que los oscuros troncos a su espalda lo mantendrían oculto.

Una luna brillante flotaba entre nubes, revelando dos grupos de hombres, claramente paramilitares por sus overoles color caqui. Una banda de tres o cuatro doblaba hacia la casucha de suministros en el extremo de la pista de aterrizaje, posiblemente dirigiéndose hacia la radio. Otros cuatro corrían directamente hacia la casa de la misión.

Sin ponerse a pensar en sus opciones, y el corazón resonándole ahora en los oídos, Casius se agachó y corrió hacia la casa de la misión. Los hombres portaban rifles que se sacudían rítmicamente mientras corrían. El sonido de cargadores de repuesto cascabeleaba con cada pisada. Habían venido a matar.

Peor aún, él estaba yendo tras ellos. Corriendo directamente a través de este campo abierto ahora a plena vista, poniendo en peligro toda su misión por el bien de estos dos misioneros que apenas conocía. No, él estaba protegiendo *su propia* misión. Sí, protegiéndola.

Dos de los soldados giraron hacia los cuartos a la izquierda; dos corrieron hacia el extremo derecho. Manteniendo limpiamente en su visión periférica a los de la derecha, Casius cortó a la izquierda, empuñando el ancho cuchillo, encubierto. El primer soldado golpeó el rifle contra la puerta con un fuerte ¡*tas*! escindiendo el aire nocturno. La puerta se abrió de golpe.

Entonces Casius los alcanzó, exactamente cuando el primer hombre levantaba la pierna para entrar. Golpeó a toda velocidad al segundo hombre en la espalda, lanzándolo de barbilla contra la jamba de la puerta. La mandíbula del soldado se partió con un crujido. El otro individuo desapareció en el interior, inconsciente de los problemas de su compañero.

Casius vio a los otros a su derecha girando hacia él. Actuó simplemente por instinto, desde el estómago, donde nacía el exterminio.

Con el brazo izquierdo agarró por debajo el brazo al hombre que había estrellado contra la jamba de la puerta antes de que cayera a tierra. Con el derecho le acuchilló el cuello. Lo hizo girar como un escudo para enfrentar a los otros dos que ahora palpaban a tientas sus armas. Uno tenía el rifle en la mejilla, el otro en la cintura. Casius lanzó el cuchillo al primer hombre y soltó al que tenía en las manos. Agarró el rifle de las manos del soldado muerto y se lanzó a la derecha.

Dos sonidos se registraron entonces: El primero vino de su cuchillo de monte, taladrando el cuello de ese primer hombre. Lo supo porque logró verlo mientras giraba no solo una sino dos veces, metiendo una bala en la recámara mientras caía.

El segundo sonido vino de adentro del edificio. Fue un solo disparo. Supo al instante que alguien adentro había muerto.

Otro estruendo se le estrelló en el oído… ese segundo hombre al otro lado del patio, junto al que tenía el cuchillo en el cuello, estaba disparándole. Casius se levantó sobre una rodilla con el rifle en el hombro, metió dos balas en el pecho del soldado, y volvió a girar hacia la primera puerta. A su derecha ambos soldados caían a tierra.

La noche quedó en un silencio escalofriante y Casius se quedó quieto, con el rifle contra el hombro, enfocado en la oscura entrada por la que el primer soldado había desaparecido. Sobre el césped, tres de los compañeros del hombre yacían amontonados. Casius sintió el corazón palpitándole contra el tronco de madera y respiró hondo, manteniéndose enfocado en esa oscura puerta.

A través del complejo vino ahora el griterío. Los otros hombres habían asegurado su objetivo y se acercaban. Casius observó el cañón de acero oscilando con cada respiración, un palpitante cañón suplicando un blanco.

Pero el blanco estaba tomándose su tiempo, allá adentro tratando de sentir la más leve pulsación, sintiendo sin duda oculta satisfacción por derramar sangre. Calor le subió por la columna ante el pensamiento. Parecía que salvar vidas nunca llegaba fácil para él. Matar, por otra parte, era su segunda naturaleza. Él era un asesino. Un matón. No un salvador. ¡Sencillamente debía acabar con todos y seguir adelante!

De pronto se abrió la puerta a la derecha. En el mismo instante la oscura entrada en la mira de su cañón se llenó con un hombre hispano que se distinguía bien. Casius apretó tres veces el gatillo en rápida sucesión, lanzando al soldado hacia atrás en un silencioso grito.

Ahora el griterío se acercaba más.

Casius giró a la derecha y vio a la mujer parada allí con los ojos desorbitados y jadeando. Lo cual probablemente significaba que le habían disparado al padre.

«¡Espere allí!»

Atravesó la grama de un salto y entró a las habitaciones de la vivienda. Una figura salía del salón posterior… el padre Petrus, pálido y demacrado, pero de algún modo vivo.

—¿Qué…? —empezó a decir el padre.

—¡Ahora no! ¡Corra! —gritó bruscamente Casius.

El sacerdote lo pasó corriendo y Casius lo siguió.

La mujer no se había movido. Un vistazo le informó que ella había tenido la suficiente cordura como para ponerse unas botas. Llevaba la misma camiseta blanca y los pantalones cortos que usara antes.

Casius atravesó el césped en cuatro largas zancadas y agarró de la mano a la mujer.

—¡Sígame si quiere vivir! Rápido —ordenó y la jaló del brazo.

Ella se negó a moverse por un instante, examinando con la mirada los cuerpos muertos. Un pequeño sonido gutural le salió de la garganta. Un gemido. La mano helada tembló feamente entre la de él.

—¡Muévase! —gritó Casius.

—¡Sherry! —exclamó Petrus, quien se había dado la vuelta.

La muchacha saltó por encima de los cuerpos, se tambaleó una vez, casi cayendo de bruces, y luego recuperó el equilibrio.

Corrieron así, Casius dirigiendo, halando con un brazo extendido a Sherry hacia la selva que se veía por delante, y el padre Petrus al lado de ellos. Voces comenzaron a gritarse atrás, unos a otros. Casius recordó la camiseta blanca de la mujer. Sería un blanco fácil. Corrió más rápido, ahora literalmente arrastrándola detrás. Pero en realidad no estaba pensando en ella; tampoco en sí mismo. Pensaba en la oscura selva justo al frente. Podría reanudar su misión una vez que alcanzara esa espesa masa de árboles.

Entraron rápidamente por los primeros árboles, en desorden. No sonaban disparos detrás y volteó a mirar. No los perseguían. Casius aminoró la marcha hasta una rápida caminata.

Un suave sollozo se le filtró en los oídos. Parpadeó. Por primera vez una extraña idea se le formó en la mente. Tenía una mujer remolcada, ¿verdad? Una mujer y un sacerdote. Un zumbidito le ronroneó entre los oídos.

Se percató que aún tenía agarrada la mano de la mujer. La soltó de manera instintiva y se secó en los pantalones cortos las sudorosas palmas.

No podía llevarlos con él. Volvió a oír el sollozo, exactamente detrás, a través de dientes apretados, como si la muchacha entablara una batalla perdida a fin de mantener a raya sus emociones. Una obsesionante estadounidense yendo a la zaga de él dentro de la selva como su propio fantasma personal, pensó.

Casius tragó grueso, negándose a mirar hacia atrás. Podía ponerlos en dirección a una aldea cercana y enviarlos dándoles una palmada en la espalda. Pero también podría estarlos enviando a la muerte.

¿Y hay algún problema con eso?

No, por supuesto que no.

Sí.

Calor le inundó el rostro ante el pensamiento y se apartó del sendero selva adentro. Los hombres detrás no los estaban persiguiendo, pero no había manera de saber qué más podría aparecer en un sendero marcado.

Subió por un tronco grande que bordeaba la senda y cayó más allá. Las botas de la mujer rozaron la corteza del tronco. Ellos lo seguían sin protestar. Garras de pánico le rastrillaron la mente a Casius.

Dio vuelta alrededor. El oscuro follaje ocultaba la luna en lo alto. Sherry se detuvo tres metros detrás como si fuera la sombra de él, mirándolo con ojos blancos en medio de la oscuridad. Petrus se paró al lado de ella. Por largos momentos ninguno se movió.

Las opciones dieron vueltas en la mente de Casius, analizándolas por primera vez. Por una parte estaba tentado a abandonarlos. Simplemente fugándose ahora mientras ellos estaban parados como momias, dejándolos para que se volvieran a rastras por el sendero y sobrevivieran por sí mismos. De vuelta a la misión tal vez. Los hombres podrían haberse ido.

Por otra parte, ella era una mujer. Y el hombre era un sacerdote.

A pesar de todo, por eso mismo *debería* abandonarlos. Difícilmente llegaría a la plantación, mucho menos entraría allí con el cura y la mujer pisándole los talones.

Ellos seguían allí sin moverse, un hecho que ahora se le clarificaba con un brillo de esperanza. Quizás la mujer no era de esas que se decía de espíritu delicado, sino de aquellas de tipo atlético. Le había mantenido el paso con bastante facilidad, parecía. Además ella acababa de verlo disparar a un hombre en la garganta mientras la sangre de otros dos le fluía por debajo de las botas. Sí, ella había gritado, pero no había chillado o gemido como harían algunas otras.

En realidad, dejarla sería matarla. Los hombros de Casius se le relajaron y cerró brevemente los ojos.

Cuando los abrió vio que la mujer había dado un paso hacia él. El sacerdote había hecho lo mismo.

—Sherry y Petrus, ¿están bien?

La voz le sonó como si se acabara de tragar un puñado de tachuelas.

—Sí —contestó el sacerdote con voz firme.

—Muy bien, Sherry y Petrus —expresó después de exhalar y empuñar las manos—. Así son las cosas. ¿Quieren vivir? Hagan exactamente lo que digo. Sin habladurías ni cuestionamientos. Aquí afuera esto podría significar vida o muerte. Guarden todos esos sentimientos en el pecho y amontónenlos allí. Cuando lleguemos a un lugar seguro pueden hacer lo que quieran. Siento mucho que esto parezca áspero, pero aquí estamos simplemente tratando de sobrevivir. No de salvar almas.

—No soy monja —confesó ella.

—Qué bueno. Síganme tan cerca como puedan. Observen dónde coloco los pies; les ayudará. Padre, sígala. Si se cansan demasiado, háganmelo saber —informó, se volvió y se metió entre la maleza; Sherry lo siguió al instante.

Él se deslizó sobre otro tronco que le llegaba a la cintura, creyendo que la mujer podría necesitar ayuda. Pero por el rabillo del ojo vio que ella subía rápidamente por el tronco llevando el ritmo con Petrus detrás.

Casius los llevaría al perímetro de la plantación, los escondería en lugar seguro, y regresaría después de una veloz entrada.

CAPÍTULO VEINTITRÉS

ABDULLAH AMIR se inclinó sobre el escritorio y levantó una costra que se le había formado en el labio superior por la picadura de un mosquito infectado. Minipersianas blancas cubrían la ventana desde donde se divisaba la planta de procesamiento. Detrás de él un destartalado estante alojaba una docena de libros, insertados al azar.

El hombre se chupó sangre del labio y volvió la atención a las fotos instantáneas esparcidas sobre el escritorio. Las había tomado de las bombas abajo en el laboratorio, con los paneles abiertos como dos naves espaciales en espera de ser abordadas, mientras el científico ruso dormía. Al lado de las fotografías se hallaba abierto un libro de pasta dura, titulado *Proliferación nuclear: El desafío del siglo veintiuno*.

Había pasado casi una semana desde que Jamal se contactara. En esa ocasión tan solo expresó que ya era hora, y luego desapareció. El pensamiento de que el hombre pudiera estar en camino hacia el reducto no había escapado a Abdullah; y tanto lo aterraba como lo alegraba. Había decidido que si Jamal venía, lo mataría.

Un toque en la puerta lo sobresaltó. Abdullah empujó las fotografías dentro del libro, dejando la evidencia en el cajón superior.

—Adelante.

Ramón abrió la puerta y guió al interior del salón al capitán de los guardias, Manuel Bonilla.

Los ojos del capitán lo evadieron y gotas de sudor le cubrían la frente.

—¿Sí? —preguntó Abdullah.

—Tomamos con éxito el campamento, señor.

Pero había más. Abdullah pudo verlo en el labio apretado del hombre.

—¿Y?

—Sufrimos cuatro bajas.

Abdullah necesitó un momento para entender con claridad las palabras. Cuando lo hizo, un calor le subió por la columna y le inundó la cabeza.

—¿Qué quieres decir con que sufrieron bajas? —inquirió, sintiendo que le temblaba la voz.

El hombre miraba ahora directamente al frente, evitando el contacto visual.

—Fue sumamente extraño —contestó Manuel de manera torpe—. Había una mujer… Ella escapó con el sacerdote.

Abdullah se levantó poco a poco. Una oleada de mareo le recorrió la cabeza. La infección en el labio le ardió. No mucho tiempo atrás habría estallado de ira en momentos como este, pero ahora solo se sintió mareado. Lo que estaba a punto de hacer le surgió como un gigante en la mente de manera amenazadora.

—Lo siento…

—¡Cállate! —gritó Abdullah—. ¡Cállate!

El árabe se sentó, consciente de que temblaba. ¿Dónde estaba Jamal?

—Encuéntrala —ordenó—. Cuando la encuentres, mátala. Y mientras tanto, doblarás la guardia en el valle.

Manuel asintió con el rostro lívido, sudor le bajaba en pequeños regueros por las mejillas. Se volvió para salir.

—Y si crees que ellos están solos, eres un idiota —expresó Abdullah, deteniéndolo y haciéndolo volverse.

Manuel volvió a asentir, se volvió de nuevo, y salió del salón.

—¿Has sabido algo de Jamal? —le preguntó Abdullah a Ramón.

—No, señor.

—Vete.

PARLIER LEVANTÓ la mano y miró por sobre la orilla con los lentes de visión nocturna que se le adherían a los ojos como botellas de Coca-Cola. El valle se hundía varios kilómetros debajo de él antes de dar abruptamente contra una formación que creyó que eran los riscos acerca de los que les habían advertido. Pero en la oscuridad de la selva era difícil distinguir claramente la formación.

Graham se colocó sobre el estómago al lado de él.

—¿Lo ves? —preguntó en voz baja.

—No estoy seguro. Eso creo. Tenemos un valle y alguna clase de formación rocosa a mitad de camino allá abajo —informó, quitándose los lentes y girando hacia Phil—. ¿Qué tenemos en el sistema de posicionamiento global, Phil?

—Ese tiene que ser. Estamos 5,2 clics al norte, al nororiente del complejo.

Parlier giró otra vez sobre los hombros. Los otros se le unieron a lo largo del afloramiento de rocas. Volvió a mirar a través de los lentes.

—Entonces ese tiene que ser. Digamos que tenemos como tres kilómetros hasta el risco y luego otros tres hasta el fondo del valle. Debe haber algún claro allá en alguna parte, pero no logro verlo con estos objetos. ¿Alguien más ve un claro?

Ellos miraron al frente, algunos a través de lentes, otros en silencio dentro de la noche. Kilómetro y medio detrás de ellos los equipos Beta y Gama esperaban el primer informe de inteligencia antes de tomar sus posiciones. Según parece el transporte aéreo los había bajado en el lugar preciso.

—Nada —anunció Phil mientras alguien le espantaba un insecto de la piel.

—¿Así que se supone que nuestro hombre salga de este valle? —inquirió Graham—. Tendrá que cruzar esos riscos. Allí es donde lo acorralaremos.

—¿Y se supone que nos sentemos a esperar aquí arriba a que este tipo aparezca? —refunfuñó Phil—. Sugiero que cubramos la cima de los riscos.

—No podemos —informó Parlier—. Tenemos órdenes de quedarnos atrás. Graham, agarra la radio y dile a Beta que se ubique kilómetro y medio hacia el oriente. Y a Gama kilómetro y medio al occidente. Quiero vigilancia veinticuatro horas sobre ese risco, empezando ahora.

Se volvió hacia su francotirador.

—Giblet, ¿crees que podrás poner una bala donde sea necesario desde esta distancia?

—Sería difícil —contestó Giblet analizando la selva debajo de ellos—. Pero sí.

—Vamos a bajar allá, Rick, y lo sabes —expuso Graham mirando a Parlier con escepticismo—. ¿Cuál es el problema? Allá abajo en el valle tenemos un reducto con un puñado de drogados. No veo el peligro en tomar los riscos.

—Ese no es el punto. Tenemos nuestras órdenes.

Parlier miró dentro de la tenue luz abajo. Graham tenía razón, por supuesto. Pero las órdenes habían sido mantenerse lejos de los riscos. ¿Qué querían decir? ¿Querían decir *frente* a los riscos o al *borde* de los riscos? De ser así, él podría interpretar el asunto un poco por su cuenta, pensó.

EL CRUCERO La Princesa descansaba en las aguas del verde puerto bajo un cielo oscuro. Había gran actividad en el barco con pasajeros que subían y bajaban a toda prisa por los tablones, como hormigas entrando y saliendo del hormiguero. Yuri Harsanyi abordó el lujoso crucero rumbo al norte hacia San Juan y se dirigió rápidamente a su cabina. El pasaje comprado a última hora le había costado trescientos dólares y casi no logra llegar al barco antes de la salida programada para las diez de la noche. Pero estaba seguro. Y tenía consigo la maleta.

Miró nerviosamente el estrecho pasillo antes de abrir la puerta de su cabina asignada en el tercer nivel: #303. No había manera de que alguien lograra encontrarlo aquí. Metió a tientas la llave, abrió la puerta de la cabina, recogió la pesada maleta, y entró a su cuarto. Puso la valija sobre una de las dos camas dobles y atravesó la cabina hacia el pequeño baño. Se miró en el espejo y estiró el cuello, pensando que se debería duchar, afeitar y luego ir a cenar. Salió del pequeño espacio y se quitó la camisa.

Se despojó de los pantalones y miró el negro equipaje; este contenía suficiente poder para volar el barco en menos de dos milésimas de segundo. Un minuto aquí, y al siguiente —puf— desaparecido. Quince centímetros de casco de acero desintegrados como los costados de una burbuja de jabón. Ese hombre había descubierto el milagro que significaba tener bajo control este poder. Se preguntó por un instante si durante el viaje de salida de la selva le pudo haber ocurrido algún daño a los dispositivos. Pero la maleta no había salido de su lado.

Yuri metió la mano a la ducha y abrió el agua caliente. Su ropa sucia estaba esparcida por el suelo. Después de tantear el agua entró en la ducha.

Pero su equipo de afeitarse estaba todavía en la maleta.

Salió de la ducha y corrió rápidamente hacia la petaca. Titubeó, viendo que le goteaba agua del rostro mojado sobre el duro estuche. Entonces bajó la mano, soltó las correas, destrabó los cerrojos, y la abrió.

Por un breve momento las cejas de Yuri se contrajeron al mirar adentro. Las dos esferas que había colocado en la valija habían desaparecido. En vez de eso una caja cuadrada reposaba entre la ropa. Entonces los ojos se le brotaron. ¡Abdullah lo había descubierto! Había agarrado las bombas y puesto esta…

En ese momento se unieron dos contactos de tungsteno, enviando una carga de corriente continua dentro de un detonador que encendió un explosivo C-4. Una explosión hizo trizas el cuarto exactamente tres segundos después de que Yuri abriera la maleta. Ninguna explosión nuclear… solo explosivo plástico que habían sustituido por las bombas de Yuri.

Aún así la explosión no fue asunto de risa. Diez libras de explosivo de gran potencia incineraron la cabina en un solo relámpago candente. La explosión hizo mecer el costado del barco que daba al puerto. Fuego, humo y escombros salieron con fuerza de la ventanilla lateral que había estallado bajo el impacto de la descarga. Sorprendentemente los colchones resistentes al fuego, aunque vaciados de su relleno, no se quemaron.

Pero entonces Yuri Harsanyi no podía estar consciente de estos pequeños detalles. Su vida ya se había extinguido.

CAPÍTULO VEINTICUATRO

SHERRY SEGUÍA de cerca al jadeante hombre, dependiendo de que los movimientos de él la guiaran entre los arbustos. La vista que tenían en la oscuridad parecía más instintiva que una función de percepción sensorial. Un instinto que obviamente el hombre había desarrollado. Un instinto que ni ella ni Petrus tenían. El padre era fuerte y persistía, pero a este ritmo difícilmente era mejor que ella.

Ella era médico practicante de Denver, Colorado, y ahora mismo debería estar siguiendo por blanqueados pasillos a un médico en sus rondas. No corriendo por una pesadilla, detrás de un lunático exaltado. Tal vez se trataba precisamente de eso: otra pesadilla agarrándola de las botas y golpeándole el rostro, en vez de verdaderas raíces de árboles y hojas que la arañaban. Oró porque pronto se irguiera de golpe en su cama.

En realidad la idea del sueño tenía sentido. No recordaba haber despertado, lo cual podría significar que aún dormía. Había ido a su cuarto a descansar; recordaba eso. Y luego los disparos y las imágenes de exterminio, y ahora este hombre dirigiéndola como un conejo entre la selva. Los pensamientos le recorrieron alocadamente por la cabeza mientras luchaba por mantener al hombre a la vista.

¿No había dicho él algo acerca de ir al sur sobre el río? Ella no tenía idea adónde se dirigían, pero esto no era ningún río. Una imagen del padre Petrus le saltó a la mente. *Vivir tiene que ver con morir.* Las palabras del cura le resonaron en el cerebro. *Todos vivimos para morir.*

—¿Crees que he debido venir a esta selva para morir? —había preguntado ella, un poco seria.

—¿Y estás lista para morir, Sherry?

Las palabras la sacudieron súbitamente con claridad. ¿Estaba ella lista para morir? No, no lo estaba. Ahora mismo lo único que sentía era una fuerte urgencia de sobrevivir. *Dios, sálvanos. Sálvanos, por favor.*

Casius había matado con la soltura de un hombre que disparaba a placer, pensó ella. ¿En qué lo convertía eso?

Por otra parte, él los había salvado. Sin Casius ella estaría ahora en ese patio, tendida en su propia sangre. Lo cual lo convertía a él en su ángel en la noche. No obstante, ¿podía un ángel matar del modo en que había matado este hombre?

De pronto Sherry resbaló cayendo duramente sentada, y refunfuñó. Barro se le filtró entre los pantalones cortos de mezclilla. Se levantó antes de que Petrus la alcanzara. Siguió adelante, dándose cuenta de que Casius ni siquiera había hecho una pausa para ver si ella estaba bien. Él estaba allí, a menos de tres metros adelante, con la espalda aún subiendo y bajando como una sombra. Una rama le golpeó el rostro a ella y lanzó un brazo contra esta, tentada a arrancarla del árbol y pisarla bajo los pies. Se tragó la frustración que le crecía como un nudo en la garganta y siguió adelante.

Sherry continuó implacablemente, tropezando con bastante regularidad, cayendo sentada varias veces. Dos veces le perdió el rastro a Casius y se vio obligada a gritar. En cada ocasión Petrus chocó con ella musitando disculpas. Cuando esto ocurrió, Casius no había estado a más de cinco metros de ellos. Si él hiciera más ruido habría sido mucho más fácil, pero parecía deslizarse como un fantasma. Seguir tanto al hombre como a las huellas demostró ser casi imposible.

La joven le explicó defensivamente el problema la segunda vez. Él la miró a través de la oscuridad por algunos segundos, como si intentara comprender. Luego se volvió y continuó, pero esta vez haciendo rozar torpemente las manos contra el follaje para hacer ruido al pasar. Eso la ayudó. Pero entonces vino la lluvia, y lo que había parecido casi imposible se volvió totalmente absurdo.

Sherry dejó que los ojos se le volvieran a inundar de lágrimas, enjugándolas constantemente para aclarar la vista. Pero no dejaría que el hombre le oyera los silenciosos sollozos, y siguió adelante.

Oh, Dios, permíteme despertar, por favor.

EL VIAJE había sido fácil hasta que empezó a llover. E incluso eso no habría sido un gran problema de no haber llegado la lluvia cuando comenzaban un brusco descenso dentro de un valle. La oscura y empinada selva, ahora mojada, vino a ser el límite. La marcha se convirtió en un lento avance. Casius se detenía con frecuencia y esperaba que lo alcanzara la mujer, quien se deslizaba y se resbalaba en su camino montaña abajo.

Se apiadó de ella, en cierto modo. Era probable que la pobre mujer hubiera venido emocionada a visitar la selva, y ahora la habían metido violentamente en este inverosímil mundo. Y guiada por él precisamente, quien no era hombre para damas. Si ella no lo sabía ya, muy pronto lo sabría.

Le sorprendió la fortaleza de la muchacha. Tal vez no había desarrollado habilidades para atravesar con facilidad la selva, pero tenía la voluntad de un jaguar.

A mitad del descenso Casius admitió con amargura que sería imposible llegar con ellos dos a la plantación antes del amanecer. Por suerte la lluvia borraría la mayor parte de las huellas, lo cual era bueno considerando que seguramente explorarían la selva con las primeras luces. El ataque no había sido un pillaje al azar. Por cuenta propia él avanzaría con empeño, noche o día, con exploración o sin ella. Pero no con esta mujer y este sacerdote llegando de sopetón entre los arbustos detrás de él. Los divisarían desde el cielo, los harían pedazos dentro de los árboles, y les desgajarían las extremidades.

Lo cual significaba que deberían esconderse durante el día. Con una mujer. Y un sacerdote.

—Está bien, señor —manifestó bruscamente la mujer en la oscuridad—. *Esto* es demasiado. Estamos cortados, amoratados y exhaustos. ¿Se podría detener por solo un minuto y dejarme descansar?

—¿Por qué no enarbola una bandera por encima de los árboles mientras lo hace? —objetó él volviéndose—. Solo en caso de que ellos ya no le oigan la voz.

Ella lo miró furiosa a través de la oscuridad.

—Pronto descansaremos —anunció él y siguió bajando la colina.

Habían viajado doce o trece kilómetros desde la misión cuando Casius encontró la cueva. Enredaderas cubiertas de musgo que crecían por doquier cubrían la entrada, pero la ubicación de la roca sugería claramente un descanso. El hombre pasó de largo dos veces antes de hacer a un lado las entretejidas malezas que llevaban a una pequeña caverna. Hizo un hueco por el que se pudieran arrastrar.

—Entren —expresó, agitando las manos hacia adelante.

—¿Entrar allí? —preguntó la mujer acercándose, con la boca abierta, mirando dentro de la húmeda oscuridad.

—Ustedes querían descansar. No pueden simplemente dejarse caer al suelo y quedarse dormidos. Sin duda los hallarían. Estarán seguros allá adentro —explicó él señalando hacia el interior de la oscuridad.

—¿Será seguro? ¿Y si hay algo más adentro? —inquirió ella con voz ronca y ansiosa; el resfriado le estaba empeorando.

—Entonces no lo amenacen. Entren despacio —indicó él.

Sherry retrocedió y movió los ojos color avellana hacia los de él.

El padre Petrus dio un paso adelante, miró a Casius, y se deslizó en la cueva sin decir una palabra.

—Siga usted —pidió la joven—. Yo sostendré esto por usted.

Ella se colocó detrás de él y le agarró la maraña de enredaderas de las manos, agarrándole con ellas el dedo índice.

Él se soltó y encogió los hombros.

—Haga lo que quiera —declaró devolviéndose y deslizándose por la abertura.

De inmediato la cueva se abrió a un pequeño enclave como de tres metros cuadrados. Un frío y húmedo musgo cubría el suelo, proporcionando un lecho bastante cómodo. El sonido de insectos escabulléndose a toda prisa confirmó que no estaban solos… arañas por sus rápidos movimientos. Pero la mayoría de las arañas huyen, no atacan. Allí estarían bastante seguros. Casius apenas logró ver la silueta de la joven contra el oscuro cielo mientras entraba vacilante.

—Mientras estemos detenidos deberíamos dormir —expresó él de forma realista—. En la mañana trataré de conseguirles algo para comer. Saldremos tan pronto como estemos seguros de que la selva esté libre de obstáculos.

—Quiero agradecerle por lo que hizo allá atrás —reveló el padre Petrus.

—Yo no estaría tan agradecido aún, padre. Todavía no estamos precisamente en el Hilton.

—En realidad no estoy pensando en mi propia comodidad. Pero Dios…

—Esto no tiene nada que ver con Dios.

Eso acalló al clérigo. Casius se encontró deseando haber dejado al sacerdote en su vivienda.

—Duerman —declaró.

Sherry estaba sentada con las piernas cruzadas, quieta por un momento, mirando alrededor en medio de la oscuridad.

—No estoy segura de poder dormir —expresó finalmente con voz áspera—. Dije que estaba cansada y magullada, no con sueño. No estoy segura de que usted lo haya notado con toda esa testosterona recorriéndole por las venas, pero simplemente nos encontramos algo confundidos aquí.

No, ella no era en absoluto debilucha de alma. No esta mujer.

—Haga lo que quiera —contestó él tan tranquilo como era posible.

Él palmeó el musgo con la mano abierta y se volvió de espaldas a ella, como si la mujer ya estuviera muy lejos en la mente de él; se dejó caer de costado y cerró los ojos sin el más ligero interés en dormir ahora.

El sacerdote siguió el ejemplo, susurrándole palabras de ánimo a la mujer. Por varios minutos la cueva permaneció en silencio detrás de Casius. Entonces ella se acostó, pero por la respiración irregular él supo que la joven no estaba bien aclimatada. Es más, ahora parecía haber empeorado. Sin duda el agotamiento se apoderaría de ella en cualquier momento.

Casius hizo crujir los dientes y obligó a la mente a revisar sus opciones por centésima vez.

SHERRY DESPERTÓ ante el olor de madera quemada. Se sobresaltó y se alzó apoyándose en los brazos. A un metro de distancia un pequeño fuego se las arreglaba para arder entre madera húmeda, llenando la cueva con humo.

Le había vuelto la visión, rugiéndole con intensidad y empapándola de sudor. Ahora había despertado. Lo cual significaba claramente que el resto no había sido una visión, una pesadilla, o cualquier otro episodio sobrenatural. El ataque, el escape, y ahora esta cueva… todo era real. Sherry tragó saliva y se sentó totalmente.

El padre Petrus dormía sobre un costado, con la cabeza frente al muro lejos de ella.

Entre otras cosas no sabía cómo Casius había logrado encender un fuego, pero se hallaba inclinado ahora, soplando los carbones mientras cenizas blancas se le filtraban entre el cabello. Una llamita brillaba perezosamente entre rojas brasas. Humo pasó flotando a Casius, concentrándose en el techo de la cueva, saliendo luego hacia la abertura por la que se habían deslizado en la noche. La pequeña lumbre emitía brillo ámbar sobre las ásperas paredes de piedra, iluminando una docena de insectos del tamaño de una ciruela y adheridos al interior de la cueva. Sherry volvió a tragar grueso y giró los ojos hacia un lagarto muerto que yacía sin vida al lado del hombre.

—Buenos días —saludó él sin quitar la mirada de la llama—. La niebla es fuerte afuera, así que prendí un pequeño fuego; no se verá el humo. Ustedes deben comer algo, y no creo que quieran comerlo crudo. Esperaremos aquí hasta que los grupos de búsqueda hayan venido y se hayan ido.

—¿Qué grupos de búsqueda?

—Saben que escapamos. Enviarán grupos de búsqueda.

Tenía sentido.

—¿Adónde estamos yendo? —preguntó ella.

—Los estoy llevando a un lugar seguro —contestó él.

—Sí, ¿pero adónde?

—Al río Caura. Encontraremos un barco que los lleve a Soledad.

La voz de él pellizcó un nervio sensible en la columna de Sherry, el cual le recordó que había concluido que él no era de su agrado. Miró la ancha tira amarilla que recorría desde el hocico hasta la cola del animal. Si ella había despertado con hambre, el apetito ya se le había marchado a toda prisa. Levantó la mirada hacia el hombre mientras este rápidamente pelaba el lagarto con un enorme cuchillo y tendía largas tiras en los carbones.

La luz de la lumbre danzaba en aquellos amplios y musculosos hombros. El tipo se puso de rodillas por encima de los carbones, y ella pensó que las pantorrillas del hombre debían ser del doble de las suyas. La ancha banda de esparadrapo aún le colgaba del grueso muslo. Tal vez el sustituto temporal de una curita. Tenía cabello oscuro en la cabeza. Los ojos le resplandecían castaños en la débil luz. Aún tenía adherida al rostro pintura de camuflaje, que la lluvia no había lavado.

Quienquiera que él fuera, ella dudó que se tratara simplemente de un explorador de la DEA que se había criado en Caracas. En otro mundo podría llevar fácilmente el título de «el Destructor», «el Libertador» o algún otro sobrenombre como esos. La semejanza resonaba.

El humo le hacía arder los ojos a la joven.

—¿Hay una forma de deshacerse del humo? —preguntó.

El resfriado le había empeorado durante la lluvia de la noche anterior. Carraspeó.

—No —contestó él mirándola y parpadeando una vez.

Él se dedicó de nuevo a la preparación sobre el fuego, y la muchacha comprendió que tal vez él insistiría en que ella comiera la carne.

Sherry desdobló las acalambradas piernas y las estiró por delante, apoyándose otra vez sobre las manos. El lodo se le había secado en las canillas y los muslos, sin duda cubriendo una docena de cortadas y moretones. Descansó una bota sobre la otra y se acercó un poco al fuego, observando el rostro del hombre. Él echó una rápida mirada a las piernas de ella y luego otra vez a la carne de lagarto que ahora se cocía a fuego lento en los carbones rojos.

—Mire, Casius —dijo ella aclarándose otra vez la garganta, pensando que con el resfriado la voz le sonaba como la de un hombre fornido; sentía el pecho como si se lo hubieran apretado toda la noche con una prensa de banco—. Comprendo que todo esto es una espantosa contrariedad para usted. Le hemos derrumbado alguna misión terriblemente importante que con toda ansia usted quería culminar. Cosas de vida y muerte, ¿verdad?

Sherry emitió una sonrisa, pero él solamente la miró sin contestar. Una oleada de calor le surgió a ella por detrás del cuello.

—La realidad es que estamos juntos. Podríamos también ser civilizados.

Él sacó la carne del fuego, la tendió sobre el musgo y se puso en cuclillas.

—Ustedes han provocado un obstáculo en mis planes —expuso, levantando la mirada y analizándola por un instante.

—¿Es así como usted nos ve? —cuestionó ella irguiéndose y cruzando las piernas—. ¿Un obstáculo?

Casius bajó la mirada hacia el fuego y la chica vio que se le habían apretado los músculos de la mandíbula. *Vaya, eso fue bueno, Sherry. Adelante, hostiga al hombre. Es evidente que él es un bruto y con las habilidades sociales de un simio. No necesitas enfurecerlo. Solo lánzale un banano y se pondrá bien. Te salvó la vida, ¿no es así?*

Sin embargo, ella tampoco era la reina de la cortesía social.

—¿Sabe? La verdad es que yo no elegí esto. Y no quiero decir simplemente *esto*, como correr por la selva con un… Tarzán, sino ante todo el hecho de venir a la selva.

Él no respondió.

—Hace una semana yo era una practicante de medicina, ejercitando el entendimiento con máximos honores. Entonces mi abuela me convence que debo llegar a este centro misionero a más de trescientos kilómetros al suroriente de Caracas. Algo terrible está a punto de suceder, ¿sabe? Y de algún modo soy parte de eso. He estado teniendo horribles pesadillas respecto de algo que está a punto de ocurrir. Así que vine corriendo aquí, solo para ser arrojada a un baño de sangre. ¿Sabe usted cuántos hombres mató usted allá atrás, o no los cuenta?

—Algunos hombres deben morir —contestó él mirándola.

—¿Algunos?

—La mayoría —expresó él sosteniéndole la mirada por unos segundos.

Las dos palabras parecieron llenar el enclave con un espeso silencio. *¿La mayoría?* Fue la manera en que lo dijo, como si en realidad hubiera querido decir eso mismo. Como si en su opinión no debería vivir la mayoría de personas.

—Usted tiene razón —terció el padre Petrus; Sherry se volvió para ver que el sacerdote había despertado y los miraba—. En realidad todos los hombres deben morir… de una u otra manera. Pero no por medio de usted. ¿Es usted la mano de Dios?

—Todos somos la mano de Dios —respondió Casius con la comisura de los labios levantada—. Dios trata con la muerte tanto como con la vida.

—¿Y para quién trata usted con la muerte? —preguntó el padre Petrus.

Casius pareció como si fuera a cortar la conversación. Bajó la mirada y agitó los carbones. Pero luego levantó la mirada.

—Trato con la muerte para quien me dice que mate.

El fuego chisporroteó.

—*¿Quién* le dice que mate?

—El Dios suyo, como lo llaman, no parece ser tan discriminador —declaró Casius con la mirada en blanco—. Asesinó naciones enteras.

—¿Está usted dirigido por Dios?

No hubo respuesta.

—Entonces usted está contra él —continuó Petrus—. Y en la gran planificación de las cosas, ese no es un lugar bueno dónde estar. No obstante, le estamos agradecidos por lo que hizo. Bien, ¿qué hay de desayuno?

Casius lo miró. Al observar al hombre, se extendió por el pecho de Sherry una pequeña porción de tristeza. Allí, en él, había toda una historia que ni ella ni Petrus podían posiblemente saber.

Ella bajó la mirada hacia el fuego, sintiéndose cargada de repente.

—Ayer me dijeron que la vida viene a través de la muerte —expresó Sherry levantando la vista y viendo que Casius la miraba—. ¿Está usted listo para morir, Casius?

Ella no tenía idea por qué hizo la pregunta. En realidad se la estaba haciendo para sí misma. Se le formó un nudo en la garganta y de pronto las llamas se desvanecieron. La muchacha tragó saliva.

Casius lanzó una rama al fuego, enviando una lluvia de chispas hacia el techo.

—Estaré listo para morir cuando me derrote la muerte.

—Por tanto… —ella se puso a hablar de nuevo, pero no estaba segura por qué—. ¿No ha puesto aún la muerte sus garras sobre usted, verdad? Usted no ha sentido los efectos de la muerte… está demasiado ocupado matando.

—Usted habla demasiado —comentó él.

Esto estuvo totalmente equivocado. Ella no quería ofender a este hombre. Por otra parte, él le hizo recordar todo aquello que ella había llegado a creer que era ofensivo. Hombres como Casius habían matado a sus padres.

—Lo siento. No es que no esté agradecida por su ayuda… lo estoy. Solo que usted me trae algunos… recuerdos horribles. He visto suficiente matanza confesó ella, y miró a Petrus—. El padre me dijo que por cada homicidio hay una muerte. Hubo dos aspectos en la muerte de Cristo: un homicidio y una muerte. Como en un magnífico juego de ajedrez, están los jugadores negros que son los asesinos, y están los blancos, que son los que mueren. Unos matan por odio, mientras otros mueren por amor. Simplemente estaba llegando a entender que…

—Muéstreme a alguien, cualquiera, que muera por amor, y la escucharé. Hasta entonces, mataré a quien tenga que matar. Y usted debería aprender a mantener cerrada la boca.

—¿Es usted de la CIA? —indagó el padre Petrus.

—Ya he hablado demasiado —objetó Casius replegándose y luego respirando resueltamente—. Volveré tan pronto como revise el perímetro.

El hombre se paró de repente, se dirigió a la entrada, y salió, dejando al padre Petrus y a Sherry solos con la hoguera.

Y al lagarto.

CAPÍTULO VEINTICINCO

PASARON EL resto de la mañana en un extraño silencio, esperando indicios de una exploración, apiñados y callados dentro de la pequeña caverna. Varias veces la mujer hizo comentarios en tono bajo, pero inmediatamente Casius se llevaba un dedo a los labios. Mientras estuvieran en la cueva no tendrían la ventaja de poder oír alguna aproximación. El silencio se les hizo crítico. Él estaba contento con la restricción.

Casius hizo la quinta barrida del perímetro en el día, pasando ágilmente de árbol en árbol, ansioso por confirmar la dirección de algún grupo de exploración y por reanudar el viaje hacia el norte. Ansioso por salir de la extraña dicotomía que parecía elevar la cabeza a medida que avanzaba el día.

Había determinado que la presencia del sacerdote y la mujer era tan solo un inconveniente. Un *obstáculo*, como había declarado. Mientras no les hiciera caso, no serían una gran amenaza para la misión que tenía. Pronto los dejaría en lugar seguro y seguiría su camino. Se introdujo en la sombra de un elevado árbol yevaro y examinó la ladera delante de él. Varias veces helicópteros habían volado bajo sobre los árboles, posiblemente llevando hombres para la exploración. Hasta el momento ninguno se había aventurado hasta esta profundidad.

Se inclinó sobre un árbol y pensó en la mujer. Sherry. Ella era un enigma. Por motivos que no lograba entender, hacerle caso omiso era más difícil de lo que se había imaginado. Ella se mantenía saltándole a la mente como uno de esos títeres activados por resorte. Solo que ella no era más títere con resorte de lo que él era un monstruo. La charla le había metido un aguijón en el pecho. Un dolorcito. *¿Y qué respecto de usted, señorita Sherry Blake? Usted y su misión de parte de Dios, de venir a la selva a morir con su sacerdote. ¿Qué clase de corazón tiene* usted?

Un corazón bueno. Él lo sabía, y eso le atormentaba la mente. Ella lo había sorprendido con las preguntas, y él se había sorprendido aún más por empeñarse con ella. Una imagen de Sherry inclinada hacia atrás en la débil luz de la lumbre le surgió en el ojo de la mente. El cabello oscuro le caía sobre los hombros; los ojos color avellana le centelleaban como canicas en la titilante llama. La camiseta blanca ya no era blanca, sino café enlodada. Tenía piernas bien torneadas y sedosa piel tersa bajo la mugre. El resfriado le había vuelto ronca la voz y los ojos un poco enrojecidos. Ella había vuelto a dormir… estirada de costado, con la cabeza reposaba en el brazo. Sherry Blake.

Antes Casius había visto a alguien parecida a ella. No Shania Twain ni Demi Moore, sino alguien del pasado de él. Quizás alguien de Caracas. Pero él había cerrado su pasado. Ni siquiera recordaba cómo eran su padre y su madre. Decían que la presión del homicidio había hecho eso. Se le habían borrado partes de la mente.

Casius dejó el árbol y trepó rápidamente la colina a la derecha. Hizo una pausa en la cima y escuchó con mucho cuidado. En lontananza, posiblemente tan lejos como la misión, otro helicóptero traqueteaba ruidosamente en el cielo.

El chasquido de una ramita le interrumpió los pensamientos y él retrocedió hasta volverse a poner a la sombra del árbol. Ladera abajo, alejándose de ellos a paso cansado, tres hombres se dirigían de vuelta hacia la misión. Por tanto habían venido y se habían ido. Los observó caminar con cuidado entre los arbustos, vestidos con pantalones color caqui e indumentaria paramilitar que no hacía juego. Mantuvieron el curso y desaparecieron en la selva.

Casius regresó rápidamente a la cueva. Halló a Sherry recostada de lado y al sacerdote removiendo las cenizas con una vara, tratando de revivir el fuego muerto. Luz entraba ahora a través de las enredaderas en la entrada.

«Lo siento, pero tenía que extinguir el fuego cuando desapareciera la niebla —anunció, apoyándose en una rodilla—. Se han ido. Nos iremos ahora».

Se deslizó por la abertura, seguido por la mujer y luego por el padre Petrus. Se hizo evidente para él que difícilmente habría notado a un guardia que hubiera estado esperando en la abertura. Maldijo entre dientes. Debido a toda la cháchara que habían tenido acerca de matanzas, el dúo podría representar la muerte de él.

Miró a Sherry, impactado de repente por la belleza de ella a plena luz.

«Vamos» —ordenó.

—¿DÓNDE LOS viste por última vez? —preguntó Abdullah.

Era tarde y estaba cansado. Cansado por no haber dormido, cansado de hombres incompetentes, cansado de la interminable espera por la llamada de Jamal.

Ramón se inclinó sobre el mapa en el cuarto de seguridad. Aparte del laboratorio abajo, este salón contenía la única complejidad verdadera en el reducto. Estaba la planta de procesamiento, por supuesto, y las fajas transportadoras que llevaban los troncos a la rampa de caída a través de la montaña, pero esas eran operaciones relativamente básicas. La seguridad, por otra parte, era siempre un asunto de la más alta consideración en la mente de Abdullah. Ni siquiera Jamal sabía lo que Abdullah tenía aquí.

El mapa mostraba los bordes del sistema del perímetro de seguridad, un cable sensible enterrado varios centímetros bajo el suelo del bosque. Usando ondas radiales, el sistema mostraba la masa de cualquier objeto que atravesara, permitiéndoles distinguir animales de grosores más pequeños a los seres humanos.

—Atravesaron aquí —dijo Ramón señalando un área al sur del complejo—. Tres personas. Viajando rápido, creo.

Abdullah parpadeó, asimilando la reciente información. ¿Quién podría estar en la selva tan cerca del campamento? Cazadores tal vez. La infección en el labio le palpitó y suavemente se pasó la lengua por encima.

—¿Cómo puedes saber que están viajando rápidamente? —quiso saber.

—Atravesaron aquí el perímetro y luego salieron aquí, diez minutos después. Al principio creímos que habían salido, pero a los pocos minutos volvieron a aparecer aquí.

Por el cuello de Abdullah se extendió calor. ¿Cazadores? Sí, cazadores se podrían mover de ese modo. ¿Pero tan profundo en la selva? Fácilmente podría ser un francotirador con su observador de tiro. O una misión de reconocimiento, emprendida por algún grupo sospechoso. Los rusos, quizás, de alguna manera informados de la ubicación de Yuri tras todos estos años. O la CIA.

O Jamal.

—¿Y qué hiciste? —preguntó.

—Le ordené a Manuel que los recogiera.

—¿Recogerlos? —objetó Abdullah volviéndose hacia el hombre, con mirada centelleante—. ¿Y si se trata de francotiradores? ¿Cómo planeas recoger francotiradores entrenados? No recoges así no más hombres entrenados; ¡los eliminas!

—Si los matamos y están aquí en contacto con alguna autoridad, entonces su ausencia será una advertencia —explicó Ramón dando un paso atrás—. Pensé que los debíamos atrapar vivos.

Abdullah consideró eso, volviéndose al reconocer la validez del argumento del latino.

—Pero no los recoges simplemente como si fueran perros callejeros. Viste cuán bien le fue a Manuel con el complejo misionero. ¿Cómo es posible que tú…?

Un golpecito sonó en la puerta y Ramón la abrió.

Manuel estaba allí, jadeante y respirando con dificultad.

—Los hemos divisado, señor. Dos hombres y una mujer.

—¡Bien! —exclamó Ramón—. Agárrenlos con los tranquilizantes.

Manuel se volvió para salir.

—Y Manuel —añadió Abdullah—. Si dejas escapar otra vez a esos tres, morirás. ¿Entendido?

El guardia miró por un instante con los ojos muy abiertos y luego agachó la cabeza.

CASIUS LOS dirigió por la selva a paso de castigo. Para hacer una declaración, pensó Sherry. La declaración de que él deseaba dejarla con todo lo que ella decía, para los animales. Se movieron firmemente por los árboles, bajaron una colina, subieron la siguiente, treparon un risco, atravesaron un riachuelo, solo para comenzar de nuevo el ciclo.

El hombre que la llevaba a rastras entre los arbustos era, por sobre todo, un asesino, eso ahora era dolorosamente obvio. Como los hombres que mataran a sus padres. Asesinos por alguna causa abstracta, haciendo caso omiso a la realidad de que por cada persona asesinada, alguien más estaba sentenciado a vivir con esa muerte. Un hermano, una hermana, una esposa, un hijo. Por no hablar de cuántas pesadillas había ocasionado Casius en sus años. Ella odiaba al individuo.

Por otra parte, él le había salvado la vida. Y cada vez que él hablaba ella se encontraba ahuyentando un sentimentalismo absurdo. Como si él fuera el guardián de ella.

Dios no lo permita.

Pero muy cierto. Por eso es que se había enojado tanto con él, determinó Sherry. Era como si el asesino de sus padres hubiera salido de las pesadillas de ella y venido a salvarla con una resplandeciente sonrisa. Un último lance imprevisto del cuchillo.

Los músculos en las pantorrillas del hombre se encogían y se flexionaban con cada zancada; los pies descalzos se le movían sin ningún esfuerzo sobre el suelo del bosque. Sudor le brillaba en los amplios hombros. En cierto momento ella se descubrió preguntándose cómo sería pasar un dedo sobre esa musculatura tan locamente maciza. A toda prisa desechó la idea.

El padre Petrus seguía en la retaguardia, y Sherry pensó en la sugerencia que le hiciera, de que ella ahora estaba en el sendero de Dios, esperando que le revelara la verdad como a él le pareciera. Y de ser así, entonces este hombre también era parte del grandioso plan del Señor. Tal vez relacionado de alguna manera con la visión. Sí, la visión que le venía cada noche como la caída de una represa. Ese enorme hongo creciente, noche tras noche.

Casius se había detenido tres veces en los últimos quince minutos, escrutando con cuidado la tierra por delante. Ahora se detuvo por cuarta vez y levantó la mano pidiendo silencio.

Una manada de periquitos volaba graznando encima de ellos. Sherry se llevó una mano al pecho, sintiendo que el corazón le palpitaba debajo de los dedos.

«¿Qué es?» —susurró.

Él se llevó un dedo a los labios, escuchando.

CASIUS YA lo había sentido cuatro veces… esa escalofriante sensación de miradas observando. Ya habían avanzado tres kilómetros hacia el complejo, las últimas tres horas bajo la protección de la oscuridad. Dejaría a Sherry y al padre allí bajo la sombra de varias peñas enormes, exploraría rápidamente la plantación, y regresaría por ellos en pocas horas. Luego los llevaría al río Caura y regresaría dependiendo de lo que hallara en el reducto.

Al menos eso había tenido en mente. Pero ahora este cosquilleo en la base del cerebro lo enervaba.

No había visto señales de hombres. Y sin embargo ese cuarto sentido… como si los hubieran estado vigilando con ojos invisibles durante los últimos quince minutos. En la oscuridad, quien hacía uso de la sorpresa esgrimía la mayor arma. Como asesino había confiado fuertemente en la repentina sorpresa en medio de la oscuridad. Perderla ahora con la mujer y el cura lo obligaría a abandonar su plan hasta que pudiera deshacerse de ellos.

Por otra parte él había sido cuidadoso, permaneciendo bajo el más espeso follaje y evitando riscos. Solo un afortunado observador podía haberlos avistado, y solo entonces con instrumentos poderosos. Si hubiera habido hombres apostados en tierra, él los habría descubierto; estaba seguro de eso.

Casius bajó la mano y siguió adelante. Detrás de él siguieron Sherry y Petrus. Aunque no habían hablado, la disposición de Sherry hacia él había cambiado en las últimas horas, pensó. Menos animosidad. Decían que compartir luchas de vida y muerte unía hasta a enemigos. Quizás eso explicaba la creciente aprensión por dejarla sola mientras explorara la plantación. Es más, podría haber sido la presencia de ella lo que le provocaba ese cosquilleo en el cuello.

A los diez minutos llegaron al borde de un claro. A veinte metros brillaba una pequeña laguna con el reflejo de la luna. Tres enormes rocas sobresalían del suelo en un extremo.

—Muy bien —expresó Casius volviéndose hacia ellos y asintiendo—. ¿Ven esas rocas? Quiero que esperen bajo ellas por algunas horas mientras exploro adelante.

Sherry se paró al lado de él, respirando sin parar debido al esfuerzo excesivo. Él pudo olerle el aliento, como solo podía oler el aliento de una mujer, aunque no se podía imaginar la razón, pues ella no había usado lápiz labial ni brillo por al menos veinticuatro horas. La mujer miraba adelante, los labios levemente separados, con clara aprensión en los redondos ojos. El hombro de ella tocó el brazo de él y lo hizo sobresaltar.

—¿Algunas horas? —preguntó ella mirándolo; él alejó la mirada tan casualmente como pudo—. ¿Por qué?

Casius abrió la boca, inseguro de lo que deseaba decir. Fue entonces, con la boca abierta y ella mirándolo como un cachorrito, que los débiles carraspeos le llegaron a él con el viento.

El instante antes de que los dardos los alcanzaran, él supo que venían. Y luego le dieron, *tas, tas*, el primero en el brazo y el segundo en el muslo. Delgados y peludos, enterrados hasta la empuñadura.

¡Dardos tranquilizadores!

¡Tas, tas! ¡Le dieron a Sherry!

TED DEKKER

El primer pensamiento de Casius fue el rostro de Friberg, sonriendo allá atrás en Langley. El segundo fue la mujer. Tenía que salvar a Sherry.

Lanzó un brazo alrededor de la cintura de la joven y la llevó hacia atrás, internándose en la protección de la selva. Ella estaba diciendo algo. Él pudo olerle el aliento, pero no logró interpretarle las palabras. La miró y le vio los ojos abiertos, a centímetros del rostro de él.

Casius se tambaleó hacia atrás mientras la droga le recorría las venas. Cayó, sosteniendo aún a la mujer, suavizándole la caída con su propio cuerpo. A lo lejos oyó unos gritos. Español, pensó él. Así que los habían estado siguiendo. Pero, ¿cómo? Algo pesado se le posó en el pecho.

Entonces el mundo se le ennegreció.

CAPÍTULO VEINTISÉIS

Jueves

RICK PARLIER sobresalía por encima de Tim Graham, quien jugueteaba con los cuadrantes de sintonización del transmisor satelital. Habían estado una noche en la selva, y ya los insectos estaban cobrando su cuota. El plato del satélite lo habían armado en la espesura a los minutos de haberse asegurado una base en la cima de la montaña. Habían establecido contacto con Tío, nombre de Rick para la conexión estadounidense, y Graham se había colocado confiadamente al lado de sus juguetes. El receptor estaba encendido todo el tiempo, y la frecuencia se alteraba cada treinta minutos hacia una programación seguida por todas las tres partes.

Había pasado una hora desde que el receptor empezara a crepitar, negándose a transmitir o receptar.

—Allí está —manifestó Graham, y sacó del receptor abierto lo que parecía una hormiga alada—. ¡Miércoles! La conversación se perdió directamente por el resistor de volumen variable. Se enredó del todo. Debería estar bien ahora.

Cinco minutos después, Tim Graham afinó la corriente y le pasó el micrófono a Parlier.

—Debería funcionar ahora.

Parlier lo agarró y oprimió la palanca de transmisión.

—Tío, aquí Alfa, Tío, aquí Alfa. ¿Me copias? Cambio.

Sonó estática en el parlante por un momento antes de que llegara la respuesta:

—Alfa, aquí Tío. Te copio claro y fuerte. ¿Dónde has estado?

—Lo siento. Tuvimos un pequeño problema con nuestra radio. Cambio.

Hubo una pausa y se volvió a oír la voz.

—Copiado, Alfa. ¿Cuál es la posición del objetivo? Cambio.

Parlier escudriñó la selva. Tío había reportado una perturbación en alguna estación misionera a cuarenta kilómetros al sur y había especulado que podría estar conectada con el objetivo que tenían. Luego nada. Ninguna acción, ninguna palabra, nada.

Presionó el botón.

—Ninguna actividad en este lado. Beta y Gama no reportan movimiento. Reportaré cualquier cosa, cambio.

—Comprendido, Alfa. Mantente alerta. Cambio y fuera.

Dame equipo que funcione en la selva y lo haré, pensó Parlier mientras le devolvía el micrófono otra vez a Graham.

—Buen trabajo, Graham. Mantén despejada esta radio. No podemos permitir otra falla como esa.

—Sí, señor.

Parlier se puso de pie, se dirigió a las rocas recortadas de la cima, y miró sobre sus hombres. Phil y Nelson estaban en servicio, observando diligentemente a través de los potentes prismáticos de campo hacia el borde inferior del risco. Al lado de ellos, Giblet descansaba de espaldas ahuyentando con las manos algunos insectos voladores. Su rifle de francotirador se hallaba apoyado en un trípode a su lado, listo para disparar. Desde luego, aunque divisaran al hombre, era muy improbable que Giblet tuviera tiempo de lograr hacer un disparo. Y aunque lo hiciera, sería uno a toda prisa... podría fallar.

La recomendación de Graham de descender los riscos le atormentó en el estómago toda la noche. Beta y Gama habían establecido puestos similares de observación desde los cuales escudriñaban los bosques abajo en el valle. Además del risco, vigilaban la espesura, buscando cualquier cosa extraña que pudiera indicar el paso de humanos debajo de ella. Hasta ahora no habían observado nada.

Excepto insectos, por supuesto. Habían observado grandes cantidades de esos.

—Muy bien, Graham —declaró Parlier regresando hasta donde el hombre de la radio—. Diles a Beta y Gama que se agarren bien. Voy a llevar este equipo hacia el risco.

Tim Graham sonrió y agarró el micrófono de su horquilla.

—Inmediatamente, señor.

—Asegúrate de explicar que no vamos *a* los riscos. Solo vamos *cerca* de los riscos. ¿Entiendes eso? Y diles que quiero que estén atentos por si oyen aunque sea la flatulencia de un mono.

—Sí, señor. ¿Algo más? —asintió sonriendo el hombre de la radio.

—Empaca tus cosas. Bajaremos.

DAVID LUNOW tocó una vez y entró a la oficina de Ingersol sin esperar una respuesta. El hombre levantó la cabeza, mirando a través de peludas cejas negras. El cabello estaba acicalado cuidadosamente hacia atrás, pensó David, la clase de peinado que podría usar sin lavarlo por una semana.

David se acercó y se dejó caer en una silla con respaldo hacia atrás frente al escritorio de Ingersol. Se acarició el bigote y cruzó las piernas.

—Si no te importa, tengo que expresar mis preocupaciones. En los quince años que he estado en la agencia no recuerdo una sola ocasión en que hayamos ido tras alguien como estamos yendo tras Casius. Excepto en situaciones en que teníamos total conocimiento de un intento específico de vulnerabilidad. Ahora, corrígeme si me equivoco aquí, pero Casius no está exactamente en rumbo a causar algún verdadero daño. Quizás acabe con alguna deshonesta operación de drogas, ¿y eso qué? Explícame qué me estoy perdiendo.

—Él rompió filas. Un asesino que rompe filas es un tipo peligroso.

—Sí. Pero hay más, ¿no es así?

—Tú eres su adiestrador, David. Alguien sugiere eliminar a tu hombre y tú tienes problemas. Puedo entender eso. ¿No hemos hablado ya de esto?

—Es más que eso. Casius puede cuidarse solo. En realidad ese no es el problema. Vamos a terminar con sangre en nuestras manos querámoslo o no. Lo que me tiene desconcertado es la dogmática insistencia en liquidarlo en vez de considerar otras alternativas, alternativas que me parecen mucho más razonables.

—No todos los asuntos de seguridad nacional se ponen en amplios memos de distribución —declaró Ingersol mirándolo de manera prudente.

—Mira, lo único que estoy diciendo es que nadie conoce a Casius como yo —objetó David sonriéndole al hombre—. Ir tras él de este modo es correr el riesgo de crear precisamente esa clase de problema que estamos tratando de evitar al matarlo. Y el director debe saber eso.

Analizó el rostro de Ingersol ante la primera mención del director. Nada.

—Evidentemente alguien se imagina que el riesgo está garantizado, dado lo que Casius podría descubrir allá —continuó David—. Creo que intentan proteger algo.

—Palabras muy fuertes para un hombre en tu posición —advirtió Ingersol—. ¿Has reconsiderado eso?

—Lo he hecho. Cientos de veces. Creo que Casius se ha dirigido a una operación profundamente encubierta, y que alguien lo quiere muerto antes de que descubra algo que está escondido allá abajo en esa selva.

—El mundo está lleno de operaciones profundamente encubiertas, Lunow. Y si no valieran la pena protegerlas, no estarían encubiertas, ¿o sí? No te corresponde cuestionar si hay algo que esconder o no. Tu trabajo es seguir órdenes. Ya hemos discutido esto.

—Estás intentando eliminarlo. Tan solo deseaba clarificar mi posición para cuando se arme la riña. Y sabes que así será, ¿de acuerdo?

—En realidad no, no lo sé.

—Si tengo razón, así será. Porque sea lo que sea que haya allí, está a punto de ser descubierto.

—Muy bien. Has dejado en claro tu punto. Fin del caso. Y para que quede constancia, creo que estás reaccionando exageradamente porque es *tu* hombre el que está allí rompiendo filas. Tómate un trago por mi cuenta, pero no vengas a mi oficina acusando de negligencia a la agencia.

David sintió rubor en las mejillas. Un chorrito de sudor le brotó del nacimiento del cabello.

—¿Estamos claros? —advirtió Ingersol.

CAPÍTULO VEINTISIETE

SHERRY SENTÍA pesados los párpados, como si los hubieran cubierto de plomo mientras dormía. Se aplicó presión en ellos, deseando que los ojos se le llenaran de luz, pero estos no cooperaban porque la oscuridad no se reducía.

Una imagen de Casius corriendo descalzo por la maleza le inundó la mente. Músculos le ondeaban al hombre a través de los omoplatos con cada paso.

Ella debía abrir los ojos. Y entonces otro pensamiento la paralizó: ¿Y si ya tuviera abiertos los ojos?

Se irguió sobre los codos, se llevó un dedo al ojo, y lo echó impulsivamente hacia atrás cuando hizo contacto con el globo ocular. Un escalofrío le surgió en la cabeza y entonces estiró los brazos. Tropezaron con piedra helada. O cemento.

Se hallaba en un oscuro cuarto de cemento… una celda. La debieron haber arrojado aquí después del dardo.

Sherry se volvió y extendió un brazo, temiendo que este tocara otra pared. Pero el brazo se agitó sin causar daño a través del aire viciado. Se inclinó hacia adelante y tocó la pared opuesta. Metro y medio.

Estaba en una celda de contención. Más oscura que el alquitrán. Todo le vino con gran impacto como una ola que golpea la playa. En ese instante Sherry se volvió a convertir en una niña, atrapada sin salida en la caja de su padre.

Pánico le surgió en la mente. Se arremolinó, gimoteando, tambaleando en toda dirección, sintiendo el aire y las frías superficies de cemento. El gimoteo se convirtió en llanto y se esforzó por ponerse de rodillas, temblando.

Oh, Dios, ¡por favor!

Sentía la negrura como almíbar sobre el rostro. Un almíbar espeso y sofocante. Oleadas de espanto se le estrellaron en la mente, y pensó que podría estar muriendo. Otra vez. Muriendo de nuevo como había sucedido en la caja.

El llanto se transformó en un pavoroso lamento que se prolongaba de forma intermitente. Se arrodilló allí en la oscuridad, sollozando, haciéndose trizas emocionalmente, agonizando.

Oh, Dios, por favor, haré lo que sea.

De repente se quedó helada. ¡Tal vez esta no era una celda! Podría ser un sueño. Una de sus repetitivas pesadillas. ¡Eso debía ser! Y si sencillamente abría los ojos, todo desaparecería.

Pero los ojos ya estaban abiertos, ¿verdad que sí?

Sherry levantó las piernas y las abrazó. Un dolor le inundó la garganta.

«Oh, Dios, por favor…»

¿Estás lista para morir, Sherry?

Las palabras del padre le rodaron en la mente, y ella contestó con rapidez.

«No».

Luego meciéndose, sintiendo el terror que le paralizaba los huesos, de pronto deseó que llegara la muerte. Volvió a tragar grueso.

«Sí».

Pero no murió. Se quedó sentada temblando y meciéndose por una hora en el frío y húmedo espacio, susurrando.

«Por favor, Dios».

No tenía idea qué se hallaba sobre ella. No tenía deseos de averiguarlo. El cuerpo se le había trabado excepto por este balanceo.

Se le ocurrió a través de la niebla que había acabado en el punto de partida. Hace ocho años había quedado atrapada de igual manera. Había hecho un juramento, y ahora Dios le probaba la determinación. Se hallaba en el vientre oscuro de un gran pez y la visión era el ácido que este soltaba.

¿Morirás por él, Sherry?

¿Por quién?

La luz le iluminó de improviso la mente, sin advertencia, mientras aún se mecía. Su primer pensamiento fue que dentro de la celda habían lanzado una luz estroboscópica, pero luego vio la playa y supo que se hallaba en el otro mundo.

Sherry se puso de pie temblando y aspiró con fuerza la fresca brisa marina. Una sonrisa se le extendió en la boca y deseó gritar. No con terror sino con alivio, gozo y el placer de vivir.

Las olas lamían la playa y luego retrocedían susurrando. Sherry levantó la mirada y sintió el viento frío contra el cuello mientras en lo alto se bamboleaban ramas de palmeras. Extendió los brazos a los lados, giró lentamente en la suave arena, y rió a gritos.

En el tercer giro vio al hombre de capa negra caminando sobre el agua, y ella supo que el tipo venía a plantar su semilla en la playa, pero no lo detuvo. Le dejó realizar la acción. Ella debía disfrutar el sol y el viento mientras pudiera. Cuando viniera la lluvia ácida, ella se detendría. Y moriría.

¿Estás lista para morir, Sherry?

Sí.

La conocida visión se enrolló hacia adelante en asombrosa realidad.

Pero esta vez había cambiado algo. No en la visión, sino en la comprensión del caso. Esta vez cuando el hongo creció, ella vio que no era un hongo en absoluto. ¡No, claro que no! ¿Cómo pudo ella haberlo pasado por alto? Era una nube.

La clase de nube que se expandía de una explosión nuclear.

CAPÍTULO VEINTIOCHO

CASIUS DESPERTÓ en un catre y lentamente se irguió hasta sentarse. Los sucesos de la noche le llegaron a tropezones mientras levantaba la mano hacia el moretón en el hombro derecho. Sus captores habían utilizado dardos tranquilizadores. Y también habían disparado a la mujer y al sacerdote. Los tenían en alguna parte.

Sherry.

Un dolorcito le ardió en el pecho ante el pensamiento. Él había guiado a la mujer en el interior de la selva; ella era ahora con quién debía tratar. Esto era una arruga en toda esta operación, y algo de lo que podía prescindir. Pero una arruga que estaba empezando a obsesionarlo.

Casius movió la vista alrededor de la prisión. El cuarto tenía tres metros por tres… bloque de concreto. Vacío excepto por esta sola cama. Sin ventanas, una puerta, todo blanco. Una bombilla de color bronce resplandecía en el techo. El desnudo colchón en que estaba sentado parecía algo hallado en un callejón, rucio por la edad y manchado con círculos cafés. Olía a orina.

Con cuidado buscó en el cuerpo heridas o roturas pero no encontró nada. Lo habían capturado fácilmente. O habían sido excepcionalmente afortunados o tenían un sistema de seguridad mucho más avanzado de lo que él habría esperado.

Casius se inclinó contra la pared y echó la cabeza hacia atrás.

Su espera terminó en un minuto. Un chirrido sonó en la puerta.

Así que ahora comenzaría el juego en serio. Tranquilizó los músculos tensos y dejó que se acercara quien había tocado la puerta.

El soldado que entró traía en ambas manos un revólver Browning nueve milímetros. Un parche colocado parecía un hoyo en el ojo derecho. Era hispano.

Otro hombre atravesó la puerta y Casius sintió que el pecho se le tensaba. Cabello negro corto con un mechón blanco coronaba el rostro despiadado del hombre.

Casius estaba mirando a Abdullah Amir. El tipo tenía un sorprendente parecido a su hermano. La mano de Casius se le contrajo por instinto en el regazo y calmadamente empuñó los dedos.

El hombre se quedó con los brazos sueltos a los costados, mirando a Casius con ojos caídos. Usaba camisa blanca de algodón con mangas cortas, y pantalones impermeables de color rojizo que terminaban tres centímetros por encima de zapatos negros de cuero. Casius sintió que un tenue escalofrío le bajaba por la columna, y de repente se preguntó si podría quitarse esto de encima. Todo el asunto.

En un rincón de la mente había esperado esto, desde luego. Pero al mirar ahora a Abdullah le golpeó como un mazo la verdad de todo, y se preguntó si había sobreestimado su propia fuerza mental y su paciencia.

Por la ceja arqueada de Abdullah, había visto el temor de Casius.

—¿Crees que soy un fantasma? —interrogó.

Casius tragó saliva y recuperó la compostura, con la mente titubeando aún. El hombre tal vez no tenía una clara idea de su identidad. Al menos no todavía.

—¿Quién eres? —preguntó Abdullah mirando fijamente.

Casius suprimió el instinto de lanzarse ahora contra el sujeto y terminar con esto. Lo miró sin responder, haciendo acopio de la resolución para jugar las cartas como había planeado.

—Abdullah —expresó Casius con un suave bufido.

La mirada del árabe registró un chispazo de vacilación. Por un instante pareció desconcertado.

Casius continuó antes de que el tipo pudiera pronunciar una palabra.

—Tu nombre es Abdullah Amir. Yo maté a tu hermano hace diez días. Te pareces mucho a él. Tu hermano era un terrorista eficaz… deberías estar orgulloso.

Casius sonrió y el hombre parpadeó, aturdido como para decir algo; todo músculo del cuerpo se le tensó, haciéndole brotar venas en el cuello y los antebrazos.

—¿Mataste a… está muerto Mudah? —balbuceó Abdullah.

Por un momento Casius creyó que Abdullah le dispararía allí, en el acto. En vez de eso el tipo recuperó poco a poco la compostura como si pudiera prenderla y apagarla entre esas orejas. Casius pensó que esto hablaba muy bien de la fortaleza del individuo.

—CIA —profirió Abdullah como si se acabara de tragar una píldora amarga.

Ahora un brillo diferente centelleaba en los ojos del hombre.

—¿Y qué está haciendo tu agencia tan profundo en la selva? —exigió saber.

—Estamos buscando a un asesino —contestó Casius—. Quizás tú, Abdullah. ¿Eres un asesino?

El hombre no halló humor en la pregunta. Miró con mucho cuidado a Casius.

—¿Cuál es tu nombre?

—Tu familia está en Irán. En el desierto. ¿Qué te trae a la selva?

El guardia hispano miró a Abdullah con su único ojo bueno, la pistola aún apuntaba firmemente a la cabeza de Casius.

—¿Por qué mataste a mi hermano? —inquirió Abdullah.

—Porque era un terrorista —respondió Casius después de reflexionar en la pregunta—. Detesto a los terroristas. Ustedes son monstruos que matan para alimentar una ciega lujuria.

—Él tenía esposa y cinco hijos.

—¿No los tienen todos? A veces también mueren esposas e hijos.

El labio superior del árabe se cubrió de humedad que brilló bajo el foco en el techo. Casius sintió que su propio sudor le aparecía en la sien derecha. La vista se le nubló con esa conocida niebla negra y luego aclaró la garganta.

—Tú mismo eres un asesino —objetó Abdullah; una mancha de baba se le pegó al torcido labio rosado—. El mundo parece estar lleno de monstruos. Algunos de ellos matan por Dios. Otros dejan caer bombas desde diez mil pies y matan por petróleo. Unos y otros matan mujeres y niños. ¿De qué clase eres tú?

Una vocecita le susurró en la mente. *Eres igual que él*, le dijo. *Los dos son monstruos.*

Casius expresó lentamente el nombre, antes de darse cuenta de que lo estaba diciendo. Sintió que un temblor se le apoderaba de los huesos, y luchó por controlarlo.

Cuando habló no pudo detener la ira que le tensaba la voz.

—Tú, Abdullah Amir, eres un monstruo de la peor clase. ¿A cuántos has matado en tus ocho años en esta plantación?

UNA CAMPANITA de advertencia sonó en la oscuridad, pensó Abdullah, accionada por la última declaración del agente. Pero no lograba identificarla. Lo que sí pudo identificar fue la sencilla realidad de que la CIA debía sospechar ahora acerca de las actividades extracurriculares de él. Por eso habían enviado este reconocimiento. Tal vez su hermano había hablado bajo el cuchillo de este asesino. Sea como sea, ahora la operación estaba en peligro.

La orden de Jamal tenía ahora nuevo significado.

El tipo de cabello negro le recordó a un guerrero, desplazado en el tiempo, despojado de sus vestiduras por alguna razón profana, cubierto aún con pintura de guerra. Solamente le habían encontrado un cuchillo. Bien, entonces tendría que matar a este hombre con una hoja. Lo degollaría, quizás. Luego le desgarraría el estómago. O tal vez en orden inverso.

—Según los registros de la CIA ustedes pusieron en tierra a algunas personas, viniendo a este valle —explicó Casius a Abdullah—. Esta fue una vez una plantación cafetera y allí cerca había una base misionera… las que debieron desaparecer. Pero parece que el hecho le molestó a la CIA tan poco como a ustedes.

La última declaración hizo pestañear a Abdullah. ¿Conocía este agente la participación de la CIA? Y por el parpadeo en el ojo del hombre era obvio que no la aprobaba.

—Pero eso no es de mi interés —expresó el asesino, sosteniéndole la mirada—. Jamal, por otra parte, es mi preocupación.

¿Jamal? ¡Este hombre sabía de Jamal!

—¿Cuál es tu nombre? —volvió a preguntar Abdullah.

—Casius. Tú sabes de Jamal.

Abdullah sintió que el pulso le martilleaba. No reaccionó.

—Estoy seguro de que comprendes la clase de problema que se acaba de posar en el umbral de tu puerta, amigo mío, pero créeme… tu mundo está a punto de cambiar.

—Tal vez —manifestó finalmente Abdullah—. Pero de ser así, también el tuyo.

—Dime lo que sabes acerca de Jamal, y saldré de esta selva sin decir una palabra. Tú comprendes que mi sola ausencia izará banderas rojas.

Abdullah sintió que una sonrisa se le formaba en los labios. La audacia del hombre le pareció absurda. Se hallaba aquí, bajo una pistola, ¿y parecía sin embargo cómodo lanzando amenazas?

—Si yo pudiera darte ahora la ubicación exacta de Jamal, créeme, lo haría con el mayor de los gustos —declaró Abdullah—. Por desgracia, Jamal es más difícil de atrapar que un fantasma. Pero estoy seguro de que lo sabes, o no lo estarías persiguiendo en esta selva olvidada por Dios. Él no está aquí, te lo puedo asegurar. Nunca ha estado aquí. Tú, por otra parte, sí estás aquí. Un hecho que pareces no apreciar.

—Tal vez Jamal no esté aquí, pero él *es* tu titiritero, Abdullah, ¿no es verdad? Solo un idiota pensaría de otro modo.

Calor le hizo erupción en el cuello a Abdullah. ¿Qué *sabía* este individuo?

—Tu hermano habló con mucha libertad antes de que lo degollara —confesó Casius alejando la mirada—. Es obvio que a él le preocupaba un poco tu capacidad. Pero en realidad, si sacas conclusiones, creo que fue Jamal quien más te consideró un estúpido.

El hombre volvió a mirar de frente a Abdullah.

—¿Por qué se sentiría Jamal obligado a ponerse al frente de una operación que tú has tenido perfectamente bajo control? Todo esto fue idea tuya, ¿de acuerdo? ¿Por qué se hizo cargo él?

Pero Abdullah no podía descartar fácilmente las palabras. Es más, sabía que esto era cierto. Jamal *sí* creía que él era un estúpido… todo comunicado ostentaba el aire de superioridad de Jamal. Y ahora este asesino había sacado a la fuerza esta información a su propio hermano antes de degollarlo.

Un temblor le recorrió a Abdullah por los huesos. Debía pensar. Este tipo moriría, eso ahora era muy cierto, pero no antes de que le contara a Abdullah lo que sabía.

El idiota lo miraba como si fuera el que estuviera haciendo el interrogatorio. Los ojos le brillaban feroces, ni en lo más mínimo cauteloso. Era obvio que sabía más de lo estaba expresando.

—Quiero a Jamal —continuó Casius—. La afrenta hacia mí se remonta a ocho años atrás y no tiene nada que ver contigo. Tú me dices cómo se contacta contigo Jamal, y me aseguraré que tus operaciones permanezcan bien cubiertas.

Abdullah arqueó una ceja.

—Si es verdad que esta operación está realmente bajo el control de Jamal, ¿por qué debería dar a un asesino información que podría llevarlo a él? —preguntó.

—Porque si no se elimina a *Jamal*, estoy bastante seguro que él te eliminará —contestó Casius taladrándolo con la mirada—. Es más, si yo fuera un hombre de apuestas te podría decir que ya estás muerto. Tu utilidad ha concluido. Ahora eres un lastre.

Abdullah estuvo a punto agarrar la pistola de Ramón y dispararle a Casius. Lo único que mantenía vivo al hombre era la arrogancia; eso y la vocecita que le susurraba a Abdullah en el oído. Algo estaba fuera de lugar.

El rostro se le contrajo con desprecio. Le dio la espalda al hombre y salió sin decir nada más. Si Casius tenía alguna información útil, ahora no tenía importancia. El hombre ya estaba muerto.

Abdullah habló tan pronto como se cerró la puerta.

—Prepara las bombas. Tenlas listas para embarcarlas —ordenó, con un poco de temblor en la voz.

—¿Tan pronto?

—¡Inmediatamente! Jamal tiene razón; no podemos esperar.

—¿Las enviamos a detonar?

—Por supuesto, idiota. Ambas. Las enviamos y luego le decimos al gobierno de ellos que pueden hacer parar la detonación si acceden a nuestras exigencias, como se planeó. Pero de todos modos las detonaremos, después que los estadounidenses hayan tenido la oportunidad de orinarse. Castigo para el agravio… la mejor clase de terrorismo. Liberen a nuestra gente o les perforaremos el costado —afirmó, y sonrió—. Les hundiremos el cuchillo y luego lo haremos girar. Exactamente como se planeó.

—¿Y los otros?

Abdullah titubeó. Casi había olvidado a la mujer y al sacerdote.

—Mátalos —ordenó—. Mátalos a todos.

CAPÍTULO VEINTINUEVE

CASIUS NECESITABA una distracción.

Se presionó contra la puerta tan pronto como esta se cerró, deseando calma en el corazón para poder oír sin impedimento. Habían apagado un interruptor antes de hacer una pausa en lo que, por el tenue ronroneo que empezó exactamente después de detenerse, solo podía tratarse de un ascensor.

Tardó diez minutos en determinar su curso de acción. Era probable que la celda en que se hallaba estuviera bajo tierra, en el nivel del sótano. La puerta de acero la habían sujetado con pasador, lo que lo dejaba desesperadamente encerrado. Los únicos objetos móviles en el cuarto eran la cama de madera, el delgado colchón, y el centelleante bombillo. Por lo demás la celda no proporcionaba nada utilizable.

Una hora después de que Abdullah y Ramón salieran por el ascensor descendieron otros dos que Casius supuso que eran guardias, y que tomaron posiciones en el pasillo… uno frente a su celda y el otro al lado de la puerta.

Él sabía que tenía muy poco tiempo. Mientras Abdullah creyera que Casius trabajaba para la CIA, el árabe podría mantenerlo vivo, esperando influencia. Pero Abdullah lo mataría el momento en que supiera que él estaba huyendo de la CIA. Y Casius dudaba que la CIA tuviera algún problema en sacar a la luz la verdad.

Obrando en silencio total, Casius quitó el colchón de la cama y apoyó el armazón de madera en el extremo, directamente debajo del foco, de tal modo que cualquiera que entrara al cuarto solo vería el armazón a primera vista. Luego rasgó tiras del forro del colchón y dejó el armazón debajo de la luz. Desenroscó la bombilla blanca y caliente hasta que se apagó la luz, dejando que se enfriara antes de quitarla por completo.

Trabajando al tacto en la oscuridad, Casius envolvió el bombillo en las tiras de tela y apretó el vidrio en la palma. Este explotó con un chasquido, cortándole el dedo índice. Se mordió la lengua y con mucho cuidado retiró la tela, con los vidrios rotos en ella. Palpó el alambre de tungsteno. Este permaneció intacto. Perfecto.

Casius alargó la mano hacia el techo, halló la instalación de luz, y dirigió el foco hacia el enchufe. El alambre de tungsteno brilló con color rojo opaco sin el vacío.

Rompió otra tira del colchón y se la envolvió en el sangrante dedo índice. Respiró hondo y volvió a colocar el armazón. Agarró un puñado de relleno del colchón y lo levantó hasta el brillante alambre. El material seco ardió por tan solo un momento antes de soltar llama.

Casius se bajó al concreto, aventó el material ardiente sobre el colchón, y lo puso contra la pared más lejana. Se retiró a la pared detrás de la puerta y observó aumentar el fuego hasta que el cuarto resplandeció en color anaranjado. Aguantando hasta el último momento posible, aspiró una última bocanada de aire del cuarto y esperó.

Así que ahora viviría o moriría, pensó. Si los guardias no reaccionaban, el humo lo asfixiaría. El corazón le empezó a palpitar como un pistón en un motor de camión. Las sienes le dolieron, rechazando la fugaz tentación de correr hacia el colchón y extinguir el fatal fuego.

En segundos el cuarto se llenó de espeso humo. Llegó entonces el sobresalto de los guardias cuando grises nubes se colaron por debajo de la puerta. Les tomó otro minuto completo optar por un curso de acción, gastado sobre todo en buscar una reacción de Casius. Al no llegar ninguna respuesta, una voz ahogada sostuvo que el prisionero debía estar muerto y que ellos también lo estarían si Ramón pensaba que habían permitido lo ocurrido.

Las llaves se introdujeron en la cerradura de metal y la puerta se abrió, pero Casius permaneció agazapado detrás, ahora con los pulmones a punto de reventarle en el pecho. Los guardias llamaron en medio del humo como por treinta segundos antes de decidirse a entrar.

Entonces Casius saltó, con cada onza restante de fortaleza. Chocó violentamente contra la puerta, aplastando al primer guardia contra el marco. Lanzó la palma hacia arriba por debajo de la mandíbula del hombre, haciéndole crujir la cabeza en la pared. El guardia se desmadejó en el suelo. Casius le agarró el rifle de las manos flojas, se deslizó detrás de la pared, y tomó una bocanada de aire. Los pulmones se le llenaron de humo con la succión, pero se mordió para no toser.

Disparos resonaron en el pasillo. Se perforaron hoyos en la pared encima de él. Casius agitó el AK-47 alrededor del rincón y disparó seis balas dispersas. Cesaron los disparos. Se deslizó por el marco de la puerta en una rodilla, se llevó el rifle al hombro, mandó una bala que atravesó la frente del otro guardia, remachándolo en el suelo con un solo disparo.

Adrenalina le corrió por las venas. Ahora tosió con fuerza y se agachó, liberando de humo los pulmones. Examinó el pasillo, vio que había allí otras cuatro puertas, y entonces corrió hacia las de acero que correspondían al ascensor en el extremo.

Tardó cinco segundos en darse cuenta de que el carro no iría a ninguna parte sin una llave. Las otras puertas entonces... y rápidamente. Se había iniciado un azoramiento.

Casius corrió hacia la primera puerta, la encontró cerrada, y le disparó una bala a la cerradura. La pateó, encendió un interruptor de luz, y entró al cuarto bajo titilantes tubos fluorescentes. Lo único que había en el salón era una sencilla mesa y tres sillas. Mapas pegados a las paredes. Ninguna salida desde aquí.

Planos color púrpura y oscurecidos por el tiempo estaban adheridos a la pared a la izquierda. El dibujo arquitectónico más cercano mostraba una sección en cruz de los negros riscos. Y asentada en la colina entre las plantaciones y los riscos, una sección cruzada de una estructura de tres pisos. La estructura donde ahora se hallaba. Casius cambió la mirada hacia otro plano, al lado del primero. Este mostraba una vista ampliada de la construcción subterránea completa con un ascensor al final.

No menos de veinte ilustraciones se alineaban en las paredes, detallando el recinto. Largas líneas azules sombreaban un conducto que atravesaba la montaña. Rectángulos punteados de rojo mostraban el propósito del túnel. Refinaban cocaína en una enorme planta en el segundo piso y luego la metían dentro de troncos que eran disparados a través de la montaña dentro del río Orinoco y arrastrados hacia el mar.

Casius salió del salón y cerró la puerta.

La siguiente puerta se abrió fácilmente girando la manija, y reveló un armario de suministros. Agarró un machete del rincón y volvió corriendo al ascensor. De modo sorprendente, el indicador rojo aún no se había iluminado, lo que le hizo hacer una pausa. O no se habían molestado en instalar alarmas en el nivel más bajo, imaginándose que ninguna amenaza vendría por encima, o lo esperaban, sabiendo que el ascensor era la única salida.

Pero se equivocaban.

Con el sonido metálico de acero contra acero, Casius empujó la hoja entre las puertas e introdujo el machete. Las puertas resistieron por un momento y luego cedieron. Examinó un hueco vacío que bajaba hacia otro nivel de sótano y que subía hasta el fondo del carro, un piso arriba.

Tenía que hallar a la mujer. Sherry. Era irónico… había asechado por años a un terrorista como Abdullah y había planificado la caída de la CIA casi durante el mismo tiempo. Y sin embargo aquí había una mujer y él sabía que debía salvarla. Ella de alguna manera era diferente.

¿Lo era?

La niebla negra le golpeó la mente.

Refunfuñó y saltó hasta el fondo del hueco. Forzó la inactiva puerta del ascensor e ingresó a un corredor oscuro y húmedo formado en concreto, vacío excepto por una simple entrada a la izquierda. Como una bodega, aunque en la selva no había necesidad de una bodega.

Un débil aullido resonó por encima de él. ¡Un sobresalto! El corazón le palpitó con fuerza y Casius se metió al pasillo.

Una imagen de Sherry le llenó la mente: los rasgos delicados, los ojos centelleantes, los labios curvados. Ella era la antítesis de todo por lo que él había vivido. A él lo impulsaba la muerte, a ella… ¿qué? ¿El amor?

La puerta era de concreto, y Casius descubrió que estaba trancada con un pasador. Pero no asegurada. Jaló el pasador y empujó la plancha. La puerta rechinó al abrirse hacia un cuarto extremadamente oscuro.

El aliento le resonó desde el vacío.

«¿Sherry?»

Nada.

Casius giró alrededor. Debía salir antes de que el lugar se saturara con los hombres de Abdullah. Había retrocedido un paso hacia el hueco del ascensor cuando oyó un gemido detrás de él.

—¿Ho… hola?

Casius dio media vuelta. Un extraño torbellino le surgió por las venas.

—¿Sherry?

El corazón le palpitó con fuerza y no era de temor.

—¿Casius?

SHERRY VIO la silueta parada como un pistolero en la entrada abierta, y se preguntó qué estaba haciendo Shannon en los sueños de ella. Shannon estaba muerto, por supuesto. O quizás era su secuestrador, el terrorista con la bomba, si la visión del hongo era correcta. Abdullah. Él la había visitado algunas horas antes... ahora había regresado.

Se sintió muerta y supo que estaba despertando. La figura se volvió para salir y le pareció que tal vez este *era* alguien real.

—¿Hola?

La figura giró. ¿Era Casius? ¿Había venido Casius a salvarla? Ella salió de su acalambrado sueño.

—¿Sherry?

Era Casius!

—¿Casius?

La joven se irguió y Casius entró rápidamente. Se colocó sobre una rodilla y le puso a Sherry un brazo por debajo de la espalda. La levantó como una muñeca de trapo y salió tambaleándose de la celda.

Él olía a sudor, lo cual no era ninguna sorpresa, pues estaba empapado de sudor. El rostro aún con pintura verde.

—¿Dónde está el sacerdote? —preguntó él tranquilamente.

Él aún la estaba sosteniendo.

—No sé. ¿Qué sucedió?

A Casius debió habérsele venido la idea de que la estaba sosteniendo porque dejó caer el brazo izquierdo y que ella se sostuviera en pie por sí misma.

—Vamos. No tenemos mucho tiempo.

El hombre corrió por un par de puertas de acero al final del corredor y presionó el oído contra ellas. Era un elevador, estaba cerrado.

Dio un paso atrás y levantó el machete.

—Está despejado. Mantente atrás —la tuteó en tono tranquilizador.

El asesino metió la hoja en la rajadura y forzó las puertas hasta abrirlas. Un cable se levantaba en medio del oscuro hueco del elevador. El hombre acuñó en diagonal las puertas con el machete y se introdujo al hueco. Sin decirle nada a Sherry, se impulsó cable arriba y pasó directamente las puertas por donde ella miraba asombrada.

—¿Adónde vas? —preguntó la muchacha, correspondiéndole al tuteo.

Sherry miró hacia arriba y vio el fondo del elevador como siete metros más arriba. Casius estaba ahora paralelo a una larga abertura en el lado opuesto del hueco, tres metros arriba. Entonces se meció hacia adentro sin contestarle, pero ella ya tenía la respuesta. El hombre se tendió bocabajo y estiró la mano en el hueco abajo hacia ella.

Sherry dio un paso adelante y, agarrando con la mano izquierda la apalancada puerta del elevador, estiró la mano hacia el brazo de él en lo alto, preguntándose si tendría las fuerzas para resistir. Pero él le agarró la cintura como con una garra de acero y la duda despareció. Ella se agarró de nada más que aire, y él prácticamente la levantó en vilo por la abertura. Levantó la pierna por sobre el borde y rodó al lado de él.

Casius repitió el proceso, que los llevó a otro piso más arriba, exactamente debajo del mismísimo ascensor, y entonces se quedaron inmóviles mirando el túnel al que habían entrado.

Una larga línea de luces colgaba de un techo de tierra que se extendía a ambos lados algunos centenares de metros, quizás más. A la derecha el túnel terminaba en una luz brillante; a la izquierda se perdía en la oscuridad. A lo largo del pasadizo había una banda transportadora inactiva.

De repente un grito resonó abajo en el túnel seguido del sonido de botas retumbando sobre tierra apisonada. Casius agarró a Sherry por la cintura, la jaló y salió corriendo a tropezones hacia al extremo oscuro del túnel. Ella se apoyó en la mano libre y corrió tras él, bombeando los puños llena de pánico.

—¡El sacerdote! —jadeó ella.

—¡Por ahora solo corre! —contestó él.

De repente el aire se llenó de gritos de alarma. Un disparo se estrelló cerca de los oídos de Sherry. Casius se deslizó hasta detenerse y ella casi lo atropella. La joven estiró los brazos y sintió las palmas estrellándose contra la húmeda espalda de él; las manos le resbalaron a ambos lados y chasquearon en la piel húmeda del hombre. Pero ninguno de los dos pareció notarlo.

Sherry vio que habían llegado a una plataforma de acero, y Casius se las arregló para descorrerle el cerrojo a la puerta. Saltó por encima del borde y jaló bruscamente a la mujer. Al pulsar algo en la pared, todo el armatoste empezó a temblar y a subir. Se hallaban sobre alguna clase de elevador. Relámpagos de disparos estallaron túnel abajo, seguidos de gritos de ira. Sherry se agazapó de manera instintiva.

Pasaron el techo de tierra y subieron por un hueco vertical iluminado por una serie de bombillas a lo largo de un muro.

Casius estaba como loco escudriñando el piso con ojos bien abiertos. Algo respecto de los bruscos movimientos del hombre hizo correr un escalofrío por la columna de Sherry. Ella pensó que él estaba asustado. Y no solo asustado por los rifles abajo. Estaba enterado de algo que ella no sabía y que lo hacía corretear de forma incontrolada.

Sherry se agarró de la barandilla y lo observó, demasiado asombrada como para preguntarle qué estaba haciendo. Él miró dos veces más alrededor del suelo y evidentemente no halló nada, porque terminó levantando hacia ella los ojos bien abiertos.

Miró por sobre la joven, quien le siguió la mirada. Un oscuro hoyo se abría tres metros más arriba. Y sobre él… tierra. El tope.

—¡Quítate la camiseta! —ordenó brusca y frenéticamente.

—¿Que me…? ¿Quitarme qué?

—¡Rápido! Si quieres sobrevivir a esto, quítate la camiseta. ¡Ahora!

Sherry agarró la camiseta y se la quitó por sobre la cabeza. Usaba solo un sostén deportivo. Casius arrebató la camiseta antes de que ella se la hubiera terminado de quitar y se la puso por sobre su propia cabeza. La muchacha creyó que el tipo se había vuelto loco.

—Vas a tener que confiar en mí. ¿Está bien?

La camiseta de ella a duras penas se estiraba por el pecho de él, y un hombro de la prenda se rasgó en la costura. El hombre había enloquecido.

—Vamos a dar un paseo. Solo deja que yo te cargue. ¿Comprendes?

Ella no contestó. ¿Cómo podía ser posible que él…?

—¿Comprendes? —volvió a preguntar él con el rostro pálido.

—Sí.

Entonces los engranajes pararon en seco y el piso empezó a inclinarse hacia un hueco que esperaba como una boca abierta. Era un tubo de acero de quizás metro y medio de diámetro que desaparecía dentro de la oscuridad.

Casius rodeó la cintura de la muchacha con un brazo y se lanzó al suelo, jalándola de tal modo que ella quedó encima de él, bocarriba. Tenían las cabezas dirigidas hacia el interior del cavernoso tubo de acero. ¡Él la estaba metiendo en el hueco, de cabeza!

Sherry cerró los ojos y comenzó entonces a gimotear.

«Por favor, por favor, por favor, Dios».

De pronto le chocó en los oídos el chasquido del acero chocando con acero. ¡Balas! Como pesado granizo sobre un techo de lata. Los hombres abajo estaban disparando sus rifles hacia el hueco del ascensor, y las balas chocaban contra el piso de acero. Ella apretó los ojos y comenzó a chillar.

Y entonces estaban cayendo.

Sherry comprendió por qué Casius había estado examinando el piso. Por qué insistió en quitarle la camiseta al no encontrar nada más. Porque la espalda de él se estaba deslizando contra acero. Ella no sabía cuánto tiempo tardaría este viaje ni adónde los llevaría, pero se imaginó que su delgada camiseta de algodón ya se estaría deshaciendo. Seguiría la piel de él.

Como deslizándose entre un tobogán, ganaron velocidad. Sherry abrió bien los ojos y levantó la cabeza. Muy lejos ahora, la cada vez más pequeña entrada le brillaba entre los pies que se le sacudían. Debajo de ella el hombre se tensó repentinamente y la apretó como una prensa. Tenía los brazos envueltos sobre la sección media de ella, enrollados como una serpiente.

Él gimió y ella comprendió que la camiseta se había deshecho. Los antebrazos de Casius se tensaron, sacándole a Sherry el aire de los pulmones. Llena de pánico se aferró a los brazos de él… pero en vano. Entonces él se puso a gritar y a ella le corrió por la columna un terror candente. Abrió la boca, queriendo unírsele en el grito, pero no tuvo aire para gritar.

De repente Casius dejó de apretar; el grito se le convirtió en un suave gemido, y Sherry supo entonces que él se había desmayado. Ella aspiró una bocanada de aire y luego otra. Los brazos del hombre yacían flojos. La chica imaginó una larga mancha de sangre detrás de estos. Oh, Dios, ¡por favor!

Entonces la montaña los escupió, como si descartara aguas residuales. Sherry oyó el agua precipitándose por debajo de ellos y pensó que se dirigían a un río. Debajo de ella, Casius estaba inconsciente. Instintivamente la muchacha elevó ambos brazos hacia el cielo. Su grito resonó en las paredes del elevado cañón por encima.

Agua helada la tragó y le succionó el aliento de los pulmones como si fuera una aspiradora. El sonido amainó hasta volverse gorgoteos susurrantes, y ella apretó con fuerza los ojos. *Oh, Dios, ayúdame. ¡Voy a morir!* Instintivamente se agarró con energía del brazo del asesino.

Entonces él volvió en sí, impactado por el agua, desorientado y agitándose como alguien a punto de ahogarse. Sherry abrió los ojos y se dirigió hacia la sombra más iluminada de color café, esperando poder hallar allí la superficie; tiró una vez del brazo de él y luego lo soltó, esperando que el hombre encontrara su propia salida. Los pulmones de la mujer le estallaban.

Ella casi inhala agua antes de que la cabeza le saliera a la superficie. Pero contuvo el aliento y boqueó desesperadamente antes de que el fondo de la dentadura forzara agua. Casius salió disparado a la superficie al lado de la muchacha y ella sintió que una ráfaga de alivio la inundaba.

Sherry miró alrededor, aún expulsando con fuerza el aire. Se hallaban en un río de curso rápido, profundo y en calma en ese lugar, y que se estrellaba contra rocas en la orilla lejana. La joven sintió que una mano le agarraba el hombro y la impulsaba hacia la orilla más cercana. Fueron a parar a un banco de arena doscientos metros río abajo, como dos enormes tortugas, boca abajo, jadeando sobre la playa. Sherry ladeó la cabeza hacia un lado, y vio a Casius con el rostro entre el barro. Los omoplatos le exudaban rojo a través de la camiseta de ella, y el alma se le puso en vilo.

Trató de llegar hasta él, pero una nube negra le cubrió la vista. *Dios por favor*, pensó ella. *Por favor.* Entonces la nube negra se la tragó.

CAPÍTULO TREINTA

ABDULLAH SALTÓ de la silla enviándola ruidosamente hasta la pared. Una ola de sofocante calor le recorrió el pecho, y sintió que el rostro se le enrojecía.

—¿Los dos? ¡Imposible!

¿Cómo pudieron haber escapado? Incluso aunque el agente hubiera hallado otra salida de la celda, ¡el nivel inferior estaba sellado!

Ramón meneó la cabeza. Un círculo oscuro de sudor le humedecía el parche negro.

—Se han ido—comentó con un ligero temblor en la voz—. El sacerdote aún está en su celda.

—¡Creí haberte dicho que los mataras! —exclamó Abdullah volviendo la cabeza.

—Sí. Iba a hacerlo. Pero al considerar…

—Esto cambia todo. Ahora los estadounidenses tratarán de destruirnos.

—¿Pero y nuestro convenio con ellos? ¿Cómo pueden destruirnos teniendo el convenio?

—El *convenio*, como lo llamas, no vale nada ahora. Ellos no habían sabido la magnitud de nuestra operación, idiota. Ahora lo sabrán —dictaminó Abdullah, luego titubeó y se volvió—. Se pondrán en nuestra contra. Esa es la naturaleza de ellos.

De pronto Abdullah golpeó el puño sobre el escritorio e hizo crujir los dientes debido al dolor que le recorría el brazo. Ramón se quedó quieto mirándolo. El árabe cerró los ojos e inclinó la cabeza sobre la otra mano, agarrándose las sienes. Una neblina parecía flotarle de la mente. *Allí está, allí está, amigo mío. Piensa.*

Por un momento Abdullah pensó que estallaría en lágrimas, ahí mismo frente al idiota hispano. Respiró profundo y levantó la cabeza hacia el techo, manteniendo cerrados los ojos.

Allí, allí. Meneó la cabeza, como si perdiera la razón. *Solo es un juego de ajedrez. He hecho un movimiento y ellos han hecho otro.* El hombre hizo crujir los dientes.

Un agente de la CIA ha penetrado en mi operación y ha escapado para informar. El mismo agente que mató a mi hermano.

Calor le hizo explosión en el cuello y él sacudió la cabeza para quitárselo, frunciendo los labios y respirando con dificultad por las fosas nasales.

Había sido una equivocación no matarlo al instante. Quizás la caída los habría matado.

«¿Señor?»

Oyó la voz, sabía que era de Ramón, pero decidió hacerle caso omiso. Estaba pensando. *Allí, allí. Piensa.*

De repente le saltó a la mente una imagen de mil muchachos marchando, todos menores de trece años. Buenos muchachos musulmanes en la frontera iraquí, entonando un cántico de adoración, vestidos de colores. Iban a reunirse con Alá. Él había visto la escena quince años atrás a través de gemelos de campaña con un nudo del tamaño de una roca alojado en la garganta. Las minas comenzaron a explotar como fuegos artificiales, ¡tas!, ¡tas!, y los cuerpos de los débiles niños empezaron a saltar como ratoneras brincando. Y los demás siguieron caminando, marchando hacia los brazos de la muerte. Recordaba haber creído entonces que todo esto era culpa de Occidente. Eran los que habían armado a los iraquíes. Occidente había engendrado infidelidad, de modo que cuando vio un ejemplo de pureza, tal como estos chiquillos marchando hacia Alá, se encogió de miedo en vez de saltar de alegría.

De tal manera que, piensa. Ramón lo volvió a llamar.

«Señor».

Cállate, Ramón. ¿No puedes ver que estoy pensando? Lo pensó, tal vez lo dijo. No estaba seguro. Ramón estaba diciendo algo acerca de que el agente no sabía lo de las bombas. *¿Sí? ¿Quién lo dice? ¿Lo dices tú, Ramón? Eres un idiota redomado.*

Un zumbido le canturreó por encima y abrió los ojos. Los insectos negros en el rincón se arrastraban unos encima de otros retorciéndose en masa. Un pequeño petardo en esa bola decoraría la pared de manera agradable. Bajó la cabeza y miró a Ramón. El tonto en realidad *estaba* diciendo algo.

«Empaca de inmediato las bombas» —ordenó Abdullah cortándole a mitad de frase.

La boca de Ramón se quedó levemente abierta, pero no respondió. Tenía el ojo bueno tan redondo como un platillo.

Abdullah dio un paso adelante, con un temblor en los huesos. El escape del agente muy bien podría ser la mano de Alá obligándolo a seguir adelante. Si Jamal estaba viniendo, las bombas habrían desaparecido al llegar aquí. Sería él, y no Jamal, quien terminaría el juego.

«Esta noche, Ramón. ¿Entiendes? Quiero ambas bombas enviadas esta noche. Empácalas en troncos como si fueran drogas. Y hazlo personalmente… nadie más puede saber que existen. ¿Me estás oyendo?»

Ramón asintió. Un rastro de sudor le dividía ahora el parche del ojo y le colgaba de la comisura de los labios.

Abdullah continuó, notando que debía vigilar al hombre. Agarró un puntero y se dirigió hacia un mapa ennegrecido del país y de los mares que lo rodean. La voz le salió áspera.

«Habrá tres barcos. Esta noche recogerán los troncos exactamente fuera del delta».

Abdullah seguía el mapa con el puntero mientras hablaba, pero este solo recorría en círculos irregulares debido a los nervios tensos, y él lo dejó a un lado.

«El más rápido de los tres barcos llevará el dispositivo más grande hacia nuestro punto de descenso en Annapolis cerca de Washington, D.C. El segundo llevará el aparato inútil a los depósitos de madera en Miami, exactamente como cualquier otro cargamento de cocaína —anunció, e hizo una pausa, respirando aún con dificultad—. El buque de carga llevará el dispositivo más pequeño a un nuevo punto de descenso aquí».

Pulsó otra vez con el puntero.

«Cerca de Savannah, Georgia» —concluyó.

Se volvió hacia Ramón.

—Dile a los capitanes de estos barcos que es un cargamento experimental y que se les pagará el doble de la tasa normal. No, diles que se les pagará diez veces la tasa normal. Los cargamentos deben llegar a los destinos como se planearon, antes de que los estadounidenses tengan la oportunidad de reaccionar a las noticias que recibirán de parte de este agente.

—Sí, señor. ¿Y el cura?

—Mantenlo vivo. Un rehén podría ser útil ahora —contestó Abdullah, y sonrió—. En cuanto al agente, lo usaremos como nuestro requerimiento en vez de la liberación de prisioneros como Jamal planeara. De cualquier modo las bombas detonarán, pero tal vez ellos nos entreguen a este animal.

Abdullah sintió que una calma descendía sobre él.

—Quiero los troncos en el río para el anochecer —concluyó.

De repente se sintió extrañamente eufórico. ¿Y si Jamal aparecía antes de eso? Entonces mataría a Jamal.

Ramón seguía de pie, observándolo.

Abdullah se sentó y lo miró.

—¿Tienes algo que decir, Ramón? ¿Crees que hemos vivido en esta oquedad infernal para nada? —preguntó, y sonrió.

Por un breve momento Ramón sintió lástima por el hombre sentado ante él como si fuera parte de algo sin importancia. Al final también moriría.

—No me desilusiones. Tienes permiso para salir.

—Sí, señor —expresó Ramón, dando media vuelta y saliendo rápidamente del salón.

SHERRY DESPERTÓ en la margen del río con la visión pinchándole otra vez la mente. Casius levantó la mirada hacia ella desde la roca donde trabajaba sobre una hoja de palma, retorciendo una raíz. Hizo un gesto hacia un lado de la muchacha.

—Tu camiseta está allí.

Dos hoyos se habían desgastado en los omoplatos del hombre. Ella se levantó y fue hasta donde él.

—Esa cosa en tu cara no se borra con mucha facilidad —le dijo, notando que la pintura de camuflaje había sobrevivido al río.

—Es a prueba de agua.

Ella miró un charquito de líquido que él había extraído de la raíz y que había colocado en la hoja.

—¿Y qué es eso?

—Es un antibiótico natural —contestó Casius.

—¿Para tu espalda? —inquirió ella haciendo un gesto de dolor al recordar la resbalada.

Él asintió.

—¿Puedo ver?

Él giró la espalda hacia ella. Los omoplatos estaban tan raspados que dejaban ver carne viva.

—Agarra —expuso él pasándole la hoja de palma—. Esto ayudará. He visto que esto obra milagros.

—¿La paso simplemente por la espalda? —preguntó ella agarrando la palma.

—Tú eres la doctora. También tiene un antiséptico suave. Ayudará con el dolor.

Casius se retrajo del dolor cuando Sherry tocó la carne viva. Ella la cubrió, indecisa al principio, pero usando después toda la hoja de palma como una brocha. Él gimió una vez, y ella levantó la hoja disculpándose. Cuando él hizo un gesto de dolor, como un gran mazo Sherry recibió una sensación de haber experimentado esto antes, y por un instante sintió como si estuviera en un hospital, atendiendo un paciente en la sala de emergencia… no aquí en la selva inclinada sobre el asesino.

Pero entonces, por otra parte, en estos días ella estaba viendo las cosas de manera extraña. *Todo* era una gran experiencia ya vivida. Casius simplemente entraba con los demás en la vasija.

Ambos salieron del río con Casius insistiendo en llegar a un pueblo lo más pronto posible. Debía llevarla a un lugar seguro y volver por el sacerdote, le dijo a ella. Él tomaba a la selva como si supiera exactamente dónde estaban. Un centenar de preguntas le ardieron entonces a ella en la mente.

Acababan de escapar de algunos terroristas que planeaban hacer algo con una bomba, si ella entendía ahora la visión. ¿Se suponía que ella *muriera* por esto? No, eso lo había dicho el padre Petrus solo por hablar.

Una imagen de un arma nuclear detonando le llenó la mente, y de pronto quiso decirle todo a Casius. Debía hacerlo… aunque solo hubiera la más mínima posibilidad de que fuera verdad.

La joven tragó saliva en la boca seca y guardó silencio. ¿Y si él fuera parte de esto? Por supuesto que él *era* parte de esto. Sin embargo, ¿de qué parte estaba él?

Caminaron durante un buen tiempo, en un ridículo silencio. Cuando al fin hablaron fue por iniciativa de ella, quien hacía principalmente cortas preguntas que le sacaban a él pequeñas y corteses respuestas. Respuestas que parecían insustanciales.

—Así que trabajas para la CIA, ¿no es así? —inquirió ella finalmente.

—Sí.

—Y dijiste que ellos estaban tras de ti. ¿O estás tú detrás de Abdullah?

—¿Abdullah? —objetó él mirándola.

—Allá en el reducto. Me podría equivocar, pero creo que él es un terrorista. Tiene una bomba, creo.

Casius siguió caminando, musitando algo respecto de que todo el mundo tenía una bomba.

Él la llevó a una pequeña aldea mientras el sol aún estaba en lo alto. A pesar de la disponibilidad de teléfonos en el pueblo, insistió en que ella todavía no se contactara con nadie. Manifestó que llamaría y alertaría a las personas indicadas hacia las operaciones de Abdullah.

El hombre hizo la llamada y luego convenció a un pescador para que los llevara a un pequeño bote pontón. Iban a toda prisa río abajo, acompañados por el ronroneo de un fuera de borda de veinte caballos y un telón de fondo de aves graznando en las copas de los árboles.

—Gracias por lo que hiciste allá atrás —comentó Sherry, rompiendo un prolongado silencio—. Imagino que te debo la vida.

Casius la miró y encogió los hombros, volviendo la mirada hacia la selva.

—¿Qué te hace pensar que este individuo Abdullah tiene una bomba?

Ella consideró la pregunta por un momento y decidió que debía decírselo.

—¿Crees en visiones? —preguntó.

Él la miró sin responder

—Me refiero a visiones sobrenaturales. De Dios —expresó ella.

—Ya hemos tratado eso. El hombre es Dios. ¿Cómo puedo creer en visiones de hombre?

—Al contrario, Dios es el creador del hombre. También es conocido por dar visiones.

Parecía ridículo… algo que ella misma acababa de creer por primera vez. Casi podía oírlo burlándose ahora. *Seguro, cariño. Dios también me habla a mí. Todo el tiempo. Precisamente esta mañana me dijo que en realidad debo limpiarme más regularmente con hilo dental.*

De todos modos la joven siguió adelante.

—Así es como sé que Abdullah tiene una bomba.

—¿Viste eso en una visión?

Lo dijo con una voz que muy bien pudo haber expresado: *Sí correcto, señora.*

—¿Cómo más? —inquirió ella.

—Viste algo en el complejo ese y ataste cabos —contestó él encogiendo los hombros.

—Quizás la brillantez no sea algo que viene de siete años de educación superior. Pero tampoco lo es la estupidez. Si digo que tuve una visión, es porque la tuve.

Él parpadeó y volvió a mirar río abajo.

—Tuve una visión acerca de un hombre plantando algo en la arena, que mataba a miles de personas. Por eso estoy aquí en esta selva y no en Denver. Solo por eso —enunció ella, tragando saliva y continuando, ahora con calor en el cuello—. ¿Sabes que ese edificio está construido en el lugar de una antigua misión? Allí solían vivir misioneros.

Ella esperó una respuesta, que no llegó.

—Si hay una bomba... quiero decir una bomba nuclear, tendría sentido que el tipo estuviera planeando usarla contra los Estados Unidos, ¿correcto? ¿Creerías que es posible eso?

—No —respondió él volviéndose y analizándola por un prolongado momento—. La instalación es una planta de procesamiento de cocaína. El sujeto es traficante de drogas. Creo que las armas nucleares están un poco más allá de la esfera del tipo.

—Podrás ser un asesino muy ingenioso, pero no me estás escuchando, ¿verdad? Vi a este hombre en mis sueños y ahora lo he conocido en persona. ¿No significa eso nada para ti?

—No puedes esperar realmente que yo crea que fuiste atraída a la selva a fin de salvar a la humanidad de alguna conspiración diabólica para detonar un arma nuclear sobre tierra estadounidense —declaró él, la volvió a mirar, y forzó una sonrisa—. ¿No encuentras eso un poco fantástico?

—Sí —exteriorizó Sherry—. Así es. Pero eso no cambia el hecho de que cada vez que cierro los ojos este árabe vuelve a saltar al escenario y planta su bomba.

—Bueno, te voy decir una cosa. Al final volveré a entrar a esa selva a matar a ese árabe tuyo. Quizás así impida que siga metiéndose a tu mente.

—Eso es una insensatez. Nunca lo conseguirás.

—¿No es eso lo que deseas? ¿Detenerlo?

¿Cómo podía él volver allá sabiendo que estarían esperándolo? ¿Podría Dios utilizar a un asesino? No, ella creía que no. Entonces supo lo que debía hacer y lo expresó sin pensar.

—Tienes que sacar al padre Petrus. Y yo tengo que ir contigo.

—Eso ni pensarlo.

—El padre Petrus...

—Liberaré al sacerdote. Pero tú no vienes.

—Soy yo, no tú, quien...

Sherry se interrumpió bruscamente, comprendiendo lo ridículo que todo esto se oía.

—¿Quien ha sido guiada por visiones? —terminó él la frase por ella—. Créeme, a mí me guían mis propias razones. Ellos te retorcerían la cabeza.

—Matar nunca solucionó nada —objetó ella—. Mis padres fueron asesinados por hombres como tú.

La revelación lo desinfló. Pasaron quince minutos en silencio antes de que volvieran a hablar.

—Lo siento por lo de tus padres —enunció Casius.

—Está bien.

Fue la manera en que él dijo «lo siento» que le hizo creer a ella que dentro de esa piel brutal se escondía un hombre bueno. A Sherry se le formó un nudo en la garganta y no sabía por qué.

CAPÍTULO TREINTA Y UNO

EL DIRECTOR de la CIA Torrey Friberg estaba en el ala oriental de la Casa Blanca, mirando por la ventana el negro cielo del Distrito de Columbia. Era un día oscuro y él sabía sin duda alguna que se oscurecería más. Veintidós años al servicio de esta nación, y ahora todo amenazaba con explotarle en el rostro. Todo a causa de un agente.

Se alejó de la ventana y miró el reloj de pulsera. En menos de cinco minutos darían un breve informe al presidente. Qué locura. Hace menos de una semana habían sido asuntos muy normales. Ahora, por causa de un hombre, su carrera se bamboleaba al borde del desastre.

Miró por sobre Mark Ingersol, sentado con las piernas cruzadas. Supuso que el hombre se había imaginado muchas cosas, y difícilmente podría hacerlo sin la ayuda de David Lunow. Pero el nuevo que le diera en operaciones especiales aseguraría que el hombre se guardaría esto para sí… pues tenía mucho que perder.

La puerta se abrió repentinamente y el asesor nacional de seguridad, Robert Masters, entró al salón con Myles Bancroft, director de Seguridad de la Nación. Bancroft sostuvo la puerta para el presidente, quien ingresó por delante de dos asistentes.

Friberg se adelantó a Ingersol y le extendió la mano al presidente, quien la agarró cordialmente pero sin saludar. Los ojos grises no le centelleaban como solían hacerlo para las cámaras; miraban por sobre la aguda nariz… todo era asunto de trabajo hoy día. Se pasó una mano por el cabello canoso.

El presidente se sentó en la cabecera de la mesa ovalada y los demás siguieron el ejemplo.

—Muy bien, caballeros, dejemos a un lado las formalidades. Díganme qué está pasando.

—Bueno, señor, parece que tenemos otra amenaza en nuestras manos —dijo Friberg después de aclararse la garganta—. Esta es un poco diferente. Hace dos horas...

—Sé acerca de la amenaza que recibimos —interrumpió el presidente—. Y yo no estaría aquí si no creyera que esta fuera bien fundamentada. La pregunta es cuán bien fundada está.

Friberg titubeó y miró a Bancroft. El presidente captó la mirada.

—¿Qué me puede decir al respecto, Myles?

Bancroft se echó hacia adelante en la silla y puso los brazos sobre la mesa.

—El mensaje que recibimos hace dos horas fue de un grupo que afirma ser la Hermandad, de la cual sin duda usted sabe que es una organización terrorista. Provienen de fuera de Irán, pero han estado inactivos en los últimos años... desde nuestra ofensiva en Afganistán. Son un grupo desprendido de Al qaeda que opera en la clandestinidad. Según se dice, nos han dado setenta y dos horas para entregar a un agente que desertó hace poco hacia el Hotel Meliá Caribe en Caracas, Venezuela. Si dentro de setenta y dos horas no hemos entregado al agente, entonces amenazan con detonar un artefacto nuclear que afirman tener oculto en la nación.

El presidente esperó por más, pero esto no vino.

—¿Es esta una amenaza real?

—No tenemos ninguna evidencia de alguna actividad nuclear en la región —contestó Friberg—. Hemos manejado docenas de amenazas, las cuales, usando sus propias palabras Sr. Presidente, están más bien fundamentadas que esta. Son muy pocas las posibilidades de que la Hermandad tenga algo semejante a una bomba. Y de tenerla, una amenaza como esta no tendría sentido.

—¿Myles? —expresó el presidente volviéndose hacia Bancroft.

—Francamente, estoy de acuerdo. Según mi parecer, no la tienen, pero solo me estoy basando en mi instinto. La no proliferación ha tenido los componentes nucleares bajo el mayor escrutinio desde la Guerra del Golfo. A pesar de que todos los expertos insisten en que se consiguen bombas tipo maleta en el mercado negro de cualquier esquina en la calle, ensamblar todos los componentes para construir realmente una bomba es, como usted sabe, casi imposible. No lo puedo imaginar, especialmente no en América del Sur.

—Pero involucra sin embargo un arma de destrucción masiva —objetó el presidente—. Igual negociaremos con ellos. ¿Qué posibilidad hay de que consiguiera la bomba? Háblenme del hombre que lanzó la amenaza. Este Abdullah Amir.

—No tenemos idea de cómo Abdullah Amir llegó a estar en América del Sur, o si en realidad *está* allí —contestó Friberg.

El presidente solamente lo miró.

—Es más probable que la amenaza venga de uno de los carteles de drogas en la región.

Friberg tomó entonces una decisión, esperando desesperadamente que Ingersol le siguiera la indicación. Sudor le humedecía la frente y respiró a fondo.

—Hace poco enviamos a la selva a un agente que operaba bajo el nombre de Casius para eliminar un poderoso cartel de drogas en la región. Una operación sucia. Nuestra información es un poco incompleta, pero creemos que el agente intentó un asesinato y falló. Creemos que el cartel está respondiendo con esta amenaza. Pero es importante recordar lo que Bancroft dijo, señor. Es muy improbable que el cartel tenga a su disposición algo semejante a una bomba.

—Pero es posible.

—Cualquier cosa es posible —asintió Friberg.

—Por tanto, lo que estás diciendo es que ustedes iniciaron operaciones sucias contra un cartel de drogas y su tipo, este Casius, no dio en el blanco. En consecuencia ahora el cartel está amenazando con explotar el país.

Friberg miró a Ingersol y le captó un brillo en el ojo.

—¿No es bastante así tu evaluación, Mark?

Los nervios se le pusieron tirantes. Las próximas palabras de Ingersol lo despedirían del cargo. Por no mencionar el futuro de Friberg.

—Básicamente, sí —asintió Ingersol.

—¿Y está esta Hermandad amenazando con deshacerse de nosotros? ¿No estamos en absoluto tratando con activistas islámicos sino con traficantes de drogas?

—Esa es nuestra evaluación —respondió Ingersol.

—¿Tiene esto sentido para ti, Robert? —preguntó el presidente mirando a su asesor de seguridad, Masters.

—Podría ser —contestó, y miró a Friberg—. ¿Está involucrada la DEA en esto?

—No.

—Si este agente de ustedes falló en su intento de asesinato, ¿por qué el cartel está tan tenso? Parece una reacción poco común, ¿no es así?

Friberg debía sacarlos de este análisis hasta que Ingersol y él tuvieran tiempo de hablar.

—Basados en nuestra información, la cual yo debería reiterar que sigue siendo muy incompleta, Casius eliminó a algunos inocentes en su intento. Él tiene un historial de elevadísimo daño colateral.

Friberg lanzó las mentiras, sabiendo que ahora se había obligado a encubrir mucho más de lo que se había imaginado. La mente ya le estaba aislando las filtraciones potenciales. David Lunow encabezaba la lista de soplones potenciales. El hombre tendría que ser silenciado.

En cuanto a las tropas de asalto, estas eran títeres sin programa político… aunque se toparan de casualidad con algo allí, no hablarían. Mark Ingersol se acababa de obligar a seguir colaborando. Se podría hacer. Se debía hacer… tan pronto como pasara esta insensatez de la bomba.

—Realmente creo que es así de simple, señor —continuó Friberg al hacérsele evidente que los otros tres lo estaban mirando—. Ellos saben cuánto nos enardecen cosas como amenazas nucleares. Están jugando con nosotros.

—Esperemos que tengas razón. Mientras tanto tratemos ese asunto como cualquier otra amenaza de terrorismo. Oigamos por tanto las recomendaciones que ustedes tengan.

—Entregamos a Casius y desactivamos la demanda —expuso Friberg después de respirar hondo.

—Más que eso. ¿Myles?

—Activamos todas las medidas de Seguridad de la Nación y alertamos a todas las fuerzas de ejecución de la ley. Y buscamos un artefacto, particularmente en el sendero de rutas reconocidas de drogas. A pesar de la improbabilidad de que hubiera de veras una bomba, estamos siguiendo el protocolo completo.

Friberg quería superar esta necedad. Setenta y dos horas vendrían y se irían y no habría bomba. Lo habían visto un centenar de veces, y en cada una habían tenido que pasar por esta tontería. Hace un año después del gran ataque hubiera sido otra cosa. Pero se estaba exagerando con eso de enervar a todos cada vez que algún chiflado gritaba *Pum*.

Myles Bancroft continuó.

—Ya hemos realizado un plan preliminar de búsqueda que empieza en la costa sureste y la costa oeste, y se extiende a todos los principales puntos de embarque en la nación. La guardia marina soportará la carga más pesada. Si el cartel se las arregla para desembarcar una bomba en nuestras fronteras, lo más probable sería a través de un puerto marino.

El presidente frunció el ceño y meneó la cabeza.

—Es como tratar de encontrar una aguja en un pajar. Oremos a Dios porque nunca tengamos que enfrentar de veras una bomba nuclear real.

—Ningún sistema es perfecto —comentó Masters.

—Y si ellos se las arreglaran para introducir un artefacto, ¿crees sinceramente que tengamos una posibilidad de encontrarlo? —inquirió el presidente volviéndose hacia el director de la CIA.

—¿Personalmente? —exclamó Friberg.

El presidente asintió.

—Personalmente, señor, no creo que tengamos una bomba que hallar. Pero si la hubiera, encontrarla en setenta y dos horas sería sumamente difícil. Revisaremos toda guía de carga que identifique mercancía que ingresó a nuestro país desde América del Sur en los últimos tres meses, y rastrearemos todas aquellas que indiquen mercancía que podría alojar una bomba. Rastrearemos la mercancía hasta su destino final y la examinaremos. Se puede hacer esto, pero no en setenta y dos horas. Por eso es que empezamos con los puertos marinos del sureste y el oeste.

—¿Por qué no eliminar sencillamente al cartel? —preguntó Masters.

—También estamos recomendando el posicionamiento para avanzar hacia la base de operaciones del cartel —contestó Friberg asintiendo—. Pero como dijo usted, si la amenaza es auténtica, lo único que se necesitaría es disparar un interruptor en alguna parte y podríamos tener una catástrofe en nuestras manos. Si los bombardeamos es mejor asegurarnos de matarlos en la primera descarga o ellos podrían mover con rapidez los dedos y detonar. No se juega al hombre fuerte con alguien que tiene un arma nuclear escondida en alguna parte.

—¿No? ¿Y cómo juegas?

—Nunca he estado en esa situación —afirmó después de hacer una pausa.

—Entonces esperemos que no lo estemos —expresó el presidente mirando una ventana al otro lado del salón.

Nadie habló. Finalmente el presidente se levantó de la mesa.

—Emitan las órdenes apropiadas y ténganlas de inmediato en mi escritorio. Más te vale que tenga razón acerca de esto, Friberg —indicó el presidente, y después se volvió y se dirigió a la puerta.

—Esto es tan solo una amenaza. *Hemos* estado aquí antes, señor —objetó Friberg.

—Mantengan esto en secreto. Nada de prensa. Nada de filtraciones —ordenó el presidente—. Dios sabe que lo último que necesitamos es la participación de la prensa.

Se volvió y salió del salón, y Friberg soltó una prolongada y lenta exhalación.

CAPÍTULO TREINTA Y DOS

SHERRY SIGUIÓ a Casius por un largo tramo de escaleras detrás del hotel que él tomara antes por una semana. Ella estaba segura que la mentalidad asesina había abandonado al hombre durante el viaje.

En el río solo habían hablado una vez acerca del cautiverio. Una fascinante conversación en que él principalmente miraba la selva que pasaban, rezongando respuestas cortas. Él había dejado por fuera a Sherry; una vez más ella se había convertido en equipaje.

Ahora los ojos de Casius permanecían abiertos solo por cortesía con su propio cerebro, el cual estaba totalmente absorbido con lo que haría a continuación. Y lo que haría era regresar y matar a Abdullah. Destruir el reducto y tajarle la garganta a Abdullah. Cuando ella le preguntó la razón, él simplemente la horadó con esa sombría mirada y le dijo que el tipo era un traficante de drogas. Pero la explicación casi ni tenía sentido.

La joven le volvió a preguntar qué pensaba que debía hacer ella en caso de que hubiera una verdadera arma nuclear en la selva. Pero él rechazó la idea de manera tan categórica y con tanta firmeza que ella comenzó a cuestionarse sus propios recuerdos de la visión.

Al final todo se reducía a las creencias que tenían. Casius había venido a la selva a matar. Nada más complicado que eso. Solo a matar. Como el hombre calavera en las visiones de ella, como un endemoniado. Por otra parte, Sherry había venido a morir… si no literalmente, como parecía haber sugerido el padre Teuwen, entonces a morir al pasado. A encontrar vida a través de una muerte simbólica de alguna clase. Quizás ya la había encontrado allá atrás en la prisión. Al haber experimentado otra vez su muerte cuando era una niña.

Hablaron de la selva, finalmente; este parecía un puente común que no llevaba a ninguna alusión de vida o muerte. Casius parecía más informado acerca de la selva local que cualquier persona que ella pudiera imaginar. Si Sherry no supiera mejor, podría suponer que el hombre se había criado aquí, en esa selva y no en las del norte cerca de Caracas.

Por un aterrador momento Sherry hasta imaginó que si Shannon hubiera vivido se podría haber convertido en un hombre como este: alto, fuerte y apuesto. Sería un individuo más tierno y más amable, desde luego. Alguien con amor, no un asesino. Ella expulsó la comparación de la mente.

En algún momento mientras flotaban sobre las turbias aguas la joven finalmente llegó a la conclusión que el hombre le había tocado una fibra de familiaridad al haberle correspondido jugar esta parte en la misión de ella. A él también Dios lo había atraído, y esa realidad le resonaba como un recuerdo.

Quizás él había tenido razón al decir que sus mundos no estaban tan separados. Como el cielo y el infierno besándose allá arriba, pero separados por alguna impenetrable lámina de acero. Tal vez eso explicaba el creciente dolor en el corazón de ella cuando en la tarde se aproximaban a la apacible ciudad de Soledad.

Entraron a un asqueroso cuarto en el tercer piso. Casius cerró la puerta.

—¿Es este tu cuarto? —preguntó ella mirando por todos lados el escasamente iluminado dormitorio. A no ser por una cama doble y un sencillo tocador, el cuarto estaba vacío. Soledad tenía una docena de hoteles con servicios mucho mejores que este, pero al menos el tocador tenía espejo.

—No es exactamente el Hilton, pero tiene cama —expresó él, buscando a tientas algo en el baño—. He pagado hasta esta noche. Es probable que quieras hallar algo un poco más limpio.

Casius salió del baño y lanzó a la cama dos fajas atiborradas de dinero. Era evidente que matar era buen negocio. Cayó de rodillas, extrajo algunas ropas dobladas y una mochila ocultas debajo de la cama, y lanzó todo junto a las fajas de dinero.

—Viajamos con poco equipaje, ¿no es así? —comentó Sherry ante el pequeño montón de posesiones.

El asesino la miró sin sonreír.

—No estoy precisamente de vacaciones.

—Yo podría usar alguna ropa limpia y tomar una ducha —dijo Sherry.

—Encontrarás esas un poco grandes, pero servirán hasta obtener alguna ropa en el mercado —enunció Casius señalando el montón de ropa sobre la cama—. Adelante, aséate. El agua está caliente y hay toallas en el baño.

Sherry asintió y agarró la ropa. Un poco grande de veras. Flotaría en esta ropa. Por otra parte, la camiseta blanca que le colgaba del cuerpo prácticamente estaba deshaciéndose. Los pantalones cortos de mezclilla le habían sobrevivido en condición asombrosa, teniendo en mente la selva. Una buena lavada les sentaría bien. Ella estiró los pantalones masculinos sobre la cama y se volvió, sosteniendo la camisa blanca también de él.

—Gracias —manifestó, y entró al baño.

Sherry tomó una prolongada ducha, disfrutando de la humeante agua, y restregándose la mugre de los poros. Lavó y escurrió los jeans retorciéndolos, se puso la camisa de Casius, y se recorrió los dedos por el cabello. No exactamente adecuada para un baile de graduación, pero al menos estaba aseada. Pensó en quitarse los lentes de contacto de colores. Normalmente se quedaban en su puesto hasta por un mes, pero el viaje por la selva le había fatigado los ojos, así que decidió quitárselos a pesar de las preguntas que un repentino cambio de color en los ojos pudiera provocar en el hombre.

—Gracias a Dios por el agua caliente —expresó ella saliendo del baño.

Casius estaba arrodillado en el tocador, escribiendo en un bloc.

—Qué bueno —contestó él sin levantar la mirada; era obvio que estaba absorto en el bloc.

Ella se desplomó sobre la cama y se puso de espaldas, cerrando los ojos.

—Me voy a duchar —anunció él, y cuando la muchacha levantó la mirada, él ya no estaba allí.

Sherry volvió a recostarse y se quedó descansando. Por el momento el hombre que plantaba su esferita plateada en la arena parecía muy lejos. Como un sueño nublado por la realidad.

¿Qué iba ella a hacer ahora? ¿Contactar las autoridades con su versión de lo que había sucedido? ¿Decirles que la había capturado un *terrorista* oculto en la selva?

Y hay más, explicaría ella.

¿De veras? ¿Y qué sería eso, señorita?

Él tiene una bomba nuclear que va a explotar en los Estados Unidos, diría ella.

¿Una bomba nuclear, dice usted? ¡Oh, cielos! Activaremos la bati-señal lo más pronto posible, señorita. ¿Dónde dijo usted que vivía?

Se acostó de lado y refunfuñó. Quizás había interpretado demasiado en el sueño. A no ser que la tuvieron cautiva por un día, nada concreto había ocurrido que la llevara a la conclusión de que algo remotamente parecido a una bomba estaba implicado. Solo su sueño. Y en realidad eso podría significar que la vida de ella estaba a punto de explotar, y no una verdadera bomba.

Contrólate, Sherry.

El rostro del padre Teuwen le inundó la mente. Él aún se hallaba allá. La muchacha tragó saliva. Eso había sido real. Recordó las palabras del padre Teuwen. *Piensa en ti como una vasija. Una taza. No trates de imaginar lo que el Maestro verterá en ti antes de que lo haga*, le había dicho él. *Tu vida de tormento te ha suavizado, como una esponja para las palabras de Dios.*

Pero tú has vertido, Dios. Cada noche viertes, llenándome con esta visión.

¿Estás lista para morir, Sherry?

Se sentó erguida en la cama, casi esperando ver al padre Teuwen parado allí. Pero la habitación estaba vacía. Cesó el sonido de agua salpicando… Casius estaba concluyendo su ducha.

Helen le había dicho que Sherry era privilegiada. Que jugaba alguna parte en el plan de Dios. Como una pieza en alguna partida cósmica de ajedrez. Cielos, no se sentía ni como un caballo o un alfil más de lo que se sentía como la esponja del padre Teuwen.

Se levantó de la cama y fue hasta el tocador. Su imagen se reflejó en el espejo. Pasó los dedos por el cabello, tratando de ponerlo un poco en orden. Los ojos le devolvieron la mirada, otra vez azules relucientes. Le impactó que con el cabello mojado se parecía más a su antigua individualidad, como Tanya. La puerta del baño se abrió y ella levantó la mirada hacia el espejo, olvidándose del cabello. En el reflejo la puerta del baño se abrió, y Casius salió.

Solo que no era Casius al que ella estaba viendo. Era un hombre de cabello rubio, aún sin camisa, usando aún pantalones cortos negros, pero limpio.

Algo le chasqueó entonces en la memoria… algo doloroso y profundamente enterrado. Una ilusión experimentada antes en tres dimensiones y que la hizo pestañear. Sherry se dio media vuelta. Él se detuvo, agitándose el cabello.

Vio el afligido rostro de Sherry y se quedó helado.

«¿Qué? —manifestó—. ¿Qué pasa?»

El hombre miró alrededor del cuarto, no vio peligro, y volvió a enfocar sus inquisitivos ojos en ella.

Sherry lo miró desde el cabello hasta el rostro, limpio por primera vez de la pintura de camuflaje. Los ojos de él eran verdes. Las rodillas de Sherry le empezaron a temblar. La garganta se le paralizó, y de repente se sintió mareada. El parecido de él se le estrelló en la mente como una roca de diez toneladas.

Pero esto era imposible y la mente de Sherry se negó a encerrarse en esta imagen. Mil recuerdos de sus años anteriores le surcaron la imaginación. Su Shannon sonriendo sobre las cascadas; su Shannon lanzándose por debajo de la superficie para sofocarla con besos; su Shannon disparándole a ese gallo encima del cobertizo y luego volviéndose hacia ella con un brillo en los ojos.

Una reencarnación de esa imagen se hallaba ahora delante de ella. Más alto, más ancho, más maduro, pero por lo demás el mismo.

Ella encontró la voz.

«¿Shannon?»

SHANNON SE quedó mirando a Sherry. La boca de ella estaba abierta como si viera un fantasma; y él ya había abierto la boca para decirle que se controlara cuando vio el cambio en los ojos de ella. Eran azules. No eran color avellana.

Las palabras se le atoraron en la garganta. No lograba ubicar el significado del cambio en el color de los ojos femeninos, pero los detalles le dieron vueltas en la mente de manera alocada. Ella era ahora claramente un interruptor muerto para alguien que él conoció. El problema era que su mente había perdido la identidad. Durante tres días la imagen de ella le había susurrado; ahora esta se había cansado de las sugerencias y comenzaba a gemir. *¡Tú conoces a esta persona! ¡Realmente la conoces!* ¿Otro asesino? ¿La CIA? Las campanas de advertencia le resonaban en el cráneo.

Entonces ella lo llamó. Le dijo: «¿Shannon?» En tono de pregunta.

La manera en que ella había pronunciado su nombre, «Shannon», le lanzó un rostro a la mente. Era el rostro de Tanya. Las piernas se le debilitaron. Pero tenía que ser el rostro equivocado, porque esta no podía ser Tanya. Tanya estaba muerta.

—¿Shannon? —volvió a pronunciar ella.

Por el cuello le surgió un calor que le quemó las orejas. El hombre bajó la mano y tragó saliva, sintiendo que si no se sentaba, se podría caer.

—¿Sí? —contestó él, pareciendo más un niño, pensó.

La joven titubeó y el color que le quedaba en el rostro la abandonó.

—¿Eres… eres Shannon? ¿Shannon Richterson?

Esta vez él apenas oyó la pregunta porque una noción le estaba creciendo como maleza en la cabeza. Sherry había conocido la selva demasiado bien para una estadounidense. Los ojos de ella eran azules brillantes. ¿Podría tal vez ser?

—¿Tanya? —exclamó él.

Dos largas lágrimas cayeron de cada uno de esos ojos azules, y los labios de la joven temblaron. Entonces Shannon supo que estaba mirando a Tanya Vandervan. Viva.

El corazón se le subió a la garganta y la habitación se le desenfocó.

¡Tanya estaba viva!

TANYA SINTIÓ que las lágrimas le rodaban por las mejillas. Se agarró a la silla a su lado. O hacía eso o caía.

¡Era Shannon! «¿Tanya?» La voz la hizo remontar a mil recuerdos y de pronto quiso lanzarle los brazos alrededor del cuello y escapar, todo a la vez. Casius. ¡El asesino! ¿Shannon? Este hombre que la había arrastrado por la selva en una misión de muerte era realmente Shannon. Después de estos años. ¿Cómo era posible?

—Sí —contestó ella—. ¿Qué está sucediendo?

La pregunta resonó por el cuarto. ¡Era él! Ella caminó hasta la cama como si estuviera en una nube y se sentó, entumecida.

Shannon se balanceaba sobre los pies.

—Yo… yo creía que estabas muerta.

Ella pudo verle pequeños charcos de lágrimas en los ojos.

—Me dijeron que te habían matado —declaró ella e intentó tragar el aferrado nudo que se le había hecho en la garganta.

—Vine a la misión y vi los cadáveres. Yo… yo pensé que estabas muerta.

Shannon retrocedió un paso y se topó con la pared. Ella vio que se le movía bruscamente la manzana de Adán, y se dio cuenta de que él apenas lograba controlarse.

—¿Cómo… saliste?

—Yo… maté a algunos de ellos y escapé por sobre los riscos —respondió—. ¿Qué…?

La muchacha se paró y fue hacia él, apenas consciente de que lo estaba haciendo. Este hombre se había convertido en alguien nuevo. Alguien de sus sueños.

—Shannon…

Él corrió hacia ella. Los brazos se le extendieron torpemente antes de llegar a Sherry. Ella sintió que el pecho le estallaría si no lo tocaba ahora. Sus cuerpos se juntaron. Tanya le abrazó el ancho pecho y comenzó a llorar. Shannon la agarró cuidadosamente con brazos temblorosos.

Se tambalearon, manteniéndose apretados. Por algunos momentos él se convirtió otra vez en el muchacho debajo de la cascada, atlético, joven y con un corazón tan grande como la selva. Él estaba cayendo en un salto de ángel, los brazos extendidos, el largo cabello rubio ondeándole al viento por detrás. Luego ambos daban volteretas bajo el agua y reían, reían porque él había regresado por ella.

Ella enterró el rostro en el pecho masculino, le olió la piel, y dejó que las lágrimas corrieran libremente por el pecho del hombre.

El siguiente pensamiento le entró a la mente como el ensordecedor estallido de una granada, aniquilándole las imágenes con un deslumbrante relámpago.

Este que la sostenía con la piel presionada contra ella no era Shannon. Este era… este era Casius. El asesino. El demoníaco.

Los ojos de la joven se abrieron. Los brazos se le paralizaron, aún rodeándolo. Un pánico le desgarró la columna. *Dios, ¿qué le has hecho?*

Ella se apartó poco a poco, con cuidado, de repente aterrada. Él se había puesto rígido; permaneció allí y la miró, con los gruesos músculos abriéndose camino por el torso como enredaderas. Fieras cicatrices le abultaban el pecho, como babosas debajo de la piel.

Este no era Shannon.

Esta era alguna bestia que se había apoderado del cuerpo del muchacho que ella una vez amara y que lo había transformado en… ¡esto! Una mórbida broma. Con ella llevando la peor parte. *Oh, querida Tanya, después de todo hemos decidido contestar tu oración. He aquí tu precioso Shannon. No importa que esté distorsionado y vomitando bilis por la boca. Tú lo pediste. Tómalo.*

—No —exclamó ella, y la voz le tembló.

Los ojos de Shannon brillaron interrogantes.

Ella respiró hondo e intentó calmarse. Aún no podía creer que estuviera sucediendo esto. Que este asesino, Casius, estuviera de algún modo relacionado con su Shannon. ¡Que *fuera* Shannon!

—Tú... has cambiado.

Él se quedó de pie y ella le vio el pecho expandiéndosele con fuertes respiraciones. Pero no reaccionó. De repente pareció tan confundido como ella.

—¿Qué te *ocurrió*?

Ella no quiso hacerlo, pero las palabras brotaron acusadoras. Amargas.

El labio superior de él se curvó en un furioso refunfuño. Como un animal herido. Pero se recobró inmediatamente.

—Escapé... a Caracas. Tomé la identidad de un muchacho a quien mataron junto a su padre, el mismo año en que mataron a mis padres.

—¡No! Quiero decir, ¿qué te ocurrió a *ti*? Te has convertido en... ¡ellos!

De algún modo las palabras llegaron hasta él y le dispararon un interruptor en lo más profundo. Los ojos se le opacaron y la mandíbula se le flexionó. Ella retrocedió otro paso, pensando que debería dar media vuelta y escapar. Dejar esta pesadilla.

—¿Ellos? ¡*Los* maté! —exclamó él.

—¿Y quiénes son ellos?

—¡Los tipos que mataron a mi madre! —profirió con labios retorcidos, amargado más allá de sí mismo—. ¿Sabes que la CIA lo ordenó? ¿Para darle a ese hombre en la selva un lugar dónde cultivar sus drogas?

—¡Pero no se mata simplemente! Para eso tenemos leyes. Te has convertido en uno de ellos.

—Mi ley es Sula —declaró ahora con voz tranquila, temblando totalmente.

El nombre resonó en la mente de Tanya. *Sula*. El dios de la muerte. El espíritu del hechicero.

—Haré *cualquier cosa* para destruirlos. ¡Lo que sea! No tienes idea por cuánto tiempo he planeado esto —confesó él mientras baba le cubría los labios—. Y tampoco tienes idea cuán enfermos son.

—¿Qué estás diciendo? —preguntó ella pestañeando—. ¿Cómo puedes decir eso? ¡Estás chiflado!

—¡Ellos mataron a mis... a nuestros padres! —exclamó con el rostro retorcido en una mueca horrible y aterradora.

—¿Cómo pudiste hacerme esto? —susurró ella.

—¡Yo no te he hecho nada! —se defendió Shannon.

Él se volvió de ella y corrió hacia la puerta. Sin voltear a mirar, usando aún solamente pantalones, salió de la habitación y cerró la puerta.

Tanya retrocedió hasta la cama impactada. Se sentó pesadamente, apenas capaz ahora de formar pensamientos coherentes. Cuando uno se le ensartó en la cabeza, le dijo que esto era una locura. Que el mundo se había enloquecido y ella junto con él.

Se tumbó de espaldas, totalmente consciente del silencio de la tarde. Afuera sonaban bocinas y transeúntes gritaban palabras sordas. Ella estaba sola. Quizás hasta Dios la había abandonado.

Padre, ¿qué me está sucediendo? Me estoy volviendo loca.

Entonces Tanya comenzó a llorar suavemente en la cama. Se sintió tan abandonada y desvalida como esas primeras semanas después de que mataran a sus padres.

¿Morirás por él, Tanya?

¿Por él? Shannon.

Ella se acurrucó y se dejó envolver por el dolor.

CAPÍTULO TREINTA Y TRES

—SÍ, ASÍ es, Bill; no tenemos idea de qué está pasando allá. Pero sea lo que sea, está cambiando el mundo.

—Me estoy preparando para mi enseñanza del miércoles por la noche en la iglesia, mi hijo está en entrenamiento de fútbol, y Tanya está en la selva cambiando el mundo.

—Sí. Ella está amando y está muriendo, y está cambiando el mundo.

—¿Y a quién está amando?

—Al muchacho.

—Shannon. ¿Así que él está vivo?

—Eso creo. Pienso que ella fue llamada allá para amarlo.

—¿Cómo cambia eso al mundo?

—No sé. Pero es lo único que obtengo ahora. Orar porque ella ame al muchacho. Es más, en realidad creo que de eso se trata todo. Tanya amando a Shannon. Creo de veras que los padres de Tanya fueron llamados allá hace veinte años para que ella pudiera enamorarse del chico.

La línea se quedó en silencio.

—Y creo que el padre Petrus fue llevado a la selva años atrás para este día.

—Importante día —opinó él.

SEIS HORAS después de que Shannon y Tanya cayeran por el tubo dentro del río Orinoco, los siguieron tres enormes troncos de yevaro. La montaña los vomitó como torpedos y fueron empujados rápidamente por aguas turbias hacia la costa. Llegaron al delta del Orinoco y salieron inesperadamente al mar.

Un buque de vela con el nombre de *Ángel del Mar* sacó del océano el primer tronco a las ocho de esa noche. Entre otros veinte exóticos troncos parecidos y atados, este se hallaba con destino al puerto costero de Annapolis, a treinta kilómetros de Washington, D.C., y a cincuenta kilómetros de la oficina central de la CIA en Langley. El *Ángel del Mar* cortó hacia el norte a una velocidad firme de cuarenta nudos. A no ser por algunas tormentas imprevistas, llegaría a su destino dentro de treinta horas.

El *Vigilante Marlin*, con destino a Miami, sacó de las aguas el segundo tronco una hora más tarde. Este contenía una esfera plateada que solo consistía de una pequeña bola de plutonio; suficiente para hacer estallar un contador Geiger si alguien lo corriera a lo largo de la superficie, pero por lo demás era inofensivo.

Tres kilómetros atrás, el *Madera del Señor* arrumaba el tercer tronco en su carga delantera y lanzaba vapor rumbo al norte detrás de los otros dos barcos. El capitán Moses Catura se inclinaba sobre su mapa en la cabina de mando y hablaba con Andrew, quien se hallaba a su lado.

—Dos grados hacia el puerto, Andrew. Eso debería compensar los vientos.

Miró hacia lo alto en la oscuridad por delante y lanzó una maldición entre dientes. Esta era la primera vez que llevaba el buque de carga hacia el norte con tan corto tiempo de aviso, pero Ramón había insistido. ¡Y por un solo tronco! Debieron haber empacado un millón de dólares en cocaína en ese árbol.

—Todo listo, capitán —informó Andrew—. Deberíamos hacer un buen tiempo si se mantiene el clima.

—Esperemos que así sea —asintió Moses—. No me gusta la sensación de esto. Mientras más pronto descarguemos estos troncos, mejor.

—Están pagando bien. Más de lo que hacemos en un año. Es un tronco… ¿qué podría salir mal con un solo tronco?

Andrew se refería a los cien mil dólares que les estaban pagando por el viaje. En Senegal donde esperaba su familia, la parte que le tocaba lo haría rico.

—Quizás, Andrew. ¿Sabías que la guardia marina es más grande que toda la armada de África? No son amigables con traficantes de drogas.

—No somos traficantes de drogas. No tenemos idea cómo llegó a bordo ese tronco. Somos marinos estúpidos —objetó Andrew riendo entre dientes y volviendo el rostro hacia la oscuridad adelante con el capitán—. Además, este será nuestro último viaje. Es conveniente que ganemos esa cantidad en nuestro último viaje.

Moses asintió ante la idea.

Debajo de él el tronco de yevaro que habían sacado del agua se secaba lentamente. En el interior se hallaba una esfera durmiente que alojaba una bola negra con suficiente fuerza para pulverizar el barco de siete mil toneladas con un solo estornudo.

JAMAL VOLVIÓ la espalda en la abarrotada calle y habló al teléfono.

—Hola, Abdullah.

Silencio.

—¿Tienes algo qué reportar, mi querido conejito de la selva?

—He seguido sus instrucciones.

—Bien. ¿Están ellas en camino, entonces?

Casi podía oír la mente de Abdullah dando vueltas en el otro extremo.

—Recibí órdenes de prepararlas —contestó Abdullah—. No de enviarlas.

—A menos que hubiera un problema. ¿No es eso lo que te dije? ¿Um?

—¿Qué problema...?

—¡No seas imbécil! —exclamó Jamal en el teléfono—. ¿No piensas que yo sé cuándo comes, cuándo duermes y cuándo sueltas gases?

Las manos del individuo le estaban temblando, y respiró hondo para calmarse. Tenía dos hombres en el complejo que le informaban con regularidad. No es que los necesitara a menudo... él conocía los movimientos de Abdullah antes que el tonto los hiciera.

—Estoy en camino, amigo mío. Si no has hecho exactamente lo que he dicho...

—Las bombas están en camino —expresó Abdullah de manera apremiante.

—¿Ah, sí? —manifestó Jamal parpadeando; las palabras lo dejaron helado.

—Bien.

Bajó el teléfono y salió de la cabina.

SUDOR BRILLABA en el rostro de Abdullah bajo las luces fluorescentes. Colgó el teléfono, vertió otro trago de tequila en el vaso, sumergió la temblorosa lengua en ardiente líquido, y luego inclinó lentamente la cabeza hacia atrás hasta vaciar el contenido en la boca. Aunque nunca había sido un bebedor, las últimas veinticuatro horas habían cambiado eso. Él y Ramón habían hecho poco, excepto sentarse en el escritorio y esperar. Y beber.

El alcohol lo hacía sudar, pensó. Como un cerdo.

—¿Dónde están ahora los barcos? —volvió a preguntar.

—Tal vez llegando a Cuba —respondió Ramón.

Así que Jamal estaba viniendo. Y cuando llegara, moriría. Abdullah sintió un helado cosquilleo en los hombros. Sinceramente no estaba seguro cuál pensamiento le producía más placer: matar a Jamal o detonar un arma nuclear en suelo estadounidense.

Con el dedo acarició el borde del aparato que estaba en el bar al lado de él. Era un sencillo aparato transmisor de 2,4 gigahercios, imposible de aislar rápidamente. Pero ligado a un receptor aún más complejo oculto a una milla de distancia, asegurado en la espesura de la selva en un albergue protegido. Desde allí un pequeño estallido disfrazado como una señal de televisión sería transmitido simultáneamente por medio de satélites de televisión comercial. No todo fallaría; tampoco todo se podría detener.

Y para cuando las autoridades detectaran el estallido, lo cual harían, sería demasiado tarde. La detonación de la primera bomba enviaría de manera automática una señal para fijar la segunda bomba hacia una detonación en un conteo de veinticuatro horas. Dos botones verdes sobresalían del plástico negro como dos arvejas. El hombre circunvaló primero un botón y luego el otro. Debajo de los botones, nueve números formaban un pequeño teclado. Solo él y Jamal tenían los códigos para detener lo inevitable.

Abdullah habló sin levantar la cabeza.

—¿Estás seguro de que los troncos llegaron intactos a los barcos? —inquirió, y con un gesto de la cabeza desechó la pregunta—. Sí, desde luego, ya dijiste que sí.

—¿Cree usted que nos darán al agente? —preguntó Ramón.

Abdullah pensó en Casius y parpadeó. Un pensamiento que se le extendía en la mente le sugirió que sería mejor que no entregaran al agente. Entonces su mano se vería obligada a… sería obra de Alá.

Miró el reloj que hacía tictac en la pared opuesta. Habían pasado veinticuatro horas y ni siquiera un hálito de los tontos. De pronto se le clavó un escalofrío en la base del cráneo. ¿Y si hubieran hecho caso omiso de todo el mensaje, creyéndolo un demente? ¿Y si ni siquiera hubieran recibido el mensaje? Este se había enviado por las mismas repetidoras que usaría para las bombas. Cinco millones de dólares en tecnología… todos de Jamal, por supuesto.

—Algo no está bien —refunfuñó Abdullah y se levantó del bar—. Enviaremos otro mensaje.

Fue hacia la puerta seguido de cerca por Ramón. Los dedos le temblaban de mala manera. Pensó que el poder era su propia droga, y este le corría por las venas. Por el momento muy bien podría ser el hombre más poderoso del mundo.

FRIBERG SE sobresaltó en la silla cuando oyó que tocaban a la puerta. Levantó la cabeza, pero la puerta se abrió antes de que pudiera decir algo. Mark entró.

El cabello grasoso de Ingersol se le bajó hacia el costado derecho. Se lo echó hacia atrás a toda prisa con la mano y corrió al frente.

—¡Recibimos otro mensaje!

Friberg se paró y agarró el mensaje de manos del hombre.

—Tranquilízate, Ingersol —sugirió, pero ya estaba leyendo el comunicado que tenía en los dedos.

Ingersol se sentó en una de las sillas frente al escritorio.

—Este tipo habla totalmente en serio. Es categórico en que tiene una bomba. Creí que habías dicho…

—¡Cállate!

Friberg se sentó lentamente.

—Cuarenta y ocho horas —leyó—. ¿Está recortando el tiempo de setenta y dos horas a cuarenta y ocho porque hemos sido *insuficientemente receptivos*?

Bajó el papel.

—¡Eso es absurdo! Este tipo no puede hablar en serio.

—Esta no es la clase de comunicado que envía un hombre que está faroleando, señor —declaró Ingersol, a quien se le había vuelto a caer el cabello grasoso sobre la mejilla—. O es un imbécil total o *sí* tiene una bomba. Y el hecho de haber sobrevivido hasta ahora a Casius no es buen presagio para la teoría de imbécil.

Ingersol se detuvo y tomó una prolongada inspiración por las fosas nasales.

El director sintió que una oleada de calor se le extendía por la cabeza. ¿Y si Ingersol tenía razón? ¿Y si…?

La nota estaba firmada por Abdullah Amir. Fragmentos desconectados de información se le juntaron en la mente y parpadeó. Jamal. Casius estaba tras Jamal.

¿Y si Casius hubiera encontrado por casualidad más que la planta de cocaína?

—¿Qué está pasando? —reiteró Ingersol—. Me parece que he arriesgado el cuello contigo. Merezco saber en qué me estoy metiendo, ¿no crees?

Friberg miró al hombre. Ingersol era un manojo de nervios. Si no lo presionaba, el tipo los destruiría a ellos dos.

—Tú y yo, Mark. Que no salga de este salón, ¿entiendes?

Ingersol no respondió.

—Está bien. ¿Quieres saber? Hace diez años Abdullah Amir acudió a nosotros con un plan para infiltrar los carteles colombianos a cambio de su propia parte en la operación. Llegamos a un acuerdo. Él desapareció en los sistemas de redes de ellos. Dos años después volvió a aparecer, esta vez con bastante información para acabar con dos carteles de drogas. A cambio quiso nuestra cooperación permitiéndole establecer y operar una pequeña planta de cocaína en la vecina Venezuela. Aceptamos. Lo dirigimos hacia una plantación cafetera y le ayudamos a obtenerla. Nada importante… bajas menores. Ha estado cooperando allí desde entonces. Poca merca. Hicimos que la DEA cerrara el trato, pero yo fui el agente que lo unió. Fue un gran éxito, les dijimos a todos. Clausuramos casi cuarenta mil hectáreas de producción a cambio de cien.

—¿Es eso todo? —preguntó Ingersol parpadeando.

Friberg asintió.

—¿Y qué tiene eso que ver con esta bomba?

—Nada. A menos que Casius tuviera razón y Jamal esté vinculado con Abdullah Amir. O a menos que Abdullah no sea quien creemos que es. América del Sur sería una buena base para chocar contra Estados Unidos —expuso Friberg, ocurriéndosele el sentido del asunto aún mientras lo decía.

—Y nada del dinero de Abdullah se ha abierto paso hacia tu cuenta de jubilación, ¿verdad?

Friberg no respondió.

Ingersol meneó la cabeza y miró fijamente hacia la ventana. Friberg pensó que no le quedaba alternativa. Ya se había comprometido frente al presidente. El dinero solo era relleno.

—He sido absorbido en esto —expresó Ingersol y Friberg no objetó—. No estaba esperando esto. No es lo que hago.

—Tal vez, Mark. Pero todos enfrentamos la decisión en algún momento. Tú ya has tomado la tuya.

La mirada de Ingersol se dirigió a la nota y Friberg la levantó. Sí, estaba el asunto de la bomba, ¿de acuerdo? Eso podría ser un verdadero aguafiestas.

—¿Crees entonces que estamos tratando con un demente que tiene de veras una bomba? —indagó Friberg.

—Ya no lo sé —contestó Ingersol.

—Yo tampoco. Pero si es así, ahora tenemos veinticuatro horas para entregar a Casius y desactivar la situación. O encontrar esta bomba.

La idea parecía absurda. Una misión suicida o incluso un ataque biológico era una cosa... ya habían visto algo así. ¿Pero una bomba nuclear? En películas de Hollywood, quizás.

—¿Quién más sabe de esto? —inquirió Friberg, levantando la copia.

—Nadie. Llegó por cable hace menos de diez minutos.

—¿Y cuál es el estado actual de la búsqueda?

—La oficina de seguridad nacional está trabajando a través de su protocolo. La aplicación de la ley está en alerta total. Están buscando... se están investigando los documentos de importación en duda, y para ahora se están haciendo rastreos. Pero solo han pasado veinticuatro horas. En ninguna parte estamos cerca de la fase de descubrir en esto. En doce horas podríamos haber completado los rastreos, pero muy pocas búsquedas, si las hay —expuso Ingersol y se mordió el labio inferior.

—Que nadie sepa de este último mensaje, ¿entiendes?

Ingersol asintió y se volvió a echar el cabello hacia atrás.

—Bien. Ordena a las tropas de asalto que barran el valle. Vayamos tras todo lo que viva en ese complejo. Si Abdullah tiene una bomba nos estamos arriesgando a que la detone en el momento en que ataquemos, pero no veo alternativa en este punto. ¿Nada aún de los satélites?

—Nada, excepto campos de cocaína. Si hay algo más allá, está escondido.

—¿Y no se sabe nada de Casius?

—No.

—Entonces vamos por Abdullah Amir o quienquiera que esté enviando estos descabellados mensajes. Voy a recomendar que se cierren todos los puertos del sur hasta que tengamos una sensación mejor para la situación. Lo llamaremos ejercicios de entrenamiento o algo así. Tenemos que zarandear algo impreciso.

Por un instante el hombre se perdió en el pensamiento. Todos sabían que solo era cuestión de tiempo antes de que un terrorista hallara finalmente la manera de introducir una bomba nuclear en los Estados Unidos. El derrumbamiento de las torres del World Trade Center parecería un ejercicio de calentamiento.

—Me encargaré de esto —expresó Ingersol poniéndose de pie—. Espero que sepas lo que estás haciendo.

CAPÍTULO TREINTA Y CUATRO

SHANNON RICHTERSON corría descalzo por la selva, bajo una niebla negra de confusión. Por sobre la espesura el sol brillaba en un cielo azul, pero en la mente casi no le llegaba luz a los pensamientos.

Sherry era Tanya. Tanya estaba viva. Apenas lograba manejar la idea. Tanya Vandervan viva. Y llena de ira con él. ¿No podía ver ella que él estaba haciendo lo que muy pocos en el mundo se atreverían a hacer?

¿Qué quería ella que él hiciera? Arrodillarse al lado de Abdullah y orar para que él se reclinara y lo matara. Shannon rezongó ante el pensamiento.

Ella solo conocía la mitad del asunto. Si supiera en verdad lo que estaba sucediendo aquí, por sí misma podría matar a Abdullah. O a Jamal.

Jamal tenía que morir. Shannon mataría a Jamal aunque no hiciera nada más aquí en la selva.

Se detuvo cerca del borde de Soledad, respirando pesadamente, las manos en las caderas.

En realidad *él* era quien afectaría el mundo real. El mundo estaba lleno de traición y la única manera de enfrentar ese mal era con la misma traición. Esa fue una de las primeras lecciones que había aprendido de los nativos en su juventud. Combatir violencia con violencia.

Pero Tanya…

Tanya había salido con esta tontería de morir.

Shannon escupió en la tierra y siguió corriendo. Ocho años habían venido a parar en este momento, y ninguna persona, ninguna mujer, tenía derecho a decir algo ahora. Ni siquiera Tanya. Él la había sostenido y besado, y en un momento habría dado gustoso la vida por ella… pero ella había cambiado. Y lo odiaba.

La mente de Shannon se oscureció, y él gimió por sobre el golpeteo de los pies. Cerró los ojos.

Le mostraría a ella.

Se detuvo ante el pensamiento. Ella ya no era Tanya. En realidad no. Se había convertido en Sherry.

Volvió sobre sus pasos y corrió hacia el pueblo.

Y ahora le mostraría a Sherry cómo funcionaban las cosas en el mundo real. Por qué estaba haciendo esto. Cómo tratar con un mundo que había enfermado. Quizás entonces ella entendería.

Volvería a la selva y concluiría lo que había empezado, y dejaría que Sherry lo viera por sí misma.

GRAHAM PULSÓ la radio.

—Comprendido, adelante.

—La misión ha cambiado. Barran el complejo del valle y eliminen a todos los hostiles que encuentren. ¿Entendido?

Graham levantó la mirada hacia Parlier.

—Pregúntale qué quiere decir con hostiles —pidió este.

—Comprendido, señor —manifestó Graham oprimiendo el botón del transmisor—. Solicitamos que clarifique lo de hostiles.

Por un momento se oyó estática.

—Si no saben quiénes son, son hostiles. ¿Entendido? Eliminen todo lo que camine.

—¿Y qué hay acerca del agente? —preguntó Parlier haciendo un gesto con la cabeza a Graham.

—Copiado eso. ¿Y qué hay respecto del agente? —inquirió Graham por el micrófono.

—Elimínenlo.

—Entendido. Alfa fuera.

Parlier ya estaba caminando hacia los otros hombres apostados sobre el risco.

—Comunícate con Beta y Gama y diles que nos sigan —ordenó volviéndose a Graham—. Quiero estar en la base de los riscos por la mañana. Que Beta se abra al este y Gama al oeste.

Volvió a girar hacia el risco.

—Empaquen, muchachos. Vamos a bajar.

TANYA SE había quedado sin hacer nada durante más de tres horas, acostada en la cama del hotel. Los pensamientos le giraban en lentos círculos alrededor de la idea de que esta vez había enloquecido de veras; que todo este asunto muy bien podría ser un episodio extendido del sueño en que ella había sobrevolado al golpe y vuelto a visitar América del Sur solo para encontrar en Shannon un asesino trastornado en vez de un inocente amor. Después de ocho años de pesadillas una mente podía imaginar eso, ¿verdad que sí? Ella había leído en alguna parte que si se utilizaba todo el poder del cerebro, este podría reordenar moléculas hasta permitirle a una persona atravesar paredes. Pues si podía atravesar objetos sólidos, sin duda podría conjurar esta locura.

Un toque en la puerta la sacó de su órbita. Se sentó y casi se desliza de la cama.

Él entró entonces. Shannon. O Casius, o quien realmente fuera. El alto y robusto asesino con ojos verdes y musculatura firme. La joven deseó desaparecer en el rincón.

Él fue hasta el tocador, sacó una pequeña mochila y se la ató alrededor de la cintura.

—Muy bien, señora —expresó—. Alístate. Vamos a dar una caminata.

—¿Una caminata? ¿Adónde?

—Una caminata al infierno. ¿Qué importa? Los dos sobrevivimos, bien. Ahora vas a ver cómo funcionan las cosas en este nuestro trastornado mundo. Levántate.

Él fue hasta ella, la agarró del brazo, y la levantó ásperamente, con ojos centelleantes.

Tanya sintió que una punzada de dolor le subía por el brazo y jadeó. Él aflojó la presión y la jaló hacia la puerta. La muchacha salió a tropezones tras él.

—Ya he *visto* tu mundo. ¡Suéltame!

—Ahora vas a ver por qué hago lo que hago. Al menos te debo eso, ¿no crees?

—No tienes que hacerme daño. ¡Suéltame!

Esta vez le hizo caso. Ella lo siguió. Por el momento le seguiría este absurdo juego. No estaba segura por qué. Pero tenía que averiguar qué había hecho que el amor de su vida se transformara en esta… criatura. Shannon la sacó del hotel. Tanya se detuvo en la calle, pero él siguió caminando. Él le lanzó una iracunda mirada y ella continuó.

Caminaron hasta las afueras de Soledad. Ella esperaba que él se volviera en el costado de una calle y le mostrara en cualquier momento el «mundo deteriorado» de él. Pero no lo hizo. Shannon pasó la última calle y entró a un delgado camino que serpenteaba en el interior de la selva.

—Espera un momento —objetó ella—. No voy a entrar otra vez a la selva contigo. ¿Estás loco? ¿Crees que…?

Él se volvió otra vez, la agarró del brazo, y la empujó delante de él.

—¡Está bien! —exclamó Tanya conteniendo una urgencia de darse la vuelta y abofetearlo.

Entonces la chica perdió la comprensión de cuáles podrían ser las intenciones del hombre; él la pasó una vez que entraron al bosque y ella lo siguió, creyendo que ella volvería en cualquier momento y regresaría a la ciudad.

Pero no regresó a la ciudad. En primer lugar habían cambiado de sendero varias veces y ella rápidamente comprendió que difícilmente encontraría el camino de vuelta. En segundo lugar, se sentía atraída por el hombre de pecho desnudo delante de ella, guiándola como un bárbaro salvaje. No atraída *hacia* él, por supuesto, sino *por* él, como un radiofaro direccional débilmente rojo en la distancia.

El hecho de que fuera Shannon adentrándola en la selva y no Casius le hizo pensar que ella lo podría seguir al infierno si él se lo pidiera. En lo profundo del corazón, Shannon seguía siendo el amor perdido de Tanya.

Pero a duras penas ella consideró el pensamiento antes de reemplazarlo con la idea de que *él* merecía ser enviado al infierno.

Querido Dios, ¡ayúdame!

Una hora después ella estaba resollando. Shannon no se molestó en regresar a mirar para chequearla. Al contrario, caminó más rápido, de manera más intencionada, quizás queriendo castigarla. Ella decidió entonces no darle la satisfacción; le había mantenido el paso una vez, y lo haría otra vez. Mientras él se lo permitiera, por supuesto.

Tanya anduvo detrás de él, observándole los músculos que se le movían sobre los huesos con cada pisada. Pensar que una vez ella amara a este hombre con tanta pasión. Shannon. ¿Cómo se había vuelto tan robusto? No que no fuera robusto antes, pero este… este hombre que se abría paso por la selva delante de ella era tan fuerte como lo fueron los primeros seres en las especies humanas.

Y ella lo odió porque esos dedos una vez tiernos habían sido reemplazados por garras. Esos ojos color esmeralda dentro de los que ella una vez mirara con un corazón débil, ahora flagelaban y atravesaban con insaciable furia.

¿Y qué esperarías de un muchacho traumatizado por el asesinato de sus padres? ¿Ocho años de pesadillas?

No. Esa serías tú, Tanya.

Ella apretó los dientes y reprendió el sentimiento. Él se había vuelto uno de ellos. Andaba por el mundo buscando a quién poder destruir. Este endemoniado que la conducía ahora al infierno.

Los pensamientos se le arremolinaron desenfrenados.

La luna salió detrás de ellos y acentuó la espalda del hombre. Pero él seguía negándose a mirarla. Tal vez podía olerla, como algún despiadado animal que sabía cuándo lo estaban siguiendo. Y ella podía olerle el sudor… almizclado y fragante en la húmeda noche.

Tanya se detuvo en el sendero y habló por primera vez desde que entraron a la selva.

—¿Adónde me estás llevando? Está oscuro.

Él siguió caminando, haciéndole caso omiso.

—¡Discúlpame! —exclamó ella con ira encendiéndosele por la espalda—. Discúlpame, está oscuro, por si no lo has notado.

—Sugiero que permanezcas cerca si no quieres que te deje aquí —contestó él, la voz le flotaba entre los chillidos de cigarras.

Ella refunfuñó enojada entre dientes y corrió hasta alcanzarlo. Él la había guiado al peligro sin considerar la seguridad de ella y ahora la amenazaba con dejarla atrás.

—¡Detente! —gritó Tanya alcanzándolo y golpeándolo en el hombro—. ¿Qué intentas demostrar? ¡Esto es absurdo!

Él se dio la vuelta, con los puños apretados.

—¿Crees eso? ¿Crees que esto es absurdo? Entonces escúchame, Tanya, ¡*Esto* no es nada! —exclamó, y ella pudo ver que él temblaba—. Somos dos personas caminando por un sendero en el mundo real. Te diré lo que es absurdo. Ver a un grupo de hombres perforar a tu padre y a tu madre mientras estás impotente para hacer algo. *Eso* es absurdo. Y ese es el mundo real. Pero entonces no estás acostumbrada al mundo real, ¿verdad? Estás demasiado ocupada huyendo de tus pesadillas, supongo. Explicando la muerte de papito y mamita. ¿Tratando de hacer que todo tenga sentido? Solo hay una cosa que tiene sentido ahora, y no tiene nada que ver con tu Dios.

Él se volvió y la dejó allí parada, sorprendida. *¿Huyendo de mis pesadillas?* Ella siguió rápidamente, temiendo quedarse sola en la oscuridad.

Y él la había llamado Tanya.

Él está herido, Tanya.

Él es un animal.

Entonces es un animal herido. Pero necesita mi amor.

Siguieron caminando por horas en silencio, deteniéndose solo de vez en cuando para descansar y tomar agua. Aun entonces no hablaban. Tanya dejó que la mente se le resbalara dentro de un ritmo aletargado que seguía el firme compás de los pies de ella.

Al final solamente la oración le apaciguó el extenuado espíritu.

Padre querido Dios, estoy perdida aquí. Perdóname. Estoy perdida, sola y confundida. Odio a este hombre y detesto odiarlo. ¡Y ni siquiera sé si eso es posible! ¿Qué estás haciendo? ¿Cuál es tu propósito aquí?

Ella pisaba ahora sin precaución en el sendero detrás de Shannon, confiando en la guía de él.

Odio a este hombre.

Pero debes amar a este hombre.

¡Nunca!

Entonces, serás como él.

Sí, y de cualquier modo soy una tonta.

Una imagen de Jesús en la cruz le entró a la mente. *Perdónalos, Padre, porque no saben lo que hacen.* La imagen le produjo un nudo en la garganta.

Entonces la mente regresó a la visión. Estaba más allá de ella saber qué sentido tenía ahora su vida en esta locura. El pensamiento de una nube por la propagación rápida de una bomba apenas lograba registrarse aquí en la densa espesura. Por lo que ella sabía, toda la noción era absurda. Shannon sin duda pensaba así.

La mente de ella volvió a él. *Dios, ayúdame.*

Con cada paso Tanya se resignaba a la idea de que esto era en realidad una parte de alguna sinfonía dirigida por Dios mismo. En alguna manera absurda, el asunto tenía sentido. Al final ella vería eso. Comprenderlo le dio fortaleza.

CAPÍTULO TREINTA Y CINCO

Sábado

EN LAS ocho horas habían llegado lejos… más lejos de lo que Shannon habría imaginado que resistiría la mujer. Él se detuvo en el Caura, a ocho kilómetros de la plantación río abajo, y permaneció en el sol de la mañana con la mandíbula apretada. El río solo tenía aquí siete metros de ancho y serpenteaba en esta pradera. Sería el lugar más seguro para dejarla. La mujer tendría mayor visibilidad ante cualquier animal que se acercara, y si él no regresaba, ella podía encontrar río abajo el camino a la seguridad. También le daría a él una forma de llegar a ella rápidamente una vez que hubiera terminado.

Tanya.

Casi ya ni la registraba como Tanya. Ella era «esa mujer». Así era como la mente de él la llamaba ahora. Y entonces otra parte de su mente a veces la llamaría «Tanya», y el corazón se le quebrantaría un poco. Las voces lo hacían caminar a un paso implacable.

Adelante se erguía la montaña y luego caía sobre el risco hacia la plantación. Un ave de la especie *year* graznó de manera sobria y prolongada debajo de Shannon, y él levantó la mirada hacia la espesura. El ave negra de treinta centímetros de largo tenía abierto el pico. Un ojo amarillo analizó a Shannon, quien bajó la cabeza y miró hacia los árboles que formaban una cresta adelante. Abdullah esperaba allí. Una matanza esperaba allí… una garganta que suplicaba la hoja. Él imaginó los gruesos nervios del cuello de Abdullah, desgarrándose bajo el borde del cuchillo. Los ojos del hombre estaban sonriendo.

La respiración de Shannon se hizo más profunda. El plan fue bien meditado y estaba saliendo a la perfección. Friberg estaría moviéndose ahora. Un escalofrío le subió a Shannon por la columna. Deseó estar allí, enfrentando al hombre que matara a su padre y su madre, sintiendo las palpitaciones del corazón de Friberg y saboreando su sangre.

—¿Podemos descansar?

El sonido de la voz de la mujer lo trajo bruscamente de vuelta al río. Sí, esa mujer. Tanya. Apenas lograba recordar para qué la había traído. Para compartir esta parte de su vida con ella, desde luego. Para introducirla a una unión santa con la muerte. Para odiarla de tal modo que ella pudiera amarlo. Era algo que no tenía sentido para mentes débiles, pero para las demás tenía perfecto sentido.

En la niebla negra.

Has perdido la sensatez, Shannon.

¿Ah, sí? El mundo es insensato.

Se volvió hacia la mujer, quien se hallaba a siete metros, demacrada, sudando a mares, y casi a punto de desmayarse. Tanya lo miraba fijamente. La mente de ella no era tan débil como su cuerpo, pensó él.

—Esperarás aquí —comentó él—. Si no regreso, ve río abajo en dirección oriente hacia Soledad.

Shannon se oyó la voz desde cierta distancia, como si estuviera flotando sobre su propio cuerpo, y le pareció extraña. Como las palabras de algún tenebroso sacerdote exigiendo un cuerpo para sacrificarlo.

—¿Por qué estás haciendo esto? —preguntó ella en voz baja.

—Para ayudarte a entender —respondió él.

—¿Entender qué? ¿Que eres un alma torturada?

Shannon forzó una sonrisa. La niebla le flotó en la mente.

—¿Ves? Aun ahora insistes en exasperarme —expresó él—. ¿No quieres comprender cómo tu amado Shannon resultó ser tan malvado? Te voy a mostrar cómo.

—Shannon...

Ella se interrumpió.

Te llamó Shannon.

—Solo me estás mostrando una cosa —continuó ella—. Me estás mostrando que necesitas ayuda. Admito que pude haber reaccionado de manera exagerada allá atrás, pero tú estás caminando sobre el borde. Necesitas ayuda.

—Quizás seas tú quien necesite ayuda. ¿Has pensado en esa posibilidad? ¿O está tu mente tan llena de pesadillas para considerar eso?

Él la vio tragar grueso.

—Ten cuidado con lo que dices. Mi nombre es Sherry. O Tanya. Recuerdas ese nombre, ¿verdad?

—¿Y cuál es mi nombre?

—Shannon —declaró ella suavemente—. Ambos experimentamos momentos difíciles. Te concedo eso. He pasado ocho años reviviendo la pesadilla de esos tres días, atrapada en el cajón. Pero ahora solo hay un camino recto. ¿Crees que nuestra reunión aquí en la selva es simple casualidad? ¿Crees que mis sueños son ridículos?

Hizo una pausa.

—Supongo que sí —concluyó ella—. Pero eso no cambia lo que deberíamos hacer.

—¿Y qué deberíamos hacer?

—No sé. Pero no esto.

—¿*Esto*? Ni siquiera sabes qué es *esto* —objetó él—. Esto, *Tanya*, es el derramamiento de sangre. Esto, *Tanya*, es el toro y yo sostengo la espada. Sin derramamiento de sangre no puede haber perdón del pecado. ¿No está eso en tu Biblia? Medio mundo se sienta en bancas abolladas entonando hermosas canciones acerca de la sangre de Cristo. Bueno, ahora verás lo que significa derramar sangre en el mundo real.

Mientras él hablaba, hebras de confusión le batallaban en la mente. No debería hablar de este modo acerca de la vida de ella, quien le estaba extendiendo una mano pacífica. Tal vez más. ¿Y qué le estaba ofreciendo él? Solo ira. Odio.

—Te has entregado a Satanás, Shannon. ¿No puedes ver eso? —advirtió ella, con la voz profundamente triste—. Me equivoqué al enojarme contigo. Perdóname. Me produces lástima.

¿Lástima? Con esas palabras se hizo pedazos cualquier ilusión que él albergara respecto de la oferta de paz que le hacía ella. Aversión le recorrió el estómago como una ola chocando con la playa.

Él supo que no podía permitirle la satisfacción de ver el impacto de esas palabras, pero ya le temblaban las manos. Sin duda Tanya vio eso. Él tenía el cuchillo en la cintura… podía lanzarlo hacia ella en el espacio de una sola respiración y clavarla contra el árbol detrás de ella.

Parpadeó. ¿Qué estaba pensando? ¡Se trataba de *Tanya*!

Shannon levantó un tembloroso dedo.

—Veremos de quién deberías sentir lástima. No tengo tiempo para esto. Quédate por el río. Volveré esta noche.

Se volvió y salió a la carrera, sabiendo que debería decirle cómo evitar a los cocodrilos, pero estaba demasiado furioso para hacerlo. Ella tendría que depender de su Dios.

CONFUSOS Y furiosos pensamientos chocaban en la mente de Shannon mientras corría por debajo de los árboles. Poco a poco las imágenes de la mujer fueron reemplazadas por otras de Abdullah. Poco a poco sed de sangre le recorrió la mente, como un antiséptico que le entumecía este otro dolor. El joven se volvió a introducir lentamente a su antigua piel y se preparó para el final de este largo viaje.

El primer indicio de que no se hallaba solo en la montaña llegó en la base de los sombríos riscos. Una bandada de periquitos se elevó en el aire valle abajo, graznando ruidosamente. Al instante él se detuvo y cambió de dirección.

Shannon se abrió paso entre los arbustos a la derecha del alboroto. Se movió de árbol en árbol, analizando con mucho cuidado la selva delante de él. El viento cambió y una ligera brisa le rozó el rostro. Se tendió en la tierra cuando el fuerte olor a pescado, atún, le inundó las fosas nasales.

Humanos. Blancos.

Entonces vio al soldado. A través de los arbustos, a menos de cincuenta metros de distancia, a la izquierda, un solo hombre ataviado con la típica indumentaria a rayas de las fuerzas especiales. Cabello cortado al rape en lo alto de la cabeza llena con pintura de camuflaje. Un rifle automático atravesado en la cintura.

Shannon observó a través del follaje al agazapado guerrero, y a toda prisa consideró sus opciones. Este era tal vez el guardia del perímetro de un puesto militar más adelante. Probablemente en el risco.

Analizó con cuidado al hombre por cinco minutos antes de seguir adelante. Poco a poco se acercó al guardia que cambiaba continuamente de posición. Para Shannon, armado solo con un cuchillo, acechando a un asesino entrenado con un rifle automático, el sigilo sería la diferencia entre vivir y morir.

Se detuvo, agazapado debajo del follaje, y estudió al corpulento individuo. A pesar de la confianza que tuvieran, la mayoría de estos muchachos blancos no pertenecían a la selva… al menos no a *esta* selva.

Shannon extrajo el cuchillo, lo sostuvo por un segundo, y luego lo arrojó hacia la cabeza expuesta del hombre. El sobresaltado soldado ya había empezado a virar cuando el mango del cuchillo se le estrelló en la sien y lo derribó. Shannon esperó unos instantes, para dejar que se le calmara la adrenalina en las venas. Confiando en que no había surgido ninguna alarma se deslizó al lado del soldado desmayado, recuperó el cuchillo, y rápidamente extrajo de la cintura del hombre un revólver nueve-milímetros. Dejó al militar tendido sobre la espalda, y se escurrió entre los árboles hacia el paso del risco.

Derribar al soldado no había sido necesario, por supuesto. Fácilmente pudo haber pasado el equipo sin ser notado. Pero ya que la CIA había ido tan lejos como para traer tropas de asalto con el fin de detenerlo, lo menos que podía hacer era dejarles saber que apreciaba el gesto.

Pensó brevemente en la mujer, ahora como un lejano recuerdo. *No, no puedes cambiar lo que soy, Tanya. Y soy un asesino. Eso es lo que hago. Mato. No muero. Ha habido demasiadas muertes. La muerte es para tontos.*

CAPÍTULO TREINTA Y SEIS

EL MUELLE de carga de madera en el extremo sur del puerto de Miami recibió la orden de cerrar seis horas después que el director redactara la recomendación. Tres de esas horas las habían pasado yendo en busca de las adecuadas autoridades navales, quienes evidentemente estaban renuentes en una convención en Las Vegas. Las autoridades portuarias habían necesitado otras dos horas para implementar las órdenes. En total, los puertos a lo largo del extremo sur de Miami cerraron sus puertas al comercio ocho horas después de haberse tomado la decisión de hacerlo.

Nada mal para una burocracia rígida y monótona. Demasiado lenta, considerando los objetivos funcionales establecidos en Seguridad de la Nación.

Durante las dos últimas horas de operación de carga en el muelle D, un enorme barco renovado de pesca que llevaba el nombre de *Vigilante Marlin* descargaba lo último de su flete y daba marcha atrás hacia el océano para su viaje de regreso a Panamá. Nadie prestó mucha atención al tronco de yevaro sin aserrar entre los demás. Después de todo solo era un tronco.

Treinta minutos después de haber descargado el tronco de tamaño mediano, este fue colocado junto a otros seis en la plataforma de un camión remolque y transportado al Depósito de Maderas Hayward en las afueras de Miami.

Seis horas más tarde, otro camión remolque Internacional retumbaba dentro del depósito, cargaba el tronco, y salía sin llenar ningún papeleo.

Mucho más al norte un buque llamado *Ángel del Mar* subía firmemente por la costa nororiental de los Estados Unidos.

Más al sur, entrando a aguas estadounidenses, otro buque, uno más grande llamado *Madera del Señor*, humeaba por la costa oriental de la Florida.

—¿CUÁNTOS HOMBRES? —preguntó Abdullah, descargando el vaso vacío sobre el escritorio.

—Dieciocho. Traspasaron la línea de seguridad del perímetro en la base de los riscos hace tres minutos, tres grupos en fila india

Abdullah dio media vuelta rápidamente y golpeó el puño en el escritorio.

—¿No me creen? ¿Están atacando? —exclamó, y miró el mapa en la pared—. Dieciocho hombres, en fila india… son soldados profesionales. ¿En cuánto tiempo llegarán hasta nosotros?

—En una hora, si se mueven con rapidez. Hora y media si son precavidos —respondió Ramón.

Así que venían tras él. Ocho años de espera y ahora sucedía esto. Los estadounidenses no lo estaban tomando en serio.

Se estremeció, como si le hubieran pinchado un nervio en la espalda. Pero luego un nervio se le pinchó debido al calor que le subió por la columna. Quizás era mejor así. Ellos estarían desprevenidos, y la explosión les sacudiría su pequeño mundo orgulloso. Aunque en el proceso lo derribaran, él les haría sentir un calorcito.

Se volvió a Ramón, quien esperaba ansiosamente.

«Dile a Manuel que tome sus seis mejores hombres y los sitúe para que vigilen el borde norte del reducto. No deben enfrentar a los soldados a menos que estos lleguen hasta nosotros».

Giró la cabeza y miró el mapa que bosquejaba el sistema defensivo del perímetro. Las viejas minas Claymore estaban enterradas exactamente bajo la superficie del suelo selvático en una franja de tres metros que circundaba todo el reducto. Se habían necesitado más de dos meses para enterrar las tres mil minas, y por tres años hasta ahora permanecieron tal cual estaban.

«Activa las minas del complejo e informa a los hombres que se mantengan lejos —ordenó y se volvió hacia Ramón—. ¡Hazlo!»

Ramón salió rápidamente.

Abdullah rodeó el escritorio y se sentó con cuidado. El salón estaba en silencio a no ser por el sonido chirriante que venía de los insectos en cada rincón. Se trataba de especies con concha dura que se colgaban de los lomos de los demás con sus dos patas largas.

Era hora de enviar otro mensaje. Los estadounidenses no habían sentido terror, en realidad no. No últimamente. Nunca les habían amputado los miembros, no les habían violado las esposas ni asesinado a sus hijos. Eso cambiaría ahora.

¿Dónde estaba Jamal?

¿Y si la bomba de Yuri no explotaba? Abdullah se estremeció y cerró los ojos. Sudor le empapaba el cuello y se lo secó con una mano.

Alguien entró a la oficina y el árabe abrió los ojos. El salón pareció transformarse delante de él. Todo se duplicó: dos puertas, dos soldados tuertos. Hizo girar la cabeza y parpadeó. Ahora había uno. Levantó las palmas húmedas hasta el escritorio y las puso delante de él. Una mosca se le asentó en los nudillos pero no la espantó.

—¿Dónde están las bombas? —quiso saber.

—El barco con el artefacto más grande debería estar entrando ahora a la bahía Chesapeake. Estará en su lugar con suficiente tiempo —informó Ramón con un temblor en la voz.

El tipo estaba asustado, pensó Abdullah. Increíble, estaba muerto de miedo.

—El *Madera del Señor* aún está en la costa de Florida, yendo al norte.

El árabe asintió. En su mano derecha el negro transmisor enfrentaba el techo.

—Envía un mensaje a los estadounidenses —enunció tranquilamente—. Diles que tienen treinta minutos para sacar del valle a sus hombres.

Pasó un dedo por los botones verdes. El mundo se le había desacelerado. Una droga le había entrado al cuerpo, pensó. Pero hasta el pensamiento era lento. Como si se hubiera deslizado dentro de una conciencia superior. O tal vez una conciencia inferior. No, no. Tendría que ser un estado mental superior, uno que se acercaba a la grandeza. Como esos muchachos marchando hacia sus muertes en los campos minados.

—Diles que si no sacan a sus soldados entonces detonaremos una bomba pequeña. No les digas que también accionaré la cuenta regresiva para la más grande —ordenó, y los dedos le temblaron en el estuche.

MARK INGERSOL tenía los brazos a los lados, y sudaba como si estuviera en una sauna y no en un salón de reuniones al que él y Friberg se habían retirado.

Acababan de recibir un tercer mensaje.

Mil libros se alineaban en estantes de roble, pared a pared, rodeando la larga mesa de conferencias. Pero ninguna cantidad de aprendizaje en libros les ayudaría ahora. La crisis se había vuelto crítica, y Friberg debió haber perdido los estribos. Las altas sillas de cuero alrededor de la mesa debían estar ocupadas por una docena de estrategas de alto rango. En vez de eso se hallaba solo un hombre con los hombros caídos, aletargado, casi sin poder moverse.

—¿Le decimos o no? —preguntó Ingersol.

Friberg levantó la mirada, pareciendo más un títere que un líder máximo.

—¿Decir a quién?

—¡Al presidente! No puedes quedarte así no más con algo como esto. Ese lunático allá abajo nos ha dado treinta minutos…

—Sé lo que ese lunático allá nos ha dado. Solo que no estoy seguro de creerle.

—¿Creerle? Si no te importa que yo señale lo obvio, aquí ya no se trata de creer. Pronto averiguaremos si tiene la bomba o no. Mientras tanto deberíamos estar informándole al presidente.

—He participado en este juego por mucho tiempo para saber qué es obvio, *Ingersol*. Lo obvio aquí es que tú y yo estamos en una situación crítica si este idiota tiene la bomba. ¿Crees que haya algo que se pueda hacer al respecto en treinta minutos? Qué tal un boletín público que inunde los canales noticiosos con el mensaje: «¡Salgan, porque una bomba nuclear está a punto de explotar en su calle!» Perderíamos más debido al pánico que a la bomba.

—De cualquier modo, el presidente debería saber.

—¡El presidente es la *última* persona que debería saber! —exclamó Friberg como si le hubiera vuelto la vida; el rostro se le retorció en un gruñido de ira—. Entre menos sepa mejor. Si hay una detonación, tenemos un problema. De acuerdo. Pero no debemos llamar ahora la atención al asunto. Ha habido una amenaza y estamos tratando con ella… eso es todo lo que él debe saber. Lo actualicé hace menos de tres horas. Estamos procediendo de manera sistemática. Solo una amenaza rutinaria, eso es todo. Métetelo en la cabeza.

Ingersol parpadeó y dio un paso atrás.

—¿Y qué pasaría si esta bomba explotara y se descubriera que retuviste información?

—Retuvimos, Ingersol. *Nosotros* retuvimos información. Y no se descubrirá… eso es lo importante. No si cooperas aquí.

—Al menos deberíamos hacer retroceder a las tropas de asalto —opinó Ingersol con un escalofrío bajándole por la columna—. Enviarlos ahora es una insensatez. ¡Abdullah hará detonar!

—Tienes razón —respondió el director asintiendo con la cabeza—. Hazlos retroceder inmediatamente.

Ingersol se quedó un momento más, pensando que debía añadir algo. Algo que esparciera esta locura, que le tranquilizara el corazón. Pero la mente se le había vuelto de color gris.

Se volvió de la mesa y salió del salón. Debieron haber enviado el mensaje a las tropas de asalto hace diez minutos. Ahora los hombres tendrían menos de quince minutos para retirarse antes de que Abdullah hiciera lo suyo.

Cualquier cosa que eso fuera.

CAPÍTULO TREINTA Y SIETE

TANYA SE DESPLOMÓ debajo de un árbol en el perímetro del claro del río a pocos minutos de la apresurada partida de Shannon. Ella pensó que podría haber criaturas en el agua lodosa a treinta metros de distancia, pero había perdido interés en su propia seguridad.

La locura de ocho años se le desarrollaba poco a poco en la mente; podía sentirlo como una serpiente desenrollándose. Simplemente aún no sabía cómo, pero de algún modo todo esto estaba formando un collage con significado. Las notas comenzaban a hacer música. Las palabras llevaban un mensaje, el cual fluía todo a través de ella.

Pasó las primeras horas en una confusión mental, apenas consciente de las curiosas aves que graznaban arriba o del desfile de insectos que le recorrían los zapatos y las piernas.

Las palabras que le dijera a Shannon no eran suyas. Ah, le habían salido de la propia boca e incluso de la propia mente, pero el espíritu se las había apartado de la mente. Sabía eso porque una calidez le había empezado a brillar en el espíritu y no porque ella quisiera.

Dios la estaba calentando. La estaba sosteniendo y balbuceándole al corazón palabras de consuelo como un padre que le susurra a un bebé que llora.

Y con el aliento divino, Tanya recibió un nuevo entendimiento de Shannon. Un dolor por él que le ardía en los huesos. Vio que Shannon había sido atormentado por años, como ella lo había sido. Pero el atormentador del joven había venido del infierno, abatiéndolo contra el suelo. El tormento de ella había sido un regalo del cielo, un aderezo para suavizarle el espíritu, como sugiriera el padre Teuwen. Un aguijón en la carne preparándola para este día; para esta colisión de mundos; para este incremento gradual de címbalos resonantes, como el final en una gran sinfonía.

Estaba el asunto del sueño, la bomba y todo eso, pero en realidad ya nada de esto parecía importante. Ahora todo era acerca de Shannon.

Tanya reposó la cabeza en el antebrazo y cerró los ojos.

«Shannon, pobre Shannon» —susurró.

Al instante los ojos se le inundaron de lágrimas. Le aumentó el dolor que sentía en el pecho por él. No era amor como en el sentido clásico de amor romántico, pensó. Era más como empatía.

«Lo siento muchísimo, Shannon».

El sonido del nombre de él saliéndole suavemente de los labios le hizo recordar momentos en que se hablaban en apaciguados tonos. Te amo, Shannon. Te amo. Tanya.

¿Qué está sucediendo, Padre? Dime.

Entonces Tanya se quedó profundamente dormida.

SHANNON SE arrodilló en el borde de la selva, con la respiración entrecortada por la carrera. Delante de él se extendía la plantación con terrible familiaridad, como un paisaje sacado de una antigua pesadilla y puesto ante sus ojos. Contuvo el aliento y tragó saliva. La mansión se había deteriorado en descascaradas tablas a varios cientos de metros a la derecha. El antiguamente bien cuidado césped donde habían sido destrozados la madre y el padre de Shannon se balanceaba ahora con pasto hasta la cintura.

La voz de Tanya le susurró en el oído. *¿Estás listo para morir, Shannon?* Una pregunta absurda. Una ola de calor le recorrió la cabeza.

¿Estás listo para morir, Shannon?

Sí.

Miró bruscamente hacia la izquierda, donde la entrada a la planta procesadora en la montaña se hallaba cerrada por medio de una enorme puerta de hangar. Aparte de dos guardias apostados a cada lado de la entrada en lo alto, no se veía ningún otro ser humano. Era probable que los peones de campo vivieran en la antigua mansión, pensó Shannon. Solo Dios sabía qué habían hecho allí, quién había dormido en la cama de él todos estos años. También debía quemar todo eso. Por completo.

Shannon volvió a entrar al bosque y corrió a lo largo del perímetro hacia el hangar. Ya antes había localizado otro par de guardias a quienes había hallado incompetentes: perezosos por años de no enfrentar adversarios entrenados. Tal vez eran capaces de matar salvajemente a nativos durmiendo, pero él iría hoy más allá del adiestramiento que estos vigilantes tuvieran. Se apoyó en una rodilla ahora a treinta metros del guardia más cercano.

Se abrió una sencilla puerta de entrada, y Shannon retrocedió a las sombras. Un individuo vestido con una bata blanca de laboratorio salió por unos instantes, habló con el guardia, y volvió a entrar.

La grama entre la selva y el hangar tenía como sesenta centímetros de alto, sin que la hubieran cortado en meses recientes… una absurda negligencia. Shannon se llevó al pecho la mochila de espalda cargada con explosivos y se agachó de modo que la bolsa se arrastraba en el suelo. Serpenteó desde la línea de árboles, manteniéndose por debajo del alto pasto.

Había cubierto la mitad de la distancia hacia los dos guardias antes de detenerse y observarlos con mucho cuidado. Usar la pistola que le quitara al soldado de las tropas de asalto sería muy sencillo, pero entonces él siempre había preferido el cuchillo. Ambos guardias se apoyaban en el revestimiento de latón, con los rifles reclinados a una distancia fácil de agarrarlos.

Shannon frotó una pequeña piedra que había traído de la selva y esperó. Pasó un total de cinco minutos en sofocante calma antes que los dos guardias miraran a lo lejos.

Arrojó la piedra hacia el costado más lejano de la puerta del hangar, en la dirección en que miraban los guardias pero hacia el cobertizo de latón. La piedra hizo ruido y los hombres se sobresaltaron.

Entonces él salió del pasto, mientras los sentidos de los hombres eran sorprendidos por el arranque inicial. Antes de que la piedra aporreara el suelo sin causar daño a veinte metros más allá de los guardias, Shannon ya estaba a medio camino hacia ellos, con un cuchillo en cada mano. Mientras corría arrojó el cuchillo de monte al guardia más cercano; se pasó el otro puñal a la mano derecha mientras el primero aún estaba en vuelo.

Desde su visión periférica Shannon vio que el cuchillo se le clavaba en la sien del primer guardia. Entonces el segundo hombre dio la vuelta, pero el arma lanzada de Shannon ya venía volando en el aire y se le enterró en el pecho, a la derecha del esternón. Ninguno de los guardias había lanzado gritos de alarma; ambos boquearon y se hundieron en sus asientos.

Shannon viró hacia la única puerta, agarró el cuchillo del guardia más cercano y se pegó contra la pared, con adrenalina inundándole las venas. El eufórico zumbido que siempre lo había acompañado al matar le subió como un hormigueo por la columna. Se puso en la espalda la mochila, agarró la perilla de la puerta y extrajo la Browning nueve-milímetros del soldado de las tropas de asalto.

Al abrir la puerta sucedería una de dos cosas. Lo podrían detectar, en cuyo caso se vería envuelto en un importante tiroteo. O se podría deslizar sin que lo notaran. No podía recordar la última vez que hubiera dejado el éxito de una misión a tan escasas probabilidades, y apretó los dientes pensando ahora en eso. De cualquier modo ya estaba comprometido.

Hizo girar la perilla y la empujó lentamente. De la punta de la nariz le brotó sudor que le cayó en la rodilla. La puerta se abrió un poco y él se quedó quieto.

Ninguna reacción.

Alargó el cuello y miró por la rendija. El corazón le saltaba en el pecho como una pelota de básquetbol rebotando en un gimnasio vacío. A través de la estrecha visión vio un helicóptero. Abrió un poco más la puerta. Dos helicópteros. Y más allá una puerta que conducía a la planta de procesamiento.

Pero el hangar poco iluminado estaba tranquilo, sin vigilancia. Shannon soltó una bocanada de aire húmedo, se deslizó por la puerta, y la cerró detrás de él. Sin detenerse corrió hasta quedar agazapado detrás de una elevada caja roja de herramientas. Obrando rápidamente ahora, se quitó del pecho la mochila y extrajo tres cargas. Ajustó cada temporizador a treinta minutos y se volvió a lanzar la mochila sobre el hombro.

Miró alrededor de la caja de herramientas, vio que nadie había entrado al hangar, y se movió hacia el helicóptero más cercano. Colocó un atado de C-4 debajo del tanque de combustible y corrió hacia el otro. Lanzó el tercer atado detrás del enorme tanque de combustible en la parte posterior del hangar. Cuando los explosivos detonaran en veintiocho minutos, el hangar se vendría abajo. Si lograban hacer volar a uno de estos pájaros, este explotaría en el aire como una bomba. Shannon se quitó el sudor de mechones de pelo que le caían como garras sobre la frente.

La puerta que llevaba al interior de la planta procesadora yacía cerrada. Shannon no hizo caso a esto y corrió hacia las vigas del rincón que se arqueaban hacia el techo. Hasta aquí todo había salido bien.

Quizás demasiado bien.

LOS EQUIPOS de soldados penetraron la selva en una incursión convencional como un tenedor de tres puntas. Rick Parlier dirigía a su equipo por el centro, caminando a paso ligero entre los arbustos. Una docena de insectos zumbaba alrededor de él, pero solamente le molestaban los que le picaban el cuello y solo tras una hora de andar a grandes zancadas por el valle sin hallar nada. Habría preferido moverse mucho más rápido… llevar al equipo a la carrera. Pero tres hechos cíclicos en sí se le volcaban a cada rato en la mente.

Uno, ellos no conocían la geografía. Esto no era como elegir un punto sobre algunas dunas y pasar corriendo por encima. Era más como arrastrarse por matorrales de espinas. De noche.

Dos, aunque supieran que el valle estaba ocupado, no sabían exactamente cuántos más yacían ocultos debajo de la espesura.

Y tres, el agente corría a diestra y siniestra entre estos árboles como alguna clase de maniático. Mejor de lo que ellos podían imaginar había derribado a sangre fría a Phil allá atrás, hace unas pocas horas. Nada más tenía algún sentido.

Parlier se movió furtivamente detrás de una enorme palma y se golpeó el cuello, pensando que era hora de acelerar las cosas cuando Mark le agarró el puño en el aire por detrás, indicándole que se detuviera. Se inclinó sobre una rodilla y esperó que Graham los alcanzara desde la parte posterior de la fila.

—Tenemos un problema, señor —informó Graham deslizándose al lado de Parlier—. Tío nos ha ordenado regresar.

—¿Se volvieron locos?

—Eso creo. Se niegan a dar una explicación. Solo ordenan salir y rápido. Tenemos cinco minutos para volver a los riscos.

—¿Qué les dijiste?

—Les dije que eso era imposible.

Parlier se puso de pie y agarró el transmisor de las manos de Graham.

—¡Tenemos algunos imbéciles ordenándonos! Voy a…

Una explosión sacudió súbitamente el aire a no más de cien metros a la izquierda. Parlier se volvió hacia el sonido.

La selva chilló con la reacción de mil criaturas.

—¡Ese fue Gama! —exclamó Graham recuperando el transmisor; toqueteó el micrófono y habló rápidamente por él—. Adelante, James. ¿Qué pasa?

La radio permaneció en silencio.

La mano de Graham tembló, y volvió a oprimir el botón de transmisión.

—Gama, Gama, aquí Alfa. ¡Adelante!

—Alfa, ¡tenemos un problema aquí! —el receptor cobró vida—. Tenemos un hombre caído. Tony está derribado. Repito, ¡tenemos un hombre caído por alguna clase de mina!

—James, aquí Parlier —expresó Rick agarrando el micrófono de manos de Tim—. Escucha con mucho cuidado. Agarra al hombre y regresa a los riscos. No, repito, no sigan adelante. ¿Me copias?

—Copiado. Nos replegamos ahora.

Se hizo silencio en la radio.

¿Un campo minado? ¿Para proteger qué?

—Beta, ¿copiaste la última transmisión?

—Copiada, Alfa. Estamos en espera.

—Salgan de allí, Beta. Vuelvan a los riscos, ¿comprendido?

—Comprendido, señor.

Parlier aventó el micrófono otra vez a Tim y señaló a Mark que retrocediera, este devolvió la señal a Ben y a Dave en la fila india.

—En marcha —ordenó Graham echándose la radio sobre el brazo y moviéndose rápidamente.

Parlier se volvió y dio un último vistazo a la selva que descendía dentro del valle. Cuatro días en la selva y tan solo habían visto a otro ser humano… y eso por un breve instante antes de quedar inconsciente. Ahora tenían un hombre derribado. Si no obtenían alguna clarificación para la noche, él volvería a terminar este trabajo por su cuenta. Quizás traería a Graham.

Parlier se volvió y replegó hacia los riscos.

ABDULLAH SE sentó en el escritorio y observó el reloj. Nunca antes había notado el tictac, pero ahora este era más fuerte que el suave chasquido de los insectos.

Sudor le chorreaba lentamente por la barbilla y caía en una hoja blanca de papel en la que había garabateado su primera transmisión. Varias moscas se hallaban inmóviles en los nudillos, pero él apenas las notaba. Los ojos permanecían fijos en ese reloj mientras la mente se le arrastraba por una niebla.

Respiraba firmemente, en prolongados jadeos, parpadeando solo cuando los ojos le ardían de mala manera. Ramón se hallaba sentado con las piernas cruzadas, mirando a Abdullah con el único ojo bueno, respirando, pero por lo demás sin moverse.

Algo había cambiado. Ayer la idea de detonar una bomba nuclear en los Estados Unidos había sido estimulante. Pero había sido un proyecto. Un plan. Incluso una obsesión. Pero de todos modos una obsesión más de Jamal que de él.

Ahora la obsesión se había vuelto suya. Un deseo desesperado, como una bocanada de aire después de dos minutos bajo el agua. Sintió como que *no* pulsar este botoncito plástico haría que la vida se le escapara de los huesos.

El efecto parecía surrealista. Imposible, en realidad. La mente le saltaba por la cadena de acontecimientos tal como Yuri se los había descrito tantas veces.

¿Quién era él para cambiar el mundo? Abdullah Amir. Un estremecimiento lo recorrió por completo ante el pensamiento. Casi pulsa entonces el botón. Un agudo y resonante sonido le cobró vida en el cerebro y el reloj se le desenfocó por unos instantes. Entonces le volvió la visión.

Las tropas de asalto tenían ahora cinco minutos para atravesar el perímetro de la alambrada de defensa. Abdullah musitó una oración porque no lo lograran. Ahora estaba en manos de Alá.

CAPÍTULO TREINTA Y OCHO

RAMÓN OBSERVÓ a Abdullah y sintió que una nueva clase de temor se le apoderaba del alma. La pierna derecha se le había entumecido quince minutos antes y la espalda le dolía por la inerte postura.

Abdullah estaba allí sudando abundantemente, goteando sobre el escritorio, inmóvil. Los ojos enrojecidos se dirigieron poco a poco desde el reloj en la pared hacia el transmisor que tenía en la mano. La mejilla derecha se le contraía cada pocos segundos, como si una mosca se le hubiera posado allí. Los labios se le retorcían en una extraña mueca, que fácilmente se podría moldear tanto por alegría como por amargura.

Ramón levantó la mirada hacia el reloj de pared y vio el segundero atravesando el fondo de su arco hacia la parte alta. Tragó saliva, impactado de pronto por lo absurdo de todo esto. No sería solo este botón plástico pulsado dentro de treinta segundos; sería un puño estrangulando un mundo confiado. No una sino dos armas atómicas detonadas con una separación de veinticuatro horas. Nada menos que en nombre de Dios.

El segundero subió, y de repente Ramón pensó que debía detener al hombre. Debería levantar la pistola y dispararle a través de esa frente húmeda. El pensamiento le gritaba en la mente, pero Ramón no lograba captar el mensaje allá afuera, hasta sus extremidades donde esperaban músculos paralizados.

Entonces la manecilla roja llegó a lo alto.

Ramón creyó que había dejado de respirar. Levantó los ojos hacia el árabe. El rostro de Abdullah temblaba, haciendo caer una última gota de sudor del labio superior. Los ojos se le salían de las órbitas hacia el reloj como dos canicas negras.

Pero no había presionado ese botón verde.

Ramón miró hacia la pared. El segundero estaba cayendo, pasó el cinco, luego el diez. Entonces oyó una fuerte exhalación y retrajo la mirada.

Abdullah se había dejado caer bruscamente en la silla, con los ojos cerrados, inexpresivo. Ramón llevó la mirada a la mano del hombre. El dedo índice del árabe aún reposaba sobre el botón verde.

Lo había pulsado.

DAYTONA BEACH siempre se había conocido por sus playas y se había adorado por su sol. Casi todos los sábados el cielo se extendía azul. Pero nubes con vientos fríos habían entrado hoy desde el occidente, obstaculizando los rayos de sol a los turistas. En consecuencia la playa estaba gris y casi vacía. Donde por lo general holgazaneaban miles de turistas sobre la arena blanca, o donde chapoteaban en la espuma de las olas, solamente los más valientes caminaban con pesadumbre a lo largo de la playa.

Treinta kilómetros mar adentro, el *Madera del Señor* humeaba firmemente al norte, costa arriba de Florida. Una bandada de gaviotas revoloteaba sobre el barco, arrebatando cualquier bocado que pudiera hallar. Una docena de miembros de la tripulación se hallaba trabada en una entusiasta lucha acuática dirigida por Andrew. El capitán Moses Catura había asumido su típica posición en la cabina de mando y observaba a los hombres empapándose abajo entre sí. Sonrió para sí mismo. Esta era la clase de momento que le hacía sentir feliz de estar vivo.

También fue su último momento.

Una sencilla señal, invisible para el ojo humano, impulsada y transmitida desde la costa de Venezuela hacia la costa suroriental de Cuba, encontró entonces al *Madera del Señor*. Penetró el casco, localizó un pequeño receptor negro que se hallaba en uno de los troncos, y lo disparó.

La detonación en el *Madera del Señor* se inició de modo muy inocente. Los dispositivos electrónicos de activación liberaron sus cargas de cuatro mil voltios en cuarenta detonadores que rodeaban el centro de la espera plateada. Los detonadores encendieron simultáneamente los quince kilogramos de cargas forjadas que Yuri había posicionado con sumo cuidado alrededor del uranio compactado. Con absoluta exactitud, tal como los rusos habían diseñado que funcionaran, las cargas forjadas aplastaron el uranio natural compactado dentro de una bola de plutonio del tamaño de una naranja.

Fue una implosión en vez de una explosión en este punto particular.

La implosión comprimió el centro de plutonio de manera tan enérgica que un átomo se fisionó en su centro y liberó un neutrón. En ese preciso momento el impacto de la implosión inicial arrancó el iniciador alojado dentro del centro del plutonio. Cuando el iniciador fue arrancado se combinaron el berilio y el polonio que había en el centro y liberaron una inundación de neutrones dentro del plutonio que los rodeaba.

En tres millonésimas de segundo se dividió el primer neutrón de su átomo original: generación uno.

En cincuenta y cinco generaciones la masa de plutonio alcanzó un estado súper crítico, y la esferita de plutonio destruyó los límites de la naturaleza.

Todo el episodio duró menos de un milésimo de segundo.

De repente la esferita de plutonio del tamaño de una naranja ya no era una esfera en absoluto, sino un sol de trescientos millones de grados extendiéndose a más de mil quinientos kilómetros por segundo. A treinta kilómetros de la costa de Daytona Beach había detonado la tercera explosión nuclear ofensiva de la historia.

En un instante el enorme casco de acero del *Madera del Señor* se movía pesadamente por las tranquilas aguas marinas, y al siguiente una bola cegadora de luz había evaporado al buque como si estuviera fabricado tan solo de papel crepé.

La explosión iluminó el horizonte como un chisporroteo del sol. Una enorme bola de fuego se levantó del mar y enfrentó a los confiados bañistas. En el primer milisegundo una pulsación térmica de luz llegó a la playa, dando de forma eficaz a casi mil espectadores lo que equivalía a una mala quemadura de sol. Una docena de incendios se inició a lo largo de la costa.

Una pulsación electromagnética de la explosión cortó la electricidad y las comunicaciones en la ciudad. Una enorme nube en forma de hongo se levantó sobre el océano y retumbó por varios y prolongados segundos.

Entonces todo quedó en silencio.

Después de una interminable pausa, la ciudad comenzó lentamente a llenarse otra vez con sonidos. Sirenas policíacas ululaban de arriba abajo por las calles, sin rumbo fijo y desesperadas sin contacto radial. Personas corrían confusas, gritando.

El maremoto que entró ondeando era pequeño para las marejadas normales, pero suficiente para ingresar cien metros tierra adentro. Las aguas se extendieron por las playas como diez minutos después de la explosión.

Luego el vacío creado por la explosión se hundió sobre sí mismo, y los vientos que habían traído anteriormente las nubes reiniciaron su presión hacia el mar. La lluvia radiactiva se alejó de tierra firme, por el momento.

La detonación fue una simple inhalación de la destrucción potencial dentro del dispositivo acompañante más grande, ahora ya en una cuenta regresiva hacia su propia detonación.

Veintitrés horas, cuarenta y ocho minutos y en conteo.

TANYA DORMÍA debajo de los elevados árboles, ignorante del huidizo jaguar, inconsciente de que no solo uno sino tres cocodrilos la observaban desde la orilla lejana; totalmente ajena al pequeño sol que había iluminado el cielo de la costa de Florida. Para ella había oscuridad. Las dulces tinieblas del sueño.

Hasta que el sol se abrió repentinamente, como un desgarrón en el espacio. La costa yacía delante de ella y el oleaje cubría las arenosas playas. Había vuelto la visión. Solo que esta vez Shannon estaba allí pidiéndole que viniera.

Shannon. Dulce Shannon. Te amo, Shannon.

Ella se sobresaltó en su sueño. *Me gusta como él era.*

Ven, Tanya. El muchacho la estaba llamando. *Sálvame por favor.*

Entonces explotó el cielo en la mente de Tanya, como el destello de una granada. El viento le fue succionado de los pulmones por un incendio al rojo vivo y el mundo ennegreció.

Ella se volteó boca arriba, jadeando debajo del imponente árbol. Sudor le bajaba por el cuello. ¡La bomba había explotado!

¡La bomba acababa de explotar!

CAPÍTULO TREINTA Y NUEVE

CON UN BRAZO a través del estómago y el otro levantado hacia la barbilla, Mark Ingersol se hallaba en el salón del subsuelo entre computadoras y máquinas de teletipo. Nunca había sido la clase de hombre que se mordía las uñas, pero en los últimos veinte minutos se había sacado sangre del índice derecho. Esta vez había hablado directamente al equipo de asalto, pasando por sobre los canales regulares de comunicación. Un soldado llamado Graham le había dicho que no se podían retirar a tiempo.

«¿Qué quiere usted decir con que no se pueden retirar a tiempo? ¡Usted es un soldado! ¡Salga de ahí volando, amigo!»

Dos veces estuvo tentado a volver a llamar para revisar el avance de los hombres. Pero al final se puso a andar de un lado al otro. El operador en servicio había venido una vez para preguntar si le podía ayudar. Ingersol lo había mandado a la porra.

Y ahora el reloj en la pared estaba marcando dos minutos después de la hora señalada y nada había acontecido. Eso era bueno. Eso era realmente bueno. Sintió que se le relajaban los hombros.

Sopló un poco de aire de los pulmones y se dirigió al baño.

A pesar de esta insensata amenaza de bomba, algunas molestias aún le pendían en la mente. David Lunow por ejemplo. Se calmó, pensando ya en lo que sentiría al eliminar a alguien como David. Un agente pillo era una cosa, ¿pero David? Él era un amigo.

Ingersol se abrió paso por la puerta del baño, se volvió hacia la salida, y miró la máquina de teletipo. Papel blanco pasaba por el rodillo como una lengua. Un escalofrío le bajó por la columna.

El mensaje pudo haber venido de cien procedencias diferentes. Mil procedencias. El hombre viró hacia la derecha y se inclinó sobre la máquina.

Al principio las palabras no le establecieron un claro significado en la mente. Eran bastante sencillas:

> *Si no entregan al agente como exigimos, entonces detonará otra bomba. En Miami. Un artefacto mucho más grande, el cual ya está detonado. Tienen exactamente veinticuatro horas.*
>
> La Hermandad

Fue esa palabra, *otra*, la que de pronto cobró vida como una sirena en el cerebro de Ingersol. Se le debilitaron las rodillas y ese escalofrío se le bajó a los talones. Alargó temblorosos dedos hacia la hoja blanca y la rasgó del teletipo. Dio vuelta a toda prisa y salió del salón.

Llegó en veinticinco segundos a la oficina del director cuatro pisos más arriba. Friberg estaba en el teléfono, pálido, con ojos desorbitados. No levantó la mirada cuando Ingersol le agitó el mensaje. El jefe no tenía la mente en el salón.

—...sí, señor. Entiendo, señor. Pero eso fue bajo diferentes demandas. Es obvio que las cosas han cambiado.

Está hablando con el presidente, pensó Ingersol. *¡Sucedió!*

—Bueno, si tenía una... sí, podría tener más —siguió diciendo Friberg.

—Las tiene —intervino Ingersol.

El rostro de Friberg aún estaba pálido. Ingersol tragó saliva y bajó el mensaje. Friberg escuchó por un momento.

—Sí, señor —concluyó, y entonces colgó.

Se quedaron mirándose por unos segundos, en silencio.

El rostro de Friberg se tranquilizó de repente antes de hablar. «NORAD registró una explosión de veinte kilotones a treinta kilómetros de Daytona Beach hace cinco minutos».

Ingersol parpadeó rápidamente varias veces. Se sentó en la silla para visitantes, entumecido.

Friberg miró por la ventana, aún pálido pero por lo demás inexpresivo.

—Por suerte fue un mal día de playa; aún no se han reportado víctimas. Se informaron fuertes daños estructurales en la zona frente a la playa.

—Se suponía que esto no sucediera.

—Sucedió. Habitúate.

—¿Qué está haciendo el presidente?

—¿Qué esperas que esté haciendo? —replicó Friberg mirándolo—. Está furioso. Está llamando a las tropas. Está ordenando cerrar todos los aeropuertos. Los europeos ya están vociferando por la lluvia radiactiva que se dirige hacia ellos. Tienen un escuadrón de F-16 en la pista y piden a gritos un blanco, y ahora supongo que empezarán la evacuación del sur de Florida. Como dije, están furiosos.

—¿Les diste un blanco a los F-16?

—No.

—Bueno, más te vale que se los des —advirtió Ingersol pasándole el mensaje a Friberg—. Tenemos otra bomba.

El director agarró el comunicado y examinó con rapidez el mensaje.

—¿Ves? Por esto precisamente es que no podemos darle un blanco a la Fuerza Aérea.

—¿Qué quieres decir? ¡Esto cambia todo! No voy a quedarme aquí sentado a ver…

—¡Cállate, Ingersol! ¡Piensa, amigo! Ese artefacto fue detonado por control remoto. No podemos entrar simplemente a la selva y bombardearla. ¡Cualquiera tan demente como para hacer estallar una bomba porque no le entregamos la cabeza de alguien en una bandeja está tan chiflado como para detonar una segunda bomba ante el primer indicio de ataque!

—La segunda bomba ya está detonada.

—Así dice el sujeto ese. Podría estar presumiendo. De ser así, ya hemos hecho bastante.

—Deberíamos suprimir todas las señales provenientes de la región.

—Estamos en eso.

Aquello hizo frenar a Ingersol. Así que finalmente el hombre estaba pensando más allá de sus propios problemas.

—¿No pueden dejar caer una bomba inteligente sobre el reducto? ¿Algo que los golpee antes de que se den cuenta de que va camino hacia ellos?

—¿Y conseguir qué exactamente? Si él *ya* detonó el segundo artefacto, matarlo solo eliminaría cualquier posibilidad de terminar este conteo regresivo de veinticuatro horas. Si no lo ha detonado, no podemos permitir que lo haga.

—¿Qué hacemos entonces?

—Evacuemos el sur de Florida —enunció Friberg volviendo a mirar el mensaje—. Busquemos la bomba en cada rincón y grieta alrededor de Miami. Maldecimos el día en que dejamos que Casius viviera. Localizamos a Abdullah Amir usando todos los recursos que existan, y esperamos poder aislar toda señal que el terrorista esté utilizando para la detonación.

Un pensamiento le vino a Ingersol a la mente. La idea de que un operativo altamente capacitado dentro de esa selva podría ser la mejor opción que tuvieran.

—Entonces deberíamos enviar a Casius tras Abdullah.

—¿A Casius? —inquirió Friberg parpadeando.

—Él es el mejor operativo que tenemos, él conoce el terreno, y ya está allí.

—También se fue sin permiso. Y no tenemos manera de contactarnos con él —objetó Friberg, y se levantó—. Olvídate de Casius. Tenemos que dar unas breves conferencias de prensa. Pondremos al tanto al presidente desde el auto.

El director se dirigió a la puerta.

—¿Adónde vas? —preguntó Ingersol, aún jadeante.

—*Vamos*, Ingersol. Nos vamos a Miami.

EL SIMPLE hecho de que muy pocos residentes estadounidenses hubieran visto alguna vez los efectos de una explosión nuclear hizo en principio imposible de creer la noticia de que acababa de ocurrir una detonación en la costa de Florida. Las actividades terroristas en Nueva York habían sido horripilantes; esto era del todo incomprensible. Cuando transmitieron entonces las imágenes por televisión, la nación literalmente se paralizó.

Las primeras imágenes en vivo llegaron de un avión comercial que volaba a suficiente altura para evitar el pulso electromagnético. Mostraban un litoral punteado por miles de estelitas de humo que el comentarista de noticias Gary Reese de CBS afirmó que eran incendios dispersos. Para cuando el primer helicóptero voló sobre la región desacatando órdenes específicas de despejar el espacio aéreo, 90% de la nación revoloteaba alrededor de aparatos de televisión, mirando asombrados imágenes de incendios y edificios destruidos.

Un vídeo manual tomado desde un cuarto de hotel en Daytona Beach fue reproducido primero por una afiliada de ABC. Pero a los pocos minutos las cadenas que lo adquirieron reprodujeron la simple imagen del horizonte oriental iluminado, al mediodía, en todo aparato de televisión a través de Estados Unidos.

Las autopistas más grandes quedaron desiertas en las silenciosas ciudades. Bares con televisores se abarrotaron de clientes con los cuellos erguidos hacia los aparatos.

Toda programación regular fue cancelada y los principales voceros iniciaron sus análisis para un público asombrado. El presidente suplicó la paciencia de la nación y juró una pronta retribución. Todos concordaron rápidamente que se trató de un ataque terrorista. Algunos analistas sugerían responder rápida y abrumadoramente con armas nucleares. Otros insistían en un ataque preciso. Parecía irrelevante contra quién o dónde.

Entonces cundieron noticias de otra clase y un nuevo terror se extendió por la nación como un incendio embravecido. Estaban pidiendo a los residentes del sur de Florida que salieran de sus casas. En forma tranquila, por supuesto, controlados por la guardia nacional a lo largo de cinco rutas seleccionadas que se dirigían al norte; pero a toda prisa y sin llevar nada. ¿Por qué? Bueno, solo podría haber una razón independientemente de aquello en lo que insistía el comunicado oficial.

Había otra bomba.

Y si había otra bomba en Florida, ¿quién entonces aseguraría que los mismos terroristas no hubieran escondido otra en Chicago, Los Ángeles o en cualquier otra ciudad? ¿No tendría más sentido diseminar las armas a fin de conseguir mayor impacto?

A las tres horas de la detonación el país se descontroló en medio del pánico. La realidad cayó como un golpe al hígado: lo imposible acababa de ocurrir, y nadie sabía qué hacer.

CAPÍTULO CUARENTA

SHANNON CAYÓ en el interior de la planta procesadora detrás de uno de los cinco grandes tanques blancos, cada uno marcado respectivamente con el químico que contenía: bicarbonato de calcio, ácido sulfúrico, hidróxido de amonio, permanganato de potasio y gasolina. Químicos usados para refinar cocaína. Miró alrededor del tanque marcado «gasolina» y examinó el salón. Tubos salían de los tanques hacia recipientes aglutinados en el centro del salón. La enorme operación estaba controlada desde el cuarto de cristal adosado a la pared oriental opuesta a los tanques.

Dos guardias armados haraganeaban ante la puerta que llevaba al laboratorio. Un adicional de ocho a diez hombres más trabajaba allí. Como estaban ahora las cosas sería imposible cruzar el salón sin dar la alarma. Tenía escasos veinticuatro minutos antes de que explotara el primer helicóptero.

Shannon se deslizó la mochila de la espalda, accionó un temporizador a veintidós minutos, y fijó el explosivo plástico al tanque de gasolina. Corrió hacia el tanque de hidróxido de amonio en el extremo izquierdo, donde colocó un pequeño atado de C-4 sobre el piso de cemento, ajustó el temporizador a un minuto, y se volvió a retirar al costado derecho.

Se agazapó y esperó. Directamente en frente, el túnel por el que él y la mujer habían escapado dentro de la montaña. Tanya. El nombre de ella era Tanya, resurgió de los muertos para venir a hablarle del Dios de ella. La muchacha era tan hermosa como él la recordaba. Posiblemente más. El corazón le palpitó con fuerza.

¿Y el sacerdote? Era demasiado tarde para el sacerdote.

El aire se sacudió con una explosión. Al instante todas las cabezas se volvieron hacia el rincón lejano y Shannon salió de su escondite. Vapores de hidróxido de amonio salían a chorros del tanque roto en el extremo izquierdo. Gritos de alarma llenaron el aire mientras el potente gas silbaba en la tubería. Antes de que alguno de los hombres hubiera examinado por completo la naturaleza del accidente, Shannon había atravesado el salón y entrado al túnel, corriendo a toda prisa por el piso de tierra hacia el hueco del elevador que él y Tanya habían usado.

Mientras Shannon corría, lanzó un simple atado de C-4 debajo de la correa transportadora. Eso cerraría el túnel. Llegó luego jadeando al hueco del ascensor... despejado hasta el fondo con el carro descansando en lo alto. Regresó a mirar hacia el laboratorio de procesamiento donde estaba ahora la conmoción. Aunque lo hubieran detectado, nadie corría tras él.

Se metió al hueco, agarró el grueso cable de acero, y se descolgó hasta el nivel del subsuelo, a tres metros sobre el fondo rocoso. Extrajo el cuchillo, lo metió entre las puertas del ascensor, y lo retorció con fuerza. Las puertas de acero se abrieron y Shannon metió el pie por la abertura. Cinco segundos después entraba tambaleándose al pasillo en que lo tuvieron encerrado exactamente dos días atrás.

ABDULLAH SE hallaba un poco encorvado en el cuarto superior, empapado en sudor, con los músculos faciales retorcidos espasmódicamente.

Pensó en llamar a la costa para confirmar la explosión, pero el nervioso hispano delante de él tenía razón. No podrían confiar en nadie ahora. Es más, deberían salir, antes de que un avión de combate dejara caer sobre ellos una de esas bombas que taladraban montañas. Antes de que Jamal llegara en helicóptero.

«Pero no pueden atacarnos. Saben que el segundo artefacto ya está en cuenta regresiva. Supondrán que solo yo puedo detenerlo. ¿Ves? Ese es el poder del verdadero terrorismo» —expresó; no recordaba haber experimentado antes tal sentimiento de satisfacción.

De pronto el salón se sacudió bajo el ruido sordo de una explosión, y Ramón saltó de la silla, aterrado.

Abdullah corrió hacia la ventana. Una docena de hombres corría abajo, huyendo de lo que parecía ser el contenido de un tanque roto. ¿Un accidente? Era demasiada coincidencia. Los segundos le avanzaban en la mente con el paso surrealista de un enorme péndulo.

Entonces vio al hombre medio desnudo desaparecer dentro del túnel en el extremo izquierdo y tragó saliva.

El agente. ¡Casius!

—¡Es el agente! —exclamó girando hacia Ramón.

Por un momento no pudo pensar. Miró a Ramón, quien ya había extraído la pistola.

—¿Casius? —preguntó Ramón.

¡Los estadounidenses habían enviado al asesino tras él! En vez de replegarse, la CIA estaba yendo hacia la yugular.

Era hora de partir.

—¡Tráeme al sacerdote! —ordenó mientras saltaba hacia el escritorio y levantaba el transmisor.

—¿El sacerdote?

—¡El sacerdote, idiota! ¡El rehén! ¡Necesito un rehén!

SHANNON PUSO cuatro cargas en el sótano donde lo tuvieron encerrado, antes de volverse a meter en el hueco del ascensor y trepar mano sobre mano hacia el segundo nivel.

Usando otra vez el cuchillo, forzó su entrada al piso de la mitad, pistola en mano. Aparte de las tres puertas cerradas, el corredor estaba vacío.

Se deslizó hacia las dos puertas a la izquierda, escuchó por un instante con el oído presionado a la madera, y las abrió solo para encontrarlas vacías. Tal vez los hombres habían corrido hacia la explosión en el laboratorio. Un bar y un pasillo revuelto, cada uno recibió un explosivo con temporizador.

Shannon volvió al ascensor y presionó el botón de llamada, haciendo caso omiso a la tercera puerta, la cual sabía que debía llevar al enorme laboratorio de procesamiento. Solamente el tercer piso quedaba sobre él. Abdullah estaría allí.

El ascensor runruneó detrás de la puerta. Shannon parpadeó por el sudor que le entraba al ojo derecho y respiró hondo. Subiría allí y mataría a Abdullah como siempre había planeado. Entonces saldría de la selva para siempre. Una imagen de Tanya le resplandeció en la mente y la cabeza se le tensó bruscamente.

¿Estás listo para morir, Shannon?

Pronto. Lo estaré pronto.

Se pegó a la pared, niveló la pistola hacia las puertas del ascensor, y exhaló.

RAMÓN SE presionó contra el rincón del carro del ascensor, en cuclillas. Había llevado al sacerdote ante Abdullah, quien luego le dio la orden de ir a tratar con Casius.

El agente ya lo había eludido una vez, pero no se le volvería a escapar. La campanilla del ascensor sonó fuertemente y él se encogió aún más hacia abajo.

El elevador se detuvo y las puertas se separaron. La mano de Ramón con la pistola fluctuó delante de sus ojos. Nada. Contuvo el aliento y esperó, tenso ante el primer asomo de movimiento.

Pero no lo hubo. Las puertas se cerraron y el ascensor se quedó quieto, en espera de más instrucciones.

¿Ahora qué? Si Ramón presionaba cualquier botón, muy bien podría delatarse. A menos que el agente estuviera en el nivel del subsuelo. Sin embargo, ¿por qué entonces el carro no descendía? Alguien más había llamado el carro, no él.

Por unos momentos Ramón permaneció agazapado esperando en el rincón, indeciso. Mientras tanto sin duda el agente se hallaría arriba o abajo. No estaría en este piso. El pensamiento finalmente lo incitó a inclinarse hacia adelante y pulsar el botón «abrir».

Las puertas se volvieron a replegar y Ramón apuntó la pistola hacia la abertura. Aun nada. Se paró y se alivianó hacia el borde de la puerta.

SHANNON OLIÓ el húmedo aroma del sudor el momento en que las puertas se abrieron y retrocedió hasta la esquina antes de que se detuvieran. Miró hacia la pared y esperó.

Las puertas se cerraron ante el ocupante, pero el ascensor permaneció quieto. Shannon esperó con la pistola aún extendida. Las cargas en el hangar explotarían en menos de cinco minutos. No tenía todo el día.

La puerta se volvió a abrir y después de un momento se asomó una pistola por delante de la pared. Él siguió esperando, acabándosele la paciencia.

Una mano apareció detrás de la pistola. Shannon disparó entonces, a la mano. La bala le desprendió los nudillos, y él corrió hacia delante. El pasillo se llenó con el gemido del hombre con la pistola.

La mente de Shannon resonó con otra advertencia: un gemido sugiriéndole que no tenía tiempo para esto. Se metió al ascensor exactamente cuando las puertas comenzaban a cerrarse. El individuo al que había herido estaba arrodillado en un charco de sangre cada vez más grande. Era el hombre de un solo ojo. Shannon le disparó en la frente y le puso una mano en el cuello antes de que la cabeza le colgara hacia atrás. Los ojos del tipo permanecieron abiertos. Furiosamente Shannon soltó el cadáver en el carro, saltó sobre él, y pulsó el botón del tercer piso.

Demasiado parsimonioso. En cualquier momento la montaña comenzaría a venirse abajo por las fuertes explosiones.

El elevador subió rugiendo. Shannon maldijo el calor que le centelleaba a lo largo de la columna. Ira le cegó el pensamiento. ¿Y si Abdullah esperaba emboscado en el tercer piso? ¿Había pensado en *eso*? No. Solo deseaba matar al hombre, un obsesionado deseo que le corría por la sangre como plomo derretido. Ocho años de conspiración habían llevado finalmente a este instante.

¿Y si Abdullah no estuviera allá arriba en absoluto?

Shannon apretó los dientes. La campanilla sonó y la puerta se abrió ante la pistola que tenía extendida.

El pasillo estaba vacío.

Salió del carro, pensando mientras el pie pasaba el umbral que ahora se hallaba en un juego de tontos. Actuando en vez de pensar.

El pasillo estaba vacío y con paredes blancas excepto por dos puertas cafés. Shannon corrió hacia la primera, llevándose a mitad de zancada el Browning a la mano izquierda. La puerta estaba trancada. En cualquier minuto ahora ese C-4 empezaría a explotar los helicópteros. Refunfuñando contra una oleada de pánico, retrocedió, disparó una sola bala por la manija, y pateó la puerta. Esta se abrió del todo y él entró de un salto, con la pistola extendida.

Apenas revisó el contenido del salón. Alguna clase de almacenaje. Lo que sí registró fue que aquí no se incluía a Abdullah.

Shannon dio media vuelta y corrió hacia la segunda puerta. Esta vez no se molestó en tratar con la manija. Simplemente le disparó a la cerradura y abrió la puerta de una patada. Entró de un brinco y cayó de cuchillas, haciendo oscilar el arma en un veloz arco.

En uno de los extremos de la oficina había un escritorio con papeles esparcidos; un elevado librero en el otro. ¡La oficina estaba vacía! ¡Imposible!

Shannon se detuvo, confundido, la mente le daba vueltas. Esto solo podía significar una cosa: ¡Abdullah había escapado! Un refunfuño le empezó en la garganta y le salió por la boca abierta en un gruñido feroz. Una oleada de ira le barrió la mente, cegándolo momentáneamente.

Volvió a mirar el escritorio. Un libro sobre proliferación nuclear estaba boca abajo. La bomba.

Sí, la bomba.

Al otro lado del salón una ventana de cristal se zarandeó, y él pensó que habían empezado las explosiones. Entonces llegó el sonido, estruendos profundos que estremecían el suelo debajo de los pies.

Entonces la mente de Shannon reaccionó mientras el instinto tomaba el control de su cuerpo. Se inclinó, agarró una delgada alfombra del piso de madera, y salió corriendo del salón. Cuando el tanque de gasolina explotara, el complejo principal se derrumbaría. Gritos resonaron sobre otra detonación, aún en el hangar, pensó él. Esos helicópteros estaban saltando.

Pulsó el botón de llamada y las puertas del ascensor se abrieron. De repente el carro se bamboleó en mala manera y él comprendió que uno de los explosivos en el subsuelo había detonado antes de hora. Si explotaba el del túnel, él estaría acabado.

El ascensor bajó rechinando un piso y se abrió ante el túnel en que se hallaba la banda transportadora. Shannon salió del carro y se alejó corriendo del laboratorio de procesamiento. De pronto la tierra se sacudió con una serie de explosiones y las luces en lo alto titilaron hasta apagarse. ¡El tanque de gasolina había explotado! ¡Las cavernas se le derrumbarían en los oídos!

Se lanzó hacia adelante. El ascensor de carga esperaba en la oscuridad a menos de treinta metros, imposibilitado ahora. Pero él aún podía subir por el hueco hacia el tubo.

Estuvo de repente allí, apenas iluminado por las llamas que rugían atrás en el laboratorio. Saltó sobre la barandilla y se agarró del armazón construido en el hueco vertical. Se echó la alfombra al hombro y trepó hacia lo alto, sabiendo que en cualquier momento estallarían los explosivos en el túnel abajo.

Entonces ocurrió, con un estruendo capaz de retorcer el acero. Roca se desmoronó y cayó tras Shannon. Él arrojó la alfombra dentro del tubo y se trepó al borde por segunda vez en esos días. En esta ocasión sería barriga abajo… no tenía tiempo para ajustar la posición. La alfombra se deslizó al frente y el armazón del ascensor detrás de él se soltó de la pared rocosa.

Shannon agarró la alfombra con ambas manos y cayó hacia el río mucho más abajo.

CAPÍTULO CUARENTA Y UNO

«PARECE QUE podríamos, y quiero resaltar la palabra *podríamos*, tener otro artefacto ubicado en alguna parte en el sur de Florida».

El rostro del presidente se veía pálido en el televisor, a pesar del maquillaje que CNN le aplicara rápidamente, pensó David.

Estaba sucediendo. Y él se estaba enterando del asunto con el resto del departamento... caray, con el resto del país. Había sospechado algo, pero nunca esto. El salón de conferencias estaba en silencio.

«Es muy importante que todos los residentes en un radio de ochenta kilómetros del muelle se dirijan hacia el norte usando las rutas recomendadas con tanta rapidez y calma como sea posible. Esto es tan solo una precaución, presten atención, y no podemos permitir el pánico. No puedo decirles cuán importante es que no se dejen llevar por el pánico. Se está haciendo todo lo posible en el reino de las posibilidades para examinar el área con sensores altamente especializados. Si hay otro dispositivo nuclear cerca de Miami, lo encontraremos. Pero debemos tomar las precauciones que ha dispuesto la oficina de Seguridad de la Nación».

El presidente estaba hablando, pero otra voz susurraba también en la mente de David. Era Casius, diciéndole que saliera de la ciudad por un tiempo. Lejos. Lo cual significaba que Casius sabía, o al menos sospechaba más que cualquiera de ellos.

MIENTRAS ESTADOS Unidos fijaba la atención en Miami, un buque estadounidense de vela que llevaba el nombre de *Ángel del Mar* pasaba por la Intracoastal Waterway, mejor conocida como Bahía de Chesapeake. Era uno de los centenares de barcos en el agua ese día. El pequeño navío de carga había hecho el viaje desde las Bahamas hasta Curtis Port, exactamente al sur de Annapolis y a corta distancia de Washington, D.C., docenas de veces, cada una con variedad de bienes importados a bordo, por lo general con al menos una carga parcial de maderos exclusivos que se vendían por libras y no por metros.

El pequeño negocio había enriquecido bastante a su propietario, mejor conocido como John Boy en los bares locales. O más exactamente, habían resultado muy buenos los negocios *extracurriculares* con el *Ángel del Mar*.

Por cada semana que John Boy pasaba vagando de acá para allá hacia las Bahamas, invertía otras dos traficando con cocaína. El precio que conseguía de Abdullah era la mitad de lo que pagaba cualquier otro traficante por poner las manos en el polvo blanco… beneficios de establecer esta nueva ruta.

Bien por él. Mientras menos pagaba, más hacía y, a juzgar por la facilidad de sus viajes, esta ruta difícilmente podría ser más segura. Jamal había hecho sus deberes. Caray, en más de una ocasión había saludado con las manos a los guardacostas mientras atravesaba la bahía. Todos ellos conocían a John Boy.

John Boy había estado tomándose una cerveza detrás del timón cuando le llegó la noticia de la explosión nuclear en la costa de Florida. Miró atónito el televisor durante media hora y se le calentó la cerveza. Él mismo acababa de atravesar esas aguas, menos de veinticuatro horas antes. Si se hubiera detenido en el puerto libre como solía hacer, tal vez estaría… tostado. Literalmente. Pero Ramón había insistido en que esta vez hiciera un viaje directo.

«Ves, nunca puedes saber, John Boy —musitó para sí en el timón—. Vives y dejas vivir, y mueres cuando te llega la hora».

Así es como él siempre había vivido.

«Bendito Dios».

Vaya uno a saber si algún demente está transportando sobre ruedas una bomba hacia la capital. Quizás había llegado el momento de pensar en mudarse al occidente.

Miró el mapa desplegado ante él. Si el clima lo permitía, llegaría a Curtis Port en cuatro horas, anclaría en la bahía, e iría a casa. Esta vez el tronco con la mercancía tendría que esperar. Siempre esperaba hasta que todas las miradas estuvieran firmemente fuera del barco antes de descargar ese último tronco… cuarenta y ocho horas por lo menos. Pero ahora con esto de la Florida…

«Dios santo».

ABDULLAH ACABABA de atravesar el pasaje subterráneo, arrastrando a un sacerdote con los ojos vendados, cuando la montaña comenzó a temblar. Alrededor de él la selva cobró vida con criaturas que huían, y Abdullah se agazapó. El pasaje de escape detrás del estante fue idea suya desde el principio, pero siempre había imaginado usarlo para huir de sus propios hombres, o de Jamal, no de algún asesino de la CIA. De cualquier modo, había decidido bien al enviar a Ramón en el ascensor para que tratara con Casius.

La corriente del río Caura esperaba a media milla hacia el sur. Abdullah había pulsado el botón en el transmisor de Yuri, y de haber salido todo bien la bomba a bordo del *Madera del Señor* ya habría detonado. ¿Pero habría sido así? Apretó las molares, desesperado por saber este único detalle.

Nada aquí importaba ahora. La segunda bomba detonaría pronto y nada haría que él la detuviera.

En realidad, nada *podía* detenerlo.

Sí, eso era correcto, ¿verdad? Él tenía los códigos, pero no los había memorizado; y ahora acababan de desaparecer en el humo debido a la acción irreflexiva de un estadounidense. Por tanto nadie podía detener la segunda bomba. Solo Jamal, por supuesto. Pero Jamal no estaba aquí para detenerla. Lo único que Abdullah debía hacer era salir ahora de la selva.

El árabe se estremeció y contuvo la urgencia de enviar la segunda señal, detonar la segunda bomba, en caso de que la primera hubiera fallado.

Cerró los ojos. Era la segunda bomba la que haría historia… no este pequeño petardo que les había enviado. La segunda bomba estaba ahora cerca de Washington, D.C., para destruir la CIA. Y la capital. El pensamiento le produjo un suave gemido en el pecho.

Pensó en dispararle al sacerdote y dejarlo aquí… sería más sencillo que llevarlo. Pero lo detuvo otro pensamiento. Había otros allá afuera, los que habían cruzado los sensores del perímetro. Soldados estadounidenses. Un rehén sería aconsejable. Lo mataría río abajo, después de que el Caura desembocara en el Orinoco.

CAPÍTULO CUARENTA Y DOS

Domingo

A DIEZ mil pies de altura, mirando desde la ventanilla de un transporte militar, David Lunow pensó que la ciudad metropolitana de Miami parecía un pulpo con largos tentáculos de automóviles que se prolongaban desde la congestionada ciudad. Las filas se extendían trescientos kilómetros hacia el norte a lo largo de las cinco rutas principales que se esparcían en centenares de vías de escape más pequeñas.

Basándose en reportes de la guardia nacional, la escena en tierra traía nueva claridad al significado de «caos». Alejándose de sus hogares ante la solicitud del presidente, y debido a inclementes imágenes televisivas de una Daytona Beach ennegrecida, veinte millones de habitantes huían como ratas de una creciente marea. Autos tocando bocinas taponaban las calles en cuestión de horas. Bicicletas serpenteaban entre vehículos atascados. Algunos de los más aptos trotaban. Al final los corredores dirigían la salida. Ningún medio de transporte se movía tan rápido como ellos.

¿Adónde estaban yendo todos?

Al norte. Solo hacia el norte.

David miró el reloj. Las diez. Al otro lado del pasillo, Friberg miraba por otra ventanilla con Mark Ingersol. David captó la atención de Ingersol y señaló hacia fuera con el pulgar.

—No hay manera de escapar a tiempo. Lo sabes.

—Lo están haciendo mejor de lo que imaginé —objetó el hombre con una ceja arqueada—. Si tuvieran inteligencia, simplemente dejarían los autos y caminarían.

—Para que así conste, señor, quiero clarificar que a mi modo de entender nos estamos equivocando. Deberíamos estar buscando también en el norte.

—Ya dijiste eso. No tenemos el tiempo para revisar Miami, ¿y quieres esparcirnos aún más? Tú tienes un presentimiento. Nosotros tenemos una amenaza en papel que sitúa una bomba en Miami. No estoy seguro de que tengamos alguna alternativa.

Él tenía un buen punto, desde luego. Pero el presentimiento de David le ponía la piel de gallina. El avión bajó un ala e inició un rápido descenso hacia el Miami International. Estaban en el único avión en aterrizaje y a los diez minutos estuvieron abajo.

El aire parecía más espeso de lo que David recordaba y lo menos que se le ocurrió fue preguntar si la detonación mar afuera había afectado el clima. Los condujeron al interior de la terminal donde un serio y canoso teniente John Bird los recibía con una mano extendida.

—Espero que nos tengan alguna información —manifestó Bird, dándole la mano rápidamente a cada uno—. Tenemos mil hombres regados por el sur de Florida y ni siquiera sabemos qué estamos buscando. No nos haría daño una imagen o una descripción.

Habló sin sonreír. Por las ojeras bajo los ojos, no había dormido durante un buen tiempo, pensó David.

—Si supiéramos qué estamos buscando, usted ya lo sabría a esta hora, ¿no es verdad? —objetó Friberg en un tono que se ganó una mirada áspera del funcionario de la guardia nacional—. Dígame lo que han encontrado.

Bird titubeó solo por un instante antes de soltar entrecortadamente su informe.

—Hemos revisado con contadores Geiger todo puerto al sur del sitio de la explosión en equipos de diez hombres. Hasta aquí nada ha aparecido. Estamos buscando a mano en toda bodega que espera inspección de aduanas, pero como dije, el proceso es lento sin una descripción específica. Hemos aislado todo cargamento recibido en los últimos tres días y actualmente estamos investigando sus entregas, pero de nuevo, estamos conjeturando. Si al menos tuviéramos un tamaño de esta cosa…

—Pero *no* tenemos un tamaño de esta cosa. ¿Qué hay con las pistas de la DEA? ¿Han rastreado las rutas sospechosas de tráfico?

—Aún no, señor. Nosotros…

—¿Aún no? Creí que la DEA daba máxima prioridad a eso. Estos terroristas están operando desde una nación de drogas, teniente. ¿No cree que tendría sentido que usaran rutas de tráfico? —cuestionó el director rojo de ira—. Tráigame a la inteligencia de la DEA.

—Sí, señor —respondió Bird escudriñando por un momento a Friberg.

—Ahora, teniente.

Bird se volvió y corrió hacia la puerta.

—Discúlpeme, señor —interpeló de pronto David—. ¿Hemos establecido contacto con Casius?

—¿Qué tendría que ver Casius con esto, Lunow? —objetó Friberg mirándolo—. Si hubiéramos hecho contacto con él, estaría muerto, ¿verdad que sí?

—Quizás. Quizás no.

Las fosas nasales de Friberg resoplaron.

—Pero me estaba refiriendo al conocimiento que él tiene de la situación, no a su eliminación. ¿Se le envió algún mensaje?

—Él es un agente rufián. Nuestras intenciones son matarlo, no cortejarlo. Además no tenemos precisamente una línea directa hacia la cabeza de ese tipo.

—Él ha estado en contacto con estos terroristas, ¡por amor de Dios! Podría tener información que ustedes necesitan —advirtió David—. Y si quisieras transmitirle un mensaje, pienso que unos cuantos helicópteros bien posicionados con parlantes podrían ser un buen inicio. Pero no te interesa traerlo, ¿no es cierto?

—¡Estás fuera de lugar, Lunow! —gritó Friberg con voz temblorosa—. Pero ahora mismo no tengo tiempo para hablar de tu obvia falta de entendimiento. Tenemos un tiempo límite aquí.

El director le dio la espalda a David y se alejó a pasos rápidos hacia la ventana.

—¡Ingersol! —vociferó.

El hombre le lanzó a David una iracunda mirada y siguió al director hasta la ventana. Bird entró de sopetón, sosteniendo el informe de la DEA. Se unió a los hombres en la ventana.

—Estamos fritos —susurró David después de tragar grueso—. Estamos fritos y ellos lo saben.

SHANNON SALIÓ arrastrándose del río Orinoco, sintiendo una profunda desesperación que casi nunca había tenido. Se trataba del mismo vacío que le absorbiera el pecho ocho años atrás. El vacío que pensaba que podría preceder al suicidio.

La espalda le picaba mucho y se preguntó si se le había infectado la piel. Estaba como a quince kilómetros de donde había dejado a Tanya en la orilla del río Caura.

Permaneció de pie por un momento en la orilla, con las manos sueltas a los costados. Por primera vez en ocho años había fallado en matar a un hombre que había perseguido. Abdullah había escapado.

Empuñó las manos, miró la montaña en lo alto, y avanzó pesadamente hacia adelante. Acabaría con esto. Eso era lo único que sabía, este impulso de matar. Y no solo se trataba de Abdullah, ¿verdad? Él iba a ponerlos a todos en evidencia.

La sensación no podía ser muy distinta de la que sentía un animal atrapado, golpeando incesantemente un muro de concreto, totalmente ajeno a la sangre que le manaba de la cabeza.

Parpadeó para quitarse el sudor de los ojos y entró de sopetón a los matorrales, sin importarle ahora quién lo oía. Si esta era su última misión, que así fuera. Tendría un final adecuado: morir habiendo matado a quien le quitara la vida a su madre sobre el césped.

¿Estás listo para morir, Shannon.

Tanya.

El rostro de ella le surgió en la mente, fuera de la niebla negra. Una rubia de diecisiete años de edad, lanzándose desde el risco hacia los brazos de él. Una mujer de veinticinco años, corriendo por la selva siguiéndole las pisadas. La vista se le nubló y él refunfuñó.

Eres un tonto, Shannon.

De repente se detuvo y aterrado, se agarró la cabeza. Durante prolongadas respiraciones se estremeció en el sendero. ¿Qué estaba haciendo? ¿Qué había *hecho*?

La niebla negra se le asentó lentamente en la mente.

Un pensamiento le ingresó torpemente en el cerebro. Una imagen de su cuchillo cortándole el cuello a Abdullah. Se volvió a estremecer, esta vez con una conocida ansiedad.

Shannon bajó los brazos y corrió. Mataría a Abdullah y luego mataría a Jamal.

CAPÍTULO CUARENTA Y TRES

TANYA DORMÍA sin soñar cuando la golpearon en la sección media. Instintivamente se enroscó, tosiendo. Una voz gritaba sobre ella.

«¡Levántate!»

Otro golpe le dio en la espalda y apresuradamente la joven se apoyó sobre las rodillas. Por sobre ella lentamente tomó forma una figura, iluminada al respaldo por el sol de la tarde. La cabeza le dio vueltas, y creyó que se iba a desmayar. Pero la sensación pasó, y pestañeó hacia el hombre.

Un tipo con un mechón blanco atravesándole el cabello se hallaba sobre ella, sonriendo con labios retorcidos. Abdullah. Lo reconoció al instante.

El hombre tenía una pistola plateada en la mano derecha. Un pequeño bote de aluminio atado a un tronco enlodado se mecía en la corriente detrás de él. La camisa blanca del individuo se había oscurecido por el cieno del río, y los zapatos negros tenían barro apelmazado. Había protegido los pantalones arremangándolos por sobre medias que dejaban ver canillas huesudas y velludas como si no hubieran visto el sol en años. La inflamada cicatriz en la mejilla se le curvaba al reír. El tipo había bajado por el río desde la plantación, lo cual significaba que Shannon no había podido encontrarlo.

«Bien. Qué sorpresa. Es la mujer del asesino —expresó Abdullah; la lengua se le veía negra en la boca al hablar, como una anguila ocultándose en su negra cueva; los labios le temblaban de manera espástica—. Parece que después de todo morirás».

Los ojos del árabe brillaban negros y desorbitados, y Tanya pensó que el tipo se había vuelto loco. Ella se levantó poco a poco.

Entonces vio al padre Petrus, de rodillas en el barro al lado del bote, con los ojos vendados y las manos atadas a la espalda.

—¡Padre Petrus! —exclamó la joven moviéndose instintivamente hacia él.

—¡Silencio! —gritó Abdullah golpeándole el hombro; la muchacha cayó sentada.

—¿Qué le ha hecho usted? —preguntó ella gateando alrededor.

—Tranquila, Tanya —enunció el sacerdote con voz ronca.

¿Tanya? ¿Conocía él el verdadero nombre de ella?

—Quieres a tu cura, ¿no es así? Sí, por supuesto, estás a punto de morir y quieres a tu sacerdote —expresó Abdullah sonriendo, solazándose, luego se volvió hacia el río—. Cura, ven acá.

Petrus no se movió.

—¡Que vengas acá! —gritó el árabe—. ¿Estás sordo?

El padre Petrus afirmó las piernas y se tambaleó hacia ellos. Abdullah le salió al encuentro impacientemente y lo empujó los últimos metros. Petrus cayó al lado de Tanya.

Ella le quitó la venda y la tiró a un lado. Petrus parpadeó ante la luz, y la joven lo ayudó a sentarse.

El árabe los miró, con una expresión alegre en el rostro, y parecía transitoriamente perdido. Levantó los negros ojos y estudió la línea de árboles por encima del claro.

—¿Dónde está ahora tu hombre? No está aquí, ¿verdad? No. No pudo haber venido hasta acá tan rápido. Pero vendrá. Vendrá por su amada.

Por favor, Dios... Tanya empezó la oración pero no supo hacia dónde dirigirla.

Abdullah volvió a mirarla. Señaló hacia ella con la pistola.

—¿Sabes lo que he hecho?

El rostro del tipo tenía tal mirada de pura maldad que Tanya lo supo al instante. La bomba. El hombre había detonado la bomba en la visión de ella. Temor oprimió el corazón de la joven.

—¿Sí? —volvió a preguntar; una retorcida sonrisa le levantaba la mejilla izquierda, la que tenía la cicatriz; sudor le serpenteaba desde las sienes—. ¿Lo sabes?

—Usted es el diablo —declaró la muchacha.

Los labios del hombre se le cerraron de golpe. Los ojos le echaban chispas.

—¡Cállate! —gritó; baba le salpicaba el labio inferior.

Tanya miró al padre Petrus sentado a su lado. Las miradas se encontraron y la de él era brillante. El clérigo tenía el rostro cansado y la ropa desgarrada, pero los ojos brillantes. Una apacible sonrisa se le formaba en la boca. Ella pestañeó. Se le hizo un nudo en la garganta.

Tanya levantó la mirada hacia Abdullah.

—Usted es la mano de Satanás —le dijo.

La pistola del árabe empezó a temblar, y la chica volvió a hablar, recuperando ahora la confianza.

—Sí, sé lo que usted ha hecho. Ha detonado una bomba nuclear.

—¿Funcionó? —preguntó él deteniéndose, sorprendido.

¿No lo sabía él?

—Sí, creo que sí.

—¿Y cómo sabrías esto?

—Lo vi —contestó ella con naturalidad—. En un sueño.

El hombre inclinó levemente la cabeza y examinó con cuidado el rostro de la mujer.

—¿Así que lo viste? ¿Y qué más viste? —curioseó, y los labios se le contrajeron—. ¿Ves ahora lo que sucederá?

Ella titubeó. Solo sabía que sería bueno que Shannon llegara ahora entre los árboles. Y no necesariamente la chica deseaba que él la salvara, aunque eso parecía bastante razonable, sino que deseó que él estuviera aquí. Shannon.

—Estoy segura de que usted desea matar —declaró ella.

—¿Y tendré éxito? —inquirió el hombre parpadeando.

—No sé.

—Entonces no sabes nada.

—Sé que usted está muerto.

—¡Silencio! —gritó; la voz resonó entre la arboleda.

Ella miró más allá de él hacia la línea de árboles. *Shannon, ¿oíste eso, amor mío? Ven rápidamente. Por favor, no hay mucho tiempo.*

¿Amor mío?

—Si vuelves a hablar, lo mataré —amenazó Abdullah, señalando a Petrus con la pistola.

—Usted no puede matarlo —advirtió la muchacha volviendo a mirarlo.

El rostro de Abdullah temblaba de ira.

—Él oiría el disparo. Mi Shannon lo oiría —sugirió Tanya.

Los negros ojos del árabe parecieron agrandarse con odio. Como dos hoyos taladrados en esa cara.

—Túmbate bocabajo.

Petrus protestó.

—Por favor, debo…

—¡Silencio!

Tanya vaciló y entonces hizo lo que el sujeto le pedía. La rodilla del hombre se le posó en la espalda y la chica esperó a que algo sucediera. Entonces volvió el temor, mientras yacía boca abajo. Un miedo aterrador que le recorría los huesos como plomo al rojo vivo. Se llenó de náuseas y se imaginó el cuchillo alargándose y tajándole el cuello.

Oh, Dios, ¡por favor! ¡Sálvame, por favor! El corazón de la joven le saltaba en el pecho y los músculos se le tensaron. Detrás de ella la respiración de Abdullah se hacía más fuerte.

Entonces el árabe simplemente se puso de pie y se alejó.

TANYA PERMANECIÓ boca abajo por todo un minuto antes de moverse. Petrus aún estaba sentado a su lado, mirando el río. Ella le siguió la mirada. Abdullah se agachó en la orilla cenagosa, a veinte metros de distancia. Los miraba, sacudiéndose, la pistola colgándole en la mano derecha.

La mujer se irguió hasta sentarse de cara a Abdullah.

—¿Padre Petrus?

—¿Sí, Tanya? —respondió él sin volverse para mirarla.

—Lo… lo siento mucho, padre.

—¿Lo sientes? —objetó él volviendo la cabeza y arqueando una ceja—. No te entristezcas por mí, querida mía. Estamos ganando. ¿No puedes ver eso?

—¿Ganando? Estamos sentados a orillas de un río a mil kilómetros de ninguna parte con un desquiciado mirándonos. No estoy segura de estar entendiendo.

—Y para ser sincero, yo tampoco estoy necesariamente entendiendo. Pero sí sé algunas cosas. Sé que tus padres fueron atraídos a esta selva hace veinte años para que tú pudieras estar hoy aquí. Sé que una chiquilla llamada Nadia murió en mi tierra natal, Bosnia, hace cuarenta años para que yo pudiera estar aquí hoy día —expresó él, luego sonrió—. Esto está mucho más allá de nosotros, querida mía.

—Mis padres fueron *asesinados*, padre.

—Igual que los míos —asintió el sacerdote mirando hacia la espesura a la izquierda y suspirando—. Y creo que a nosotros también nos matarán. Como hicieron con todos los discípulos y con el mismo Cristo.

La mente de Tanya daba vueltas. Algo en el estómago le decía que las palabras del clérigo estaban hiladas de oro. La vista se le anegó.

—La partida de ajedrez de Dios —declaró ella.

Tanya esperaba que él la consolara. Que razonara con ella o algo así. Pero eso no sucedió.

—Sí.

Por todo un minuto solo miraron hacia los árboles, oyendo una multitud de cigarras, observando la vidriosa mirada de Abdullah desde el otro lado del sendero. El hombre se hallaba en cuclillas esperando algo. Estaba fuera de sí.

—Según tú, mis padres murieron para que yo pudiera terminar en una caja y comprometiera mi vida con Dios a fin de volver aquí, yacer a la orilla de un río y yo misma morir.

—Tal vez. O algo así para que pudieras hacer algo que solo tú puedes hacer —expresó él, y la miró—. ¿Sabes qué podría ser eso?

Ella consideró la pregunta.

—Parece una locura, pero quizás amar… a Shannon.

—El muchacho.

—Sí, el muchacho. Tú lo conoces mejor como Casius. El asesino.

Los ojos del sacerdote se abrieron de par en par ante la revelación.

—Casius —dijo él, y se le formó una sonrisa en los labios—. Por supuesto.

—Esto tal vez no tenga ningún sentido para ti, pero mi corazón llora por él —confesó ella con una lágrima en el ojo.

—Así que él también es parte de esto.

—Él fue el hombre que amé.

—Sí, pero más.

—¿Qué?

—No sé. No obstante nada pasa sin un propósito. Hasta donde sé los padres de *él* fueron atraídos de algún modo a la selva para que pudiera convertirse en quien se ha convertido.

—¿En un asesino? Eso no me parece como de Dios.

—¿Y fue levantado por Dios el hombre que mató a Hitler?

—Según tú una de las razones de que Dios trajera a nuestros padres a la selva fue para que Shannon y yo nos enamoráramos y nos convirtiéramos en quienes somos hoy día, todo eso por algún motivo de alguna forma relacionado con este… este ataque sobre Estados Unidos por parte de estos terroristas.

—La partida de ajedrez. Estoy afirmando que el lado sombrío ha tenido algo entre las mangas y que Dios lo ha sabido por mucho tiempo. Sí. Sucede mil veces al día.

—Apenas somos peones. ¿Y si mis padres no hubieran respondido al llamado de Dios?

—Entonces no te habrías enamorado de Shannon, ¿no es así?

—¿Y si Helen no me hubiera convencido de que regresara aquí?

—Entonces… entonces no habrías podido volverte a enamorar de Shannon.

—¿Y?

—Y no sé —objetó él después de hacer una pausa.

A Tanya se le hizo un nudo en la garganta y carraspeó.

—Una parte de mí aún lo ama. Pero él ha cambiado. No estoy segura de saber cómo amarlo.

—Ámalo en la misma manera en que tú eres amada —replicó el sacerdote.

Ella miró a Petrus y él le sostuvo la mirada por largo rato.

—Conocí una vez a un sacerdote que murió por una aldea —declaró el clérigo levantando la ceja pícaramente—. Fue crucificado. ¿Te gustaría sentir el amor que él sintió, Tanya?

¿Sentir amor? La suave voz de B. J. Thomas le canturreó en el oído: *Hooked on a feeling* [Enganchado a un sentimiento].

—Sí —respondió ella.

Petrus sonrió y cerró los ojos.

Tanya miró a lo lejos. Abdullah aún estaba sentado al otro lado del camino, observándolos. Las aves aún trinaban en medio del calor de la tarde. Una cálida brisa inundaba a la muchacha… una brisa acordonada pesadamente con el aroma de dulces flores de gardenias. Como las gardenias alrededor de la casa de Helen. Aquellas de Bosnia.

El corazón de Tanya palpitó con fuerza. Sintió que el aroma le acariciaba las fosas nasales y que luego se le introducía en los pulmones, como una descarga eléctrica.

Entonces jadeó y cayó de espaldas sobre el pasto.

La euforia siguió casi de inmediato, envolviéndola por completo. Un éxtasis diferente a cualquier cosa que hubiera sentido antes. Como si le hubieran inyectado los nervios con esta droga: el amor de Dios fluyendo a través de ella.

Pero no eran simplemente los nervios, los huesos o la carne de Tanya, sino su corazón. No, el corazón no, porque este solo era carne y aquello era más que una droga que se le envolvía alrededor de la piel.

Era el alma. Ese ente en el pecho que hacía mucho tiempo se le había ido a lo profundo de su ser. El alma le daba volteretas; saltaba, se retorcía y gritaba con placer.

La joven estiró los brazos a los costados sobre el pasto y rió con fuerza, totalmente intoxicada por el amor. Sintió que por las mejillas le bajaban cálidas lágrimas como si hubieran abierto una llave. Pero eran lágrimas de éxtasis. Daría la vida por nadar en un lago de esas lágrimas.

En ese momento quería explotar; quería encontrar un huérfano perdido y abrazarlo durante todo un día; quería tomar las lágrimas y rociarlas por todo el mundo; quería dar. Darlo todo para que alguien más pudiera tener esta sensación. Era esa clase de amor.

Entonces la imagen de una cruz le chispeó en el cerebro, y ella contuvo el aliento. Los brazos de Tanya seguían extendidos a lo ancho mientras reía, pero el pecho se le había paralizado. Un hombre sangraba en los elevados maderos. Era un sacerdote. No, ¡era Cristo! Era Dios. Él estaba amando. Todo esto venía de él. Estas lágrimas de gozo, esta euforia que se le propagaba a la joven por los huesos, y el alma retorciéndosele… todo debido a la muerte de Cristo en esos maderos.

La imagen se le estampó con fuego en la mente como una marca al rojo vivo.

Y luego desapareció.

Tanya yacía postrada, convulsionándose en sollozos. Lloraba debido a que por primera vez todo se le empezaba a clarificar en sus recuerdos. Delante de ella se encontraba el propósito de la vida, cristalino e impresionantemente hermoso. Todo tenía sentido. No solo tenía sentido; tenía adorable sentido. Y ella estaba reducida a esto… a este lloroso bulto haciendo frente a todo esto.

Sí, algo terrible había sucedido. Pero Dios se estaba encargando de eso. No era preocupación de ella ahora. Lo que importaba en este instante era que estaba siendo amada. Que era amada.

Que había sido llamada para amar.

Shannon, ¡oh Shannon! Cómo le dolía a Tanya el corazón por él. Era como si este aliento que le fluía por el cuerpo le hubiera hecho una transfusión de amor. Amor por Shannon.

Tanya se hallaba tendida de espaldas, mirando el sol a través de las lágrimas, apenas consciente que el padre Petrus lloraba en silencio a su lado. La selva dormitaba en el calor del mediodía. Parecía absurdo pensar que la historia se mecía en el pecho de una joven perdida aquí en lo profundo de la selva mientras el resto del mundo enloquecía. En lo alto una guacamaya agitaba perezosamente las alas a través del cielo azul sin mostrar preocupación por los humanos cerca del río. Quizás ni siquiera los veía.

Tanya cerró los ojos, una vez más consumida con la imagen del hombre alto y musculoso que la había arrastrado hasta aquí. Shannon Richterson.

Dios, haré lo que deseas. Haré cualquier cosa. Lo amaré. Por favor, tráemelo de vuelta.

¿Morirás por él, Tanya?

Tanya oyó un susurro y abrió los ojos justo a tiempo para ver a Abdullah sonriendo, dirigiendo la pistola hacia abajo. La culata la golpeó en la cabeza y el mundo le explotó con estrellas y luego oscureció.

PARA CUANDO David Lunow seguía a sus superiores dentro del transporte final fuera del Miami International quedaban menos de tres horas para que expirara el plazo de veinticuatro horas de la Hermandad. Y los hombres de Bird no habían hallado nada.

El helicóptero Bell se levantó lentamente y luego tomó rumbo al norte por sobre calles desiertas. Se podía ver personas rezagadas vagando por las calles principales de los barrios del centro de la ciudad, y más al norte las autopistas estaban congestionadas, cerradas eficazmente a cualquier retirada de inmovilizados motoristas. Un aspecto se clarificó mientras el helicóptero buscaba salida de la ruta de peligro: Si otra bomba detonaba en tierra firme, muchos de los ciudadanos morirían a pesar de la evacuación. Un millón. Quizás más. Y si la bomba explotaba en otra ciudad, entonces morirían muchos más.

David se volvió hacia Ingersol y observó que el hombre lo había estado viendo con una mirada confusa.

—Si esto ocurre, estás tostado; sabes eso, ¿no es verdad?

Ingersol no respondió por primera vez en muchos días.

—Es más, pase lo que pase, estás tostado.

Aún no hubo respuesta.

—Si me hubieras escuchado hace una semana quizás no habríamos tenido la primera explosión y probablemente no estaríamos ahora huyendo para protegernos. Alguien va a soportar la caída.

Al no recibir respuesta a su tercera descarga, David se volvió otra vez hacia la ventana.

—Ayúdanos Dios —susurró—. Ayúdanos a todos Dios.

DE CASI trescientos millones de habitantes en los Estados Unidos de América, los únicos que *no* estaban alerta *ni* observaban la imagen satelital en tiempo real del sur de Florida eran los que huían de esa región.

Era un acontecimiento que paralizaba al mundo. Las ciudades cercanas a Miami habían sido abandonadas, los hospitales evacuados, y el espacio aéreo despejado. Esto era un paraíso para saqueadores y a nadie le importaba. Ni siquiera a los saqueadores, que estaban muy ocupados huyendo hacia el norte.

Los entrevistadores contaban con una interminable cantidad de expertos que balbuceaban sus procedimientos durante horas de especulación. Al final ninguno parecía bueno; ninguno parecía malo. Todos se veían terriblemente desesperados.

Alguien en la Casa Blanca había filtrado el detalle de las veinticuatro horas y toda estación tenía ahora un reloj en la pantalla, con tiempo regresivo desde la última explosión. Segundos más o segundos menos, los relojes mostraban una hora, treinta y ocho minutos.

John Boy estaba comiéndose un sándwich en su casa en Shady Side, viendo la cobertura de NBC acerca del colapso de la nación mientras movía la cabeza de lado a lado. Todos los puertos marítimos se habían cerrado, pero no antes que él hubiera anclado en la bahía. Finalmente los terroristas lo habían logrado.

El barco de John Boy, *Ángel del Mar*, reposaba en aguas silenciosas, y si alguien hubiera estado escuchando con un artefacto especializado podía haber oído el débil tictac electrónico en el interior del casco. Pero nadie estaba escuchando al *Ángel del Mar*. Nadie estaba pensando en él.

Excepto Abdullah, por supuesto.

Y Jamal.

CAPÍTULO CUARENTA Y CUATRO

PERDIDO EN el desvarío, apenas consciente de sí mismo, Shannon llegó a la orilla en que había dejado a la mujer.

El sol estaba cayendo en el occidente. Por delante yacía una interminable cantidad de follaje, rodando, trepando, cayendo y hundiéndose. Y en alguna parte allá abajo avanzaba lentamente un hombre solitario que huía de Shannon. El árabe Abdullah. Era una locura. Ambos estaban locos.

Pero en lo profundo de la mente, más allá de la insensatez, una imagen se repetía en un circuito interminable, llevando a Shannon hacia adelante a pesar de todo. Una imagen de un espeso césped verde, y sobre el césped su padre. Y además de su padre, su madre. Papá estaba cortado en dos; la cabeza de mamá había desaparecido. Y en la máquina que revoloteaba sobre ellos, Abdullah sonreía. Y al lado del árabe, mil hombres vestidos en trajes cafés, con sonrisas fingidas.

Los kilómetros pasaban firmemente bajo los pies, con monótono golpeteo. Pero los pensamientos eran todo menos monótonos… eran infernales.

A medida que los pies de Shannon se comían los kilómetros, se unían unos cuantos cuadros más que le resplandecían en el cerebro. Estos mostraban a una joven atrapada gritando dentro de un cajón mientras su propio padre absorbía las balas encima de ella.

Tanya.

La muchacha había engarzado las uñas dentro de Shannon. Él no se podía sacudir las imágenes. Es más, estas parecían hundírsele cada vez más con cada paso, como punzantes espuelas.

Ella estaba tan hermosa como el día en que la viera por última vez, nadando en las aguas debajo de la cascada. La mente le vagó hacia antiguos recuerdos. Hacia tiernos momentos que parecían burdamente fuera de lugar en la mente de él. Tomas instantáneas de un cuento de hadas de feliz final. Páginas llenas de risas y dulces abrazos. Delicados y tiernos besos. Cabello azotado por el viento a través de un hermoso cuello. Suaves palabras susurrándole al oído.

Te amo, Shannon.

Lágrimas le empañaron los ojos al hombre, y este lanzó un gemido antes de apretar los dientes y desechar esas palabras.

Abdullah, Abdullah, Shannon. Piensa en Jamal. Piensa en el plan.

Tanya, oh, Tanya. ¿Qué ha sucedido? Teníamos un paraíso.

Pero Abdullah lo había arrebatado de un tirón, ¿no es así? Y la CIA. Todos morirían. Todos ellos.

Shannon corría debajo de la espesura, luchando desesperadamente con el terrible dolor alojado en la garganta. Entonces años de disciplina comenzaron a conquistarlo para su misión. Había llegado a esta selva a matar. Había esperado ocho lentos y angustiosos años por el tiempo perfecto, y ahora había llegado el momento.

Sula…

Agachó la cabeza y recordó una vez más la brutal matanza de sus padres, aislando cada bala mientras esta giraba en el aire y se clavaba en la piel. Con cada pisada de los pies, otra bala se hundía un poco más. Con cada respiración, los rotores del helicóptero rasgaban el aire. Una cuchillada en la garganta sería muy buena para Abdullah; su muerte tendría que ser lenta… la sangre tendría que manar por mucho tiempo.

Shannon apenas estaba consciente de sí mismo cuando llegó a la orilla donde había dejado a Tanya. Nadaba a través de una niebla negra.

Entró desde el sur, a través de elevados árboles y escasos arbustos. El murmullo del agua corriendo se oía en medio de la quietud. Una suave brisa retozaba sobre el pasto.

Tanya yacía en la grama.

Shannon se detuvo.

Ella estaba de espaldas en medio del pasto. No que la esperara levantada y atareada, pero yacía doblada con una pierna debajo del torso… extraña manera de dormir.

Shannon revisó rápidamente la línea de árboles. Examinó el aire pero el viento estaba a sus espaldas. La muchacha podría estar durmiendo, aún exhausta por el largo viaje.

Él le observó el pecho subiendo y bajando con cada respiración. La miró por mucho tiempo y le volvió a surgir dolor en la garganta.

Querida Tanya, ¿qué he hecho? ¿Qué te he hecho? Cerró los ojos. Cuando los abrió tenía borrosa la visión.

Estás dolida, mi querida Tanya. Pensando de ese modo, usando palabras como *querida Tanya*, a Shannon se le liberó un diluvio de emoción en el pecho. *Una estaca se te clavó en el corazón cuando eras una tierna mujer. Y ahora yo la he clavado más hondo. Solo deseaba mostrarte, Tanya. ¿Puedes comprender eso? Matar es lo único que tengo. Es lo que Sula me dio. Yo quería mostrarte eso. No deseaba hacerte daño.*

Shannon se apoyó en el alto *yevaro* a su lado y dejó que el dolor lo circundara. Los sonidos de la selva se debilitaron y él se dejó llevar por los extraños sentimientos. El campo ante él reposaba en una incongruente calma, pacífico y con Tanya descansando sobre la grama. Él permanecía en el perímetro, pensando en el derramamiento de sangre. Como un repugnante monstruo mirando desde las sombras a una inocente y bella durmiente.

Entonces se agarró de la corteza y sintió el torso sacudiéndosele con un seco sollozo.

Era la primera vez que había sentido una tristeza tan desoladora. Ella estaba allí muy inocente, respirando como una niña, y él… él casi la había matado.

Mátala, Shannon.

Parpadeó. La niebla le atravesó la mente y por un momento creyó que podría estarse muriendo. ¿Matarla? ¿Cómo podía siquiera pensar en matarla?

Sula…

Shannon cerró los ojos y tragó grueso. Salió hacia el claro y entonces, cuando estaba a mitad de camino al otro lado del claro, vio la oscura mancha en el cabello de ella.

Sus instintos tomaron control a media zancada, antes de que se le formara una clara idea de que esto en la cabeza de Tanya era sangre. Se lanzó al suelo y extrajo el cuchillo antes de tocar el pasto.

«¡Levántate, badulaque!» —exclamó con desprecio una voz a través del claro.

Esa voz. Un escalofrío bajó por la columna de Shannon.

Tanya aún estaba respirando… la herida no había sido mortal. Un golpe en la cabeza la había dejado inconsciente. Y ahora Abdullah le estaba gritando a él.

«¡Levántate o le dispararé a tu mujer!»

¡Abdullah había venido aquí! En mil millas cuadradas de selva él había trope-
zado con Tanya. Fue por el río, desde luego. Había tomado el río como lo haría
cualquiera. Los cocodrilos no la habían atrapado, pero sí Abdullah.

La mente de Shannon ya se había vuelto a meter en la piel de exterminador.
Ahora mataría a Abdullah; y lo haría frente a Tanya.

Se paró lentamente y vio al árabe salir de los árboles, arrastrando a un hombre
por el cuello. ¡El sacerdote! El sujeto tenía al padre Petrus.

Shannon maldijo su propia falta de precaución. Le había dado la ventaja a Abdullah. Era la locura que lo plagaba, las voces que le gritaban en el cerebro, y los
sentimientos ridículos, todo eso lo había debilitado. Ahora enfrentaba, sin el más
mínimo elemento de cautela a su favor, a un hombre que llevaba una pistola a una
distancia de veinte metros.

La blanca dentadura del terrorista centelleaba a través de una malvada risa, y
obligó al sacerdote a arrodillarse. La cabeza del padre Petrus le guindaba… el clérigo
apenas era coherente.

«Lanza tus cuchillos al suelo —ordenó Abdullah apuntando con la pistola a
Tanya—. Lentamente. Muy lentamente. Y no creas que no la mataré. Con solo una
mueca que hagas, la mato, ¿entiendes?»

El árabe mantenía la pistola a un metro del cuerpo bocabajo de la muchacha, que
aún subía y bajaba en profundo sueño.

Shannon apretó los dientes. Si se movía con suficiente rapidez podría aventar al
revés el cuchillo y golpear a Abdullah en la garganta. Desde esta distancia podría
matar fácilmente al hombre. Hacerlo sangrar como un cerdo.

Pero Abdullah tendría tiempo de apretar el gatillo. Si la pistola hubiera estado
apuntada hacia él, podría eludir la bala, pero el árabe la apuntaba hacia Tanya.

«¡Tíralos al suelo!»

Todo músculo en el cuerpo de Shannon le suplicaba que arrojara el cuchillo
ahora. Titubeó un último segundo y luego soltó el cuchillo, que cayó con un suave
ruido sordo. Apretó la mandíbula.

«El otro. ¿O hay otros dos?» —preguntó el terrorista riendo de nuevo.

Shannon se inclinó lentamente y de una cubierta en el tobillo sacó el cuchillo de
monte. Lo aventó a un lado. Este cayó sobre el otro cuchillo con un sonido metálico.

«Vuélvete poco a poco».

Shannon miró alrededor del perímetro, la mente buscaba alternativas rápidamente, pero justo ahora estas venían con demasiada lentitud. Se volvió como Abdullah pidió. Si pudiera tener al hombre al alcance de los brazos lo podría matar sin arriesgar a la mujer. Velozmente, antes de que el carnicero tuviera tiempo de saber que él lo había vencido con astucia. O lentamente para darle tiempo de sentir la muerte.

«Vuélvete al otro lado».

Cuando se volvió, Abdullah estaba pateando a Tanya en las costillas.

Shannon se estremeció.

«¡Atrás! —gritó Abdullah con baba formándole espuma en los labios; venas brotadas le envolvían el tenso cuello—. Te dije que te movieras lentamente. La próxima vez le meteré una bala a ella en las caderas».

El árabe era rápido. Muy rápido. Había anticipado, y tal vez hasta provocado, la reacción de Shannon y luego retrocedió con asombrosa velocidad. Como una serpiente.

Tanya se agitó debido a la siguiente patada a su sección media. Gimió y se puso de rodillas. Un hilillo de sangre le manchaba la sien.

Mátalo, Shannon. Mátalos a los dos. Mátalos a todos ellos.

Odió el pensamiento.

Tanya se paró y enfrentó a Abdullah. Aún no había visto a Shannon. El sacerdote todavía estaba de rodillas, entre ellos, con ojos cerrados.

«Vuélvete y saluda a tu visitante» —declaró Abdullah sonriendo con placer infantil ante su ingeniosidad.

Tanya se volvió. Muy lentamente. Como si estuviera en un sueño.

Los ojos de ellos se encontraron. Los de ella eran azules y redondos, ojos que él recordaba de la laguna. Los labios femeninos se abrieron. Los mismos labios que lo habían besado, chorreando agua sobre las rocas. Algo había cambiado en ese rostro desde que él la había dejado aquí. Él vio más que un clamor por ayuda. En realidad para nada era un clamor por ayuda.

El corazón de Shannon dejó de palpitar por unos prolongados momentos. Ella lo estaba empujando otra vez hacia la laguna y él deseaba ir.

El árabe caminó hacia un lado y les sonrió.

«Se volvieron a reunir, ¿verdad? —expresó, y lanzó a Tanya un rollo de cordel de pescar—. ¡Átalo como a cerdo de sacrificio! ¿Sabes cómo se hace eso?»

Ella negó con la cabeza.

«Por supuesto que no. Así es como atan a los cerdos, de patas y manos —explicó, y apuntó la pistola hacia Shannon—. Átalo».

Shannon miró a Abdullah y vio que los ojos le danzaban con fuego.

Volvió a mirar a Tanya. Ella caminó hacia él sosteniéndole la mirada. Lo miró como un niño que presencia una ilusión representada por un mago: con respeto absoluto. Como si los últimos ocho años no fueran más que uno de sus vívidos sueños, y ella estuviera mirándolo por primera vez después de despertar al fin.

Una ligera sonrisa se formó en los labios de la joven.

«Shannon» —manifestó, y la suave voz repicó en la mente de él.

«¡Silencio!» —gritó Abdullah.

La voz resonó por el perímetro, y una bandada de loros voló lanzando chillidos de protesta. El árabe mantenía la pistola apuntada en ella, caminando al lado para corresponder con los pasos que la mujer daba.

«¿Te dije que le hablaras? No, ¡te ordené que lo ataras! —exclamó, haciendo un exagerado movimiento circular con la mano libre—. Átale las manos a la espalda y hasta los tobillos».

Aturdido, Shannon la observó acercarse. Ahora supo que ella casi no le estaba oyendo al árabe. Él había analizado un centenar de hombres bajo trauma extremo, trauma provocado por él en la mayoría de casos. Y entonces supo esto: Tanya apenas estaba consciente del hombre que tenía a la derecha. Se hallaba totalmente absorta en *él*, en Shannon.

Entender esto lo mareó.

Ella había llegado hasta donde él y ahora le contemplaba el rostro; bajó la mirada hasta el cuello, los hombros, el pecho, estudiando cada músculo como por primera vez. Tiernamente, como alguien que ama.

«¡Átalo!»

Una voz gritaba en la mente de Shannon, muy atrás donde los oídos apenas lograban oírla, pero la mente se le estaba doblegando en sufrimiento.

«Átame las manos a la espalda y después a los tobillos cuando me arrodille» —enunció Shannon con voz temblorosa.

De repente él quiso llorar. Como lo había hecho minutos antes. ¿Qué le estaba sucediendo?

Tanya.

Sula. Ambos nombres le atraparon el pensamiento, peleándose el dominio.

Ya no pensaba con tanta claridad como lo había hecho una semana antes.

Tanya alejó los ojos de él, aún sonriendo débilmente. Se deslizó alrededor de Shannon agarrándole las manos entre las suyas. Pinchazos de calor le subieron a él por los huesos y sintió que le temblaban los dedos.

Estaba tocándole las manos con delicadeza; sintiéndole los dedos, las palmas. Le recorrió los dedos por los brazos. Le estaba hablando con su tierno toque. El corazón de él se aceleró.

Átame, Tanya. Por favor, solo átame.

Ella le envolvió la cuerda sin tensionarla mucho alrededor de las muñecas, aún tocándole ligeramente las manos, rastreándole las palmas. Aseguró los nudos y él se arrodilló; entonces la joven se arrodilló detrás de él y le pasó la cuerda por debajo de los tobillos.

Mientras la muchacha trabajaba, Shannon pudo sentir en los hombros la cálida respiración de ella, inclinada sobre él. El fuerte aroma de flores, gardenias, le acarició las fosas nasales y tembló una vez.

¿Qué me está sucediendo?

¡Mátala, Shannon! ¡Mátala, gusano despersonalizado!

Él dejó que la cabeza se le cayera a un costado. Quietud se asentó sobre el claro. Hasta el viento pareció hacer una pausa. La barbilla de Tanya se acercó y luego le tocó levemente la espalda, y la piel de él tembló ante la cercanía de ella.

Se le formó un nudo en la garganta, y por un terrible momento pensó que podría ponerse a llorar. Por ninguna razón en absoluto.

Querida Tanya, ¿qué te he hecho? Lo siento muchísimo.

¡Mátala! ¡Mata !

«Shannon» —susurró ella.

Él se paralizó.

Ella le volvió a susurrar, apenas audible pero tiernamente.

«Shannon. Te amo».

La respiración de Tanya pasó por sobre el hombro masculino, y él pudo olerla. Almizclada y fragante. Gardenias.

Lo último de dominio propio en él lo abandonó mientras el aroma de ella le llegaba a los pulmones. Le estaba respirando amor. Se paralizó todo… menos el corazón, que le palpitaba con desesperación contra el pecho.

Entonces ella terminó de amarrar.

«Aléjate de él» —ordenó Abdullah.

Tanya no se movió. Tal vez no lo había oído.

«¡Retrocede!» —el hombre lanzó ahora un alarido.

Tanya se levantó poco a poco y se hizo a un lado. Abdullah se acercó aprisa y apretó bruscamente las amarras. Shannon se mordió los labios por el dolor e hizo acopio de cordura. Se le desvaneció cualquier ilusión que había albergado de liberarse de las ataduras flojas de Tanya.

«Vamos, cerdo —expresó Abdullah echándose hacia atrás y riendo escandalosamente como una hiena—. No será muy difícil matarte ahora, ¿no es así?»

El matón agarró a la muchacha y la empujó otra vez hacia el centro del claro. Ella trastabilló hacia el frente y se volvió hacia él, lanzándole una furiosa mirada. Shannon pensó por un instante que ella le iría a gritar a Abdullah. Pero el momento pasó y la chica volvió a mirarlo a él.

Abdullah se quedó a medio camino entre ellos y retrocedió para analizar a sus víctimas. Extendió las piernas y sonrió de oreja a oreja.

Se lamió la baba de los labios y se pasó la pistola a la mano izquierda y luego otra vez a la derecha.

«Vaya, vaya —declaró mirando el reloj—. Tenemos tiempo. ¿Sabes lo que he hecho, asesino?»

Tanya observaba otra vez a Shannon, haciéndole caso omiso a Abdullah. La figura de ella se distorsionaba en medio de las lágrimas que brotaban de los ojos de Shannon.

«He detonado un artefacto nuclear en tu nación, gringo. Y otra explotará pronto. Está en una cuenta regresiva que terminará en menos de una hora. Una cuenta regresiva que solo yo puedo detener ahora».

Shannon miró de manera inexpresiva al hombre.

«Yo tengo el poder, y el mundo no puede hacer nada —continuó el árabe dándose palmaditas en la sien—. El único código para detenerla está encerrado en mi mente».

«Shannon —habló Tanya en esa voz baja y débil otra vez—. Perdóname. Lo siento mucho».

«¡Cállate!» —gritó Abdullah girando bruscamente la cabeza hacia ella.

Shannon parpadeó apartándose la humedad de los ojos, sintiendo que se iba a desmoronar por la insensatez de las palabras de ella.

«Ahora sé algunas cosas, Shannon —siguió diciendo Tanya, haciendo caso omiso a Abdullah—. Sé que fui hecha para amarte. Sé que necesitas que te ame. Sé que siempre te he amado, y que te amo desesperadamente ahora».

Abdullah dio tres zancadas hacia ella y le asentó un manotazo en la mejilla descubierta. El aire resonó con el sonido de carne golpeando carne.

¡Crac!

El cuello de Shannon se llenó de calor. Gruñó y con ira repentina dio jalonazos a las ataduras. El rostro de Tanya se puso de color rojo brillante. Pero no le desapareció la sonrisa.

«¡Déjala tranquila! —gritó Shannon—. ¡Tú que la tocas otra vez y yo que te arranco el corazón!»

Dolor le bajó por la columna y se le nubló la cabeza, y ahora se dio cuenta de que eso era obra de Sula. Cerró los ojos contra la agonía.

«Shannon —volvió a decir ella, y las palabras fluían como un bálsamo—. Shannon, ¿recuerdas cuando solíamos nadar juntos, en la laguna?»

Él abrió los ojos.

El árabe permaneció parado, estupefacto.

Shannon recordó.

«¿Recuerdas cómo yo caía en tus brazos? ¿Y cómo me besabas en los labios?»

Los profundos ojos azules femeninos lo miraban fijamente.

El árabe giró la cabeza hacia Shannon, fuera de balance ahora.

Tanya no le hizo caso.

«¿Sabes que fue para hoy que nos amamos entonces? Aquello estaba más allá de nosotros, Shannon. Nuestros padres… murieron para este día».

Las palabras no tenían sentido para él, pero los ojos, los labios y la voz de ella… todo eso se estrelló en él. Parecía que la respiración le volvía a fluir.

Ella estaba amándolo con una intensidad que él no sabía que pudiera existir. La sangre se le drenó de la cabeza, y dejó que las palabras de ella lo inundaran.

Algo que ella había dicho hizo retroceder a Abdullah.

«Somos parte del plan de Dios, Shannon. Tú lo eres. Igual que Rajab. La carta de triunfo de Dios».

La mente de Shannon comenzó a girar en círculos.

«Esos vínculos de amor nunca se han roto. Dime que me amas, Shannon. Por favor, dímelo».

Él sentía la presión en el pecho como una represa a punto de estallar. Le corrían lágrimas por las mejillas. Sangre le rugía en los oídos, y el rostro se le retorció en angustia.

«Te amo desesperadamente, Shannon».

Yo te amo, Tanya.

Una oleada de angustia le subió por el pecho, envolviéndolo.

Mátala

«¡No!»

El dolor le rugía en los oídos, y por un momento creyó que se desmayaba. Le brotaron lágrimas de los ojos y el rostro se le contorsionó en agonía.

«¡Nooooo! —dejó salir el grito y jadeó—. No, gusano despersonalizado. ¡Yo la *amo*!»

Sollozos le cortaban la respiración. Succionó una bocanada de aire, echó la cabeza hacia atrás, y gritó al cielo a todo pulmón.

«¡La amo!»

El grito resonó, acallando la selva.

Entonces la oleada de dolor se rompió en el cráneo. Los músculos se le tensaron en un ataque y luego lo soltaron. Gimió y se dobló sobre sí.

Por un interminable momento el mundo se le ennegreció. El río dejó de fluir aprisa, la tierra ya no le presionaba en las rodillas, la brisa pareció congelarse. Y entonces poco a poco la mente comenzó a salírsele del hoyo.

«…cuando digo algo, ¡quiero decir lo que expreso!» —estaba gritando el árabe con el rostro enrojecido.

Fuera de sí, Shannon se volvió hacia la chica.

¿Tanya? Él se sentía de una manera rara como si hubiera entrado a un nuevo mundo; o como si hubiera salido de uno.

¡Tanya! ¿Qué estaba haciendo ella? Le estaba sonriendo.

—Te… te amo, Tanya —declaró, de rodillas allí, como un niño, comenzando a sollozar suavemente—. Te amo. Te amo mucho. Lo siento. Lo siento.

—¡Cállate! —gritó Abdullah.

—Shh… no, no llores, Shannon —expresó ella empezando a llorar—. Estamos juntos otra vez. Ahora todo está bien. Todo saldrá bien ahora.

—Tanya —expuso él sollozando; el bosque resonó con su grito—. ¡Oh, Dios! Shannon volvió a gemir.

—Perdóname. He estado equivocado. Oh, Dios, ¡ayúdame!

¿Y qué has hecho, Shannon? ¿Adónde has ido y qué has hecho? Pánico le recorrió la mente. *Tengo que detener…*

¡Bum!

El disparo resonó entre los árboles y Shannon abrió repentinamente los ojos. El padre Petrus yacía de costado, sangre le salía de una herida en la cabeza. *Oh, querido Dios, ¿qué he hecho?*

Tanya estaba llorando.

«¡Silencio!» —exclamó Abdullah con el rostro retorcido de ira y saltando hacia Shannon.

Un cuchillo le resplandecía en la mano derecha. Atacó agresivamente, cortándole el pecho a Shannon hasta las costillas.

El joven retrocedió hasta caer sentado. La cabeza le dio vueltas.

El árabe temblaba de la cabeza a los pies. Los ojos le brillaban negros e iracundos. Estaba allí parado como un perro rabioso sobre un conejo. Estiró la mano y volvió a cortar… a través del hombro de Shannon.

Este gimió. Náusea le corría por el estómago. Miró a Tanya, suplicante. No por ayuda. Por su amor.

—Te amo, Tanya —le afirmó.

Lágrimas bajaban silenciosamente por el rostro de ella mientras articulaba la respuesta.

Te amo, Shannon.

El árabe volvió a atacar, baba le volaba de los labios. La hoja centelleó al atravesar el pecho de Shannon, formando una clase de cruz. El atacante retrajo el brazo para otra arremetida.

«¡Sula!» —exclamó Tanya; la voz atravesó el claro.

El árabe dio la vuelta, con el brazo aún erguido. La mente de Shannon estaba allí solo a medias, en el río. La otra mitad pensaba en que debía parar algo. Algo que solo él podía detener.

Tanya estaba mirando a Abdullah. Ella lo había llamado *Sula*.

«Yo lo conozco a usted —continuó ella forjando lentamente una sonrisa con los labios—. Ya nos conocemos. ¿Recuerda? A usted lo llaman Sula, que significa muerte».

Sí, muerte. Algunos lo conocen como Sula. Otros como Lucifer. Eran lo mismo. Abdullah se quedó paralizado, sosteniendo la pistola en la mano izquierda y el cuchillo ahora goteando sangre en la derecha. El rostro se le puso lívido.

Tanya se hallaba con los brazos a los costados, una nueva intrepidez en la postura.

«¿Y cómo se lo inmoviliza a usted, Sula?»

El árabe avanzó con dificultad tres pasos al frente. Miraba estupefacto a Tanya.

«Usted sabe que no puedo dejar que lo mate» —advirtió ella en voz baja.

El mundo comenzó a hacerse lento. La situación se estaba poniendo patas arriba. Él tenía que detener algo. Algo mucho peor que esto. Y ella se estaba asegurando que él lo hiciera.

Abdullah se estremecía ahora como una hoja. De algún modo este extraño encuentro entre él y Tanya había disparado un interruptor.

«Usted ya ha hecho esto antes, ¿no es verdad?» —sugirió Tanya extendiendo los brazos, aún sonriendo débilmente.

«¡Abdullah! —gritó entonces Shannon—. ¡Tómame a mí! Déjala tranquila».

Él tensó la cuerda, sintiendo que le cortaba la piel. Sangre de las heridas del pecho y el hombro le bajaba por el estómago.

El árabe lo miró, los músculos faciales le temblaban. Tenía la pistola en un costado.

«No. Tómeme a mí» —indicó Tanya, con los brazos levantados para formar una cruz.

El árabe giró la cabeza y en un movimiento lento levantó la pistola al nivel de la cabeza de la muchacha. El mundo cayó en nubladas imágenes. Tanya dirigió los azules ojos bien abiertos hacia Shannon, vertiendo amor dentro de él.

¡Ella estaba dando la vida por él!

La mente de Shannon perdió entonces la coherencia. Se paró rugiendo, rompiendo la cuerda al hacerlo. La selva gritaba.

Con la cabeza golpeó la espalda de Abdullah y la pistola del hombre corcoveó. *¡Bum!*

Por el rabillo del ojo Shannon vio a Tanya de pie con los brazos extendidos a los lados, la cabeza inclinada hacia atrás. ¡Abdullah le había disparado! ¡Le había disparado a ella!

La selva aún gritaba, prolongados gemidos de desesperación chirriándole a Shannon en los oídos.

Y entonces el árabe se fue de bruces y Shannon cayó estrepitosamente sobre él, lanzando las rodillas hacia adelante, de modo que se montó a horcajadas en el pecho del hombre. La mano izquierda se había topado con el cabello negro de Abdullah. Luego arrancó el cuchillo de la cintura de Abdullah.

Entonces Shannon se dio cuenta de que el grito salía de su propia garganta, no de la selva.

Por un momento pensó que él también había muerto. Que le habían succionado el alma del cuerpo, dejándole solo un enorme hueco vacío. Pero sabía que esto no podía ser cierto, porque él aún estaba gritando.

«¡Nooooo! ¡Nooooo!»

Tan solo eso, una y otra vez.

Solo entonces se dio cuenta de que Tanya no estaba cayendo. La comprensión lo dejó sin aliento y se detuvo en seco.

Por un instante Abdullah salió de su enfoque. Levantó la cabeza y vio en lo profundo de los ojos azules de Tanya. Ella bajó los brazos.

Tanya estaba viva. Los brazos de Shannon comenzaron a temblar.

«No lo mates, Shannon».

El árabe tosía debajo de él.

Shannon respiraba con dificultad, le ardían los pulmones. Sus mundos se le estaban estrellando. Por algunos instantes nadie se movió.

Soltó el cabello de Abdullah. Seguiría a esta mujer sobre un abismo si ella se lo sugiriera.

Tienes que pararla, Shannon. Solo tú puedes hacerlo.

Agarró la pistola de Abdullah y se puso de pie.

—¡Tanya! ¡Hay una bomba!

Él estaba paralizado por este extraño pánico que lo envolvía. Se sintió extrañamente vacío. *Tanya, ¿hay una bomba? ¿Qué estaba diciendo él?*

Ella lo miró zonzamente.

—Ya detonó…

—No. ¡Otra bomba!

Amado Dios, ¡qué había hecho él!

Abdullah se esforzaba por levantarse sobre los codos, volviendo a toser. El hombre ya debería estar muerto. Pero Shannon había cambiado de algún modo. La niebla había desaparecido y se mareó al comprenderlo.

Abdullah se paró y retrocedió lentamente, con la mirada fija. Entonces se volvió y salió a tropezones hacia el bote.

«¡Detente! —advirtió Shannon levantando la pistola y disparando al aire—. El próximo tiro no fallará».

El árabe se detuvo.

Shannon corrió hacia él. No estaba seguro de cuánto tiempo tenía, pero eso ya no importaba. Lo haría o no lo haría.

El árabe se volvió y Shannon le empujó la pistola debajo de la barbilla.

—¡Dame el transmisor!

—Es inútil sin el código —expresó Abdullah sin inmutarse—. Ni siquiera yo sé el código…

—¡Dámelo! —gritó Shannon.

El árabe hurgó en el bolsillo del pantalón y sacó el transmisor negro. Shannon lo agarró y empujó al hombre. Encendió un terminal, lo activó con el conocido sonidito del interruptor de encendido, y miró el número del circuito integrado.

Levantó una mano inestable, ingresó un código de cinco dígitos, presionó el botón verde a la izquierda, y esperó. En menos de tres segundos la luz roja en la parte superior emitió un pitido.

Transmisión confirmada.

Tanya se había levantado y se hallaba con los brazos sueltos a los costados. El árabe lo miró con el rostro pálido.

—Solo Jamal…

—Yo soy Jamal.

Poco a poco el rostro de Abdullah se puso blanco como el papel. De repente los labios se le contrajeron en un gruñido y se lanzó con un grito. Shannon reaccionó sin pensar. Se movió hacia el atacante y lo golpeó en la cabeza con la palma derecha. El impacto lanzó al suelo a Abdullah como un saco de granos.

Por un prolongado momento Shannon permaneció allí, mirando al caído terrorista.

—¿Eres Jamal? —preguntó Tanya—. ¿Quién es *Jamal*?

Las fuerzas abandonaron las piernas de Shannon. Se alejó de ellos, horrorizado de pronto.

—Jamal —dijo.

Ella dio un paso hacia él.

—Sí, ¿quién es Jamal, Shannon?

Una desesperada urgencia de correr le surcó a toda velocidad la cabeza. Los miembros le empezaron a temblar.

—Shannon… Nada que Jamal haya hecho cambiará mi amor por ti —manifestó ella sonriendo.

Era demasiado. Shannon agachó la cabeza y sollozó.

La joven se le acercó y le puso una mano en el hombro.

—Está bien…

—¡No! —exclamó él dando media vuelta y alejándose.

—Por favor…

—¡Soy Jamal! —gritó Shannon volviéndose otra vez y extendiendo los brazos a los lados—. ¿No ves? ¡Las bombas son mías!

Ella pestañeó. El rostro le palideció.

Él respiró hondo.

—Hice un juramento, Tanya… Todos los que tomaron parte en el asesinato de… nuestros padres. Los terroristas, la CIA.

Hizo una pausa… parecía absurdo.

—¿Una bomba nuclear? —inquirió ella mirándolo por largo rato.

Él la miró desesperadamente.

—Sula…

Esa era su única explicación.

—Él te poseyó.

Tristeza se le desbordaba y él se alejó de ella, sollozando.

«Oh, Dios… Oh, Dios» —oró.

Contuvo la respiración; se dejó caer sentado, y se colocó la cabeza entre las rodillas.

Las manos de Tanya posaron de repente sobre los hombros de Shannon, y él deseó apartarse.

—Dime lo que hiciste —solicitó ella.

Él cerró los ojos.

—Dímelo.

¿Cómo podría decírselo?

Levantó la cabeza y tragó grueso. Habló, solo oyéndose a medias.

—Descubrí que la Hermandad había enviado a Abdullah a América del Sur con el propósito de construir e ingresar de contrabando una bomba a los Estados Unidos. Por eso establecieron las rutas de drogas. Y la CIA les ayudó, sin saber acerca de la bomba. La CIA quería a Abdullah fuera de Colombia, así que sugirieron Venezuela. Por eso asesinaron a mis padres. A tus padres.

—¿Y cómo te convertiste en Jamal?

—Decidí que la mejor manera de destruirlos era asumir el control de su plan. Secuestrar y usar esa bomba para destruir a la CIA. Persuadí a la Hermandad para que me dejaran coordinar partes del plan. Agarré un buen plan y lo mejoré.

—Una bomba no habría matado solo a la CIA —opinó ella en voz baja.

—Lo sé. No lo sé. No importaba.

Él apenas recordaba ahora por qué lo había hecho.

Él árabe había dejado de gemir y estaba callado, quizás inconsciente. La selva gritaba alrededor de ellos, totalmente ajena a todo esto. Se quedaron en silencio por un rato. Tanya estaba asombrada; él estaba aletargado.

—Pero ahora todo está bien —señaló ella a media voz—. Si no te hubieras convertido en Jamal la segunda bomba habría detonado.

Ella hizo una pausa y con los dedos empezó a masajear los hombros de Shannon.

Él se volvió hacia ella.

—Y si yo no te hubiera amado —continuó Tanya—, la bomba habría explotado. El padre Petrus tenía razón. Si mis padres no hubieran venido a la selva, o si no nos hubiéramos enamorado, o si Abdullah hubiera escogido otra ubicación, la bomba habría detonado. Todo fue guiado por Dios, convirtiendo lo malo en bueno.

Shannon entendió lo que ella quería decir, pero la idea parecía imposible.

—¿Y si no hubieran asesinado a nuestros padres?

—Sí, si no los hubieran asesinado, la bomba habría explotado —asintió ella—. La habrían fabricado sin ti y hoy día tres millones de personas habrían muerto alrededor de Washington.

El rabillo del ojo de Shannon captó movimiento, y giró súbitamente la cabeza.

Abdullah estaba a medio camino hacia ellos, el rostro contraído y sombrío, un cuchillo en la mano derecha. Entonces comenzó a gritar, cuando se hallaba solo a tres metros de distancia.

Shannon rodó hacia la derecha, alejándose de Tanya, palmeó la pistola que le había quitado al hombre, y se levantó sobre una rodilla, pistola nivelada. Matar había sido como respirar en los últimos ocho años. Había vivido para matar tanto como había vivido para respirar. Había acorralado y asesinado, y siempre se había deleitado en cada muerte. Sula.

Pero ahora que a Sula lo había vencido el amor, y con Abdullah acosándolo como un perro rabioso, se le hacía difícil jalar el gatillo. En el último instante bajó el cañón. La pistola le corcoveó en la mano.

¡Bum!

La bala se alojó en la cadera de Abdullah.

La fuerza del impacto lo hizo girar en el aire y aterrizar de espaldas con un golpe sordo.

Shannon soltó la pistola y cayó sentado. Cerró los ojos y sollozó. *¿Murió papá para esto? ¿Murió mamá para esto, para que me pudiera convertir en el único hombre que podría parar la bomba?*

¿Para esto se había enamorado locamente de una mujer de diecisiete años en la selva?

Los brazos de Tanya le resbalaron por el cuello, y el cálido aliento femenino le rozó la mejilla. Ella lloraba muy suavemente.

«Te amo, Shannon. Y Dios te ama con desesperación».

Él puso los brazos sobre Tanya, y ella pegó el rostro al pecho masculino.

Entonces lloraron juntos, recordando de nuevo la laguna, cada uno perdido en el abrazo del otro, perdidos en el renacimiento del amor.

EPÍLOGO

Un mes después

TANYA SE hallaba al lado de la mesa cuadrada de roble, moviéndose de modo nervioso, observando la puerta por la que supuestamente traerían a Shannon. Era su primera visita a las instalaciones correccionales de Canyon City, y esperaba que fuera la última.

Helen se dejó caer en una silla, suspirando.

—No está mal para una prisión.

Tanya giró en los pies. Así era, pero aún seguía siendo una prisión.

—No te preocupes, querida —continuó Helen en voz queda—. Por lo que me has contado, Shannon no tendrá problemas en desenvolverse aquí. Además, prácticamente es un héroe nacional. Paró la bomba, por amor de Dios. No estará aquí mucho tiempo.

—Él no es quien solía ser —objetó Tanya—. No estoy segura que él pueda seguir soportando esto.

Tanya había permanecido al lado de Shannon durante la formulación de cargos y la subsiguiente audiencia del juzgado superior. Sin duda fue un extraño caso. Los medios de comunicación tuvieron un día de campo con el agente de la CIA que en realidad era Jamal, el terrorista, quien era realmente un muchacho de la selva que había visto morir a sus padres a manos de terroristas *y* de la CIA. ¿Podría levantarse el verdadero Shannon Richterson?

Al preguntársele al ciudadano promedio, el verdadero Shannon era el hombre que había salvado a Estados Unidos de la conspiración terrorista más horrible que se concibiera alguna vez. Es verdad que, motivado por la muerte de sus padres, se había convertido en cómplice de la maquinación. Pero una vez que entró en razón también había parado ese mismo complot. El plan se habría ejecutado con éxito total, sin él. Eso es lo que diría el ciudadano de la calle. Es más, toda la nación lo estaba diciendo.

Pero técnicamente, Shannon había ayudado a terroristas. A todos aquellos que había matado con los años, lo había hecho al servicio de los Estados Unidos. Pero trece personas habían muerto en el *Madera del Señor* como resultado de la detonación nuclear en que Shannon participara. La mayoría de ellos eran criminales. Pero eso no excusaba al hombre que la mayor parte de estadounidenses quería ver libre.

Un guardia armado pasó la ventana al otro lado del salón, y el corazón de Tanya dio un brinco. El hombre que seguía al guardia estaba vestido con ropa anaranjada de prisionero como todos los presos en el edificio de máxima seguridad. Pero ella apenas se fijó en el brillante color; estaba mirando a Shannon al rostro; su cabello, y la línea de la mandíbula…

Entonces Shannon volvió a estar fuera de la vista… por un momento. La puerta se abrió y él la atravesó. Los ojos verdes del hombre se levantaron, enfocados en ella, y mirando fijamente. Se detuvo al interior de la puerta, la cual se cerró detrás de él con un ruido.

El corazón de Tanya palpitaba con fuerza y por un momento ambos se miraron. Ella quiso correr hacia él, lanzarle los brazos alrededor y asfixiarlo con besos, pero de alguna manera el momento parecía demasiado pesado para despreocupados besos. Este era Shannon, el hombre hacia quien ella fuera guiada en la selva para amarlo. El hombre a quien siempre había amado. El hombre envuelto en musculatura y endurecido como el acero, pero también tan manso como una paloma.

Su Shannon.

Una tímida sonrisa se le formó a él en los labios, y Tanya pensó que estaba avergonzado.

—Hola, Shannon —saludó la joven en tono suave.

—Hola, Tanya.

Él sonrió ampliamente y caminó hacia ellas. Sí, verla le hizo eso, ¿no es así? Lo derritió.

La muchacha le salió al encuentro. El pecho se le inundó de tristeza y supo que iba a llorar. Él la tomó en los brazos y ella puso la cabeza en el hombro de él y le deslizó los brazos por la cintura.

—Todo está bien, Tanya. Yo estoy bien.

—Te extraño —confesó ella, inhalando fuerte y tragando saliva.

Se abrazaron y Tanya deseó pasar así toda la hora. Detrás de ellos, Helen se acomodó en la silla. Shannon besó el cabello de Tanya y los dos se sentaron a la mesa frente a frente.

—Bueno, jovencito, en persona pareces más grande que en la televisión —comentó Helen—. Y simplemente tan guapo.

Shannon se sonrojó a través de una sonrisa y miró a Tanya.

—Lo siento, te debí haber presentado. Esta es Helen.

Shannon miró a la abuela de Tanya.

—Así que usted es Helen. He oído mucho de usted. Todo bueno, por supuesto. Es un placer conocerla —manifestó él con una inclinación de cabeza.

—Igual para mí —contestó Helen sonriendo favorablemente.

Intercambiaron algunas noticias y hablaron un poco acerca de la vida en la prisión. Tanya le contó a Shannon que el último programa positivo de *Larry King Live* estaba que echaba humo. Shannon bromeó acerca de la comida y habló con amabilidad respecto de los guardias. A los diez minutos se les acabó la charla trivial y un torpe silencio los envolvió.

Al mirar al tímido y tierno hombre frente a ella ahora, el corazón de Tanya le dolió.

—Aún estás confundido, Shannon —comentó Helen.

—Abuela —objetó Tanya—. No estoy segura de que este sea el momento.

Shannon miró a Tanya y luego bajó la mirada hacia la mesa.

—Apenas logro recordar quién era yo —expresó.

El salón se sintió cargado con electricidad. *No tienes que hacer esto, Shannon.*

Cerró los ojos y respiró hondo.

—En realidad me siento más perdido que confundido.

Levantó la mirada hacia Helen, quien tenía una débil sonrisa. Cada uno pareció mirar dentro del alma del otro.

—Entonces dime lo que recuerdas —pidió Helen.

Shannon titubeó y apartó la mirada.

—Recuerdo lo que sucedió. Solo que parece como si una persona totalmente distinta hiciera todas esas cosas —expuso él haciendo una pausa, y al volver a hablar lo hizo de manera introspectiva—. Cuando fueron asesinados mis padres a manos de la Hermandad, algo se rompió en dos. Fui a la cueva…

—Sula —añadió Tanya después de otra pausa—. La tumba del hechicero.

—Sí. Y yo… yo cambié allí.

—¿Qué cambió? —preguntó Helen.

—Las cosas se volvieron confusas. Apenas lograba recordar cómo era Tanya, o cómo se veían mis padres. Me obsesioné con la muerte. Con matar. Principalmente con matar a todo aquel que me había arruinado la vida.

—Abdullah y la CIA —terció Tanya.

Él ya le había contado todo a su amada, pero al oír que se lo contaba a Helen parecía algo nuevo. De algún modo diferente.

—Sí. Pero más que eso —explicó meciendo la cabeza y con los ojos húmedos—. La situación se volvió poco clara. Odié todo. Cuando me enteré de la participación de la CIA, simplemente empecé a odiar todo lo que tuviera que ver con algo de la CIA.

—Pero si estabas motivado por la maldad, ¿por qué querrías destruir a Abdullah, quien también era malvado? —preguntó Tanya.

—La maldad no es tan discriminatoria —contestó él encogiendo los hombros—. Volví al interior de la selva al año de la muerte de mis padres, decidido a matar a Abdullah. Pero mientras estuve allí supe que la CIA había hecho tanto como el árabe. Luego me enteré de los planes de la Hermandad de introducir una bomba a los Estados Unidos. Decidí entonces convertirme en Jamal y destruir ambos bandos de un golpe.

—¿Por qué no simplemente matarlos y luego poner al descubierto a la CIA? —inquirió Tanya.

—Eso no bastaba —respondió él mirándola—. Creo que pude haber volado todo el mundo y pensar que no era suficiente.

Tragó saliva.

—Tienes que comprender, me hallaba muy… muy consumido con este asunto.

—Estaba poseído —intervino Helen.

La simple declaración los acalló.

—Pero los poderes de las tinieblas olvidaron algo —explicó Helen—. O quizás nunca lo han entendido de verdad. El Creador es el maestro supremo del ajedrez, ¿verdad? Difícilmente podemos comprender por qué permite que el mal cause estragos. Pero al final el asunto siempre va a parar a las manos de Dios.

La mujer hizo una pausa.

—Como sucedió esta vez —concluyó.

—Para mí es difícil aceptar —objetó Shannon; había una profunda tristeza en sus ojos, y Tanya estiró la mano hacia él—. Hice mucho… daño. Ahora lo siento como algo imposible.

—Yo he estado allí personalmente, Shannon —declaró Helen—. Créeme, he estado ahí. El diablo es poderoso, pero no tan poderoso como el amor y el perdón de Dios. Estás libre, hijo. Y eres amado.

Lágrimas inundaban los ojos de Shannon y una le rodó por la mejilla derecha.

—Escúchame, Shannon —expresó Tanya inclinándose hacia adelante y tomándole la mano entre las suyas—. Estoy locamente enamorada de ti. Siempre he estado locamente enamorada de ti. Dios llevó a mis padres a la selva para que yo pudiera enamorarme de ti. Y él lo hizo todo con un propósito. ¿Crees que algo de eso fue una equivocación?

Él movió la cabeza de lado a lado, pero las lágrimas se le deslizaban ahora por el rostro.

—Y el amor que siento por ti es solo una fracción del amor que él tiene por ti.

Los hombros de Shannon empezaron a estremecerse y de pronto se vio sollozando en silencio. Tanya miraba a Helen en desesperación. Ella sonreía, pero también tenía lágrimas en los ojos.

Tanya volvió a mirar a Shannon, y ella pensó entonces que en esas lágrimas había más que tristeza. Había gratitud, alivio y amor.

La joven echó la silla hacia atrás, se colocó al lado de él, y le puso los brazos alrededor de los hombros. Shannon reposó la cabeza en el hombro de ella, sacudiéndose como una hoja mientras lloraba. De repente estiró la mano y la rodeó entre los brazos.

—Te amo, Tanya.

—Lo sé. Lo sé. Y yo te amo.

Permanecieron abrazados llorando. Pero definitivamente se trataba de un buen llanto; de la clase que limpia el alma y ata corazones en uno solo. De la clase que sana profundas heridas. Lágrimas de amor.

En algún momento Tanya vio que Helen los había dejado solos. Pudo ver a la anciana parada ante una enorme ventana, mirando afuera el cielo azul. Sonreía. Y si Tanya no se equivocaba, estaba canturreando. Era una antigua tonada que le había oído cientos de veces antes.

Jesús, amor de mi alma.

Al final siempre se trata del amor, ¿verdad que sí?

Acerca del autor

Ted Dekker es reconocido por novelas que combinan historias llenas de adrenalina con giros inesperados en la trama, personajes inolvidables e increíbles confrontaciones entre el bien y el mal. Él es el autor de la novela *Obsessed,* La serie del círculo (*Negro, Rojo, Blanco*), *Tr3s, En un instante,* la serie La Canción del Mártir (*La apuesta del cielo, Cuando llora el cielo* y *Trueno del cielo*). También es coautor de *Blessed Child, A Man Called Blessed* y *La casa.* Criado en las junglas de Indonesia, Ted vive actualmente con su familia en Austin, TX. Visite su sitio en www.teddekker.com.

Printed in the USA
CPSIA information can be obtained
at www.ICGtesting.com
JSHW03104613122
53743JS00008B/39